後革命的轉移

南帆　著

總序

　　閩水泱泱，閩學悠永。百年老校福建師範大學之文學院，發祥於前清帝師陳寶琛創辦的福建優級師範學堂國文科，後又匯聚福建協和大學、華南女子文理學院等校的學術資源，可謂源遠流長，底蘊博厚。葉聖陶、郭紹虞、董作賓、章靳以、胡山源、嚴叔夏、黃壽祺、俞元桂等往賢，曾相繼執教我院，為學科創立與發展作出突出貢獻，留下彌足珍貴的學術傳統，潤澤和激勵一代又一代學人茁壯成長。時至今日，我院備具中國語言文學、戲劇與影視學兩個一級學科博士學位授權點及博士後科研流動站，中國現當代文學國家重點學科，中國語言文學國家文科基礎學科人才培養和科學研究基地，擁有上百名專任教師，三十多位教授和博士生指導教師，兩千餘名本科生和碩士博士研究生，實已發展為大陸文史研究與教育的重鎮。

　　閩臺隔海相望，地緣相近，血緣相親，文緣相承，近年兩岸關係和平發展進程中緣情淳深，學術文化交流益顯大有作為。正是順應這一時代潮流，我院和臺灣高校交往密切，同仁間互動頻繁，時常合作舉辦專題研討及訪學活動，茲今我院不但新招臺籍博士研究生四十多人，尚與相關大學聯合培養文化產業管理專業本科生。學術者，天下之公器也。適惟我院學術成果豐厚，就中歷久彌新者頗多，因與臺北萬卷樓圖書股份有限公司總經理梁錦興先生協力策畫，隆重推出《福建師範大學文學院百年學術論叢》（第一輯），以饗讀者，以見兩岸人文交流之暉光。

　　茲編所收十種專著，撰者年輩不一，領域有別，然其術業皆有專

攻，悉屬學術史上富有開拓性的研究成果。如一代易學宗師黃壽祺先生及其高足張善文教授的《周易譯注》，集今注、語譯和論析於一體，考辨精審，義理弘深，公認為當今易學研究之經典名著。俞元桂先生主編的《中國現代散文史》，被譽為現代散文史的奠基之作，北京大學王瑤先生曾稱「此書體大思精，論述謹嚴，足見用力之勤，其有助於文化積累，蓋可斷言」。穆克宏先生的《六朝文學研究》，專注於《昭明文選》及《文心雕龍》之索隱抉微，頗得乾嘉樸學之精髓。陳一琴、孫紹振二位先生合撰的《聚訟詩話詞話》，圍繞主題，或爬梳剔抉而評騭舊學，或推陳出新以會通今古，堪稱珠聯璧合，相得益彰。《月迷津渡》一書，孫先生從個案入手，以微觀分析古典詩詞，在文本闡釋上獨具匠心，無論審美、審醜與審智，悉左右逢源，自成機杼。姚春樹先生的《中國近現代雜文史》，系統梳理當時雜文的歷史淵源、發展脈絡和演變規律，深入闡發雜文藝術的特性與功能，給予後來者良多啟迪。齊裕焜先生的《中國古代小說演變史》，突破原有小說史論的體例，揭示不同類型小說自身的發展規律及其與社會生活的種種關聯，給人耳目一新之感。陳慶元先生的《福建文學發展史》，從中國文學史的大背景出發，拓展和發掘出八閩文學乃至閩臺文學源流的豐厚蘊藏。南帆先生的《後革命的轉移》，以話語分析透視文學的演變，熔作家、作品辨析與文學史論為一爐，極顯當代文學理論之穿透力。馬重奇先生的《漢語音韻與方言史論集》，則彙集作者在漢語音韻學、閩南方言及閩臺方言比較研究中的代表論說，以見兩岸語緣之深廣。

　　可以說，此番在臺北重刊學術精品十種，既是我院文史研究實績的初次展示，又是兩岸學人同心戮力的學術創舉。各書作者對原著細謹修訂，責任編輯對書稿精心核校，均體現敬文崇學的專業理念，以及為促進兩岸學術文化交流的誠篤精神！對此我感佩於心，謹向作者、編輯和萬卷樓圖書公司致以崇高敬意和誠摯謝忱！並企盼讀者同

仁對我院學術成果予以客觀檢視和批評指正。我深信，兩岸的中華文
化傳人，以其同種同文的民族自尊心、自信心和傳承文化的責任心，
必將進一步交流互動，昭發德音，化成人文，為促進中華文化復興繁
榮而共同努力！

　　　　　　　　　　　　　　　　　　汪文頂
　　　　　　　　　　　　　　　謹撰於福州倉山
　　　　　　　　　　　二〇一四年十二月二十七日

目次

導言

四重奏：文學、革命、知識分子與大眾

上篇

　　愈來愈多的人傾向於相信，文學正在消失；或者說，文學退隱了。一個漫長的文學休眠期已經開始。大部分公眾已經從文學周圍撤離。作家中心的文化圖像成了一種過時的浪漫主義幻覺，一批精神領袖開始忍受形影相弔的煎熬。如果沒有諾貝爾文學獎的定期頒布，如果不是充當某一部電視肥皂劇改編的原材料，文學已經波瀾不驚。當然，文學出版品並沒有減少，統計數字仍然節節攀升。但是，文學不再扮演文化先鋒的角色。啟蒙的口號再度受挫。如今，引人注目的是財政金融、證券市場動向、電腦精英，生物學「克隆」風波，剩下的就是一些明星軼聞和體育消息。一些解嘲式的解釋中，這彷彿是小康時代必然出現的文化局面。這時，也許有必要重提海德格爾的一句著名追問：「詩人何為？」

　　回溯歷史，詩人曾經作為普通的一員混跡於芸芸眾生。魯迅的〈門外文談〉戲謔地形容過文學源頭的「杭育杭育」派。的確，那個時候的詩並不是什麼了不起的魔咒。《毛詩》〈序〉云：「情動於中而形於言，言之不足，故嗟歎之，嗟歎之不足故詠歌之，詠歌之不足，不知手之舞之足之蹈之也」[1]——這毋寧說更像是一種日常的抒情表

---

[1] 《毛詩正義》卷一，《十三經注疏》。

述形式。按照盧卡契的想像，古希臘的史詩誕生於一個同質的世界
中。那個時候，靈魂的輪廓線與物質的輪廓線並沒有什麼差別，「史
詩賦予內部完美的生活總體以形式」。換言之，主體、客體、內部、
外部、文學或者現實之間並不存在清晰的界限。表現即是再現。文學
的自律、獨立以及文學形式的強制性均是後來的事情。生活的整體和
諧破裂之後，生活意義的內在性成為一個問題。這時的文學形式不得
不擔負起呈現生活內涵的重任。[2]這是文學形式分離出日常話語的開
始，也是分裂的現實賦予文學的職責。的確，康德規定純粹美僅僅是
一種孤芳自賞的形式；審美掙脫了現實關係的各種羈絆，藝術彷彿是
現實劃出的一個杜絕任何欲念插足的特殊區域。理性、道德和審美分
疆而治。然而，至少在現今，馬爾庫塞式的觀念更富於啟示：自律的
藝術形式不是迴避現實，而是打入現實，並且以抗拒現存關係的方式
成為現實的「他者」，從而開啟另一種可能的維度。所以，現今人們
仍然有許多理由證明，文學的存在是因為文學的自律和獨立；但是，
這種自律和獨立包含了尖銳的意義。

　　如果現代社會的文學喪失了尖銳的意義，從而與現實達成和解，
甚至銷聲匿跡，這並不是表明那個古老的同質世界又重新降臨。很大
程度上可以說，這是文學與意識型態的默契。發達的意識型態是現代
社會特徵之一。人們不再生活在赤裸的、直觀的世界上，而是生活在
無數有關世界的解釋中。屈從於意識型態的強大功能，文學不再是一
個刺眼的異數；相反，文學與意識型態的各個門類彼此呼應，協同推
動一個巨大的觀念體系緩緩運轉。在阿爾都塞所論述的「意識型態國
家機器」中，文學與宗教、教育、家庭、法律、政治、工會、大眾傳

2　參見盧卡奇著，楊恒達編譯，丘為君校訂：《小說理論》第一部分（臺北市：唐山
　　出版社，1997年）。

播媒介從屬於同一個結構，唇齒相依，榮辱與共。[3]

　　阿爾都塞在分析資本主義意識型態時指出：「意識型態是具有獨特邏輯和獨特結構的表象（形象、神話、觀念或概念）體系，它在特定的社會中歷史地存在，並作為歷史而起作用。」意識型態是作為社會的必要成分分泌出來的，它有效地支配了一個社會的個人心理與集體心理。意識型態不是表明真實的生存關係，而是為社會成員製造「『體驗的』和『想像的』關係。」[4]因此，意識型態把「個體詢喚為主體」；進而更大範圍地保證了既有生產關係的再生產。[5]正是察覺到意識型態的政治功能，特里‧伊格爾頓的這幾句話鞭辟入裡：「意識型態的研究不只是關於思想觀念的社會學；它更要具體地表明觀念如何與現實的物質條件相聯繫，如何遮蓋或掩飾現實物質條件，如何用其他形式移置它們，虛假地解決它們的衝突和矛盾，把它們明顯地轉變成一種自然的、不變的、普遍的狀態。」[6]這就是說，意識型態包含了一種虛構，一種撫慰，一種有意的忘卻，或者種種巧妙的話語策略。

　　作為審美意識型態，文學顯然十分擅長上述職能。文學善於生產種種「表象體系」，並且巧妙地夾帶一連串意識型態訊息。例如，長盛不衰的武俠小說可以輕易地將特定的國家觀念、民族觀念、性別觀念、榮譽觀念、等級尊卑觀念、善惡忠奸觀念塞入某一個尋找武功祕笈或者江湖門派角逐仇殺的故事中；現代偵探小說無疑必須在法律觀念、財富觀念、正義觀念的支持下運轉。的確，相當一部分文學是意

3　參見路易‧阿爾都塞：〈意識型態和意識型態國家機器〉，收入李迅譯：《外國電影理論文選》（上海市：上海文藝出版社，1995年），頁629-630。

4　路易‧阿爾都塞著，顧良譯：〈馬克思主義和人道主義〉，《保衛馬克思》（北京市，商務印書館，1984年），頁201、203。

5　路易‧阿爾都塞：〈意識型態和意識型態國家機器〉，收入李迅譯：《外國電影理論文選》（上海市：上海文藝出版社，1995年），頁661、635。

6　特里‧伊格爾頓：〈意識型態〉，收入馬海良譯：《歷史中的政治、哲學、愛慾》（北京市：中國社會科學出版社，1999年），頁84。

識型態的稱手工具。很長一個時期內，人們關心的是文學背後個別與一般的關係：個別形象包含了哪些普遍的意義？由於二者的分裂而無法合成「典型」，是眾多理論家最為焦心的事情。現今看來，「一般」或者「普遍」的闡釋毋寧說源於意識型態的主導話語，意識型態決定了何謂「一般」，何謂「普遍」。換言之，形象與意識型態的關係遠比個別與一般的關係深刻。通常，大部分文學隱含的生活觀念並沒有成為意識型態體系中不和諧的雜音。當然，這也可能在另一方面製造文學的危機。文學還是不可替代的嗎？如果說，現今的廣告、時尚、電視肥皂劇、國際電影獎、流行歌排行榜、暢銷書、歌舞晚會不約而同地形成某種意識型態合奏，那麼，這個隊伍中的文學只能算一個可有可無的角色。文學的傳統感召力正在消失，印刷文明的沒落削減了文學的意識型態地位。文學似乎就要退役。

　　然而，文學的能量並沒有完全耗盡。進入文學圈就可以看到，眼花繚亂的文學實驗仍然層出不窮。現代主義文學仍然擺出了不屈的反抗姿態。後現代主義文學仍然顯示了破除整體性、普遍性箝制的活力。某些文學實驗可能被出版商製作成譁眾取寵的海報，這充分顯示了市場意識型態具有的強大收編能力。儘管如此，隱藏在文學中的強大衝擊仍然不容忽視。按照喬納森・卡勒的觀點，這種能量也可能沖決意識型態的牢籠。所以，「文學是意識型態的手段，同時文學又是使其崩潰的工具」——這就是現今文學的雙重意義。[7]所以，眾多理論家必須共同關心這個問題：文學復活的能量從哪裡來？

　　這時必須提到文學與個人感性經驗的關係。不論是精雕細琢的細節，還是虛構、想像，文學總是以感性經驗的形式呈現。這證明了作家與現實的直面相遇，也是文學不盡的生機和源泉。生活的深度驟然

7　喬納森・卡勒著，李平譯：《文學理論》（瀋陽市：遼寧教育出版社，1998年），頁41。

打開，一個個豐富奇特的現實局部強烈地打動了作家。人物或者故事，對白或者肖像，一片樹葉或者一扇窗戶。這一切組成的生動可感的現實時常刺破了意識型態的規定，暴露了意識型態的虛偽、矛盾和裂縫，或者澄清意識型態的迷惑、訛誤。如果用恩格斯的話表述，這是「現實主義的最偉大勝利之一」[8]。「現實主義的最偉大勝利」是一個值得擴展的命題。這個命題可以進一步闡釋為文學的感性經驗挑戰意識型態的邏輯和表象。現實主義的勝利意味著，作家直面的尖銳現實無情地戳破了龐大的意識型態體系。生動的感性經驗賦予文學反抗意識型態的能量，文學形式的功能在於將這種能量凝聚為一個堅硬的實體。所以，馬克思、恩格斯曾經在同一個時期倡揚「莎士比亞化」而否棄「席勒式」。馬克·愛德蒙森的《文學對抗哲學》——一個開宗明義的標題——再度稱道了文學擁有的特殊鋒芒和能力：「衡量一個詩人的技藝水平，關鍵要看他是否有能力占有、轉化以及超越那些占統治地位的概念模式，他的寫作是否能使任何現存理論都無法把它摧毀。」[9]不可忽視的是，感性經驗通常伴有強烈的情緒震撼，即使靜穆也是另一種震撼——尼采稱之為日神衝動與酒神衝動。這種混雜的心理現象被籠統地稱為「美感」。這是文學的勃勃生機，也是文學摧枯拉朽的動力。的確，某些意識型態結構就是在讀者的哭聲或者笑聲之中倒塌的。

可以預料，許多理論家迅速地意識到美感的危險性。西方文學批評史上，柏拉圖對於詩人的憎惡即是第一個著名的案例。柏拉圖之所以將詩人逐出理想國的圍牆，一個重要的原因即是，詩人煽起了某種難以駕馭的情緒。理性原則遭到了褻瀆，喪失了陽剛之氣的男人如同

8　恩格斯：〈致瑪·哈克奈斯（1888年4月初）〉，《馬克思恩格斯選集》第4卷（北京市：人民出版社，1972年），頁463。

9　馬克·愛德蒙森著，王柏華、馬曉冬譯：《文學對抗哲學——從柏拉圖到德里達》（北京市：中央編譯出版社，2000年），頁55。

女人一樣哭哭啼啼，或者沉溺於某種畸形的哀憐癖。這將對健全的靈魂和合理的國度產生巨大的危害。簡言之，美感是一個罪魁禍首。無獨有偶，中國的古代理論家也始終反對詩人放縱情緒。根據《禮記》〈經解〉的記載，孔子曾經將「詩教」概括為「溫柔敦厚」。《毛詩序》如此論述《詩經》的「風」：「上以風化下，下以風刺上，主文而譎諫，言之者無罪，聞之者足以戒，故曰風。」「故變風發乎情，止乎禮義。發乎情，民之性也；止乎禮義，先王之澤也。」[10]這甚至形成了中國詩學中含蓄、委婉、韻外之致的重要源頭。相當長的時期，騷人墨客的吟詩填詞僅僅被視為不登大雅之堂的雕蟲小技，捨棄不下輕浮的美感，不啻於玩物喪志。意識型態對於美感的壓抑到近現代才開始削弱。梁啟超論證了「小說與群治」的關係，並且概括了「薰」、「浸」、「刺」、「提」四個特徵，胡適、陳獨秀等五四新文化的主將利用白話文倡導「人的文學」，改造國民的思想——這一切無不表明，意識型態逐漸將文學與美感解放出來了。當然，解放出來的美感也可能再度為另一種意識型態效力。這是意識型態對於美感的重新征服——二者之間的對抗從未止歇。這個意義上，伊格爾頓對美學的誕生與資本主義意識型態之間的關係作出了別致的解釋。在他看來，美學話語「可以解讀為專制主義統治內在的意識型態困境的預兆。為了自身的目的，這種統治需要考慮『感性的』（sensible）生活，因為不理解這一點，什麼統治也不可能是安穩的。」所以，「美學的任務就是要以類似於恰當的理性的動作方式（即使是相對自律地），把這個領域整理成明晰的或完全確定的表象。」因為人的身體和歷史均是不可還原的特殊性和具體的確定性，美學乃是控制這兩者的知識和法則。「維繫資本主義社會秩序的最根本的力量將會是習慣、虔誠、情感和愛。這就等於說，這種制度裡的那種力量已被審美化。這種力量

10　《毛詩正義》卷一，《十三經注疏》。

與肉體的自發衝動之間彼此統一，與情感和愛緊密相聯，存在於不假思索的習俗中。如今，權力被鑴刻在主觀經驗的細節裡，因而抽象的責任和快樂的傾向之間的鴻溝也就相應地得以彌合。」[11]這就是說，經過了種種龐大而細緻的運作，美學——一種後繼而來的理論知識——終於把美感馴服為意識型態體系中的主動因素。

不論美感與意識型態之間的關係進入哪一種模式，人們都必須承認，意識型態與文學之間可能在某些時刻形成了壓抑與反抗的關係。「壓抑」這個詞很快會令人聯想到精神分析學。的確，可以把文學比擬為洶湧的無意識，文學蔑視既定秩序——包括文學史上經典形成的秩序——帶來的頻繁革命遠遠超過其他領域。這種品性也是文學時常與社會革命遙相呼應的理由。有趣的是，文學的革命總是極大地解放了文學的生產力。浪漫主義的文學理論曾經認為，詩人吐出了想像的岩漿可以避免破壞性的地震。M.H.艾布拉姆斯指出，這種想像源於一種觀念：「作詩的強烈願望，是因為人的欲望或者理想與現實世界之間的不調和而產生的。」[12]如今，這些略嫌粗糙的理論在精神分析學中得到了回爐。精神分析學的理論視域中，欲望與現實原則之間的差距造就了文學；拉康的理論補充了欲望與符號的關係之後，一個完整的解釋逐漸形成。當然，這一切可以視為一個隱喻——文學與意識型態關係的隱喻。後者代表了秩序。這個意義上，文學揭示了意識型態有意壓抑的社會無意識，揭示了意識型態螢幕之中缺失的歷史場景。這時，弗洛伊德構思的家庭傳奇劇當然不夠用了。回到歷史的大舞臺，社會無意識當然不僅僅是戀母的性欲。如果擴大弗洛伊德的解釋範疇，社會無意識可能是被壓迫階級或者階層的叛逆之聲，可能是弱

---

11 特里‧伊格爾頓著，王杰等譯：《美學意識型態》（桂林市：廣西師範大學出版社，1997年），頁3、4、8。

12 M.H.艾布拉姆斯著，酈稚牛等譯：《鏡與燈》（北京市：北京大學出版社，1989年），頁213。

小的民族和國家，也可能是掙扎於男權威壓之下的女性意識，總之，一切遭受強制壓抑的歷史內容。按照弗洛姆——一個具有精神分析學派與法蘭克福學派雙重血緣的理論家——的分析，意識型態將動員語言、邏輯以及社會禁忌系統共同組成嚴密的網路阻止社會無意識的浮現。[13]文學就是在這樣的十字路口選擇：或者參與意識型態制訂的語言、邏輯、禁忌系統，或者加盟反抗者之列，成為社會無意識的代言。

　　至少在某些關鍵時刻，二十世紀的中國文學站到了反抗者一邊。當然，許多時候的選擇發生於紛雜的歷史脈絡中，甚至無法涇渭分明。因此，論爭迄今仍在持續，「意識型態終結」或者「歷史的終結」這一類的口號無形地增添了論爭中某一方的籌碼。文學史的回憶為以上的理論圖景提供一大批活生生的主人公。知識分子、大眾、政治領袖紛紛登場，啟蒙或者革命此起彼伏。現今的文學局面很大程度上源於這幾個關鍵詞的歷史演變。當然，多數人願意承認，二十世紀之初的五四新文化運動可以視為一連串故事的開端。

　　一九〇七年的時候，魯迅曾經在〈摩羅詩力說〉中極力提倡「立意在反抗，指歸在動作」的文學。然而，文章結束之際，魯迅不無迷惘地擲筆長歎：「今索諸中國，為精神界之戰士者安在？」[14]一九一九年，五四新文化運動終於開啟了一扇新的大門。一批新型的知識分子以前所未有的姿態跨上歷史舞臺。作為五四新文化運動的一個重要組成部分，五四新文學振聾發聵；文學革命的巨大震撼有力地動搖了傳統的意識型態結構。無論是叛逆者還是衛道士，所有的人都會意識到

---

13 參見埃里希-弗洛姆著，張燕譯：《在幻想鎖鏈的彼岸》（長沙市：湖南人民出版社，1986年），頁126。

14 魯迅：〈摩羅詩力說〉，《魯迅全集》第1卷（北京市：人民文學出版社，1981年），頁100。

某種新的歷史內容正在臨近。要不要打開所羅門的瓶子？這個主題成為兩個集團激辯的戰場。當然，首先必須追問的是，哪些幽靈將從所羅門的瓶子裡面跑出來？

　　不論有過多少種近似的概念，「大眾」肯定是一個最為常用的命名。五四新文學力圖將大眾從詰屈聱牙的文言文之中解放出來。封建社會末期，文言文業已形成一個堅固的文化柵欄。大眾被隔離於正統文化符號之外，貶為社會無意識。芸芸眾生在這個符號系統之中無聲無息。他們是缺失的歷史。五四時期的知識分子深刻地察覺到社會無意識的能量；這一批反抗者以筆為旗，他們的使命之一是摧毀禁錮大眾的壓抑機制。他們心目中，盛行於大眾之間的白話文無疑是攻擊封建意識型態的力比多。白話文登堂入室意味了大眾的現身。文學歷來是意識型態結構中最為活躍的環節。白話文開始突圍的時候，知識分子理所當然地挑中這個突破口。無論是胡適〈文學改良芻議〉之中的八項主張，還是陳獨秀〈文學革命論〉之中的三大主義，大眾成了文學的題中應有之義。當時，他們的論敵林紓已經意識到，白話文的提倡即是為走卒販夫、引車賣漿之徒張目。多年之後，胡適在《中國新文學大系（建設理論集）》的〈導言〉中承認，這的確是他們倡導白話文的意圖。嚴復、林紓、梁啟超等知識分子徒然存有革新救國之心；但是，他們古奧的著作無法贏得大多數人。號召大眾共同擔負救國的責任，白話文是必不可少的利器。各種嘗試表明，白話文的選擇是歷史的必然。[15]換言之，語言的選擇是一種激烈的意識型態對抗。如同傑羅姆B.格里德爾曾經在《知識分子與現代中國》中概括地指出的那樣，攻擊文言文、古代文學和教育傳統必將全面波及整個社會制度系統：

---

15 胡適：〈導言〉，《中國新文學大系（建設理論集）》（影印本）（上海市：上海文藝出版社，1987年），頁5-13。

儒學……毋寧是一門道德教育課程，目的在宣傳一定的社會和
政治準則。因而它也是一個精心設計、高度發展、持久存在的
壟斷社會和政治利益的體系，而這個體系為掌握了基本文化技
能的人所享用。對這種靠壟斷維持的體系的挑戰──文言文、
限制其作用的文學規範、體現儒家品位的審美和道德價值的文
學──同時也是對構成儒家制度主要支柱之一的精英統治（社
會和道德）原則的挑戰。[16]

　　從文學語言到道德教育體系、社會制度系統──形式與意識型態
銜接起來了。的確，弗‧詹姆遜在《政治無意識》之中曾經使用了一
個概念：「形式的意識型態」。弗‧詹姆遜認為，文本的闡釋可以在三
個同心的框架之中逐漸拓寬。政治歷史、階級話語之後，「歷史」的
視域是弗‧詹姆遜的終極視域。這個視域之中，生產方式、意識型態
和文本之中形成了複雜的聯動關係。各種的文本代表了「由不同符號
系統的共存而傳達給我們象徵性信息，這些符號系統本身就是生產方
式的痕跡或預示。」[17]這個意義上，五四時期文學語言的衝突可以追
溯到生產方式的革命。近代史的長期擠壓之下，傳統的生產方式已經
衰朽不堪。崩裂的時刻終於來臨。崩裂的表徵之一即是，文言文和白
話文無法繼續相互容忍。五四新文學的功績不僅提供了一批新型的人
物和思想，同時，新的文學形式預示了新的歷史。因此，胡適駁回頑
固派對於「文字形式」改革的譏諷，充分地估計了形式的巨大意義。[18]
當然，不論「形式的意識型態」包含了多少重大的啟示，人們都沒有

---

16 傑羅姆 B. 格里德爾著，單正平譯：《知識分子與現代中國》（天津市：南開大學出
　　版社，2002年），頁260-261。

17 弗‧詹姆遜著，王逢振、陳永國譯：《政治無意識》（北京市：中國社會科學出版
　　社，1999年），頁65。

18 胡適：〈導言〉，《中國新文學大系（建設理論集）》（影印本）（上海市：上海文藝出
　　版社，1987年），頁26-27。

理由輕率地刪除生產方式到文本之間的諸多環節。或許可以說，這個概念的意義恰恰必須由諸多環節給予有效論證。敘述五四新文學的歷史緣起，胡適的眼光超過了陳獨秀。陳獨秀僅僅用「中國近來產業發達，人口集中」解釋白話文的興旺，胡適表示了異議。在他看來，白話文的興旺至少還要追溯到其他幾個歷史原因：一千多年的白話文學，如禪門語錄、理學語錄、白話詩調曲子、白話小說等；兩千多年的「官話」推廣；海禁的打開和世界文化的湧入，如此等等。另外，科舉制度的廢除和滿清帝國的顛覆也是不可或缺的條件。[19]的確，「形式的意識型態」並不是熱衷於描述文本與生產方式之間最短的直線距離，它的涵義分布於全部與文學實踐產生聯繫的社會層面。

　　《中國新文學大系（建設理論集）》中，胡適的導言和〈逼上梁山〉均是重要的歷史文獻。尤其有趣的是，這兩份歷史文獻包含了一個象徵：胡適——或者說胡適、陳獨秀等一批人——理所當然地充當了這一段歷史的敘述者。這一批知識分子均是掌管大眾傳播媒介的主人。更為重要的是，推動歷史的特殊業績顯然有助於贏得歷史敘述者的資格。用胡適的話說，因為他們加上了一鞭，新文學革命的歷史提前了幾十年。[20]胡適們看來，千年的白話文猶如遭受禁錮的無意識，那些癡迷於古文的遺老遺少無疑是可憎的壓抑機制。陳獨秀的〈文學革命論〉敘述「三大主義」的時候，國民文學、寫實文學與社會文學的對手即是貴族文學、古典文學和山林文學。這種歷史圖景中，知識分子的位置在哪裡？雖然多數知識分子同聲擁護勞工神聖的口號，雖然胡適抨擊傳統士大夫對於「齊氓細民」的蔑視，[21]雖然周作人的

19　胡適：〈導言〉，《中國新文學大系（建設理論集）》（影印本）（上海市：上海文藝出版社，1987年），頁15-16。

20　胡適：〈引子〉，《白話文學史》（北京市：東方出版社，1996年），頁5。

21　胡適：〈導言〉，《中國新文學大系（建設理論集）》（影印本）（上海市：上海文藝出版社，1987年），頁11-12。

〈平民文學〉曾經輕描淡寫地將知識分子視為「普通男女」之中的一員，[22]但是，這一批文人教授並沒有真正投入大眾。即使在魯迅那個著名的「鐵屋子」寓言中，也是知識分子用不祥的吶喊驚醒了熟睡的大眾——他們是大眾之上的解放者和啟蒙者。如果說，知識分子揭示了歷史表層之下的力比多，那麼，他們佔據了精神分析醫生的位置。因此，他們的話語是歷史的權威診斷。

五四時期的知識分子引入了哪一種新的意識型態？民族國家成為許多人共同關注的一個焦點。例如，劉禾曾經斷定：「『五四』以來被稱之為『現代文學』的東西其實是一種民族國家文學。」[23]現代社會來臨的標誌之一即是民族國家的浮現。一九一一年帝制終結之後，「普天之下，莫非王土」的感覺逐漸被現代國家所替代。另一方面，現代社會又是一次一次地以痛苦的方式讓人意識到民族國家的存在。船堅炮利的威脅和喪權辱國的打擊導致知識分子的莫大憂慮。亡國的陰影一直徘徊在附近。所以，五四運動的另一方面內容即是愛國行動。這個宏偉的歷史主題無疑居高臨下主宰了五四新文學。

在劉禾看來，這個主題如此強大，以至於跨越了一條界限——民族國家的概念不僅僅是一面用於抗禦的理論盾牌：「西方的國家民族主義（nationalism）被中國人接受後，即成為反抗帝國主義的理論依據，這一點無需贅述。但值得注意的是，國家民族主義的意識型態功能遠遠超過了反帝鬥爭的需要，它其實創造了一種新的有關權力的話語實踐，並滲透了二十世紀知識生產的各個層面。」[24]這個意義上，五四時期大批知識分子成為圍繞這個主題的話語生產者。他們並非只

---

22 周作人：〈平民文學〉，收入《中國新文學大系（建設理論集）》（影印本）（上海市：上海文藝出版社，1987年），頁211。

23 劉禾：〈文本、批評與民族國家文學〉，《語際書寫》（上海市：上海三聯書店，1999年），頁191。

24 劉禾：〈文本、批評與民族國家文學〉，《語際書寫》（上海市：上海三聯書店，1999年），頁192。

是從事某些職業化的寫作或者演講，這一切必須被認定為知識分子想像或者創建現代民族國家的熟悉方式。這時，人們可以把《新青年》雜誌和北京大學視為一種隱喻——這二者構成的空間不僅提供了知識分子的活動區域，而且形成了知識分子的活動模式。

晚清社會的報業出現了根本的轉折。根據李歐梵的考察，「它不再是朝廷法令或官場消息的傳達工具，而逐漸演變成一種官場以外的『社會』的聲音」；如同一些西方理論家闡述的那樣，報紙對於現代民族國家的建構與民主制度產生了巨大的作用。[25]晚清社會的雜誌也盛極一時。王中忱的一批史料分析從另一個方面察覺到雜誌傳媒與民族國家之間的關係。例如，梁啟超的「新小說」理論、《新小說》雜誌即是編織於民族國家的想像之中。「一九〇五年，科舉制度終於廢除，眾多士大夫階層的讀書人從傳統經典的束縛中解放出來，渴望新的文化訊息，又積極地尋求加入到新政治、新社會的途徑。自一九〇〇年開始，順應這種需要的各種政論性報紙、雜誌創刊，到一九一〇年至少達到三百種以上。」[26]顯而易見，報紙雜誌是知識分子環繞的一個核心，他們的知識生產借助上述印刷傳媒實現民族國家的主題。知識分子環繞的另一個核心是大學。他們匯聚於這個獨特的文化空間，激盪思想，縱議天下，教書育人。這形成啟蒙的另一個重鎮。林毓生認為，五四知識分子激烈地反傳統源於「借思想、文化以解決問題的方法」。他們對於文化批判期望過多。文化化約主義的觀念形成了特殊的遮蔽——他們沒有對「社會、政治、經濟組織的社會政治結構」給予深刻的剖析。[27]如果考慮到五四知識分子的出身、職業和佔

---

25 李歐梵：〈「批評空間」的開創〉，《現代性的追求》（北京市：三聯書店，2000年），頁4。

26 王中忱：〈媒體・民族國家論述・「新小說」觀念的誕生〉，《越界與想像》（北京市：中國社會科學出版社，2001年），頁89。

27 林毓生：〈五四時代的激烈反傳統思想與中國自由主義的前途〉，《中國傳統的創造性轉化》（北京市：三聯書店，1988年），頁194。

有的思想資源，這不足為奇；同時，他們也只能以這種方式想像與創建現代民族國家。

利用寫作和教育啟蒙大眾，是知識分子設計民族國家的第一個步驟。這個主題同時決定了知識分子與大眾的相互位置及其關係的模式。

一九二八年，成仿吾在《創造月刊》發表了〈從文學革命到革命文學〉。這篇論文時常被視為一個轉折性的文化標誌。成仿吾嫻熟地使用一套特定的詞彙和術語分析文學史：帝國主義、智識階級、小資產階級、意識型態，「文學在社會全部的組織上為上部建築之一」；「必須從事近代資產階級社會全部的合理的批判（經濟過程的批判，政治過程的批判，意識過程的批判），把握著唯物的辯證法的方法，明白歷史的必然的進展」，如此等等。[28] 這顯示了革命話語的活躍。知識分子與大眾的關係開始在一個新的歷史框架之中重新敘述。

據考，漢語之中的「革命」一詞語出《易經》：「所謂『革命』的基本含義是改朝換代，以武力推翻前朝，包括了對舊皇族的殺戮，它合乎古義『獸皮治去毛』，這是西方 revolution 的意義裡所沒有的。」[29] 換言之，漢語的「革命」之中始終存在暴力的內涵——革命是一個階級推翻另一個階級的暴烈行動。這是設計現代民族國家的另一種方式。當然，二十世紀的革命話語很大一部分源於馬克思主義學說。這是俄國十月革命送來的思想武器。如果說馬克思主義是一個複雜的體系，那麼，如同李澤厚曾經指出的那樣，李大釗、陳獨秀等革命家感興趣的「是馬克思主義的唯物史觀。其中，又特別是階級鬥爭學說。」他們「要求用馬克思主義的階級鬥爭學說來組織群眾進行革命

---

28 成仿吾：〈從文學的革命到革命文學〉，《創造月刊》第1卷第9期。

29 陳建華：《「革命」的現代性——中國革命話語考論》（上海市：上海古籍出版社，2000年），頁5。

的政治鬥爭，推翻舊制度，以取得『經濟問題』的『根本解決』，只有這樣，其他一切才可迎刃而解。再不是『倫理的覺悟』而是階級鬥爭的覺悟成了首要和『最後的覺悟』了。從而，一切問題、所有出路便集中在這個發動組織工人群眾進行階級鬥爭的焦點上。」[30]這表明了革命家對於社會、歷史以及未來方向的嶄新的設想。火與劍取代了溫文爾雅的文學語言之爭。這是以另一種迥然相異的方式設計民族國家。這時，人們可以發現一個意味深長的事實：知識分子不再承擔歷史的敘述人，這個角色開始由革命家接管。

　　斯圖亞特·霍爾說過，現代的社會平衡和社會關係變化「一次又一次地表現為對普通民眾的文化形式、傳統和生活方式的爭奪。」[31]二、三十年代，「大眾」始終是一個聚訟紛紜的概念。人們曾經從各個層面對於「大眾」的定義作出紛雜的闡釋。多數人，烏合之眾，農工階級，平民，國民，沒有文學品味的人，經濟、文化教育的中下階層——這一切都曾經成為「大眾」的所指。現今看來，「階級」概念介入大眾的分析表明了新的闡釋模式出現。這是革命話語的醒目標誌——「在革命文學話語裡，民眾／勞苦大眾／農工大眾首次作為被壓迫階級獲得了歷史主體的涵義」。[32]的確，這時的大眾仍然可以視為被壓抑的力比多；然而，階級結構形成的社會圖景之中，哪些人組成了壓抑大眾的社會機制？有趣的是，知識分子已經成為被敘述的歷史對象。他們沒有被納入大眾的革命隊伍；許多時候，他們被有意無意地組織到壓抑大眾的文化機制之中，成為革命的阻力。毛澤東於一九二五年寫下的〈中國社會各階級的分析〉之中，知識分子大致處於中產階級

---

30 李澤厚：〈中國現代思想史論〉（北京市：東方出版社，1987年），頁145、28。

31 斯圖亞特·霍爾：〈解構「大眾」筆記〉，收入吳士余主編，陸揚、王毅選編，戴從容譯：《大眾文化研究》（上海市：上海三聯書店，2001年），頁41。

32 參見吳曉黎：〈作為關鍵詞的「大眾」：對二、三十年代中國相關討論的梳理〉，《思想文綜》4（廣州市：暨南大學出版社，1999年），頁115。

和小資產階級之中，或左或右，搖擺不定；他們延續下來的啟蒙姿態被認為是凌駕於大眾之上的教訓。即使不考慮知識分子的經濟地位形成的階級結構，啟蒙與知識精英、革命話語之間的分歧依然清晰可見。傑羅姆 B. 格里德爾概括地總結二者之間不同的意識型態指向：

> ……社會革命意識型態，如它在二十世紀二十年代以來的中國所表明的，在幾個方面與這種觀念相對立。新文化知識分子堅持精英價值的社會意義；革命者則對知識精英主義表示懷疑，而且把大眾的價值作為出發點，或認為精英價值必須包括在整個社會價值體系中。新文化知識分子並非對社會問題漠不關心，但總的來說，他們對以根本性的階級鬥爭和矛盾觀念為基礎的社會變革戰略不表同情，而寧願強調他們斷定具有普遍性的個性品質。另一方面，社會革命家抓住並利用社會和經濟不平等的存在，來為大眾辯護，為從意識型態上建立社會組織（至少是大眾政黨）辯護。新文化自由主義者確定的知識分子角色是有責任的社會和文化變革的戰略家；在革命制度下，知識分子被當作可以信任的，偉大的社會和文化轉換中的必要的合作者。但他們被剝奪了設計的權威。他們變成了和其他人一樣的勞動者，他們是能為建設新秩序大廈提供服務的熟練手藝人，而不再自以為是設計師。[33]

革命家的歷史敘述中，文學並非首要陣地；用毛澤東的話說，文學僅僅是革命機器中的齒輪和螺絲釘。[34]然而，革命話語如此有力，

---

33 傑羅姆 B. 格里德爾著，單正平譯：〈知識分子與現代中國〉（天津市：南開大學出版社，2002年），頁329。

34 參見毛澤東：〈在延安文藝座談會上的講話〉，《毛澤東選集》第3卷（北京市：人民出版社，1991年），頁866。

以至於文學之中出現了一個明顯的轉移。五四文學形成的範式遭到了
猛烈的挑戰。儘管五四文學的啟蒙之光仍然不可避免地投射到革命文
學中，但是，後者的確提出了新的文學範式。所以，即使在二十世紀
的九十年代，曠新年仍然用「斷裂」這種火藥味十足的字眼形容這種
挑戰——「它以無產階級革命文學的倡導和對『五四』資產階級現代
性的『文化批判』與『五四』產生了自覺的、明顯的斷裂。它是馬克
思主義的啟蒙運動，是無產階級的『五四』。與『五四』反封建的主
題相對照，它提出了嶄新的反資本主義的主題。」[35]這時，個人主義
資源已經耗盡。「無產階級文化派」倡導「自己階級的藝術」。[36]普羅
文學方興未艾。

　　大眾在無產階級的名義下集結起來，另一邊是誰呢？在革命文學
的倡議者眼裡，一批五四文學革命的中堅猛將突然成了落伍者，成
了——用劉半農的話說——「三代以上的古人」，甚至魯迅也被譏為
停留於「滿清末年」的「封建餘孽」，是「二重的反革命」。[37]即使是
他們引為自豪的白話文也遭受到兩個不同方向的重大非議。一種觀念
認為，五四新文化運動是資本主義對於封建主義的反抗，科學、民主
都是資產階級意識型態的表徵；因此，白話文取代文言文無非是資產
階級的勝利。五四知識分子無法加入徹底的無產階級革命，他們的歸
宿不過是大學或者文化機構、「好人政府」以及整理國故。[38]另一種觀
念認為，五四新文化運動形成的白話文轉變成為一種「新文言」——
「是中國文言文法，歐洲文法，日本文法和現代白話以及古代白話雜
湊起來的一種文字，根本是口頭讀不出來的文字。」[39]這種新文言只

35　曠新年：《1928：革命文學》（濟南市：山東教育出版社，1998年），頁1。

36　參見〈無產階級與藝術〉，《無產階級文化派資料選編》（北京市：中國社會科學出版社，1983年），頁1。

37　參見杜荃：〈文藝戰上的封建餘孽〉，《創造月刊》第2卷第1期（1928年8月10日）。

38　參見李初梨：〈怎樣地建設革命文學〉，《文化批判》第2號（1928年2月）。

39　宋陽（瞿秋白）：〈大眾文藝的問題〉，《文學月報》創刊號（1932年6月）。

能侷限於知識分子的小圈子，不可能成為無產階級革命的工具。總之，革命話語的歷史敘事取消了知識分子的精神導師資格；大眾的革命狂歡中，他們被甩在歷史之外，凝固成一個保守的、懦弱的、患得患失的形象。

　　毛澤東的〈在延安文藝座談會上的講話〉是一份極其重要的文獻。這份文獻的烙印深深地打入二十世紀下半葉的中國文學史之中。儘管毛澤東也是一個傑出的詩人，但是，作為一個革命領袖，毛澤東考慮的是文學與革命的關係，考慮革命文學「團結人民、教育人民、打擊敵人、消滅敵人」的意識型態功能。所以，他在引言之中開宗明義地指出，這次座談會的目的是「研究文藝工作和一般革命工作的關係，求得革命文藝的正確發展，求得革命文藝對其他工作的更好的協助，藉以打倒我們民族的敵人，完成民族解放的任務。」[40]革命開始徵用文學的美感功能。情感模式在革命話語之中的巨大意義引起人們的關注：「激進的理念和形象要轉化為有目的和有影響的實際行動，不僅需要有利的外部結構條件，還需要在一部分領導者和其追隨者身上實施大量的情感工作。」擅長喚起大眾的情感甚至被視為一種相當成功的革命技術。古代的農民起義者曾經使用武術套路、氣功、迷魂術、發誓賭咒等手段作為政治和心理的控制策略。中國共產黨在訴苦和控訴會之外還訴諸另一種文明的形式：戲劇。革命家逐漸意識到，這時文學產生的效果甚至不亞於軍隊。[41]

　　這個意義上，毛澤東從來不願意把文學視為閒情逸致。溫柔敦厚的儒家詩教無異於統治者的幫手。文學是從屬於革命的武器。他明確

---

40 毛澤東：〈在延安文藝座談會上的講話〉，《毛澤東選集》第3卷（北京市：人民出版社，1991年），頁847，848。

41 裴宜理：〈重訪中國革命：以情感的模式〉，《中國學術》2001年卷第4期（總第8輯）（北京市：商務印書館，2001年），頁98，101，107。

地說：「一切文化或文學藝術都是屬於一定的階級，屬於一定的政治路線的。」不存在超階級的文藝。談論文學的歸宿之前，毛澤東根據階級圖譜描述了大眾、知識分子以及他們在革命形勢中分布的位置。當然，首先必須作出一個基本的定位：「現階段的中國新文化，是無產階級領導的人民大眾的反帝反封建的文化。」[42]無產階級的領導權決定了階級圖譜之中的首要關係；大眾是浩浩蕩蕩的主流。誰有資格成為大眾？毛澤東詳細地分析了大眾的階級組成：

> 什麼是人民大眾呢？最廣大的人民，占全人口百分之九十以上的人民，是工人、農民、兵士和城市小資產階級。所以我們的文藝，第一是為工人的，這是領導革命的階級。第二是為農民的，他們是革命中最廣大最堅決的同盟軍。第三是為武裝起來了的工人農民即八路軍、新四軍和其他人民武裝隊伍的，這是革命戰爭的主力。第四是為城市小資產階級勞動群眾和知識分子的，他們也是革命的同盟者，他們是能夠長期地和我們合作的。這四種人，就是中華民族的最大部分，就是最廣大的人民大眾。[43]

這是一個相當清晰的定義。儘管這個定義之中包括了知識分子的地位，但是，他們還是被單獨提出給予論述。的確，知識分子的階級歸宿——小資產階級——僅僅是大眾的外圍；他們時常與工農兵格格不入。只要氣候適宜，他們就會不知不覺地轉為大眾的反面。所以，毛澤東以批評的口吻說，他們的「靈魂深處還是一個小資產階級知識

---

42 毛澤東：〈在延安文藝座談會上的講話〉，《毛澤東選集》第3卷（北京市：人民出版社，1991年），頁855，865。

43 毛澤東：〈在延安文藝座談會上的講話〉，《毛澤東選集》第3卷（北京市：人民出版社，1991年），頁855。

分子的王國。」物以類聚，人以群分，毛澤東尖銳地指出了這些知識
分子利用文學表現出的階級本能：「因為他們自己是從小資產階級出
身，自己是知識分子，於是就只在知識分子的隊伍中找朋友，把自己
的注意力放在研究和描寫知識分子上面。……他們是站在小資產階級
立場，他們是把自己的作品當作小資產階級的自我表現來創作的，我
們在相當多的文學藝術作品中看見這種東西。他們在許多時候，對於
小資產階級出身的知識分子寄予滿腔的同情，連他們的缺點也給以同
情甚至鼓吹。對於工農兵群眾，則缺乏接近，缺乏了解，缺乏研究，
缺乏知心朋友，不善於描寫他們；倘若描寫，也是衣服是勞動人民，
面孔卻是小資產階級知識分子。」[44]

　　即使在〈在延安文藝座談會上的講話〉發表前夕，仍然有人在延
安為小資產階級知識分子辯護。例如，一九四二年一月二十七日的
《解放日報》刊登了林昭的文章〈關於對中國小資產階級作家的估
計〉。作者提出，不該將中國的小資產階級知識分子與資產階級知識
分子相提並論，不該認為他們都是「先天的孱兒」，文學成就「薄
弱、渺小、幾乎是不足道的」。相反，小資產階級知識分子「始終是
中國新文學運動的主力」，業績輝煌。[45]然而，一旦毛澤東把大眾作為
知識分子的嚮導和尺度，後者就無形地成了反面角色：「拿未曾改造
的知識分子和工人農民比較，就覺得知識分子不乾淨了，最乾淨的還
是工人農民，儘管他們手是黑的，腳上有牛屎，還是比資產階級和小
資產階級知識分子都乾淨。」所以，毛澤東號召知識分子必須與工農
大眾相結合；知識分子必須熟悉工農兵，所謂的「大眾化」「就是我
們的文藝工作者的思想感情和工農兵大眾的思想感情打成一片。」知
識分子沒有理由再將自己當成理所當然的啟蒙者，「只有代表群眾才

---

44 毛澤東：〈在延安文藝座談會上的講話〉，《毛澤東選集》第3卷（北京市：人民出版
　　社，1991年），頁856-857。

45 參見艾克恩編：《延安文藝運動紀盛》（北京市：文化藝術出版社，1987年），頁309。

能教育群眾，只有做群眾的學生才能做群眾的先生。」如果知識分子真心誠意地為大眾服務，他們就要放棄小資產階級的立場而站在無產階級的立場。[46]

　　這是革命話語對於意識型態、文學、知識分子、大眾之間複雜關係的權威表述。不論二十世紀四十年代的延安擁有哪一種歷史地位，毛澤東總是以歷史敘述者的身分出現，高瞻遠矚，全知全能。當然，這種身分最終得到了歷史的承認。毛澤東逐漸擁有了無可比擬的歷史地位，這些表述隨即成為金科玉律，並且派生出形形色色的文化革命。相當長一個時期，知識分子完全喪失了啟蒙者的威信。他們通常作為迂腐、狹隘、保守乃至反動的角色載入史冊，成為大眾譏諷和拋棄的對象。大眾、知識分子的身分均已固定化、體制化、臉譜化，階級出身成為或褒或貶的全部依據。這種歷史一直延續到二十世紀的八十年代──延續到一個新的啟蒙運動開始。

---

46 毛澤東：〈在延安文藝座談會上的講話〉，《毛澤東選集》第3卷（北京市：人民出版社，1991年），頁851、864、856。

下篇

　　相當長的時間裡，文學史敘述學被規範為革命話語的一個分支。二十世紀四十年代之後，「大眾」已經成為文學史敘述學中的一個舉足輕重的概念。從民粹主義的傳統到大眾文學的論爭，一連串複雜的理論運作終於使大眾成為一個不容置疑的褒義詞。因此，「大眾」的喜聞樂見是文學的不懈追求，投入「大眾」是對一個作家的重大褒獎。這是「文學新方向」的主要內容。[47]然而，儘管「大眾」這個概念具有特殊的分量，它的涵義仍然閃爍不定。「大眾」僅僅表明了龐大的數量而不存在固定的邊緣；許多時候，各種群體可以自由地出入，理所當然地分享「大眾」的名義。這些群體分別從屬相異的文化圈，擁有不同的價值觀念體系——文學史必須信賴哪一批大眾呢？

　　的確，沒有人可能提供確鑿的「大眾」花名冊。「大眾」僅僅是相對而言。大眾的涵義必須依靠種種相對物給予確認。文學史敘述學中，「大眾」的相對物往往是「知識分子」。相當長的時間裡，大眾與知識分子鎖在一個隱性的二元結構之中，前者充當了一個不言而喻的主項。因此，大眾的革命品質——正義、勇敢、直率、誠實、樸素——時常是在貶抑知識分子之中得到了表述。大眾的主體是被壓迫貧民，他們大公無私，不再懼怕失去身上的鎖鏈，無產者的聯合形成了一種牢不可破的革命集體主義；相反，知識分子「膽子小，他們怕官，也有點怕革命」，[48]知識分子通常傾心於個人主義，心存夢想同時又軟弱無能。顯而易見，大眾和知識分子之間的道德差異以及特殊的

---

47 參見洪子誠：〈第一章　文學的「轉折」〉，《中國當代文學史》（北京市：北京大學出版社，1999年）。

48 毛澤東：〈中國社會各階級的分析〉，《毛澤東選集》第1卷（北京市：人民出版社，1991年），頁5。

社會性格，無不可以追溯到階級根源──毛澤東的〈中國社會各階級的分析〉是一篇經典性的參考文獻。階級出身決定了一切意識型態的歸宿。革命話語清晰地界定了二者之間涇渭分明的譜系。

　　這種隱性的二元結構無形地封鎖了種種可能出現的理論歧義，阻斷了不符合上述規定的歷史實踐。例如，根據劉禾的考察，五四知識分子曾經企圖將個人主義話語組織到國家民族的理論之中，「把個人組合成民族國家的公民，現代社會的成員」；[49]然而，革命話語深刻地質疑了個人主義，剪除了種種多餘的理論枝蔓，於是，個人主義、知識分子與小資產階級三者終於殊途同歸。另一方面，這種隱性的二元結構沒有為大眾相對於政權體系──譬如，相對於國家、政府──這些棘手的問題留下足夠的空間。很長的時間裡，文學史敘述學不必涉及大眾與政權體系的二元結構，不必確認二者之間的主項和提出尖刻的褒貶。

　　不言而喻，這種隱性的二元結構將知識分子設定為尷尬的甚至是危險的角色。列寧在談論馬克思如何使用「人民」這個概念時說：馬克思是「用它來把那些能夠把革命進行到底的確定的成分聯為一體」[50]；毛澤東在〈關於正確處理人民內部矛盾的問題〉中也談到，「人民」的概念是歷史性的：「在現階段，在建設社會主義的時期，一切贊成、擁護和參加社會主義建設事業的階級、階層和社會集團，都屬於人民的範圍；一切反抗社會主義革命和敵視、破壞社會主義建設的社會勢力和社會集團，都是人民的敵人。」[51]如果知識分子扮演的是大眾的「他者」，那麼，他們只能浮游於革命的外圍。的確，知

49　劉禾：〈個人主義話語〉，《語際書寫》（上海市：上海三聯書店，1999年），頁53-57。

50　列寧：〈社會民主黨在民主革命中的兩種策略〉，《列寧選集》第1卷（北京市：人民出版社，1960年），頁621。

51　毛澤東：〈關於正確處理人民內部矛盾的問題〉，《毛澤東選集》第5卷（北京市：人民出版社，1977年），頁364。

識分子時常被視為站在革命門檻上的人。毛澤東時常以革命領袖的身
分告誡他們：必須迅速地將自己的立場轉移到人民大眾的陣營之中，
否則，知識分子必將被自己的出身階級──小資產階級──所俘虜。
這預示了嚴重的後果：「小資產階級出身的人們總是經過種種方法，
也經過文學藝術的方法，頑強地表現他們自己，宣傳他們自己的主
張，要求人們按照小資產階級知識分子的面貌來改造黨，改造世界。
在這種情形下，我們的工作，就是要向他們大喝一聲，說：『同志』
們，你們那一套是不行的，無產階級是不能遷就你們的，依了你們，
實際上就是依了大地主大資產階級，就有亡黨亡國的危險。」[52]人們
看到，所謂小資產階級的自我表現並不是以赤裸裸的反革命形象出
現；如果用洪子誠的話說，知識分子作家時常在文學之中表現了革命
背後的「酸楚」。然而，當高調的革命文學成為唯一的模式之後，作
家必須「只發現『力』的快樂，而不能體驗『美的悲哀』；只急於完
成，而不耐煩『啟示』；只喜歡高潮和『斬釘截鐵』，而不喜歡變化和
複雜的過程；只喜歡有力的英雄，而不喜歡不徹底的凡人」[53]──多
愁善感背後隱藏的軟弱即是知識分子的阿喀琉斯之踵。如果他們無法
跟上粗獷豪邁的大眾，那麼，這些落伍者必定是反動階級的俘虜。王
蒙曾經覺得，革命與文學目標一致，二者都想把舊世界打個落花流
水；「文學是革命的脈搏，革命的訊號，革命的良心；而革命是文學
的主導，文學的靈魂，文學的源泉。」然而，意想不到的是，溫情脈
脈的文學逐漸與堅硬的革命稜角格格不入，文學與革命二者不可兩
全──這甚至導致可怕的「人格分裂」。[54]從知識分子、大眾的二元結
構到文學、革命的二元結構，這是一個必然的邏輯演變。

---

52 毛澤東：〈在延安文藝座談會上的講話〉，《毛澤東選集》第3卷（北京市：人民出版
　社，1991年），頁875-876。
53 洪子誠：《問題與方法》（北京市：三聯書店，2002年），頁288。
54 王蒙：〈我在尋找什麼？〉，《文藝報》1980年第10期。

　　這種隱性二元結構的瓦解源於革命話語的清理。這是六、七十年代革命狂熱之後的總結。人們開始重新考察二十世紀革命的形式及其社會意義。當然，考察的目光也可能向遙遠的歷史擴展。一九九九年，一份享有盛名的報刊在「我們這一千年」的通欄標題之下如此描述革命：

> 在最近一千年裡，要找出人類最驚懼而中國最熟悉的一個共同詞彙，也許只有「革命」。革命是歷史的火車頭，革命能使歷史沸騰，革命是摧枯拉朽的風暴，凡是革命的正面作用，和其魅力長存的精神遺產，人們已經談得很多，也都對。但是人們往往遺忘了革命遺留的代價，並且由於遺忘而輕信了許多神話。[55]

　　言辭之間，作者顯然對革命的激進持一種保留態度。陳建華曾經在更為深刻的意義上考察了革命話語的淵源：「英語 revolution 一詞源自拉丁文 revolvere，指天體周而復始的時空運動。十四世紀以後，反政府的起義或暴動被稱為 rebel 或 rebellion；而在十六世紀之後，revolt 一詞也指『叛亂』，它與 revolution 的詞根相同，『叛亂』與『革命』的界限模糊。由是，revolution 轉生出政治含義。一六八八年的英國『光榮革命』和一七八九年的法國革命，使『革命』在政治領域裡產生新的含義，衍生出和平漸進和激烈顛覆這兩種政治革命模式。」[56]由於種種歷史原因，二十世紀的中國挑選了疾風暴雨式的革命。以暴易暴成了歷史新陳代謝的方式。無傷大雅的修修補補不可能誕生新時代，摧毀舊世界才會有鳳凰涅槃式的新生。按照余英時的看

55　朱學勤：〈革命〉，《南方週末》，1999年12月29日。
56　陳建華：〈「革命」的現代性──中國革命話語考論〉（上海市：上海古籍出版社，
　　2000年），頁7。

法，近現代史內部存在一個激進主義壓倒保守主義的傾向。「從清末到民國初年，我們發現政治的現實是沒有一個值得維護的現狀。所以保守主義很難說話。」於是，「基本上中國近百年來是以『變』：變革、變動、革命作為基本價值的。」[57]王元化同時還指出了激進主義與無政府主義之間的淵源關係。[58]馬克思主義的學說深入人心之後，階級鬥爭成為激進主義選擇的表現形式——階級鬥爭是埋葬剝削體制的唯一手段。「革命是暴動，是一個階級推翻一個階級的暴烈的行動」，相當長一段時間裡，毛澤東這句名言幾乎家喻戶曉。[59]的確，一個前所未有的時代如願以償地矗立在地平線上。然而，遞進式的激進主義能否持久地維持一個新時代？

很大程度上，「告別革命」的口號顯然與這種思想背景密切相關。劉再復特地申明：「我們所界定的革命，是在中國的具體歷史情境中與改良相對立的革命，它是指以群眾暴力等急劇方式推翻現有制度和現在權威的激烈行動。我們所作的告別，首先是告別以大規模的流血鬥爭推翻政權的方式，這是階級鬥爭的極端形式。」（頁267）李澤厚和劉再復共同認為，二十世紀成了「革命和政治壓倒一切、排斥一切、滲透一切，甚至主宰一切的世紀。」（頁60）「革命只是一種破壞性的力量，它破壞了一種政治框架之後，並沒有提供新的政治框架」（頁64）。這種政治真空不得不導致再度的專制。對於這種歷史演進，他們也是使用「太激進」（頁56）這個詞予以貶抑，「所謂激情有餘，理性不足」（頁56）。十九世紀和二十世紀上半葉中國所遭受的屈辱導致某種強烈的焦慮，這是隱在激進背後普遍的社會心理。他們自

---

57 余英時：〈中國近代史思想上的激進與保守〉，《知識分子立場：激進與保守之間的動盪》（長春市：時代文藝出版社，2000年），頁8、9。

58 參見王元化：〈近思劄記〉、〈對於「五四」的再認識答客問〉，《九十年代反思錄》（上海市：上海古籍出版社，2000年），頁8、147-148。

59 毛澤東：〈湖南農民運動考察報告〉，《毛澤東選集》第1卷（北京市：人民出版社，1991年），頁17。

稱是「溫和的改良派」（頁60），寧可贊成英國式的漸進。一個社會的運轉不該依賴大規模的革命運動，而是依賴一連串程序。民主必須是一些理性程序之下的活動，而不是轟轟烈烈地互相攻擊。改良比革命更為複雜和瑣細，「改良者需要更多的知識、經驗和學問」（頁65），僅有一腔熱血於事無補。現在是黑格爾所說的散文時代。上層建築、意識型態、文化批判的意義不宜估計過高，務實主義遠遠勝於口號和宣言。告別革命即是要強調經濟為主，強調吃飯哲學——這曾經是恩格斯在馬克思墓前講話之中表述的基本思想。這個意義上，知識分子必須放棄「菁英心態」（頁54），不再渴望充當某種英雄，他們的真正角色是專業人才。[60]專業的具體積累是一個社會漸進式改善的基礎。革命話語的清理不斷地瓦解階級鬥爭學說的理論依據——包括瓦解大眾與知識分子之間階級意義上的對立。

　　當然，更為重要的是，執政黨戰略思想的轉移導致了歷史性的轉移。一九七八年，中國共產黨形成了一個深刻的歷史判斷：大規模疾風暴雨式的群眾性階級鬥爭基本結束，實現工作中心轉變的條件已經具備，「全黨工作的重點應該從一九七九年轉移到社會主義現代化建設上來。」[61]與此同時，另一個歷史判斷廢除了知識分子身後揮之不去的階級異己身分：「總的說來，他們的絕大多數已經是工人階級和勞動人民自己的知識分子，因此也可以說，已經是工人階級自己的一部分。」[62]延續多時的歷史框架解體了。新的歷史階段開啟之後，大眾與知識分子之間的隱性二元結構終於喪失理論依據。

---

60 李澤厚、劉再復：《告別革命》（香港：天地圖書公司，2004年），頁267、60、64、56、56、60、65、54。

61 〈中國共產黨第十一屆中央委員會第三次全體會議公報〉（1978年12月22日通過），《三中全會以來重要文獻選編（上）》（北京市：人民出版社，1982年），頁1、4、5。

62 鄧小平：〈在全國科學大會開幕式上的講話〉，《鄧小平文選》第2卷（北京市：人民出版社，1983年），頁89。

　　相對於二十世紀之初的五四時期，八十年代曾被稱為「新啟蒙」。知識分子重新活躍起來，指點江山，激揚文字。八十年代初期，文學知識分子——一批作家和批評家——成為先鋒。統計資料顯示，七十年代末期開始，文學的文獻數量名列社會科學文獻的首位。[63] 與經濟學、法學、社會學的精確嚴謹不同，文學的生動故事和犀利辭句具有振聾發聵之效。人道主義、主體、自我、內心生活是文學理論撤出激進主義革命話語的概念通道。這種歷史氛圍中，知識分子與大眾之間的相對關係出現微妙的轉移。大眾不再是一個面目不清的匿名整體，大眾由形形色色的性格組成，他們與知識分子之間的聯繫包含了複雜的情節；另一方面，知識分子開始恢復自信，精英主義意識悄悄地再度抬頭。

　　首先，知識分子與大眾之間的差距得到正視。知識分子沒有必要時刻因為這種差距而羞愧。如果知識分子是時代的先知，他們必然走在大眾的前方——甚至超出大眾的視域。這時，知識分子無法遷就大眾而停步，儘管他們的根本意圖是解放大眾。魯迅身上曾經集中了這種矛盾。魯迅的許多小說、雜文中都存在「獨異個人」與「庸眾」之間的緊張。李歐梵分析了魯迅那個「鐵屋子」中的動靜：「少數清醒者開始時想喚醒熟睡者，但是那努力導致的只是疏遠和失敗。清醒者於是變成無力喚醒熟睡者的孤獨者，所能做到的只是激起了自己的痛苦，更加深深意識到死亡的即將來臨。他們之中的任何人都沒有得到完滿的勝利，庸眾是最後的勝利者。」[64] 然而，這並不表明大眾是異於知識分子的另一個階級，涇渭分明地擁有另一套階級屬性。總之，二者之間的複雜聯繫遠遠超出了「階級」的涵義——正如斯圖亞特·

63　參見范并思：〈社會轉型時期的中國社會科學：社會科學的科學計量學分析〉，《上海社會科學院學術季刊》（2001年3期）。

64　李歐梵：〈來自鐵屋子的聲音〉，《現代性的追求》（北京市：三聯書店，2000年），頁40。

霍爾指出的那樣：「『大眾』這一術語與『階級』這個術語有著非常複
雜的聯繫」，「我所說的一切如果不與階級的視角和階級鬥爭聯繫在一
起的話，將沒有任何意義。不過同樣清楚的是，在階級與特定文化形
式或實踐之間，不存在一對一的關係。『階級』和『大眾』這兩個術
語深深地聯繫在一起，但它們並非完全可以互換的。」[65]的確，一批
作家筆下的大眾清晰地浮現出神采各異的形象。王蒙〈蝴蝶〉之中的
秋文，高曉聲的陳奐生和李順大，張賢亮的馬櫻花和黃香久，張承志
的額吉和馬背上的牧人，莫言〈紅高粱〉之中的我爺爺我奶奶，韓少
功〈爸爸爸〉之中的丙崽或者王安憶〈小鮑莊〉之中的撈渣……這些
「大眾」並不是同一張面孔。當然，這些形象如何呈現業已寓含了知
識分子的眼光和敘述層面。這些形象從各個角度進入知識分子的視
野，種種故事喻示知識分子與大眾之間的多重關係。同情，庇護、嘲
笑、敬重、衝突，相互蔑視或者相互佩服，相互可憐或者相互疏遠，
時而覺得對方強大，時而覺得對方軟弱，如此等等。總之，知識分子
與大眾之間的故事遠遠超出階級本位的二元結構，暴露出分歧的歷史
線索。傳統的革命話語無法完整地解釋知識分子與大眾之間的差距及
其原因，無法完整地描述二者合作、共謀、分歧、對立等等複雜的歷
史糾葛。知識分子與大眾之間隱性的二元結構瓦解之後，知識分子不
僅更為深刻地認識了大眾，同時也更為深刻地察覺他們可能與大眾之
間共同參與的各種歷史活動。進入歷史的前沿甚至可以發現，知識分
子與大眾賴以定位的經濟基礎正在改變。「對於精英們說來，大眾幾
乎一直是貧困的同義語，是悲慘命運的同義語。光是這一條，就足以
使大眾獲得神聖的地位，並且成為精英們愧疚的理由。」可是，如同
韓少功發現的那樣，這個歷史判斷至少已經部分地過時：「在很多國
家和地區，定義為中產階層的群體已經由原來的百分之五擴展到百分

---

65 斯圖亞特・霍爾著：〈解構「大眾」筆記〉，戴從容譯：《大眾文化研究》（上海市：
　　上海三聯書店，2001年），頁55。

之七十甚至更多，加上不斷補充著這一階層隊伍的廣大市民，一個優裕的、富庶的、有足夠消費能力的大眾正在浮現。」相對地說，許多人文知識分子反而轉入清貧者之列。[66]知識分子與大眾的歷史沉浮不僅迫使人們重新想像未來的社會圖譜，同時，啟蒙的意義和形式也將改寫。

　　無論知識分子如何重新認識大眾，多數作家仍然對五四以來的文學傳統保持敬意：大眾必須是文學的主角——除了文學形式問題。的確，文學形式問題令人驚奇地表現出了知識分子的精英主義觀念。二十世紀七十年代末至八十年代初，新詩形式的爭論形成了軒然大波。一批新詩深奧晦澀，語義曖昧，甚至被戲稱為「朦朧詩」。爭論的焦點很快匯聚到這個方面：大眾怎麼可能讀懂這些新詩？詩人們對於形式實驗作出口乾舌燥的辯解和闡釋之後，一種久違的傲慢終於浮出水面：詩並不是像粉條那麼容易下嚥，你們讀不懂，那就希望你們的子孫能夠讀懂吧。所有的人都讀得懂的詩常常不是好詩。一些批評家及時跟進，他們的理論表述終於將問題推到極端：新詩「不屑於作時代精神的號筒，也不屑於表現自我感情世界以外的豐功偉績。」因此，晦澀不可避免。文學形式實驗之中的詩人沒有必要謙恭地檢討自己。必須坦然承認，「在當藝術革新潮流開始的時候，傳統、群眾和革新者往往有一個互相磨擦、甚至互相折磨的階段」。[67]

　　新詩爭辯之後，小說與戲劇都發生了相似的事件。爭論的焦點如出一轍。耐人尋味的是，形形色色的文學形式實驗持續下來，大眾的名義並沒有阻止住作家標新立異的衝動。考察之後可以發現，兩種理念隱蔽地支持著文學形式實驗的展開。首先，許多人認為，文學形式的演變是生活演變的產物。王蒙曾經解釋說：「複雜化了的經歷、思

---

66 韓少功：〈哪一種「大眾」？〉，《文學的根》（濟南市：山東文藝出版社，2001年），頁133-134。

67 孫紹振：〈新的美學原則在崛起〉，《詩刊》1981年3期。

想、感情和生活需要複雜化了的形式。」[68]通常認為，作家是擁有異
秉的人。大眾已經在日常的瑣事之中漸漸遲鈍，作家時常更為迅速地
洞察歷史事變的蛛絲馬跡；大眾還渾然無知地沉溺於傳統的文學形
式，作家已經開始煉鑄新的文學形式給予表現──一如康德所言，天
才的作家制定藝術規則。[69]這種理念之中存有浪漫主義的文學觀念；
更為普遍的意義上，這種理念同時暗示了知識分子的精英身分。文學
形式實驗的另一個理念可以追溯至文學自律觀念。從新批評、俄國形
式主義到結構主義，文學形式被視為獨立自足的系列，只有一批受過
嚴格訓練的專業人士才有資格詮釋文學形式的意義，大眾的多嘴多舌
無濟於事。無論是雅各布森對於詩的條分縷析還是羅蘭‧巴特對於小
說的精緻解讀，他們的形式考察已經遠遠地超出了大眾的視域。他們
所運作的一套一套術語來自某些高深莫測的學科。只有知識分子才能
勝任如此奧妙的思想。迄今為止，文學形式實驗仍然盛行不衰。諸如
「私人寫作」或者「身體寫作」之類主張也依附於這個名義之下粉墨
登場。作家擺出精英主義姿態回絕一切所謂「讀不懂」的非議。當
然，大眾還是露骨地表示了他們的反感──許多實驗之作沒有得到任
何響應。不過，這一次大眾與知識分子精英主義的矛盾並不會形成大
規模的政治對抗。大眾反感的後果無非是，某些自以為是的文學著作
只能輾轉於一個小圈子而無法佔領市場罷了。相對於傳統的革命話
語，這是一個至關重要的區別：這時的大眾已經不是階級意義上的大
眾，而是市場意義上的大眾。

　　文學史敘述學之中，大眾曾經有過另一種涵義：文化市場上的大
量消費者。例如，二十世紀二、三十年代的鴛鴦蝴蝶派也曾經贏得眾
多讀者。當然，這些「大眾」許多時候的別名是「小市民」，是有閒階

68　王蒙：〈我在尋找什麼〉，《文藝報》1980年10期。
69　康德：《判斷力批判》（北京市：商務印書館，1988年），頁152-153。

層或者竟日以消遣打發時光的太太們。他們醉生夢死，得過且過，身上幾乎看不到多少革命的能量——這種「大眾」的意義並未納入革命話語。二十世紀五十年代之後的文學史敘述中，「大眾」的這方面涵義遭到了壓抑乃至刪除。當然，鴛鴦蝴蝶派之類的文學同時銷聲匿跡。

這方面涵義的大規模復活是二十世紀九十年代的事情。這時，大眾文化驟然崛起；大眾——一個龐大的讀者群體——擁有了特殊的經濟學意義。如果使用經濟學術語給予描述，那麼，文學是一種商品，某些文學的生產部落甚至形成相當可觀的文化產業。這時，大眾是文化產品的消費主體。當然，這三者之間還夾雜了一個令人雀躍的字眼：利潤。顯然，商品、文化產業、消費主體、利潤必須在市場環境之中形成一個循環的結構。然而，二十世紀九十年代之後的一個醒目的歷史事件不就是市場的真正降臨嗎？市場的降臨不僅是一個經濟事件，市場形成的意識型態同時還深刻地改變了一連串社會關係以及文化的功能。市場喚醒了文學之中潛伏的商品屬性。文化甚至是現今最為搶手的商品——一些發達國家文化產業的 GDP 比重已經超過了傳統的製造業。[70]如果說，「著書都為稻粱謀」曾經是傳統文人的謀生手段，那麼，現今的大眾文學業已深深地捲入資本市場的運作。投資、大規模批量生產、搶眼的廣告宣傳、大面積市場覆蓋、巨額利潤——這些企業的常規手段已經完整地移植到大眾文學的生產。市場體系的擴張導致知識分子精英主義的迅速收斂，「讀者就是上帝」成為新的名言。大眾又回來了，而且得到隆重的禮遇。當然，這時的大眾正在購買中創造利潤，而不是在吶喊中揭竿而起。

這又有什麼不對？一些如魚得水地活躍於市場的作家尖銳地反問。他們的版稅收入的確可觀，但是，他們更樂於援引另一些與市場無關的理論為自己辯護。他們認為，市場是一個公平交易的平臺；大

---

70 參見江藍生、謝繩武主編：《2001-2002中國文化產業發展報告》（北京市：社會科學文獻出版社，2002年），頁1。

眾的自願認購雄辯地證明文學的價值。這是文化民主的實踐。對於大眾文學頻頻皺眉毋寧說是知識分子精英主義的痼疾。文化權威們供奉一整套經典體系作為文學的楷模，學院的文學史教學成為保護精英主義的機制。他們無視大眾的喜怒哀樂，專制地斷言《詩經》或者莎士比亞、金庸、古龍或者偵探小說更值得一讀。其實，這些知識分子僅僅在口頭上念叨「民主」或者「人民」，他們對於大眾文學的蔑視令人迅速地想到了「葉公好龍」的寓言。這些作家理直氣壯地將市場視為文學優劣的檢驗。他們申明，不在乎教授或者文學史的提名——他們只想為了大眾寫作。他們可以舉出許多例子證明，歷史上眾多名著就是贏得了大眾的作品。洛陽紙貴不就是因為大眾喜愛左思的〈三都賦〉？他們的敘述之中，這種寫作既是美學的，又是經濟的，同時還可以順利地納入「為人民服務」的口號。換言之，民主、人民和市場都在「大眾」這個術語中匯合。

　　這些作家的歷史記憶並沒有錯——只是他們對於現代市場不那麼了解。現代市場如此成熟，它們業已形成了支配甚至操縱大眾的龐大系統。市場不僅以種種巧妙的方式包裝商品，使眩人耳目；市場甚至可以煽動乃至製造大眾的各種購買欲望。大眾傳播媒介的輔佐與爐火純青的廣告設計無時無刻不在誘導著大眾。商品購買已經組織到生活的想像中，消費與意識型態同聲相應。時髦、時尚、身分、情調、某種生活的認同感——總之，一連串意識型態的製造物——正在愈來愈大程度地決定大眾的消費趣味。這一切表明市場背後隱藏的權力體系，資本成為這種權力體系的中心——資本可以在很大程度上左右大眾傳播媒介和廣告的主題。大眾文學並沒有逃離這種權力體系，包括作家本人。作家不再是一個高瞻遠矚的啟蒙者，他們更像是一個向市場供貨的生產者。許多時候，大眾購買文學讀物的依據並非文學價值，而是大眾傳播媒介的動靜。不是讀者數量決定銷售聲勢，而是銷售聲勢決定讀者數量。不可否認，「大眾」意味可觀的人數。然而，

這就是對於讀者的尊重嗎？我曾經在〈歧義的讀者〉中表示了懷疑：

> 暢銷排行榜之中，讀者無非是一批抽象的數字，二十萬、四十
> 萬或者一百萬不等。這些數字的最大意義體現於利潤的帳本之
> 中，這些數字背後不存在讀者個體。數字背後的讀者沒有姓
> 名，沒有個性，沒有職業和文化差別。從文化官員、職業批評
> 家、民工到富裕的商人，數字拉平了他們的所有界限。每一個
> 讀者之間的差異被棄置不顧。[71]

由於大規模投放市場，大眾文學時常出現模式化生產；偵探小說、武俠小說或者青春偶像劇均是某些歷史悠久的類型，性別、種族、高貴或者卑賤、中心或者邊緣等各種意識型態訊息隱密地支持著這些類型的承傳。一切都是按照標準的固定程序製作，個性的意義被大幅度壓縮了。大眾的想像力將被這些千篇一律的文學閹割。讀者只能呆滯地陷於這些模式中，被既定的意識型態所支配。事實上，這些對於大眾文學的尖銳批判多半源於法蘭克福學派。阿多諾和霍克海默——法蘭克福學派的骨幹成員——在《啟蒙辯證法》中指出，大眾文化是商業社會的組成部分，它是一種虛假的意識，是資本主義社會關係的再生產，是一種新的控制形式。這個意義上，大眾文化是文化危機的表徵。

已經有許多人指出了法蘭克福學派的偏激。英國的伯明翰學派對於大眾文化的社會意義遠為樂觀。現今，或許約翰·費斯克的觀點具有相當大的代表性。費斯克刻意地區分了「大眾文化」（popular culture）與「群眾文化」（mass culture）。在他看來，「群眾」（mass）才是法蘭克福學派所描述的那種被動、異化、消極和無力的主體。相

---

71 南帆：〈歧義的讀者〉，《文藝理論研究》2000年2期。

形之下，大眾文化內部包含了被宰制階層的主動性。費斯克強調說：
「我不相信『大眾』是『文化傻瓜』，他們並非被動無助的一群，沒
有辨別力，因此在經濟、文化和政治上受文化產業的大資本家任意擺
佈。」[72]大眾文化毋寧說是他們反抗資本主義體制的一個前哨陣地，
大眾利用文化產品偷襲、躲避、冒犯、轉化、抗拒那些宰制性力量：

> 大眾文化一直是權力關係的一部分，它總是在宰制與被宰制之
> 間、在權力以及對權力所進行的各種形式的抵抗或規避之間、
> 在軍事戰略與遊擊戰術之間，顯露出持續鬥爭的痕跡。……大
> 眾正是憑藉這樣的戰術，對付、規避或抵抗著這些宰制性力
> 量。它並不一味關注收編的過程，而是探究大眾的活力與創造
> 力，正是這活力與創造力，使宰制者一直感覺到收編是一種持
> 久的必要。[73]

　　這些論述令人聯想到斯圖亞特・霍爾的著名論文〈編碼、解
碼〉。霍爾看來，編碼和解碼之間不存在絕對的同一性。某些時候，
大眾甚至有可能「以一種全然相反的方式去解碼信息」。例如，一個
電視觀眾收聽限制工資的辯論時，他完全可能將辯論者嘴裡的「國家
利益」解讀為統治者的「階級利益」。這即是用「對抗的符碼進行操
作」[74]。換句話說，大眾文化發現了資本主義體制之中存在的空隙；
作家利用文學暴露這種空隙，大眾在符號的特殊解讀中擴大這種空
隙。這也許是「轉向葛蘭西」——使用托尼・本內特的概括——之後

---

72 費斯克著，戴從容譯：〈大眾經濟〉，《大眾文化研究》（上海市：上海三聯書店，
　　2001年），頁131-132。

73 費斯克著，王曉珏、宋偉傑譯：〈理解大眾文化〉（北京市：中央編譯出版社，2001
　　年），頁25-27。

74 斯圖亞特・霍爾著，王廣州譯，羅鋼校：〈編碼，解碼〉，收入《文化研究讀本》
　　（北京市：中國社會科學出版社，2000年），頁358。

的文化動向。這時，人們不再侷限於大眾文化考察之中結構主義與文化主義的著名對立。按照葛蘭西的觀點，統治階級與被統治階級之間文化與意識型態的關係與其說是統治與反抗，不如說是爭奪「霸權」。前者必須以妥協的方式給後者留出席位。「資產階級之可以成為霸權階級、領導階級，其前提是資產階級意識型態必須在不同程度上能夠容納對抗階級的文化和價值，為它們提供空間。」[75]人們似乎可以將「文化霸權」的爭奪視為一種新型的革命。革命已經從血與火的戰場轉移到電視機面前了。

這種新型的革命成效如何？並不是所有的人都像費斯克那麼樂觀。符號學的騷擾並不能代替嚴謹的社會學分析。符號的巧妙解讀無法根本地動搖資本主義社會結構。資本的支配權並不會因為小打小鬧的遊擊戰術而削弱多少。[76]或許，費斯克的樂觀中隱含另一個更大的悲觀：傳統的革命業已式微，人們只能在符號領域的顛覆活動中製造另一種解放。的確，這是一個令人猶豫的問題：費斯克的策略是一種退卻還是一種開拓？

現今的理論旅行如此頻繁，人們對於法蘭克福學派或者伯明翰學派漸漸耳熟能詳。然而，這些思想毋寧是一種啟示性的理論背景。二十世紀的中國文學深刻地介入知識分子、大眾、啟蒙、革命、市場、社會體制、全球化等一連串錯綜的話語，並且在互動中形成一批獨特的問題。這些問題包含了更為複雜的脈絡和兩難權衡。作家以及人文知識分子的思想、視野、洞察力和良知正在遇到全面的挑戰。他們之間出現得了中國的阿多諾或者費斯克嗎？

---

75 托尼‧本內特著，陸揚譯：〈大眾文化與「轉向葛蘭西」〉，《大眾文化研究》（上海市：上海三聯書店，2001年），頁64。

76 參見趙斌：〈中文版導言〉，王曉珏、宋偉杰譯：《理解大眾文化》（北京市：中央編譯出版社，2001年）。

　　不管怎麼說，鎖住大眾與知識分子的隱性二元結構解體了。知識分子逐漸恢復了活力，並且開始自覺地對歷史發言。不少知識分子認可這種觀念：知識分子不僅僅是一些專業人士，他們必須承擔社會的良知，有責任關注社會的公共事務。的確，現代社會的分工導致種種行業分割，許多知識分子只能活動於一個狹窄的方格之內。漠視公共關懷的傾向正在精通專業知識的口號掩護下日益抬頭。一種觀點正在得到愈來愈多的默認：盡職地堅守專業崗位即是援助公共事務——這顯然是默認專業崗位與社會結構的既定關係，默認學院邏輯的全部意義。儘管如此，許多人還是聽到了薩義德的聲音。他在《知識分子論》中堅持主張：「知識分子是社會中具有特定公共角色的個人，不能只化約為面孔模糊的專業人士，只從事自己那一行的能幹成員。我認為，對我來說中心的事實是，知識分子是具有能力『向』（to）公眾以及『為』（for）公眾代表、具現、表明訊息、觀點、態度、哲學或意見的個人。」[77]這的確是許多人文知識分子活動的內心依據。

　　如果說，二十世紀八十年代的「新啟蒙」贏得了相當普遍的支持，那麼，九十年代的知識分子不一定是公認的代言人。現實發生了急劇的分化，利益群體的重組必將誘使一連串觀念的重新洗牌。知識分子必須在複雜的歷史脈絡中作出獨立的判斷，申明自己的立場。在這個意義上，九十年代中期「人文精神」的爭論有理由得到充分的肯定。很長的時間裡，人文知識分子已經沒有如此獨立地提出問題和表述觀點了。

　　可以看到，許多倡導「人文精神」的知識分子不約地對大面積的精神素質低下痛心疾首。當然，他們是因為一個特殊的歷史契機而發現了問題的嚴重程度：許多人——包括不少知識分子——捲入市場體系之後方寸大亂。大規模的思想危機必須追溯近現代知識分子的歷史

---

77 艾德華・薩伊德著，單德興譯：《知識分子論》（臺北市：麥田出版社，1997年），頁48。

境遇，但是，市場經濟的活躍環境卻使潛伏的思想危機浮向了表面。
這個發現初步顯示了這批知識分子的歷史洞察力。由於歷史的緊迫
性，他們甚至來不及按照學術慣例界定「人文精神」的精確涵義。我
曾經指出這種現象後面的原因：「有趣的是，這種狀況並未削弱人們
的發言激情。或許，兩者之間的反差恰好證明，人們迫切需要一個相
宜的話題。某些感想、某些衝動、某些體驗、某些憧憬正在周圍蠢蠢
欲動，四處尋找一個重量級的概念亮出旗幟。這種氣氛之中，『人文
精神』慨然入選。不論這一概念是否擁有足夠的學術後援，人們的激
情已經不允許更多的斟酌。」[78]

　　二十世紀八十年代，知識分子心目之中的「市場」隱含了激進的
涵義。「市場」概念之中潛伏了打開種種桎梏的歷史衝動，同時，「市
場」被視為個性、主體、解放、自由的歸宿。市場必將解除種種封建
式的人身依附，個體的才智、能力以及自由選擇權都將因為市場環境
而得到充分的尊重。同時，知識分子理直氣壯地認為，大眾始終站在
他們的身後。然而，這種浪漫的想像迅速在真正的市場之中陷入窘
境。猝不及防之間，知識分子的大部分話語突然失效。蔡翔曾經生動
地描述了這種狀況：

　　　　經濟一旦啟動，便會產生許多屬於自己的特點。接踵而來的市
　　場經濟，不僅沒有滿足知識分子的烏托邦想像，反而以其濃郁
　　的商業性和消費性傾向再次推翻了知識分子的話語權力。知識
　　分子曾經賦予理想激情的一些口號，比如自由、平等、公正等
　　等，現在得到了市民階級的世俗性闡釋，製造並復活了最原始
　　的拜金主義，個人利己傾向得到實際的鼓勵，靈——肉開始分
　　離，殘酷的競爭法則重新引入社會和人際關係，某種平庸的生

活趣味和價值取向正在悄悄確立，精神受到任意的奚落和調
侃，一種粗鄙化的時代業已來臨。……知識分子有關社會和個
人的浪漫想像在現實的境遇中面目全非。大眾為一種自發的經
濟興趣所左右，追求著官能的滿足，拒絕了知識分子的「諄諄
教誨」，下課的鐘聲已經敲響，知識分子的「導師」身分已經
自行消解。[79]

　　若干年之後，這批人文知識分子逐漸意識到問題的複雜程度。或
許，市場形成的經濟特徵並不是精神潰敗的直接原因。直接的原因毋
寧說，實利主義或者消費主義派生的一連串觀念粗魯地沖決了業已十
分脆弱的精神守則。王曉明將這一批觀念稱之為「新意識型態」。「新
意識型態」將「新富人」階層或者「成功人士」奉為生活偶像，脫貧
致富的欲望被悄悄地改寫為物質即是一切，刻意迴避階層、地區、政
治、文化等方面的深刻差異，簡單地推崇叢林法則，如此等等。[80]二
十世紀九十年代中期，許多知識分子還無法全面地描述新意識型態依
賴的複雜關係網路以及各個社會階層的分化，解讀新意識型態如何在
全球化背景之中運作；他們不無倉促地舉起「人文精神」的大旗應
戰。「人文精神」似乎企圖承擔一種拯救：知識分子沒有理由沉溺於
物質生活而成為「單向度的人」。他們竭力脫穎而出，恢復精神理想
的標高，用「文明」抵制「粗鄙化」。雖然「人文精神」的內涵沒有
得到嚴格的界定，但是，可以從上述動機察覺這個概念的基本指向。
　　耐人尋味的是，一開始就不是所有的知識分子都樂於肯定「人文
精神」的口號。王蒙、王朔、陳曉明、張頤武等作家和批評家均不同
程度地表示懷疑或者異議。不言而喻，分歧本身即是知識分子活力的

79 許紀霖、陳思和、蔡翔、郜元寶：〈道統、學統與政統〉，《讀書》1994年5期。
80 王曉明：〈在新意識型態的籠罩下──導論〉，《在新意識型態的籠罩下》（南京市：
　　江蘇人民出版社，2000年），頁18-19。

另一個證明。反方的質疑並不是吹毛求疵，這些質疑源於另一批生活經驗和理論資源。諸多質疑中，知識分子的身分以及與大眾的關係模式再度成為焦點之一。這個始終沒有解決的問題再度露面：知識分子有什麼資格代表大眾？大眾剛剛開始擁有自己的選擇，知識分子紛紛表示不適。「人民獲得了某種程度的感性解放，文化精英卻立即焦慮不安。」[81]——這時的知識分子是不是正在扮演偏執的唐・吉訶德？

然而，二十世紀九十年代重新遭遇知識分子問題的時候，人們沒有理由無視歷史環境的劇烈變動。這時的知識分子已經不是五四先哲的簡單複製了。許多思想家曾經從不同的意義上論述了歷史變動給知識分子帶來了什麼。也許，首當其衝的問題是，知識分子為誰發言？——這是知識分子與大眾關係問題的當今版本。

福柯關於知識即是權力的論斷震撼人心。這個論斷動搖了知識分子的真理衛士形象。換言之，知識分子的公正與客觀僅僅是一個不可靠的表象，他們隱蔽地在權力網路中扮演一個重要角色。知識分子沒有勇氣說，權力所產生的壓迫機制與他們徹底無關——「那種關於知識分子是『意識』和言論的代理人的觀念也是這種制度的一部分」。[82]如果聯繫布迪厄「文化資本」的概念，知識運作與利益之間的交換關係就會更為清晰地揭開帷幕。葛蘭西「有機知識分子」的論述從發生學的意義上描述了知識分子與特定階級、階層以及企業之間的互利共存。不可否認，歷史——特別是二十世紀以來現代性急劇擴張的歷史——正在給知識分子提供愈來愈大的空間。他們在社會財富的生產中承擔的角色愈來愈重要，並且因為專業知識而贏得高額回報。阿爾文・古爾德納甚至斷言，知識分子已經形成了一個新階級。在古爾德納看來，知識分子在佔有生產資料問題上顯示了相同的特徵。他們手

---

81 陳曉明：〈人文關懷：一種知識與敘事〉，《上海文論》1994年5期。

82 福柯著，謝靜珍譯：〈知識分子與權力〉，杜小真編選：《福柯集》（上海市：上海遠東出版社，1998年），頁206。

中握有特殊的「文化資本或人力資本」。[83]如果知識分子愈來愈明顯地成為現代社會的一個獨特的受惠群體，那麼，他們還能不能負責社會大眾的公共事務，甚至積極為被壓迫者發言？馬克斯·韋伯揭示了新教倫理在資本主義精神形成中的意義；相似的另一面是，知識分子對於革命的嚮往是否也隱含了經濟壓迫之外的文化傳統？更為具體地說，道德責任感、知識話語系統訓練出來的規範多大程度地支持他們的批判鋒芒？

　　這個問題決定了知識分子可能看到什麼。二十世紀九十年代，福山看到的是「歷史的終結」，德里達的《馬克思的幽靈》卻發現馬克思的幽靈並未死去。批判的聲音沒有被同質的文化完全馴服，德里達拒絕了西方的大合唱。蔑視聲勢浩大的時髦論斷，這至少證明了德里達獨樹一幟的勇氣，也證明了德里達身上傳統知識分子的血脈。可是，中國知識分子遭遇的複雜問題遠遠不是勇氣和傳統所能解決的。人們無法用一個簡單的命題表述這個國度的現狀。中國的龐大版圖中，前現代、現代、後現代迥異的價值觀念體系混雜於相同的歷史空間，相互衝突同時又相互制約。某些區域的市場經濟仍然是一個被壓抑的主題，另一些區域的消費主義成了唯一主宰。一些人毫無眷戀地拋下土地湧入城市，另一些人正在玻璃幕牆背後懷念田園風光。許多時候，迥異的價值觀念體系分別得到了權力機構的有力支持，派生出相互矛盾的現實。[84]如果說，現代性曾經在二十世紀八十年代成為強大而統一的號召，並且提供了巨大的歷史能量，那麼，九十年代的社會顯示了諸多不平衡的方面。公平、效率、競爭、壟斷、以人為本、企業管理這些不同譜系的字眼分別在各自的場合擔當正面的關鍵詞。

---

83 阿爾文·古爾德納著，杜維真等譯：〈序言〉，《新階級與知識分子的未來》（北京市：人民文學出版社，2001年），頁8。

84 參見南帆：〈衝突的文學——導言〉，《衝突的文學》（上海市：上海社會科學院出版社，1992年）。

這些不平衡動搖了知識分子的傳統身分，而且導致重大的思想分歧。人們可以同時聽到他們對於現代性的企盼和批判。理性、啟蒙、工業時代、消費社會這些概念既可能是貶義詞，也可能是褒義詞。這時，中國知識分子進入的是哪一支歷史脈絡？

第三個問題是如何發言。按照齊格蒙・鮑曼的觀點，後現代型知識分子已經從「立法者」轉向「闡釋者」。「闡釋者」的意圖「就是讓形成於此一共同體傳統之中的話語，能夠被形成於彼一共同體傳統之中的知識系統所理解。」「它所關注的問題是防止交往活動中發生意義的曲解。」[85]一連串分歧如此尖銳，後現代風格的知識分子寧可避開個人好惡的表態而止於分析。這是洞悉歷史複雜性之後必要的謹慎，還是不負責任的退縮？當然，堅決地奉行某種主張，義無反顧地投入底層民間，這一切曾經在二十世紀的革命實踐中反覆發生。然而，歷史彷彿嘲笑了中國知識分子的狂熱，播下了龍種之後收穫的是跳蚤。當然，並不是所有的知識分子都認定書齋是他們唯一的空間。從張煒的小說、韓少功的隨筆到某些讚賞印度知識分子如何活躍在民間的散文，[86]一批作家仍然在倡導知識分子的實踐精神，修復知識分子進入大眾的橋樑。可是，這些作家並不能徹底擺脫這種疑慮：大眾是不是知識分子的最終歸宿？

在這個意義上，二十世紀九十年代「新左派」與「自由主義」之爭具有歷史的必然性。如同眾多辯難一樣，這次爭論一樣充滿了誤解、攻訐、錯訛和意氣用事。「新左派」成員從未接受這個不無貶義的稱號，自由主義內涵分歧。儘管如此，爭論的雙方不再重視道德姿

---

85 齊格蒙・鮑曼著，洪濤譯：《立法者與闡釋者：論現代性、後現代性與知識分子》（上海市：上海人民出版社，2000年），頁6。

86 例如蔣子丹：〈如是我見〉，《視界》第6輯（石家莊市：河北教育出版社，2002年）；李少君：〈由印度知識分子想到的〉，《上海文學》2002年11期。

態競賽，現代性、資本活動、經濟關係的描述或者知識系統的反思更多地成為歷史分析的依據。這顯示了爭論的分量。這次爭論的主題如此重大，以至於不同學科的知識從各個方向捲入——文學也站到發言席上。

「新左派」與「自由主義」的一個分歧是「個人」的概念。「自由主義」認為：「對於個人財產權利的肯定，對於依據規則進行自由交換的市場制度，對於基於保護這種個人權利基礎上形成的法治體系，即限制權力和凸顯權利的制度取向，都是自由主義思想家所力圖捍衛的。」[87]汪暉承認這種觀點與二十世紀八十年代「新啟蒙」之間的呼應。「新啟蒙」設計的現代性方案即是「在經濟、政治、法律、文化等各個領域建立『自主性』或主體的自由。……另一些學者則通過在哲學和文學等領域中的主體概念的討論，一方面籲求人的自由和解放，另一方面則試圖建立個人主義的社會倫理和價值標準（它被理解為個人的自由）。」[88]然而，這恰恰是汪暉所質疑的論點——他對「原子論的個人概念」不以為然：「如果一人真正地堅持個人的權利，並承認這種權利的社會性，他就應該拋棄那種原子論的個人概念，從而必然具有社會主義傾向。」[89]許多人迅速意識到，這個分歧後面隱藏了全面的思想交鋒。繼思想史、經濟學、法學、政治學之後，文學也開始受理這個問題。文學詞彙表的檢索很快發現，「純文學」可以說是上述分歧的文學代理。[90]

---

87 任劍濤：〈解讀「新左派」〉，收入李世濤主編：《知識分子立場——自由主義之爭與中國思想界的分化》（長春市：時代文藝出版社，2000年），頁196。

88 汪暉：〈當代中國的思想狀況與現代性問題〉，收入李世濤主編：《知識分子立場——自由主義之爭與中國思想界的分化》（長春市：時代文藝出版社，2000年），頁98-99。

89 汪暉：〈關於現代性問題答問〉，收入李世濤主編：《知識分子立場——自由主義之爭與中國思想界的分化》（長春市：時代文藝出版社，2000年），頁145。

90 首先對於「純文學」概念進行深入反思的是李陀與李靜的對話錄〈漫說「純文學」〉，《上海文學》2001年3期。

　　據考，「純文學」一詞至少可以遠溯至王國維。[91]凍結了很長一段時間之後，這個概念重新盛行於二十世紀八十年代。「純文學」肯定了文學的自律、自足和獨立。相對於二十世紀五十年代至七十年代的文學史，「人們設想存在另一種『純粹』的文學，這種文學更加關注語言與形式自身的意義，更加關注人物的內心世界──因而也就更像真正的『文學』。」[92]獨特的形式是文學個性的證明，內心世界是個體不可重複的標記，因此，「純文學」意味了美學上的個人主義。至少在當時，這個概念顯示了強烈的反抗性。如果歷史、社會只剩下一堆不可靠的概念和數字，那麼，文學提出了個體的經驗、內心、某些邊緣人物的生活就是一次意識型態的突圍。按照蔡翔的看法，「純文學」完成了文學範疇的現代性敘事；自我、個人、人性、性、無意識、自由、愛、普遍性等都獲得了話語組織形式。同時，這個概念還隱含了文學獨立性、自由的思想和言說、個人存在及其選擇、對於同一性的拒絕和反抗等等涵義。[93]現今沒有理由認為，負擔上述涵義的「純文學」已經喪失了全部意義；然而，現今也沒有理由無視另一批問題的壓迫──這一批問題的重量正在極大地壓縮「純文學」的地盤。從權力、資本、生態問題到大眾傳媒、貧富差距、全球化環境，這些問題時刻與大眾息息相關。文學不該在這個時刻退出公共領域──文學是不是該找回大眾了？

　　殘雪曾經申明，她對於「純文學」初衷不改。在她看來，作家必須掠開表層記憶而無限地深入混沌的精神內部：「自始至終，他們尋找著那種不變的、基本的東西，像天空，像糧食，也像海洋一樣的東西，為著人性（首先是自我）的完善默默地努力。這樣的文學家寫出

---

91 參見韓毓海主編：《20世紀的中國學術與社會（文學卷）》（濟南市：山東人民出版社，2001年），頁47。

92 南帆：〈空洞的理念──「純文學」之辯〉，《上海文學》2002年6期。

93 蔡翔：〈何謂文學本身〉，《當代作家評論》2002年6期。

的作品，我們稱之為純文學。」「純文學是小眾文學」，但「純文學」涉及的是「有關靈魂的大問題。」[94]這種表述並不陌生。二十世紀八十年代，文學的一個功績是從千人一面中發現了「個人」。現在的問題是，文學有沒有新的發現——文學是否察覺，許多「個人」正在喪失與身邊的歷史相互對話的能力。他們的「靈魂」似乎只剩下一些神經本能的抽象悸動。揭去一切歷史烙印之後，這些「靈魂」之中還有超出弗洛伊德描述過的內容嗎？可悲的是，文學之中「個人」似乎正在再度變得千人一面。「純文學」庇護的美學個人主義愈來愈蒼白。歷史辯證法開始暴露這個概念的保守一面。如同李陀所擔憂的那樣，文學愈來愈無足輕重了：

> 由於對「純文學」的堅持，作家和批評家們沒有及時調整自己的寫作，沒有和九十年代急遽變化的社會找到一種更適應的關係。很多人看不到，隨著社會和文學觀念的變化與發展，「純文學」這個概念原來所指向、所反對的那些對立物已經不存在了，因而使得「純文學」觀念產生意義的條件也不存在了，它不再具有抗議性和批判性，而這應當是文學最根本、最重要的一個性質。雖然「純文學」在抵制商業化對文學的侵蝕方面起到了一定作用，但是更重要的是，它使得文學很難適應今天社會環境的巨大變化，不能建立文學和社會的新的關係，以致九十年代的嚴肅文學（或非商業性文學）越來越不能被社會所關注，更不必說在有效地抵抗商業文化和大眾文化的侵蝕同時，還能對社會發言，對百姓說話，以文學獨有的方式對正在進行的巨大社會變革進行干預。[95]

---

94 殘雪：〈究竟什麼是純文學〉，《大家》2002年4期。

95 李陀、李靜：〈漫說「純文學」〉，《上海文學》2001年3期。

　　這種表述同樣不陌生。從革命文學、為人生的藝術到法蘭克福學派的美學理論，相似的論述俯拾皆是。然而，在我看來，重提這種表述必須在承認「純文學」的全部合理性之後。換言之，「純文學」概念的出現並不是一次徒勞無益的誤會。否棄「純文學」庇護的美學個人主義並不是把文學驅趕回粗糙的社會學文獻；抗議或者批判不是再度以犧牲文學形式或者人物內心的豐富性為代價。相反，「形式的意識型態」表明，文學與身邊歷史的深刻對話恰恰要訴諸深刻的文學形式。也許，名噪一時的《切‧格瓦拉》一劇是一個恰當的例證。

　　《切‧格瓦拉》的演出成了一個醒目的文化事件。尖銳的揭示、激烈的言辭和觀眾之間針鋒相對的辯論無不表明，《切‧格瓦拉》是這個時代的產物。饒有趣味的是，《切‧格瓦拉》的形式即是爭議的焦點之一。一個批評家看過《切‧格瓦拉》之後刻薄地「追著問：『話劇在哪裡？』」[96]的確，《切‧格瓦拉》放棄了一個完整的戲劇情節，放棄了懸念，造型、歌唱、朗誦構成了戲劇的主體。同時，也有不少的觀眾指出，《切‧格瓦拉》大刀闊斧地將社會分割為「富人」和「窮人」，並且給予不無誇張的褒貶。這製造了強烈的現場效果，同時又把簡單的生活肢解為非此即彼的二個區域。劇作沒有看到複雜的性格，沒有看到剝削者和革命者之間寬闊的中間地帶，更沒有看到歷史隱含的多種可能。答覆這些疑問的時候，劇組不憚於《切‧格瓦拉》被稱為「活報劇」：「活報劇不是壞東西。戲劇到底是應該讓老百姓看懂，還是成為有閒階級的玩物？人民戲劇有自己的立場。」[97]主創人員張廣天堅持認為，儘管「人性是豐富的，但只能屈從於財富的分配。」[98]或許人們要意識到，《切‧格瓦拉》的簡單劇情、爆炸性的

---

96 郝建：〈用不滿情緒打造聚光燈〉，收入劉智鋒主編：《切‧格瓦拉：反響與爭鳴》（北京市：中國社會科學出版社，2001年），頁337。

97 〈《切‧格瓦拉》劇組與觀眾交流日記〉，收入劉智鋒主編：《切‧格瓦拉：反響與爭鳴》（北京市：中國社會科學出版社，2001年），頁222。

98 〈《切‧格瓦拉》劇組與觀眾交流日記〉（北京市：中國社會科學出版社，2001年），頁200。

現場效果和單純的戲劇形式是共存的一個整體。將傳統的話劇形式稱為「有閒階級的玩物」，這種托詞忽視了相對獨立的文學形式演變史，忽視了文學形式與階級意識不對稱的一面；然而，《切·格瓦拉》的確不適於傳統的話劇形式。這部劇作的主題和理念還懸浮於種種生活細節之上，僅僅是一批尖銳的口號和批判性言辭。它們並未全面地進入人物的日常對話或者真實的內心活動。《切·格瓦拉》也很難設想一個嚴謹的戲劇性衝突，格拉瑪號、切·格瓦拉的人格魅力以及「啟航！啟航！前往陳勝吳廣大澤鄉，前往斯巴達克角鬥場，前往……」的合唱僅僅以一種象徵性的文化符號代替性格衝突導致的故事結局。這種戲劇形式暗示了作家與歷史相互對話的現有水平。他們忽略的許多細節可能恰恰是不可刪除的歷史複雜性。例如，《切·格瓦拉》演出背後的商業活動即是這種複雜性的一個證明。這不是一個令人尷尬的場外花絮，這甚至是一個比劇作的內容更為真實的細節。這個細節悖論式地顯示現今的歷史為「革命」提供表現方式。《切·格瓦拉》產生的影響愈大，商業活動愈成功，劇組的主創人員愈需要考慮自己是不是《切·格瓦拉》主題的實踐者。換言之，他們所說的「革命」又一次開始追問知識分子與大眾的關係。

　　按照福柯的觀念，權力與宰制廣泛而分散地存在，反抗也將廣泛而分散地存在。這個意義上，傳統的「革命」或者階級的最後對決是否依然會如期而至？或許，大眾已經從「革命」這個概念背後撤離；大眾正在分化，「階級」的範疇不夠用了。種種不同類別的共同體正在許多局部上演袖珍型的反抗故事。現今還很難判斷，這是另一個「整體」的雛形，還是證明「整體」不再可能。總之，知識分子不得不重新闡釋這一切，包括闡釋自身如何定位。如果作家也在這種闡釋之中發現了什麼，那麼，文學必須提供勝任這種發現的形式。

第一部分
轉折與分歧

小引

持續了大半個世紀的革命話語出現了深刻的轉折。這無疑是一個撼動歷史的重大事件。現在，這個轉折日漸清晰，並且顯出了多方面的後果。文學始終是社會軀體之中的文化神經。對於這個重大事件，文學顯示了一連串意味深長的回應。當然，首先是犀利的洞察─文學充分地意識到歷史的震動，而且很快地成為這種轉折的組成部分。文學凝聚了這個轉折所製造的多種複雜經驗：驚訝、激動、感傷、依戀、懺悔、痛苦、猶豫，如此等等。如同許多歷史時期顯示的那樣，宏大敘事的轉換不僅觸動了社會記憶的根系，同時還帶來了全面的文化緊張。革命話語不再是解釋一切的前提，意識型態的脈絡驟然顯出了分歧甚至矛盾的一面。歷史駛入一個開闊地帶，座標的重新設定成為一個不可迴避的問題。這個意義上，文學的活躍源於某種內在的衝動。分析顯示，這個時期的文學廣泛地開啟了種種歷史的維度。

革命是歷史的火車頭─如果說，這個論斷並不是任何時候都可能奏效，那麼，經濟的歷史驅動力正在得到愈來愈普遍的認可。儘管如此，文學仍然打開了問題的另一些方面，試圖評估精神能量究竟還有多少意義。意味深長的是，這既是歷史的全面檢索，也是知識分子內心依據的全面檢索。王蒙、張賢亮、北村、韓少功，或者《受活》、《白鹿原》，這些作家和作品分別是一些富有內涵的個案。考察這些個案可以看到，革命話語的轉折如何引起知識分子與大眾關係的改變，這種改變如何開拓豐富的探索空間。當然，這一切無不訴諸獨特的文本。尤為有趣的是，某些文本的特徵甚至暴露了作家不願意承認的內心轉移。這個時候，人們終於看到文本與歷史之間隱秘而又密切聯繫的蹤跡。

第一章
革命：雙刃之劍

　　〈戀愛的季節〉、〈失態的季節〉、〈躊躇的季節〉、〈狂歡的季節〉——王蒙集束地拋出的四部長篇小說似乎並沒有引起過多的驚訝。對於許多作家說來，長篇小說無疑是一個令人生畏的重負。不少成功的作家一生的名望僅僅是因為一部長篇小說。然而，王蒙總是顯得舉重若輕。王蒙的寫作速度令人咋舌，四部長篇小說算不上多麼了不起的記錄。另一方面，多少有些遺憾的是，四部長篇小說並沒有為王蒙的個人文學史創造出一個前所未有的嶄新高度。相對於〈活動變人形〉的銳利，或者，相對於〈雜色〉、〈一嚏千嬌〉的奇特，四部長篇小說顯得粗糙倉促。儘管如此，這並沒有掩蓋四部長篇小說的重要性。洶湧如沸的敘述表明，王蒙有許多話想說。小說是一種虛構。可是，熟悉王蒙的人都看得出，四部長篇小說處處存有王蒙個人經歷的烙印。這裡凝聚了王蒙對於半個世紀歷史的總結。許多部分可以視為泣血之作。提到這幾部長篇小說的時候，王蒙感慨萬千：「它是我的懷念，它是我的辯護，它是我的豪情，它也是我的反思乃至懺悔。它是我的眼淚，它是我的調笑，它是我的遊戲也是我心頭流淌的血。它更是我的和我們的經驗。它是我的過程，它是我的混亂和清明，它是我的寄語和詰難。它是我的紀念和舊夢、新夢、美夢、噩夢。它是我的獨語、狂語、囈語、禪語和獻辭。它是我的軟弱和頑強，理智和癡迷。」[1]

1　王蒙：〈長圖裁制血抽絲〉，《文藝新觀察》2001 年 1 輯。

　　驚恐和屈辱終於造就了種種思想，坎坷的人生沉澱為一連串的感喟，如此之多的故人遭遇糾纏在記憶中——這一切集結到王蒙的筆端，迫切地渴求傾吐。可以猜測，這大約也是四部長篇小說來不及精雕細琢的原因。四部長篇小說沒有複雜的戲劇性結構，王蒙更多地選擇了流水帳式的敘述。這種敘述基本依附於二十世紀下半葉的中國歷史演變，作家沒有從紛雜的歷史背景資料之中提煉更有性格特徵的衝突，並且將這種衝突重新組織為文學的有機整體。四部長篇小說之中不少相對獨立的單元充分顯示了王蒙的現實主義文學才能。祝正鴻的家庭關係，犁原的身世，錢文父親、母親的素描以及祝正鴻表舅的插曲均是一些精彩的片段。但是，這些片段未曾納入一個更大的人物關係網路。所以，許多相對獨立的單元之間不存在情節意義上的發展。從〈戀愛的季節〉到〈狂歡的季節〉，四部長篇小說的敘述愈來愈明顯地收縮到錢文——小說中的一個主人公——的視角。這種漏斗型的結構表明，多維面的、外部的歷史敘述愈來愈多地置換為個人的感想。始於歷史風雲的呈現，終於個人內心的修煉和頓悟，這種演變無法產生嚴密的情節鏈條。

　　王蒙的敘述語言氣勢充沛，雄辯滔滔，同時又泥沙俱下。王蒙無暇甚至也不屑於費神精心地推敲辭句。人們無法從粗礪的語言中發現多少微妙和幽深。王蒙十分喜愛排比句，這種修辭彷彿隱含了一種驅遣語言的祕密快意。可是，如果沉溺於這種快意而導致排比句的過剩，那麼，一排排整齊的句式就會顯出乏味單調的一面。對於王蒙這種聲名卓著的作家說來，另一個挑剔也許不算過分——四部長篇小說之中眾多人物的語言風格過於相似。許多時候，不同主人公的口吻、句式竟然如出一轍。他們的能言善辯不由地令人聯想到王蒙本人的口氣。顯然，人們無法避免這些疑慮——是不是因為太快的寫作速度，是不是因為過多的感歎，以至於王蒙顧不上各個局部的細密肌理？

　　儘管如此，人們沒有任何理由輕視四部長篇小說的沉重主題。無

論是一個政治風暴親歷者刻骨銘心的經驗，還是種種引申出來的理論命題，「革命」與「知識分子」始終是兩個至關重要的關鍵詞。不言而喻，這兩個概念也是大半個世紀中國歷史演變的關鍵詞。四部長篇小說不僅再現了「革命」與「知識分子」涵義背後的血肉，並且將這兩個關鍵詞視為進入這一段中國歷史核心的入口。

一

〈戀愛的季節〉是上述四部長篇小說的發軔之作。或許人們的期待有些落空——〈戀愛的季節〉之中並沒有多少曲折淒迷的愛情恩怨。人們甚至覺得，這部長篇小說缺乏應有的故事密度；許多戀愛簡單地開始，匆匆地結束。沒有揪人的懸念，沒有難捨難分的糾纏和撕心裂肺的離別。相對於瓊瑤式的大眾讀物和風靡一時的電視肥皂劇，這些五十年代初期的戀愛情節不免乏味。然而，如果撇開瑣碎的男歡女愛而回到一個再現歷史的高度，那麼，人們必須承認，〈戀愛的季節〉成功地展示了五十年代初期獨有的現實氣氛：昂揚，明朗，單純，歡快。這種嶄新的生活散發出沁人心脾的氣息，如同一塊剛剛出爐的麵包。

對於〈戀愛的季節〉之中的主人公說來，嶄新的生活正在滌除種種瑣屑、無聊和庸人們的存身之地。旋風一般的日子無不圍繞一個巨大的主題——革命。革命的動員令使這一批少年布爾什維克血脈賁張。他們在革命之中寓托了全部的生活激情。環顧四周，他們驚奇地發現，革命如同一根魔杖——「神杖所指，一切人、事、家庭都離開了原來的軌道」。人們紛紛從生活的各個角落走出來，重新集結到革命的旗幟之下。當然，這時的革命已經不是雪山草地之間的摸爬滾打，或者用小米加步槍對抗機械化部隊；革命已經大功告成。血與火已經喪失了真實的嚴酷而轉換為一種激動人心的歷史記憶和歷史想像。

　　這就是五十年代初期中國歷史即將進入的一個前所未有的階段：無數的矛盾、戰亂、饑餓和災害終於導致舊社會的徹底崩潰，大規模革命的後果是一個新興的政權鳳凰涅槃式地再生。這個意義上，革命已不是某些人的祕密行動，革命已經聲勢浩大，並且形成一種熾熱的氛圍，一種撼動生活各個維面的衝擊波。眾多的歷史脈絡匯聚到新興的革命政權周圍，一呼百應。這時，王蒙的興趣不是〈紅旗譜〉或者〈暴風驟雨〉式的故事。王蒙沒有重複那種經典的革命模式：一批貧困交加的農民徹底喪失了基本的生存條件；他們揭竿而起，鋌而走險，並且逐漸匯聚到了共產黨人的周圍，成為革命的中堅。四部長篇小說之中，王蒙企圖再現的是另一支歷史脈絡。在他那裡，革命的主角是一批來自中學的年輕知識分子。他們不是經典馬克思主義理論家描述的革命主力軍，他們更像是從邊緣地帶捲入革命隊列。

　　所以，考察王蒙小說的眾多主人公投身革命的原因是很有趣的。一連串版本相近的革命故事之中，人們沒有發現那種不堪忍受的階級壓迫和苦大仇深導致的激烈反抗。錢文之所以傾心於左傾、革命和激進的共產主義，首要原因是他父母的吵架鬥毆：「他恰恰是從他的父母的仇敵般的、野獸般的關係中得出舊社會的一切都必須徹底砸爛，只有把舊的一切變成廢墟，新生活才能在這樣碎成粉末的廢墟中建立起來的結論的」；洪嘉的繼父朱振東是因為遇上了一個「豁唇子」的媳婦而跟上了八路軍；朱可發——曾經是小鎮子澡堂裡的跑堂——的革命經歷更為可笑：因為窺視日本鬼子男女同浴而被發現，他不得不出走投奔八路軍；章婉婉由於學業成績突出而引起了學校地下黨負責人的關注；鄭仿因為反感絮絮叨叨的耶穌教義而轉向了共產主義思想；飽讀詩書的犁原是在大學裡的一位青年老師帶領之下奔赴延安⋯⋯。總之，王蒙的筆下沒有多少人親歷剝削階級的壓迫和欺凌——許多人的階級覺悟毋寧說來自一批進步讀物。儘管如此，「條條大路通革命」仍然是一句意味深長的形容。這時，革命的內容已不

僅僅是一個階級推翻另一個階級；更大的範圍內，革命意味的是投身
另一種全新的生活。無論每一個人的具體遭遇是什麼，只要他企圖衝
出陳舊的生活牢籠，革命就是不可避免的選擇。當然，人們仍然可以
從這些故事的背後發現壓抑與反抗的關係模式，但是，這時的革命已
經從狹義的政治領域擴張到社會生活的諸多方面。

　　那麼，這一批年輕知識分子的革命動力是什麼呢？如同〈失態的
季節〉之中鄭仿曾經意識到的那樣，維持基本生存所必需的物質從來
不是他們考慮的問題；他們考慮的是生存的意義──「活著幹什麼，
這才是意義重大的了不起的大問題。」這些知識分子無法從死水一般
的生活之中發現活下去的價值；只有投身革命，他們才能找到自由呼
吸的空間，實現由來已久的理想。許多時候，這就是他們破門而出的
理由。這無形地產生兩個特徵：第一，與〈紅旗譜〉或者〈暴風驟
雨〉中的勞苦大眾不同，王蒙筆下的主人公不是追求幾畝田地和一間
安身立命的房屋，他們渴望的是一種更為純潔也更為理想的生活。他
們的革命動機之中似乎沒有兌入那麼多物質生活的私心雜念；同時，
他們革命的急迫性和堅定程度也比勞苦大眾遜色。第二，這批知識分
子的革命經驗之中並沒有多少罷工、撒傳單、坐老虎凳和監獄暴動；
他們時常是一批擅長使用政治術語和革命名詞的人。換言之，他們的
革命時常活躍在思想傳播領域，得到了一連串高深莫測的理論裝飾，
相對地說，他們對於革命的殘酷程度──包括革命隊伍內部的權力之
爭──幾乎一無所知。

　　那個時候，是不是美學的激情掩蓋了人們對於革命的觀察和分
析？──王蒙的小說涉及了革命與美學的關係。王蒙小說的主人公幾
乎沒有意識到權力以及個人利益的分量。他們有意無意地迴避地位、
榮譽和金錢。這批年輕知識分子憧憬的是一種生氣勃勃的生活，憧憬
一個放縱青春激情的空間。這不就是美學的意義嗎？美學意味了浪
漫、激情、奇觀，意味了拋開謹小慎微或者循規蹈矩而盡情地歡

唱——這一切都與知識分子想像之中的革命不謀而合。所以，人們驚奇地發現，文學和藝術對於這一批知識分子的革命產生了異乎尋常的作用。不論是滿莎的詩還是蘇聯歌曲、蘇聯小說，他們無不如癡如醉。許多時候的確可以說，這一批知識分子從事的是一種「載歌載舞」的革命。例如，在綽號為「劉巴」——這個綽號即是來自蘇聯的小說〈青年近衛軍〉——的劉麗芳身上，青春、意識型態與革命的交滙同時是三者相互需要的證明：

> 劉麗芳在十七歲那年接受革命是因為革命是她十七年來接觸到的最最精彩的遊戲，一下子那麼多歌曲，那麼多歌舞，那麼多腰鼓，那麼多紅旗和彩旗，那麼多掌聲和和平鴿——哪個愛玩鴿子的孩子也沒有氣魄與力量玩那麼多遮天蔽日的潔白的鴿子。還有那麼多標語，那麼多橫幅，那麼多彩車，那麼多活報劇，那麼多大鑼大鼓大鈸大鑔，那麼多紅旗下的宣誓；激動的笑臉，迷離的淚眼，燃燒的語詞，神聖的儀式，幾十萬青年人和他們的長輩與兒童們一起行進，一起高呼，一起振臂，萬歲萬歲聲聲入雲……這樣的規模世界多少年才能出現一次？中國多少年才能碰上一次？碰上一次也就不算白走一次。碰上一次再死，也就不枉活一生！尤其重要的是，解放軍進城以來就動不動地停課讓學生參加大活動。革命是青春，也是全民的盛大節日，真是一點也不錯！反革命硬是喪盡人心，組織不起這樣盛大的節日來，他們只有滅亡！

　　儘管革命之中的美學內涵並沒有維持多久，儘管革命之中摧毀傳統秩序的主題迅速地轉向為所欲為，目空一切，革命的概念甚至被偷換為大規模的折磨和虐待，但是，這不能否認五十年代初期那一批年輕知識分子曾經擁有的浪漫。至少在當時，錢文以及他的同伴如此地

恐懼平庸──「他幾乎愈來愈怕用庸俗這個詞了」。生活之中的庸俗充斥了他的視域。這時，「能夠幫助他的只有革命，革命、革命、革命，他知道，只有革命才能抵禦他不希望的一切。革命啊，再給我一點危險，給我一點考驗，給我一點燃燒的熱烈的痛苦吧！」這甚至派生出錢文的另一種觀念：革命者就是必須在簡樸乃至貧困中苦苦煎熬，這種不同凡俗的生活之中包含了悲壯和崇高。六十年代前期，錢文毅然地離開北京而遠走邊疆，這個決定仍然可以部分地追溯到隱藏於細胞之中的浪漫衝動。總之，美學是錢文們傾心革命的一個重大原因。美學使錢文們的革命擁有某種誇飾和幻想的風格；他們幾乎看不見革命運動之中存在的暗角和雜質，更不可能根據祝正鴻與束玫香的戀愛風波或者蘇紅的坎坷遭遇深刻地思考革命。因此，猝不及防的政治打擊驟然降臨的時候，這批知識分子沒有絲毫的理論免疫力。

二

如果說，王蒙小說之中的革命與美學曾經有過短暫的蜜月，那麼，集體與個人一開始就顯出某種隱蔽的對立。物以類聚，人以群分。革命的理論告訴這批知識分子，政治立場是形成各種共同體的首要原則。然而，如果政治立場成為各種共同體的唯一原則，那麼，革命集體組織之中的個人必須是完全透明的。除了共有的政治理想，還有哪些個人隱私需要保密呢？許多時候，隱私被視為一個與政治或者公共領域相對立的範疇[2]──這顯示了隱私的危險性。

〈戀愛的季節〉中曾經出現一個絕妙的片段：集體如廁。這批知識分子的臨時頭目趙林時常不失時機地召喚他的同事結伴如廁，一起蹲在糞坑上磋商革命工作。這似乎表明，無論多麼個人化的行為都必

2　參見史蒂文・盧克斯著，閻克文譯：《個人主義》（南京市：江蘇人民出版社，2001年），頁45。

須向集體敞開，必須用革命佔領任何個人的空間。革命的集體之中絲
毫沒有個人主義的地位。這批知識分子唯恐被斥為「向隅而泣」的可
憐蟲，他們誠心誠意地祈盼淹沒於革命集體之中。集體具有一種激動
人心的團隊精神，一種相互激盪的狂熱氣氛——這無疑代表了革命的
訴求。人們或許會感到某種缺憾：〈戀愛的季節〉似乎沒有深刻的揭
示眾多主人公的內心縱深。然而，這不就是歷史的寫照嗎？——這批
革命的知識分子時常自覺地鏟除自己的內心縱深。「生活在嚴肅而又
熱烈的集體當中，每個人的小我都要壓縮到最小最小。」

　　可是，戀愛令人尷尬地出現了。這是一種不折不扣的個人情感。
革命能不能征服這一塊私人領地？其實，周碧雲放棄了舒亦冰而投向
滿莎即是一個象徵：新式的戀愛不再是那種纏綿的卿卿我我，革命的
戀人必須製造一種嶄新的愛情風格。滿莎與周碧雲之間存在的是一種
爽朗奔放的愛，「這才是火一樣的，陽光一樣的，天空一樣的愛
情！」周碧雲實在看不上舒亦冰那些精緻的幽怨。幾百個相互套疊的
革命齒輪正在飛轉，一個強大的國家、民族緩緩地駛出地平線，然
而，舒亦冰的詩裡面充斥的意象卻是「落日、蟋蟀、秋天、眼睛、天
使」。這種隱藏在百葉窗、鋼琴和梧桐樹葉陰影背後的愛情又能有什
麼前途呢？

　　儘管如此，戀愛之後的結婚仍然如期而至。這一批年輕的革命者
已經本能地察覺到了結婚的俗氣。結婚意味了回到法律規定的私人空
間，正視柴、米、油、鹽之類俗務。這似乎與如火如荼的革命不協
調。正像洪嘉體會的那樣：「革命者應該戀愛，戀愛本身似乎就帶有
『革命』的味道，大膽地去追求幸福，勇敢地去接觸禁果，沉醉於一
種高尚而又熱烈的激情。但是革命者將怎麼樣結婚呢？像舊社會的先
生、太太、老頭子、老婆子一樣地過日子？」也許，〈戀愛的季節〉
中亢奮的春夜大聯唱和「七・一」的集體婚禮可以視為一種隱蔽的儀
式。這是一種特殊的告別，也是一種象徵性的拖延——他們不想太快

地沉溺於私人空間，至少必須表明這種姿態。

　　這一切無不喻示了一個前提：革命集體之中的個人是一個多餘的單元。如果私人空間拒絕了革命光芒的照射，獨特的思想和內心世界就會成為一個幽暗不明的危險淵藪。許多時候，消除個人就是忠誠革命的涵義之一。這終於形成了公開自己全部內心活動、揭露種種思想根源的傳統；也形成了無情地揭發、臆測、分析、批判他人內心反動思想的傳統。革命歷史之中，尤其是一連串大規模的政治風暴之中，這兩種傳統都產生了無與倫比的威力。無論是揭發還是被揭發，這一批年輕的革命者都沒有勇氣懷疑上述前提。

　　當然，徹底地消除個人主義並非易事——個人時常頑強而又隱蔽地存在。趙林突然不想將嶄新的自行車借給洪嘉；錢文盼望擁有自己的週末，並且對呂琳琳產生了某種不可告人的隱秘情緒；洪嘉妒嫉魯若與女中學生過於親密；祝正鴻與母親、妻子之間產生了複雜而又微妙的糾葛；周碧雲與舒亦冰舊情難斷；職務變動導致趙林、祝正鴻的情緒波動——這些現象背後的主體均是個人。共產主義的無私還僅僅是一種理論的想像，個人主義仍然在許多場合構成了現實的基礎。儘管如此，這批年輕的革命者仍然堅持思想的自我純潔，盡可能不讓個人主義具有立足之地。錢文時刻警覺地自省，生怕自己的種種反感——例如，反感蹲在公共廁所裡談論別人的愛情——來自某種狹隘的甚至剝削階級的思想；趙林對於人事安排感到了短暫的難堪之後立即作出了自我批評。許多的時候，他們想方設法將種種個人思想納入革命邏輯尋求解釋。李意精明地將他的戀愛成功歸因於「革命事業革命理想」，「革命同志的感情」，「無產階級的階級感情」；相反，滿莎大義凜然地將周碧雲對於舒亦冰的留戀形容為「資產階級愛情觀」——這終於讓瘋狂的周碧雲心虛了。如果個人的思想情緒與革命的邏輯產生矛盾，他們寧可放棄前者，寧可用革命的熱浪沖掉失意之後的不快。洪嘉與魯若不歡而散之後，她開始為自己的沮喪而羞愧：

朝鮮戰場上，志願軍正在大獲全勝，她又有什麼理由垂頭喪氣呢？如
果說，這批年輕革命者不久之後遭受的不公正待遇令人扼腕，那麼，
王蒙的小說表明，受害者本身也是製造迫害的思想背景之一。某種意
義上可以說，這是一個可怕的政治報應。

三

　　〈失態的季節〉開始的時候，錢文和他的許多同事已經被貶為政
治異類。這部小說沒有詳盡地敘述一九五七年「反右」運動的前因後
果。或許王蒙覺得，這一段眾所周知的歷史情節已經不必重複交代
了──還能有哪些人為的情節可能比這一段歷史更富於戲劇性嗎？

　　考慮到長篇小說與歷史敘述之間的差異，這個省略具有充分的理
由。然而，由於這個省略，人們不再正面注視一個關鍵的歷史部位
了──這批被命名為「右派」的政治異類名不符實。他們沒有提出一
套對立的政治理念，也不存在一套運作這些政治理念的行政機構。所
以，人們無法從這一段歷史中發現尖銳的政治觀念分歧──王蒙筆下
的主人公並沒有深刻地甚至痛苦地思考、比較和選擇種種不同的社會
理想。這甚至產生了一種奇怪的歷史景象：這是一種完全不對稱的衝
突。一方面是橫眉冷對，疾言厲色，怒髮衝冠，形成泰山壓頂之勢；
另一方面是瞠目結舌，唯唯諾諾，低頭伏罪，落花流水而潰不成軍。
換言之，這裡並沒有勢均力敵的政治集團展開歷史性的大搏鬥。那些
充當反角的政治異類只能在那裡驚慌地翻檢自己的內心。他們的確有
些書生意氣的牢騷，但是，他們從未想到向對方的政治綱領表示異
議。因此，他們真正困惑而又揪心的問題僅僅是──為什麼失去了對
方的政治信任？

　　如果沒有一個強大的政治勢力充當對手，那麼，集中打擊的對象
只能是十惡不赦的個人主義，打擊貯藏了種種資產階級思想的「自

我」和「內心」。通常，個人主義是一個富有衝擊力的範疇。這個範疇或顯或隱地威脅到民族、國家、政府機構、家族、家庭等一連串至關重要的社會組織。理論的意義上，「政治個人主義與經濟個人主義之間存在著緊密的概念聯繫」；個人獨立性的「觀念同私有財產制度的關係是顯而易見的」。[3] 人為財死，鳥為食亡，財富的渴求可能造就極大的震撼能量。另一方面，弗洛伊德精神分析學理論圖景之中的「個人」桀驁不馴。無意識包含了種種極具破壞性的慾望，「快樂原則」成為頑強表現這些慾望的巨大動力。甚至弗洛伊德也承認，壓抑這些慾望是文明必須償付的代價。然而，相對地說，王蒙小說之中的「個人」溫和得多。對於錢文們說來，經濟個人主義與私有財產已經十分遙遠；熾烈的情慾根本沒有地位——王蒙常常不失時機地對失控的情慾流露出文明的鄙視。其實，王蒙的「個人」僅僅要求一些抒情的空間容納某些騷人墨客的雅興，容納一些無傷大雅的個人志趣，頂多容納某些短暫的頹廢。儘管如此，王蒙的「個人」還是導致了革命的莫大惡感。他們的個人主義——個人的獨立和自由——要害在於可能對革命組織的嚴密性產生致命的危脅。按照毛澤東的看法，「以個人利益放在第一位，革命利益放在第二位，因此產生思想上、政治上、組織上的自由主義」。個人主義背後的「小資產階級的自私自利性」必定會形成革命組織之中的陰影和病灶。毛澤東曾經在他的著名論文〈反對自由主義〉之中嚴厲地指出：

> 革命的集體組織中的個人主義是十分有害的。它是一種腐蝕劑，使團結渙散，關係鬆懈，工作消極，意見分歧。它使革命隊伍失掉嚴密的組織和紀律，政策不能貫徹到底，黨的組織和

3　史蒂文・盧克斯著，閻克文譯：《個人主義》（南京市：江蘇人民出版社，2001 年），頁 128，60。

黨所領導的群眾發生隔離。這是一種嚴重的惡劣傾向。[4]

　　為了純潔革命組織，錢文們必須從隱匿於自己身體之內的「內心世界」挖掘出兇惡的階級敵人，毫無保留地將靈魂裡的「小資產階級的王國」敞開在猛烈的火力網之下。雖然錢文們對於弗洛伊德的「無意識」學說一無所知，但是，政治覺悟仍然會賦予極為深刻的分析技術。信件、日記以及個人的房屋均是個人主義藏身的物質外殼，用「太黑暗了」形容停電或者收聽外國的輕音樂無不包含了險惡的政治涵義。他們相信，「內心世界」是一個危機四伏的叢林地帶，所有的角落都可能隱藏了危害革命的因素。

　　徹底的內心搜索導致了嚴重的精神傷害，連環套式的互相揭發拆除了彼此之間的基本信任，甚至誘發了某種隱秘的快感。打擊個人主義的時候，革命的名義如此偉大，如此眩人耳目，以至於遭受打擊的對象甚至喪失了痛苦，喪失了反抗的念頭。千夫所指之下的錢文只得相信：「現在最偉大的事件降臨到他的頭上了；由於革命、由於痛苦、由於威嚴、由於恐懼，也由於不由分說和實在不好理解，他不能不相信這件事比他已經經歷的一切事變都更加偉大，更加深刻。……與革命的大風大浪相比，他實在是太渺小了。渺小得哭都哭不出眼淚來。」於是，這種想法本身就是個人主義的強烈否定：「個人的生死也應該是置之度外的，忘卻了個人，忘卻了自己的五尺之軀，才有真正的大獻身大歡喜！」

　　顯然，這也是「無產階級」與知識分子的分水嶺。無產階級一無所有，包括拋棄私有的內心世界。相對地說，知識分子多愁善感，思緒萬千，這無形地為剝削階級的意識型態留下了席位。鄭仿羞愧地發現，自己的內心居然「只有夢幻、溫柔、遲疑、敏感、嬌嫩、脆弱、

4　毛澤東：〈反對自由主義〉，《毛澤東選集》第 2 卷（北京市：人民出版社，1991年），頁 360。

善良、小心……這是何等地不相稱呀！而自己居然還混入了黨內，還成了一個小小的頭目！」這個意義上，個人主義與浪漫主義、文藝與小資產階級之間時常異曲同工。犁原讀到一首小詩就會傷感地想到了童年養過的一隻小鳥；錢文動不動就是「迷蒙的小雨」，甚至為〈窪地上的戰役〉而感動。美感趣味時常是革命的死敵，種種纖弱而灰暗的情緒理所當然地與小資產階級世界觀不謀而合。這批知識分子的另一個愛好是酸溜溜地談論愛情。勞動人民爽朗的愛情表白是「我愛他，能寫，能算，能識字，我愛他，下地生產，他是有本領……」相反，知識分子的愛情充滿了患得患失的試探、無聊的甜言蜜語和裝模作樣的文藝腔調。追根溯源，這一切無不由於個人主義的作祟。不管怎麼說，個人的思想、風格、情緒與強大的、統一的革命機器格格不入，過於活躍的個人無法安分守己地充當革命機器之中的一個螺絲釘。相當長的歷史時期，革命對於個人主義的清算卓有成效。尼采式的超人哲學聲名狼藉，舒亦冰或者錢文式的溫文爾雅招來了辛辣的嘲笑。錢文很久之後才震驚地意識到：「革命是這樣地容不得一絲一毫的屬於個人的最終仍然是屬於革命的溫柔美好的情感。」從攻擊個人的「內心世界」過渡到虐待個人的身體，這是必然的邏輯演變。饑餓、不眠、勞累、暴力型的折磨和毒打，這一切終於讓那些軟弱的知識分子痛苦地明白這個結論：「人之大患在有吾身」。身體是徹頭徹尾的個人財產，身體的慾望是自私的頑固根源。這個意義上，傷害身體、損毀身體、摧殘身體常常成為革命者理直氣壯的行為。所有的憐憫和畏懼都將被視為革命意志不夠堅定的證據。

　　清算個人主義的後果之一是徹底摧毀獨立的人格。錢文們從未因為自己的屈辱待遇而產生反抗的衝動，這是最為耐人尋味的一面。「我是抗拒不了組織的」，錢文如此解釋自己的處境：「要知道這一切是我自己的組織、我自己的黨、我自己的革命、我自己的事業所要求於我的呀！我面臨的是自己與自己的搏鬥，一邊是真理、是人民、是

歷史規律，另一邊是我自己。我需要克服的是自己而不是別個，只有
徹底粉碎一己的尊嚴和反抗，也許我還有光明的前途。除了聽領導
的，我還能聽誰的呢？難道我能聽我自己的？難道我願意自取滅亡？
在黨和人民面前，我願意承認我只是一個渺小的可憐蟲，也許我的惟
一的希望就在我的懼怕和畏縮上呢？」文化大革命後期，錢文一度企
圖厚顏無恥地充當御用文人。然而，甚至他的投機也缺乏某種急迫與
主動——缺乏某種以自我為中心的氣魄。革命之初指點江山的激情與
氣勢為什麼會被閹割得如此徹底？這的確是二十世紀五十年代中國歷
史遺留下來的一個神祕的謎團。

四

　　王蒙的小說並未有效地釋除個人與集體之間的深刻對立。革命組
織對於個人的壓抑具有多大的合理性；個人可能多大程度地抵制或者
瓦解組織產生的專制，這些問題依然懸而未決。無論是訴諸經典理論
還是日常實踐，錢文都未曾真正地找到個人主義與集體主義之間的平
衡點。到了〈躊躇的季節〉與〈狂歡的季節〉，二者的衝突逐漸被懸
擱起來了；這個尖銳的問題無法根據敘事的邏輯持續深入，延伸出一
個令人信服的故事結局。分析之後可以發現，支持錢文度過精神危機
的是另一種迥異的話語——民間話語。〈失態的季節〉開始敞開潛入
民間的通道，錢文開始遭遇民間話語。民間話語背後質樸的觀念體系
時常會出其不意地打開知識分子的視域，甚至啟發他們反躬自問。
「采風」也罷，流放也罷，魯迅那種對於人力車夫的震驚也罷，走向
民間的大眾文藝也罷——知識分子將民間視為某種啟示、歸宿或者解
脫苦惱的傳統源遠流長。王蒙輕車熟路地拐向這個傳統。民間話語
中，王蒙的主人公時刻關注的問題——例如，左與右，進步與落後，
個人與集體——均為無稽之談。民間話語僅僅是一些以柴、米、油、

鹽為核心的生存常識。這些生存常識打斷了錢文看待人生和歷史的慣用邏輯。通常認為，知識分子所熱衷的理論是理性的產物。然而，王蒙的小說再度證明，如果沒有生存常識的制約，知識分子非常可能沉溺於某種理論形式之下的瘋狂。

的確，錢文的周圍存在一個森嚴的政治術語組成的八卦陣。一連串理論辭句高高在上，神祕莫測，錢文的思想無法逃離這個八卦陣的控制。這套政治術語背後隱藏了某種強大的、不可抗拒的分析邏輯。這種邏輯幾乎成了精神謀殺的利器。曲明嫺熟地操縱這一套威力無比的政治術語迂迴包抄，可憐的蕭連甲與錢文只能目瞪口呆地束手就擒。如果他們試圖掙扎或者反駁，縛在他們身上的繩索就會越收越緊。錢文之所以沒有像蕭連甲那樣絕望地自盡，很大程度上是由於妻子葉東菊的存在。葉東菊對於政治術語的八卦陣以及一連串令人暈眩的形容詞與副詞提不起精神。她勸告錢文，沒有必要被這些辭句感動或者驚嚇。葉東菊公然宣稱不懂政治，只相信愛情。她的愛情不是浪漫的歡樂，而是困厄之中的支撐。葉東菊甚至動員沮喪的錢文參加舞會，企圖借助另一種符號體系短暫地衝開政治術語的包圍。王蒙耐心地寫出了葉東菊的觀念如何引起錢文的驚恐與揪心的隔膜；寫出了愛情的溫床如何逐漸融化了僵硬的思想甲冑。葉東菊信奉的生存常識終於擊破了政治辭句的幻術，將錢文解救出來。錢文意識到，無數平庸的瑣事才是生活的真實基礎。種種「學生腔」與「文藝腔」僅僅是浮誇詞藻，眾多理論口號充滿了空洞與虛妄。僅僅因為把社論讀得仔細一些就自命為無產階級或者左派，這種天真的革命是一種危險的遊戲。錢文的思想轉折信號是──正視日常生活的意義。

正是在這個時刻，錢文遇到了「人民」。革命的目標是解放人民；然而，錢文們一直到被清除出革命隊伍之後才真正認識了人民。錢文意外地發現，「人民」並沒有教科書或者報紙所描繪的高大形象。他所遇到的人民──一些鄉下的農民──住在破舊的土屋裡，無

言地承受生活的重負。他們只能用「只有享不了的福，可沒有受不了
的罪」這種民間真理安慰戴罪之身，或者在天涼之際勸一杯薄酒。他
們在讀報的時候鼾聲如雷，或者說一些「葷話」彼此打趣。在他們那
裡，錢文們感到驚天動地的大是大非不過是一些吃飽了撐著的問題。
一些人公然表示，如果擁有錢文們的工資，他們並不忌諱頂替種種政
治罪名。的確，他們僅僅遵從生存常識而不在乎種種理論的空中樓閣。
錢文無法真正與他們融為一體，然而，錢文至少看到了另一種庸常而
又博大的生存方式——這種生存方式與錢文曾經熱衷的革命相距甚遠。

　　另一方面，日常生活還使錢文發現了自己的生理渴求。王蒙對於
口腹之樂頗有心得。他不止一次地詳盡地描述可口的食品如何改變落
難者的悲愴心情。流落到邊陲之地，錢文專心地製啤酒、製酸奶、研
讀菜譜、燒飯做菜。錢文津津有味地發現，「吃」是生活中的首要事務
而不是某種可怕的罪過。寒冷的冬季，錢文沒有太高的要求——一間
帶有火爐的小房子足矣。日復一日，他心甘情願地承認自己僅是一個
卑微的人。他的渺小幸福就是與妻子生活在一起，生兒育女、養貓、
養雞，偶爾打一回麻將。儘管他還會在半夜驚醒，想一想生活的目
的；但是，更多的時候，錢文認同了普通人的日子：「做一個平庸的
人是多麼福氣呀！」錢文的周圍，高調的革命已經破產，浪漫氣氛已
經遠逝；他彷彿已經看破世情，解脫了煩惱——活著本身就是意義。

　　這就是革命的貶值。遠離革命中心的錢文成了逍遙分子。風起雲
湧之際，錢文獨自徘徊於邊陲之地的山水之間。他不僅察覺了日常生
活的涵義，同時也察覺了自己身體的存在——如同王蒙的〈蝴蝶〉已
經說過的那樣，繁重的勞動才會令人意識到身體與四肢。錢文沒有放
棄革命，但是，他再也不會自命不凡地將自己想像成駕馭革命戰車的
救世主。錢文的一個重大覺悟即是，不能蔑視凡夫俗子的生活中存在
的真理。「平凡的人也能革命，這更顯見革命的偉大；革了命也還平
凡，這又是革命的艱難。」錢文認可了革命與平凡的辯證關係表明，

錢文終於意識到了平凡和常識所代表的生活維度。許多宏大的理論對
於這個生活維度視而不見，因此，革命通常被想像為凌空飛舞的煙
花。可是，人們又怎麼能因為仰望煙花而遺忘了一日三餐呢？

五

　　多年以前，一個富有見地的批評家已經隱約察覺到，王蒙的思想
之中存在雙重傾向：

> ……就他的藝術表現而言，他又提供了兩個世界：一個是呈現
> 於外的世界——它喧喧攘攘、忙亂變動、光怪陸離、千演萬
> 化；另一個是收縮與隱藏其內的精神世界——它凝定著，有著
> 節律，有著步奏，它恒在，它冥冥中支配和注視著人世的變
> 化。王蒙的前一個世界是開放的，接納所有的印象，他描寫它
> 們的時候幾乎是毫無偏心，寫得草率而又細緻、粗野而又優
> 雅；寫得詼諧而又嚴謹、尖刻而又寬容。王蒙的後一個世界則
> 又為自己的觀念國土劃了疆界，這條疆界使他的思想趨於穩
> 定。他並不隨風倒，無原則地接受所有的新思潮。相反，他維
> 護民族傳統，強調人的和諧，相信進步，提倡謙讓、寬容、勤
> 勉和耐心……[5]

　　如果說，以上的描述多少有些語焉不詳，那麼，四部長篇小說逐
漸清晰地顯明了王蒙的兩方面不無矛盾的觀念。首先，王蒙崇尚激
情、青春、崇高和詩意，傾心浪漫的冒險，渴求種種生氣勃勃的形
象；另一方面，王蒙也常常唱歎、感慨、消沉和傷感，這時的王蒙就

5　吳亮：〈王蒙小說思想漫評〉，《文學的選擇》（杭州市：浙江文藝出版社，1985 年），
　　頁 147。

會回到日常世界，尊重世俗，肯定平凡，甚至認同平庸。換言之，革命、激情和明智甚至無奈，始終交織在王蒙的思想中。顯而易見，四部長篇小說中，上述的雙重傾向已經被王蒙帶入歷史的考察。從〈戀愛的季節〉到〈狂歡的季節〉，後一種觀念明顯佔據上風。經歷了半個世紀的顛簸以後，王蒙終於意識到，革命和激情是歷史上的雙刃劍。二十世紀下半葉的中國歷史，革命名義掩護下的非理性衝動暴露出令人吃驚的危害。王蒙寧可相信，理想的社會就是多數人安居樂業的社會。轟轟烈烈的歷史功績背後時常隱含了沉重的代價。於是，這個一度是職業革命者的作家感慨地想到數千年之前老子提出的論斷——聖人不死，大亂不止：「世界上那麼多偉人、救世主、教主、活佛、英雄、豪傑，那麼多秦始皇、劉邦、項羽、拿破崙、希特勒，它們是為平民百姓帶來的快樂溫飽富足多，還是戰爭屠殺混亂恐怖多呢？世界上究竟是偉人多的國家的人民幸福，還是偉人少的國家的人民幸福？風流人物的業績背後連帶著多少普通人的顛沛流離，家破人亡！」這些聖人屹立於歷史的巔峰，叱吒風雲，然而，他們的偉業往往給螻蟻般的平民製造了種種劫難。王蒙曾經大膽地感歎，如果毛澤東主席少一些天馬行空的大手筆而多一點庸常的心情，或許恰恰是平民百姓的福氣？

因此，王蒙不願意時髦地將革命簡單地想像為「狂歡」。的確，除了擬定一套政治綱領，從事種種政治實踐，革命還時常伴隨了巨大的心理能量釋放。革命意味打開繁瑣的秩序壓迫，贏得自由的空間，體驗徹底解放的感覺。這就是革命的狂歡。然而，時過境遷，王蒙似乎更多地看到狂歡之後一片難以收拾的狼藉景象。王蒙承認，革命中隱含可貴的理想主義；可是，理想主義與偏執、自我膨脹乃至瘋狂之間的聯繫令人心悸。王蒙甚至對於革命時期反覆倡導的「壯烈」也深懷疑慮：「壯烈能帶來什麼？為什麼壯烈？為誰壯烈？祖國和人民需不需要你的這個壯烈？」「中國近百餘年來，真是夠壯烈的。烈士是

偉大的。烈士出得那麼多出得那麼頻繁，是國家之福人民之福麼？」[6]
這一切顯然是革命激情撲空之後的反省。這個意義上，王蒙對於文學
的激進姿態表示了異議：「一個國家生活愈正常，氣氛愈祥和，作家
就會愈多寫一點日常生活，多寫一點和平溫馨，多寫一點閒暇趣味。
到了人人蔑視日常生活，文學拒絕日常生活，作品都在呼風喚雨，作
家都在聲色俱厲，人人都在氣衝霄漢歌衝雲天肝膽俱裂刺刀見紅的時
候，這個國家只怕是又大大的不太平了。」[7]總而言之，王蒙寧可明
智地保持低調。王蒙已經厭倦了劍拔弩張，咄咄逼人，他對一些言辭
激烈的批評家頗有微辭。王蒙主張寬容與溫和，贊同「費爾潑賴」，
甚至委婉地拒絕批評家對於「少年布爾什維克精神」的頌揚。[8]「我
不想充當振臂高呼、驚世駭俗的角色，我寧願充當一個比較理性的而
且是歷史主義的角色，用更公道的態度對待一切。」「我已六十有
加，我寧願選擇和平的、理性的態度，從各式各樣的見解中首先考慮
它合理的那部分」。[9]這個意義上可以說，王蒙的論文〈躲避崇
高〉——這篇論文因為褒揚了王朔的小說而遭到眾多非議——的確包
含了某些夫子自道的成分。

　　王蒙的思想是個人體驗與歷史判斷的共同產物。王蒙多次表明，
現今的歷史主題已經從「階級鬥爭為綱」轉移到「經濟建設為中
心」，疾風暴雨式的破壞再也不合時宜了。在王蒙看來，盛極一時的
二極對立思維是極端主義、文化專制主義的一個重要源泉，「隨著二
極對立模式的終結，是世界開始結束了以意識型態為中心的運作形態
與生活方式，而代之以經濟活動為中心。這必然帶來理想主義的一時

6　王蒙：〈滬上思絮錄〉，《上海文學》1995 年 1 期。

7　王蒙：〈滬上思絮錄〉，《上海文學》1995 年 1 期。

8　李子雲、王蒙：〈關於創作的通信〉，《讀書》1982 年 12 期。

9　王蒙、李輝、陳建功：〈道德烏托邦和價值標準「精神家園何妨共建談話錄」之
　　三〉，《讀書》1995 年 8 期。

式微與務實心態、實用主義的氾濫。」[10]這將是一種緩和安寧的歷史
景象。人們沒有必要因為某些政治理念的差異而時刻緊張地對壘；大
路朝天，各走一邊──社會允許人們放手追求種種世俗的利益。這種
想像圖景與其說源於一個倖存者的厭倦與疲憊，不如說是一個倖存者
深刻的總結與期盼。從〈戀愛的季節〉到〈狂歡的季節〉，人們清晰
看到了這種總結與期盼如何醞釀，如何成熟。當然，思想並沒有就此
終結。批判精神是否仍然活躍於上述的歷史景象中？如果放棄了革命
的名義，批判賴以啟動和持續的正面理想是什麼？或許，類似的理論
追問不會停止；但是，對於王蒙說來，這些理論追問不再迫切──因
為這些追問背後不存在半個世紀驚心動魄的震盪和無數血淚的細節。

---

10 王蒙：〈滬上思絮錄〉，《上海文學》1995 年 1 期。

第二章
隱蔽的轉移

　　人們公認，張賢亮是二十世紀八十年代之後一個最有爭議的中國作家。浪漫衝動的氣質，苦難的傳奇，多重身分，政論激情——這些無一不是爭議的焦點。儘管張賢亮十分樂意於從眾說紛紜中享受明星的感覺，但是，許多爭議的真正意義是從不同的方面捲入了歷史。一連串深刻的歷史話題因為這些爭議而獲得一個可感的形式。張賢亮的《唯物論者的啟示錄》不僅集中了種種歷史的矛盾，而且，這些矛盾甚至決定了文本的特徵。

　　目前為止，《唯物論者的啟示錄》包括〈綠化樹〉、〈男人的一半是女人〉、〈習慣死亡〉、〈我的菩提樹〉、〈青春期〉。

一

　　即使在二十年之後回顧張賢亮的〈綠化樹〉，人們仍然必須承認，這是一部相當飽滿的小說。大西北的寒風，皚皚白雪，空曠的荒野和低矮的土房，高亢的或者迴旋的「河湟花兒」調子——這一切都在張賢亮的現實主義筆觸之下逐一浮現。當然，樸素地再現世界僅僅是現實主義的初步涵義。〈綠化樹〉的動人之處是令人唏噓的人物命運以及主宰人物的歷史氛圍——〈綠化樹〉是那個時代的愛情悲劇。在雜合飯、白麵饃饃、土豆、馬糞、土坯凳子、熱炕之間，章永璘和馬纓花不是一般意義上的男歡女愛。不可捉摸的歷史波濤將他們出其不意地撮合到一起，然後又強迫他們痛苦地分道揚鑣。〈綠化樹〉不

僅細密地寫出章永璘身上交織著自卑的情欲，寫出馬纓花隱藏在爽朗和潑辣背後的摯愛，而且，作家深刻地捕捉到章永璘與馬纓花之間若隱若現的微妙分歧。更重要的是，上述情節無不涉及現代史上的一個重大主題：知識分子與大眾的關係。的確，革命形勢不斷地改寫知識分子與大眾的關係，不斷地製造二者之間的歷史緊張，即使是在邊陲之地的章永璘與馬纓花之間。

與王蒙的一連串小說不同，〈綠化樹〉中的章永璘不是「少年布爾什維克」。 章永璘對於革命的認識以及背叛剝削階級的人生選擇都劃出了小說之外。登場的時候，他已經是一個落難書生──一個因為詩歌而獲罪的右派。持續的批判閹割了不馴的思想，銳利的爪子已經拔光。對於章永璘說來，知識或者真理恍若隔世。他的人生課題僅剩下一個：如何搜羅到食物打發饑腸轆轆的日子，如何活下來。

當然，知識分子的殘跡仍然某種程度地存留於章永璘身上。遭受壓抑的各種知識還會在某些特定的時刻蠢蠢欲動，只不過這些知識僅僅提供胃的滿足而不再仰望更高的目標。章永璘曾經巧妙地利用幾何體的視覺誤差多得到一些監獄裡的稀粥，或者製造一連串複雜的換算關係買一些便宜的蘿蔔填肚子。打一個火旺柴省的爐灶，這是正兒八經的學問；至於在糊窗紙的名義下利用燒紅的鐵鍬攤稗子麵煎餅，這就是知識的奇怪延伸了。儘管如此，如來佛的手心是跳不出去的。不論章永璘擁有多少本事，他都不可能利用知識改變命運──改變歷史給予知識分子的定位。

〈綠化樹〉之中的章永璘常常躺在破成網狀的棉絮裡閱讀馬克思的《資本論》。這並不是一個反諷式的片段。閱讀《資本論》是章永璘與知識世界的唯一聯繫。抽象的範疇、邏輯地思辨和華麗的文體證明了另一個世界的存在。他牢牢地抓住這個聯繫如同逮住一根救命稻草。這表明，章永璘的內心仍然頑強地阻止自己放棄知識分子的精神渴求，渾渾噩噩地過日子。他不僅迷戀思想，而且迷戀學者的優雅風

度。閱讀是一種身分記憶的保存，只有閱讀才能證明他曾經是知識分子。當然，《資本論》中的一連串概念——例如「貨幣」、「資本」、「商品拜物教」、「使用價值」或者「交換價值」——與章永璘的生活相距甚遠。闔上書本，章永璘的思想立即就集中到饃饃渣、黃蘿蔔、鹹菜湯和稠稀飯之上。這是活下去的基本條件。兩重生活的分裂給章永璘製造了深刻的痛苦。夜深人靜的時刻，章永璘就開始遭受這種痛苦的折磨：

> 於是，我的另一面開始活動了。那被痛苦的、我不理解的現實所粉碎了的精神碎片，這時都聚攏來，用如碎玻璃似的鋒利的碴子碾磨著我。深夜，是我最清醒的時刻。
>
> 白天，我被求生的本能所驅使，我諂媚，我討好，我妒嫉，我耍各式各樣的小聰明……但在黑夜，白天的種種卑賤和邪惡念頭卻使自己吃驚，就像朵連格萊看到靈貓被施了魔法的畫像，看到了我靈魂被蒙上的灰塵；回憶在我的眼前默默地展開它的畫卷，我審視這一天的生活，帶著對自己深深的厭惡。我顫慄；我詛咒自己。
>
> 可怕的不是墮落，而是墮落的時候非常清醒。
>
> 我不認為人的墮落全在於客觀環境，如果是那樣的話，精神力量就完全無能為力了；這個世界就純粹是物質與力的世界，人也就降低到了禽獸的水平。宗教史上的聖徒可以為了神而獻身，唯物主義的詩人把崇高的理想當作自己的神。我沒有死，那就說明我還活著。而活的目的是什麼？難道僅僅是為了活？如果沒有比活更高的東西，活著還有什麼意義？
>
> 可是，現在我是一切為了活，為了活著而活著。

當然，這種痛苦僅僅壓縮在章永璘的內心。忙忙碌碌的日子裡，

生存的壓力掩蓋了兩重生活的張力。章永璘甚至來不及悼念自己的知識分子身分就被饑腸如鼓攪得心慌意亂。然而，馬纓花介入章永璘的生活之後，隱蔽的矛盾漸漸浮上了水面。

　　起初，馬纓花是以章永璘的拯救者形象出現的。馬纓花，年輕女性，勞苦大眾的一員。必須指出，馬纓花與章永璘的關係隱含了交叉的兩個方面：性別關係和知識分子與大眾關係。

　　五四新文化運動以來，知識分子與大眾逐漸成為相對的兩個範疇。二十世紀三、四十年代之後，左翼理論之中的大眾進入主位，知識分子日漸邊緣化，並且在五、六十年代成為改造、批判乃至消滅的貶斥對象。儘管如此，這種理論模型並沒有完全實現──尤其是在意識型態控制相對薄弱的邊遠地區。事實上，馬纓花和章永璘一開始就不存在改造與被改造的關係。相反，馬纓花的心目中始終保持了對於讀書人的古老崇拜。「紅袖添香夜讀書」──這一幅圖景不僅是男性的理想構思；很大程度上，這一幅圖景也成了女性想像生活的原型。

　　馬纓花對於章永璘的拯救首先是從口糧開始。馬纓花利用容貌和獨身寡婦的魅力募集到不少額外的口糧，她心甘情願地騰出這些口糧接濟章永璘。免除了饑餓的恐慌之後，章永璘才有可能抬起頭來，正式面對這個世界。恢復人的尊嚴，因為馬纓花公然與另一個身強力壯的農工海喜喜正面較量，這是章永璘站立起來的一個重要標誌。意味深長的是，這種較量包含了兩方面的內容：文化知識的競爭和體能的對抗。章永璘所擅長的童話和詩打動了馬纓花，但是，海喜喜完全不以為然。在他看來，文學的誇張與想像都是一些不著邊際的胡謅。章永璘是在操起鐵叉擲向海喜喜時真正擊敗了對手──後者才是一種農工們認可的競爭方式。至少這個時刻，章永璘不再是一個文質彬彬的知識分子。他進入了粗獷的農工之列。

　　章永璘在馬纓花的眼皮底下強壯起來，開始揚眉吐氣。馬纓花沒有意識到一個危險──章永璘身上的知識分子記憶也在頑強地甦醒。

召回知識分子身分的跡象是，章永璘不斷地發現馬纓花的粗俗：「我常常抬起頭來看著她。我漸漸地覺得她變得陌生起來。她雖然美麗、善良、純真，但終究還是一個未脫粗俗的女人。」馬纓花竭盡全力想把章永璘塑造成一個讀書人。然而，章永璘愈來愈多地恢復知識分子的感覺和思想方式，他就愈來愈清楚地衡量出自己與馬纓花的距離。馬纓花扶持章永璘度過生存的難關，但是，這不是知識分子之間的交流。馬纓花的堅貞、機靈以及無視痛苦，同時也無視責任的人生理念，都與章永璘所受到的書本訓練迥然不同。不能不承認，馬纓花與海喜喜更般配。馬纓花與章永璘的距離分布在生活的每一個角落。即使在表示情愛的時候，他們也很難再靠近一步。馬纓花的土坯房裡，章永璘所熟悉的拜倫詩句全都用不上了。馬纓花擅長的是「河湟花兒」的情歌。當章永璘稱她為「親愛的」的時候，馬纓花坦然地糾正他——情人要互相稱呼為「肉肉」和「狗狗」。張賢亮在〈綠化樹〉中洞察到，馬纓花與章永璘之間的性別關係不可分割地交融於知識分子與大眾的關係中。這兩重關係互相糾纏又彼此衝突。一切都在二十世紀五十年代種種政治口號的左右之下曲折地發生。於是，這種交融獲得了特定的歷史表現形式。

革命的理論號召知識分子與工農大眾打成一片，否則，他們就無法認同無產階級的立場。然而，〈綠化樹〉揭示了另一個隱蔽的問題：即使知識分子義無反顧地認同無產階級立場，即使章永璘虔誠地誦讀馬克思——全世界的無產階級領袖——的《資本論》，徹底的脫胎換骨仍然不可能。對於章永璘說來，知識分子已經無條件地投奔到工農大眾的階級旗幟之下。〈綠化樹〉裡的知識分子早就喪失了獨特的政治觀念。章永璘與馬纓花的根本分歧不在於政治理想，而是在於日常生活趣味。也許，這時的張賢亮還沒有勇氣坦言知識分子對於大眾的輕蔑，但是，〈綠化樹〉形象地將這種分歧顯現得如此豐富、如此廣泛，章永璘和馬纓花之間幾乎不可能對於家庭、愛情、生活方式

或者人情世故產生共同想像。這是潛伏在章永璘與馬纓花之間的巨大
隱患。

　　這個意義上，〈綠化樹〉的結局相當勉強。章永璘突然遭受新的
隔離，從此與馬纓花失去了聯繫。生離死別，故事嘎然而止。然而，
這是外部力量的意外插入，如同為了悲劇而悲劇，不像是情節和人物
性格自然而然地發展出的必然結局。人們覺得，這部小說還未飛翔到
預定的高度就突然降落了。這個結局迴避了另一種遠為深刻的可能：
章永璘和馬纓花將在共同生活一段之後，開始相互不滿甚至相互鄙
視，終於徹底地分崩離析。這將是遠比〈綠化樹〉結局慘痛的悲
劇——人們甚至有理由猜測，這是一種張賢亮所不敢面對的慘痛。

　　一位批評家曾經指出，張賢亮的不少小說流露出對於背叛的複雜
情緒。這些小說都出現了背叛的情節以及對於背叛行為的種種開脫。[1]
〈綠化樹〉中，章永璘始終承受著馬纓花的恩惠；然而，各種跡象背
後，背叛已經呼之欲出。在我看來，這不能完全歸咎於章永璘的性格
和品行。知識分子與大眾的曲折關係蟄伏在章永璘的意識深處，成為
背叛的一個祕密理由。

　　張賢亮的〈男人的一半是女人〉把這一切更為充分地暴露出來。

二

　　因為涉及到性生活，準確地說，因為具體地涉及性器官，〈男人
的一半是女人〉在二十世紀八十年代中期產生驚世駭俗的影響。這不
僅導致這部小說的熱銷；許多通俗雜誌甚至將這部小說的標題作為性
話語的代名詞。

1　參見王曉明：〈所羅門的瓶子〉，《所羅門的瓶子》（杭州市：浙江文藝出版社，1989
　　年），頁 138-148。

　　如今看來，〈男人的一半是女人〉的確敲開了一個傳統的禁區。許多禁忌解除了，床笫之事正面進入文學的視野。張賢亮開風氣之先，後繼的許多作家開始全面地從心理、生理等方面探索性生活。這理所當然地引起道德衛道士的憤怒。迄今為止，在許多人心目中，〈男人的一半是女人〉還是一個毀譽參半的開拓。然而，如果不再將性生活視為一個欲言又止的奇特主題──如果不再因為禁忌以及禁忌的打破而製造種種特殊的關注，那麼，〈男人的一半是女人〉的另一些意義就會逐漸浮現。一旦將〈男人的一半是女人〉視為〈綠化樹〉的姐妹篇，人們發現，前者繼承了後者所包含的一切矛盾。所有的問題都如出一轍，所有的衝突都更為尖銳──而且，小說的結局也更為矯揉造作。

　　〈男人的一半是女人〉也是一段曲折的恩怨情仇。章永璘和黃香久的初始關係源於一個奇特的相識──章永璘在蘆葦叢中窺見了正在洗浴的黃香久。當時，他們兩人均是在押囚犯。八年以後，獲釋的章永璘在一個農場巧遇黃香久。困厄貧瘠的日子裡，他們終於結合了；然而沒有多長時間，他們又勞燕分飛，各奔前程。相對於〈綠化樹〉，〈男人的一半是女人〉顯示出更為壓抑的政治氣氛。〈綠化樹〉之中偶爾出現的自然風光或者高亢悠揚的民歌已經蕩然無存。章永璘和黃香久之間發生的一切都盤根錯節地植入當時的政治環境或者政治語言。他們利用寫申訴材料的機會互相試探，結婚申請和離婚報告上都必須以「最高指示」開始，婚床上被子的被面繡的是帶犁鏵的拖拉機，解脫章永璘陽痿苦惱的是革命領袖對於唯物主義歷史觀的闡述，章永璘甩下黃香久的全部理由納入了大義凜然的政治動機……總之，章永璘和黃香久的全部日子都可以由政治話語給予描述，游離於政治之外的日常生活幾乎已刪除殆盡。

　　這的確再現了當時的現實氛圍。儘管如此，人們仍然察覺到〈男人的一半是女人〉中存在某種裂縫。章永璘和黃香久不可能超脫當時

的現實氛圍而躲入一個世外桃源，他們無時不刻地擔驚受怕，唯恐觸犯了哪一條戒律；可是，他們的分手並不能完全歸咎於政治原因。章永璘的敘述傾向於用政治壓力解釋這個家庭的解體，這多少有些勉強——這種敘述似乎隱藏某種奇怪的混淆。

人們又一次發現，章永璘和黃香久之間不存在政治觀念的分歧。黃香久並不關心政治，她的興趣毋寧說在於養雞餵鴨，在於章永璘對待她的態度。黃香久的混沌想法中，章永璘是個「反革命」；但是，她卻對這個「反革命」一往情深：

> 「……你呀你，勞改了二十年還是個少爺胚子，要人侍候你吃，侍候你喝。老實說，我是放你一條生路，讓你去尋你的主子，不然，我不吐口跟你離，你咋離得掉？你是去投靠美帝蘇修也好，是去投靠劉少奇鄧小平也好，你放心，你反革命成功了，榮華富貴了，我決不來沾你的光，你何必跟我要這樣的花樣！」
>
> 她笨得可愛，又聰明得可笑。好像我勞改的二十年中她都一直侍候著我似的，並且，她又有她對人和世界的理解——拾到籃裡的都是菜；凡是和當前「毛主席革命路線」對立的，不分青紅皂白一攬子是「反革命」！
>
> 而她卻愛著「反革命」。

這個意義上，章永璘無法證明，黃香久利用政治迫害逼他出走。所以，章永璘不得不虛偽地擺出一個政治鬥士的姿態為自己送行。章永璘的敘述多次強調，政治局勢不斷惡化，他必須遠離農場，奔赴他鄉。然而，正如章永璘自己所承認的那樣，這種出走毫無實際目的——他與外界沒有任何聯繫。小說並沒有為章永璘突兀的出走設計一條可信的情節線索。〈男人的一半是女人〉曾經用誇張的口吻抒

情：「啊！世界上最可愛的是女人！但是還有比女人更重要的！女人永遠得不到她們所創造的男人！」這幾句話彷彿暗示，章永璘必須因為一個崇高的政治信念拋下黃香久。然而，回到情節之中，這種虛張聲勢更像是為背叛開脫的拙劣辯護。當時，章永璘的政治是一種沒有內容的空洞觀念。張賢亮在日後的〈我的菩提樹〉之中坦率地承認，當時的知識分子根本沒有能力闡釋一種獨特的政治：

> ……在我長達二十二年的勞改生涯中，我極少遇見像前蘇聯和東歐各國那種一開始便與當局不合作和抱敵對態度的勞改犯，尤其在知識分子中間（這也可見當初有多少政治性犯人便有多少冤假錯案）。即使有這樣的犯人，他們也沒有明確的政治態度和特殊的政治觀點，沒有代表歷史潮流的遠見，沒有從「五四」以來我們就高喊的「民主」與「人權」意識……至於絕大多數知識分子犯人，那正如我以上所述，是既背著原罪感又帶著新罪感在這裡兢兢業業地改造著，包括我個人在內。和勞改當局配合之密切，你在任何一部歷史書上都不會找到先例……[2]

章永璘怎麼說也不是一個政治上的先鋒人物。儘管如此，他還是被架上一個虛幻的政治舞臺完成故事。這嚴重地損傷了文本的內在邏輯。在〈男人的一半是女人〉中，人們再度看到了〈綠化樹〉用過的伎倆——強行把政治拖出來塞到情人之間。其實，即使放棄用政治壓力解釋章永璘和黃香久的矛盾，人們仍然覺得，他們那個用床單當門簾、有一張鋪了格子布書桌的家庭也難以為繼。黃香久與曹書記的私情當然是一個難以癒合的傷口。然而，更為重要的是，章永璘和黃香久的生活態度融合不到一起。因此，章永璘對於黃香久的反感才可能

2　張賢亮：〈我的菩提樹〉（北京市：作家出版社，1994 年），頁 199。

不斷地被這個傷口召回。顯而易見，章永璘的反感早就在馬纓花那裡
萌生，到了黃香久那裡不過多了個婚姻形式而已。如同看不慣馬纓花
的粗俗一樣，章永璘對於黃香久的排斥也應當再度追溯至知識分子與
大眾的差距。這個時候，章永璘的知識分子特徵既表現為超越世俗的
精神渴求，也表現為鄙視大眾的貴族心理。

　　章永璘對黃香久解釋說，他的陽痿是壓抑的結果——也就是通俗
地說「憋」。牢獄裡充滿了章永璘討厭的下流話，他只好摀起耳朵讀
書或者思索問題。這種性的厭惡和恐懼終於從心理轉移到了生理。迴
避下流話、迴避性而逃向書本顯然是一種知識分子的潔癖。黃香久就
不解地問：「你想問題幹啥？你看書幹啥？想啊看啊頂啥用？」大眾
的世俗生活中，性的樂趣遠比那些晦澀的文章重要。

　　章永璘的性功能在一次搶險之後突然甦醒了，同時甦醒的還有他
的男性尊嚴。章永璘不再氣餒地在黃香久面前俯首帖耳，他開始苛刻
地審視自己的婚姻。這時，他一次又一次清晰地意識到自己與黃香久
的距離。黃香久對於金錢的計較，黃香久曾經設計一個陷阱算計他，
尤其是黃香久曾經與曹書記偷情——這一切無不破壞了知識分子對於
愛情的浪漫主義幻想，破壞了文學帶來的想像。儘管章永璘在歷次政
治運動中屢屢碰壁，每況愈下，但是，他對於政治依然情有獨鍾。在
他看來，黃香久對於政治的漠然和無知同樣是一種愚蠢的表現。當時
的章永璘不可能意識到，這種漠然和無知對於畸形的專制政治產生了
無形的解構作用。總而言之，黃香久在章永璘心目中愈來愈低俗，實
在不堪造就。某種程度上，黃香久的今日也就是馬纓花的明日，雖然
馬纓花似乎比黃香久可愛一些。〈男人的一半是女人〉細膩地展開了
章永璘既憐愛又怨恨、既蔑視又歉疚的矛盾心理，這是張賢亮擅長的
領域。儘管如此，知識分子與大眾之間的隔閡還是在張賢亮意識中佔
據了上風。矛盾逐漸明朗。章永璘終於以壯士斷臂的氣魄揮開了黃香
久的柔情蜜意。當然，這一切是以一種知識分子的語言費解地表述出

來──章永璘並且在這種表述中順帶貶抑一下黃香久的智力：

> 我猶豫著，我知道我無法跟她解釋明白，我不能把既是為了
> 她，而又是為了解決我複雜的感情的這一舉動──離婚，說成
> 是單純為了她的安全，或是說成單純是我對她已失去了感情的
> 結果。她的腦子只能理解黑的就是黑的，白的就是白的，灰色
> 的事物、模糊的事物，對她來說是太費解了，對我來說又是太
> 難表達了。理性不能代替感情，理性更不能分析感情。在心靈
> 相互不能感應的關係中，任何語言都無能為力。而維繫我們
> 的，在根子上恰恰是情欲激起的需求，是肉與肉的接觸；那份
> 情愛，是由高度的快感所昇華出來的。離開了肉與肉的接觸，
> 我們便失去了相互了解，相互關懷的依據。

不能不承認，這段表述是小說中一個笨拙的片段。勉為其難的解
釋表明，張賢亮無法用形象或者情節自然地流露這些主題，他不得不
訴諸抽象的理論語言。張賢亮感覺到了章永璘與黃香久格格不入，但
是，他仍然不敢根據知識分子與大眾的關係給予解釋──他不敢公開
地聲明章永璘因為知書達禮因而看不起粗鄙俗氣的黃香久。所以，感
歎過「太難表達」之後，張賢亮還是將章永璘的出走動機安置於政治
反抗之上，儘管這是如此地不真實。

相對於〈綠化樹〉，〈男人的一半是女人〉中的分裂更明顯。人物
行動的依據從情節中游離出來，無法有力地說明戲劇性衝突的原因。
文本顯示的跡象表明，張賢亮不能繼續將這個問題存放於無意識之
中──他必須正式面對這個問題了。否則，上述的分裂和游離可能愈
演愈烈，以至於人們不得不懷疑：張賢亮的下一部小說還可能承受如
此嚴重的矛盾嗎？

令人驚奇的是，這些矛盾突然消失了。

三

　　張賢亮曾經在網路上聊天時提到，〈習慣死亡〉是他自己最滿意的小說，可惜沒有多少人關注。相對於張賢亮所擅長的不無誇張的抒情風格，〈習慣死亡〉的雋永、機智以及一連串精彩的格言如同一個異數。這部小說給人製造了一種奇異的印象：既簡單又複雜。小說中沒有幾個人物，這些人物之間的關係單純明朗。另一方面，小說之中的種種感覺、思想密集重疊，摩肩接踵。關於槍，花，記憶，帆船，海洋，一隻奇特的老狗，摩天大樓的燈光，靈魂，護照，當然還有女人軀體的種種動人之處……比比皆是的警句在〈習慣死亡〉中閃閃爍爍。

　　張賢亮自稱這是「蒙太奇」敘事。或許，有必要提到二十世紀八十年代一度時髦的術語「意識流」。至少可以說，〈習慣死亡〉的敘事屬於「意識流」家族。「意識流」式的敘事凝視的是內心世界的波紋，外部世界的社會關係以及人物活動之間產生的糾葛、矛盾、衝突、故事反而成為遠景。對於張賢亮說來，生活輕鬆起來了。大規模的歷史震盪已經結束，知識分子與大眾的關係得到了重新認識，章永璘的冤屈昭雪平反，並且重新進入主流社會。總之，塵埃落定。現在是撫今追昔的時候了。品味苦難，在內心的反芻之中湧出不盡的感觸，這就是〈習慣死亡〉轉向「意識流」式敘事的原因。

　　按照弗洛伊德的理論，意識流的背後還隱藏了一個湧動不歇的無意識領域。儘管人們試圖用忘卻壓抑種種慾望，使之成為無意識，但是，無意識時常會頑強地擠入意識，如同突如其來地湧出的烏雲。人們可以用這種描述隱喻〈習慣死亡〉。主人公優遊自得地漫遊在另一塊國土上。然而，苦難的記憶常常出其不意地插入，毫不客氣地打斷他的享樂心情。主人公企圖在異國風情之間甩下難堪的歷史，而歷史

卻以無意識的方式持續地返回。他擁有一個割不斷的記憶倉庫。這是一輩子的負重。他注定只能在二者之間徘徊一生。

如果想稍微瀏覽一下這個記憶倉庫之中貯存了什麼，人們可以閱讀張賢亮的另一部著作〈我的菩提樹〉。這基本上是一部紀實著作——張賢亮根據記憶注釋自己勞改期間的日記。這部著作相對枯躁，然而，人們可以相信，日記所記述的昏暗日子已經永久地烙印在張賢亮的生命之中，並且成為日後一連串所思所感的解釋。

根據〈我的菩提樹〉的記述，我想指出意味深長的兩點：第一，主人公周圍的知識分子已經無暇過問政治，儘管這些人在押的原因是政治過失。他們不再考慮信念、氣節或者什麼主張。這些曾經在思想上自命不凡的傢伙願意為改善生活待遇而做任何事情——當然包括背叛；第二，那些饑餓的知識分子喪失了性意識猶如遭到了閹割。主人公曾經偶爾遇到一個女囚的示愛，但是，他的反應是以最快的速度逃離。

這個意義上，〈綠化樹〉和〈男人的一半是女人〉——尤其是後者——運用高調的政治充當情節運轉的齒輪，挑選虛構的政治行為掩飾背叛，這包含了一種心理補償。〈綠化樹〉、〈男人的一半是女人〉和〈習慣死亡〉之中，性的主題當然是另一種補償。

耐人尋味的是，〈習慣死亡〉之中性的主題與〈綠化樹〉或者〈男人的一半是女人〉迥然相異。〈綠化樹〉或者〈男人的一半是女人〉充滿了依戀、矛盾、猶豫、屈辱，這些複雜的情緒一方面來自天涯淪落人的患難之交，另一方面又源於知識分子與大眾之間的種種隔閡。然而，〈習慣死亡〉已經將這一切遠遠地拋在身後。主人公在一場又一場的性冒險之中如魚得水，〈綠化樹〉或者〈男人的一半是女人〉出現的種種令人苦惱的羈絆一掃而光。換言之，張賢亮已經成功地將性別關係從雜亂的社會關係中剝離出來了。避開〈綠化樹〉與〈男人的一半是女人〉中愈演愈烈的矛盾，張賢亮沒有必要繼續費盡

心機地平衡性與政治。

　　張賢亮的成名作〈靈與肉〉中，主人公拒絕了境外父親的邀請而固執地回到黃土地上。這是他植根的土壤，離開這一片土壤他只能成為無本之木。然而，〈習慣死亡〉的主人公跨出了這一步。他在海關之外發現了一個性冒險的理想疆域。他以文學遊客的身分進入另一個國家。呼嘯的波音飛機將所有的社會關係甩在海關的另一邊，同時，他又不必介入另一個國度的法律、制度以及一連串繁瑣的社會問題。換言之，主人公巧妙地在兩個海關之間贏得了某種臨時性的自由。這個曖昧的空間裡，主人公的個人才能終於在性愛事業中產生了非凡的效果。他的演說、風度，特別是他的苦難經歷都成為招引女性的特殊資本。沒有歷史製造的怨恨，沒有財產糾紛，沒有沉重的情感負擔，沒有苦苦思念的心理糾纏，只有智慧的語言遊戲和刺激的性愛遊戲。不言而喻，這是男性知識分子性享樂的理想語境。〈習慣死亡〉的主人公甚至不必擔心這種性冒險可能遺留什麼扔不下的後遺症，主人公早就預支了一句妙語作為脫身的後門：「愛情要以悲劇結束才顯得美滿。」任何超出一時一地的忠誠或者堅貞都會在這句話的襯托下顯出愚蠢和傻氣。

　　如果沒有苦難記憶不時地回放，主人公可以如願地做一個花花公子。然而，空間的轉移並沒有真正地割斷時間。歷史仍然以記憶的形式持續地騷擾主人公的性享樂。歷史的記憶如此深刻，以至於事情似乎顛倒了過來：放縱的性享樂成了主人公擺脫記憶折磨的麻醉劑。這些旋生旋來的性愛遊戲又有什麼意義呢？〈習慣死亡〉中有一段坦誠的答覆：

　　　　我要請你原諒的就是我之想和你做愛只為了證明我還活著。現　　　　在，能夠徹底證明我還活著的女人就是我最心愛的女人。

　　　　有一次你問我某某女作家我認識不認識，我笑著說我認識的只

　　是和我做過愛的女人，凡沒有和我做過愛的女人我都不認識。
　　你是那樣詫異地笑起來。可是，我問你，除此之外，還有什麼
　　能夠證明我有生命？[3]

　　死亡是〈習慣死亡〉中反覆出現的意象。一個對準了腦袋的槍
口。在張賢亮看來，死亡的威脅已經過去，但是，這種意象製造的驚
嚇深深地潛伏於主人公的神經中，並且在某一個想像不到的時機發
作。只有玩世不恭的性愛才能將這種驚嚇——當然也就是歷史的可怖
殘片——從神經中清洗出去，還原一個潔淨強壯的身體。這個身體就
是活著的證明。歷史的帳目結清之後，剩下的問題僅僅是解決軀體內
部的記憶回流了。這時，弗洛伊德也好，意識流也好，內部的敘事話
語成了一種恰如其分的文本形式。
　　〈習慣死亡〉的結尾，歷史迴光返照式地出現了一瞬。主人公來
到了西北的一個小山村，躲在一個昔日情人的家中修改這部小說。根
據主人公的交代，這即是昔日的馬纓花。這個小山村似乎是一個讓主
人公「找得到心」的地方。但是，所有人都明白，這種偶爾的造訪僅
僅是一種精神安慰而不會真正改變主人公什麼。馬纓花，連同章永璘
的歷史只能是一種記憶而不會再度活靈活現地走入張賢亮的生活，充
當拯救者、要求某種權利或者干擾既定的秩序。在另一個歷史階段的
社會關係圖譜裡，馬纓花與章永璘再也不會正面相遇了。

四

　　馬纓花、黃香久或者海喜喜這個群體在張賢亮的視野中漸漸退
遠。或許張賢亮不願意明確承認這一點，但是，〈習慣死亡〉、〈我的

3　張賢亮：《習慣死亡》（天津市：百花文藝出版社，1989 年），頁 109。

菩提樹〉──《唯物論者的啟示錄》系列的兩部晚近著作──的文本結構已經不再給這個群體留下活動的空間。根據張賢亮的個人經歷，〈我的菩提樹〉的情節發生於〈綠化樹〉與〈男人的一半是女人〉之前；然而，張賢亮的精神重心卻是從馬纓花、黃香久或者海喜喜那裡轉向了章永璘的內心。換言之，章永璘成了中心。這不僅是指人物在故事之中的主角位置，而且表明了張賢亮如何從社會關係的意義上集中考察章永璘們的身分、歷史、內心世界及其現今的價值。很大程度上，後者成為前者的依據，社會學的考察隱蔽地投射到文本結構。

　　章永璘是如何走向前臺的？人們可以在張賢亮的政論性著作《小說中國》中看到一連串佐證。換句話說，張賢亮的轉移背後隱含一連串理論支持。這部著作中，張賢亮縱情地指點江山，坦承一連串社會變革的基本觀點。在張賢亮的論述中，章永璘式的人物必將逐漸地成為當今歷史的主角。

　　張賢亮對於知識分子的評價具有雙重性。一方面，張賢亮對於許多知識分子充滿了蔑視甚至仇視。漫長的勞改生涯中，他在知識分子之間遇到太多的爾虞我詐和背叛、出賣，甚至他自己也是其中的一分子。另一方面，張賢亮心目中的知識分子擁有傑出的素質。他們是一批能人，甚至是一批才華橫溢的思想者和創造者。在知識分子與大眾的關係限定之下，章永璘喪失一切展示才能的機會而為基本的生存而苦苦掙扎。知識分子不得不放棄尊嚴，卑賤地依附於大眾，在大眾的庇護之下勉強地過日子。他們的衣、食、性、家庭等種種生活的基本資料無不來自大眾的施捨和恩賜。在大眾眼裡，知識分子是一些手無縛雞之力的落難者。知識分子無法用知識贏得大眾的尊重；確切地說，章永璘是因為不幸的命運而引起了馬纓花們的憐憫。必須承認，這時的知識分子身上更多地顯示出道德敗壞的一面──道德敗壞甚至是他們活下去的首要條件。然而，二十世紀七十年代後期，歷史推開了一扇新的大門之後，社會結構發生巨大的改變。某些社會階層向後

退去，另一些社會階層浮出水面。知識分子與大眾的主從關係瓦解。知識分子不再從精神上、物質上依賴大眾，他們的傑出素質在新的社會關係中得到了獨立的顯現。他們找到了自己的歷史舞臺。

　　談論知識分子的歷史作用時，許多人提到知識分子的批判鋒芒。不肯盲目地屈從於權勢，勇於挑戰主流意識型態，這是許多知識分子的共同性格。然而，這並非張賢亮津津樂道的傑出素質。如前所述，張賢亮的知識分子並不意味著提出一套獨特的政治觀念，另起爐灶。在他看來，知識分子的主要功能是，動用知識和才能維護政治家的管理和統治。一些人曾經批評〈綠化樹〉結尾的「紅地毯」意象過於俗氣──章永璘彷彿把踏上人民大會堂的「紅地毯」象徵為至高的人生榮譽。這多少混淆了權力的認可與真理的勝利之間的差別。然而，張賢亮不以為然。張賢亮坦然地認為，在他身上，兩者可以互相證明。[4]這個意義上，張賢亮對於馬克思《資本論》之中的一段話產生了獨特的興趣：「我發現有一段直到今天也未被任何學者引用過的馬克思的話，簡直可以作為垂至萬世的統治者的寶典，僅僅那一段話就比馬基雅弗利的《君主論》(The Prince)全篇還有價值，極其精闢地總結了歷史的統治術和給後代統治者指示了教訓。」[5]對於張賢亮說來，這一段話猶如醍醐灌頂。他意識到，他所遭受的挫折毋寧說源於統治者的愚蠢──統治者竟然如此慷慨地拋棄可以為國效力的棟樑！這甚至比馬克思形容的資本家還要狹隘。吸納知識分子進入權力體系，這是統治者應有的胸懷──哪怕知識分子可能與他們產生某種分歧。因此，張賢亮一字一句地將這段話從《馬克思恩格斯全集》之中摘錄下來：

4　參見張賢亮：《小說中國》（北京市：經濟日報出版社；西安市：陝西旅遊出版社，1997年），頁39-42。

5　張賢亮：《小說中國》（北京市：經濟日報出版社；西安市：陝西旅遊出版社，1997年），頁14。

一個沒有財產但精明強幹、穩重可靠、經營有方的人，通過這種方式也能成為資本家（因為在資本主義生產方式中，每一個人的商業價值總會得到相當正確的評價），這是經濟辯護士所讚歎不已的事情，這種情況雖然不斷把一連串不受某些現有資本家歡迎的新的幸運騎士召喚到戰場上來，但鞏固了資本本身的統治，擴大了他的基礎，使它能夠從社會下層不斷得到新的力量來補充自己。這和中世紀天主教的情況完全一樣，當時天主教會不分階層，不分出身，不分財產，在人民中間挑選優秀人物來建立其教階制度，以此作為鞏固教會統治和壓迫俗人的一個主要手段。一個統治階級越能把被統治階級中的最傑出的人的吸收進來，它的統治就越鞏固，越險惡。

顯然，張賢亮所推崇的傑出人物並不是源於名門望族或者巨額財富。他們的首要特徵是一種卓爾不群的素質。這種素質是一種罕見的天賦，它不在乎物質條件，甚至流離顛沛、含辛茹苦也不會消亡。擁有這種素質的人即是張賢亮所形容的「精神貴族」。當然，張賢亮理所當然地把自己確認為「精神貴族」的一員。他詳細地回憶了這個概念如何點亮他卑微的生命：

> 我第一次聽見「精神貴族」這個詞還在「文革」中的一九六六年。
> ……犯人們這時就被趕出號子列隊跑操，在冬季的旭日照耀下繞著院子跑，邊跑邊聽廣播受教育（如果那時廣播的是某種專門學問的教材，當時的人們現在個個都成了博士）。一天，廣播中突然跳出一個詞擊中了我，發顫的心似乎更加快了跳動，耳朵再也聽不清下面的吼叫，聽覺被這個詞牢牢地攫住，這個詞就是「精神貴族」！

於是田野上四處回蕩著一片「精神貴族」「精神貴族」「精神貴族」……

試想，一個人身外之物都失去了，財產沒有了，生活資料全喪失了，物質生活極為貧乏，卻以心靈擁有「精神」而自豪。誰也沒有給他正式封號，還將他打入另冊，施加壓迫，他還洋洋得意以「貴族」自命自尊；他窮得什麼都沒有了，只剩下「精神」，卻傲然獨立，超凡脫俗。這樣的「精神貴族」，難道不值得人尊敬嗎？

我認為社會需要這樣的「精神貴族」，越多越好，「精神貴族」是領導社會精神和思想的群體，正是魯迅先生指的「民族的脊樑」。他們不屑於在政治地位上求晉升，不在乎人們對他們怎樣評論，他們鄙視名利場中的榮辱，著重在內心世界追求利國利民利人類利己的終極價值、終極目標。他們代表著一個民族一個國家在那個時代的文化精神最高水平。他們之所以高貴，因其富有精神、富有創造性而高貴，他們之所以為「貴族」，因其有別於芸芸眾生而散漫在各處卻自成一「族」。……

坦率地說，「精神貴族」這個詞語支撐了我很多年。[6]

張賢亮的「精神貴族」讚歎的是不馴的精神姿態，是內心的超塵拔俗——儘管〈習慣死亡〉或者〈我的菩提樹〉證明，「我」在許多時候不得不向權力低頭甚至諂媚。可以猜想，只要這個概念存在，章永璘的對於大眾的屈尊俯就只能是暫時的。他不可能久居人下，溫順地呆在馬纓花或者黃香久佈置的土房子裡，渾渾噩噩地過日子。他身上的知識分子氣質總要找到發作的機會。一旦有了合適的氣候，他就要上天入地，施展身手。

6　張賢亮：《小說中國》（北京市：經濟日報出版社；西安市：陝西旅遊出版社，1997年），頁99。

占人口10%的識字人中，只需要那麼「一小撮」人真正佔領了
精神領導地位，就能對一個國家的文化與文明起決定作用。所
謂「代表」，從來不會是群體中的多數，一個人就能代表一萬
人、一百萬人、一千萬人、一個民族、一個國家，或國家社會
的某個方面。[7]

　　儘管張賢亮早就察覺，大眾時常不知不覺地懷有尊崇文化、敬畏
讀書人的心理，然而，很長的時間裡，章永璘對於馬纓花們的感恩戴
德阻止了他享用這種敬畏。歷史終於把章永璘解放出來了。知識分子
登上了一個嶄新的歷史高度。從這個高度看下去，大眾的面目模糊起
來。在〈習慣死亡〉和〈我的菩提樹〉中，知識分子的內心感觸纖毫
畢現，一切彷彿都置於放大鏡下面；相對地說，馬纓花們不再介入知
識分子的具體生活，走動在他們身邊，引出他們的一顰一笑，干預他
們的飲食起居——一句話，理論上的大眾一如既往，但是，大眾不再
是章永璘無意識的內容，不再出現在他的夢想和意識流中。

　　歷史解放了章永璘。什麼「歷史」？以市場經濟為前鋒的改革運
動。這是一場相當徹底的震盪，每一個人的身分都可能在這場運動之
中重新洗牌。由於出色的智慧和才能，張賢亮先後成為成功的作家和
企業家。不知道張賢亮是否意識到，這兩種身分有時可能產生對
立——例如對於大眾的看法。作家習慣於接近生動的個體，揣摩他們
的喜怒哀樂，關注普遍之中的個別；尤為重要的是，文學具有一個同
情弱者的傳統。底層人民、受難者、失意者和弱勢群體更多地成為文
學的主人公。這時，作家心目中的大眾栩栩如生，性格各異。然而，
企業管理者通常擁有另一種視域。他們眼裡，企業的利潤遠比每一個
員工的心情、性格以及獨特的遭遇更為重要。企業家也可能意識到周

7　張賢亮：《小說中國》（北京市：經濟日報出版社；西安市：陝西旅遊出版社，1997
　年），頁115。

圍的一連串困難或者不幸，但是，他們的信條是——等待更為強大的經濟實力解決或者覆蓋這些棘手的問題。根據這種權衡，庸常的芸芸眾生不得不在競爭中退後。他們必須給本領高超的精英——尤其是知識精英——騰出空間來。強者生存，這是必要的不平等。這時的大眾成了一個乏味的平均數。無論作家和企業家有沒有可能在終極的意義上殊途同歸，人們必須承認，美學和經濟學意味了兩種解讀生活的方式。不知不覺之間，張賢亮愈來愈多地以企業家的身分發言。例如，他對於企業中工人的描述更像是經濟學家、社會學家而不是作家。現今國有企業的冗員百分之二十至百分之五十，他們的福利待遇及工資是誰生產出來的？張賢亮清晰地意識到，這是歷史的後遺症。但是，他不像許多作家那樣，考察諸多個體在這種歷史後遺症中的苦惱、掙扎、失意或者再生、復活，張賢亮更多地保持了一種居高臨下的超然分析：

> 「工人階級是國家的主人，是領導階級」，是指工人作為一個階級來說的，每個個別工人都應該首先是有勞動技能、踏實肯幹、遵守企業規章紀律的勞動者。但遺憾的是，「文革」雖然受到批判，「造反」犯上、無組織無紀律的風氣卻沒有完全肅清，給正常的企業管理造成很大的難度。現在企業管理人普遍感到合同工比「正式工」聽指揮，也比較有勞動和學習技能的上進心和競爭心。[8]

　　如果說，「精神貴族」意味了某種奇異的素質，那麼，在張賢亮眼裡，工人的首要問題也在於素質。既然改革讓生產者有權支配生產

8　張賢亮：《小說中國》（北京市：經濟日報出版社；西安市：陝西旅遊出版社，1997年），頁 242。

資料，那麼，工人的素質就必須為企業的成敗負責：「一旦『生產者支配生產資料』，每個具有雙重身分的工人都必須為自己的企業和個人的行為負責，社會無形中就會自覺不自覺地普遍樹立起『能力本位』的觀念。貧富都將由自己決定。上升的人為自己的能力而自豪——『從來就沒有什麼救世主，全靠我們自己』；失敗的人也怨不著政府或社會，所謂『不怨天不怨地，只怨個人不爭氣』。每個個人加強了『個人奮鬥』和進取精神，整個民族才會更富有朝氣。」[9]毋庸諱言，個人素質與榮辱貧富之間存在重要的聯繫；然而，如果將個人素質視為首要條件，那麼，另一些更為重要的條件可能被粗心地忽略——例如社會結構和社會關係，資本，經濟運作方式，階級或者階層，如此等等。如果缺少足夠的資金，一個素質再好的人也無法涉足房地產業或者國際貿易。這是一個常識。為富人辯護的時候，張賢亮認為許多人的反感是因為「大多數被調查者帶有極大的情感渲泄和對『私』與『分化』的特殊敏感。」在他看來，這是一種有害的「國民集體潛意識」。張賢亮對於經濟競爭之中的失敗者深懷戒心，這些失敗者可能成為社會中顛覆性的不穩定因素。[10]這至少表明，張賢亮時常假定存在一個經濟運行的理想空間，這裡既公平又自由，任何個人的素質與富裕程度理所當然地成為正比。這時的張賢亮對於權力與資本的勾結以及各種不公平競爭視而不見，或者微笑地給予默認。號稱熟讀《資本論》的張賢亮僅僅考慮個人素質而沒有興趣分析資本的邏輯以及生產關係特徵，這不能不說是一件相當奇怪的事情。

9　張賢亮：《小說中國》（北京市：經濟日報出版社；西安市：陝西旅遊出版社，1997年），頁 292。

10　張賢亮：《小說中國》（北京市：經濟日報出版社；西安市：陝西旅遊出版社，1997年），頁 232，273。

五

　　張賢亮的《小說中國》曾經有一段表白：他更樂於與勞動人民打交道而不想親近知識分子。[11]他數落了不少知識分子的可惡品質。這些衣冠楚楚、風度儒雅的傢伙如同難纏的小鬼。他們熱衷於進行一些政治性的騷擾，狡猾、猥瑣、陰毒。然而，這種表白多少會使人產生另一方面的懷疑：張賢亮青睞勞動人民的原因會不會是——這是一批更易於征服的對手？

　　這時，人們可以轉入張賢亮的另一部小說〈青春期〉。根據張賢亮的申明，〈青春期〉是《唯物論者的啟示錄》中最新的一部。然而，令人驚訝的是，這部小說中的勞動人民恰恰是以對手的角色出場。

　　〈青春期〉仍然保持自傳式的敘事。從混沌未開的童年到不惑之年，〈青春期〉流水帳式地記述主人公可憐的性經驗。這種文本至少說明兩點：第一，張賢亮仍然熱衷於以自己為原型，〈青春期〉仍然在吸吮自己的苦難。人們甚至無法肯定，張賢亮是否還有可能寫出另一批與自己無關的小說？第二，自傳式的敘事通常將所有的情節組織於個人的經驗中，〈青春期〉沒有興趣再現複雜的社會關係，再現隱藏於社會關係內部的緊張。儘管張賢亮自認為〈青春期〉不比〈綠化樹〉遜色，但是，這裡已經看不到知識分子、大眾、性別關係之間令人苦惱的糾纏。這是一種單純的回憶；敘述的口吻表明，苦難和危險已經過去，揪心的分別和痛苦的情感煎熬已經過去，這是功成名就之後的回首。主人公已經涉過濁流上岸了，現在風平浪靜。他已經有資

11　張賢亮：《小說中國》（北京市：經濟日報出版社；西安市：陝西旅遊出版社，1997年），頁 128。

格為自己而慶幸，甚至可以有些小小的得意——這時，他沒有必要再去聚精會神地分析和探究各種交織的社會矛盾了。

　　然而，即是在這種貌似單純的敘事中，作家的修辭策略仍然暴露一些隱蔽的問題。〈青春期〉的最後一個部分主要敘述主人公與生產組長「麻雀」妻子的一段私情。人們不難從「麻雀」妻子身上發現馬纓花的影子。這一段傳神的筆墨隱含了主人公對於她的欣賞和感恩。剩下的三萬多字篇幅中，農民僅僅在兩個小小的片段中露了露面。我想提到的是，這兩個片段的修辭策略大異其趣。第一個片段是回憶主人公如何與前來搶水的農民發生衝突，並且揮起鐵鍬剁掉一個農民的一截手指。儘管如此，這個片段的敘述基本上使用的是中性的描述詞彙。多年以後，主人公仍然歉疚地想起這位喪失了一截手指的農民。他甚至擔心自己會不會同時損壞一個靈魂：「社會環境和個人條件一轉變，我就經常為過去的所作所為感到歉疚。我真的不像有些人那樣心安理得。社會既然不再傷害我，我也盡可能以善心對待別人。」顯然，這些言辭之間仍然流露出對於農民的溫情。奇怪的是，緊接下來的另一個片段，主人公的口吻一下子變了。摘錄這個片段的文字有助於說明問題：

　　　　我辦的影視城有了效益以後，附近地頭蛇式的個別基層幹部竟然挑唆一些農民也像搶水渠似的來強佔。一天清早，一幫農民雇傭軍把手下的工作人員全部趕跑，由他們來出售門票。在市場經濟初期這在全國都是常見的「無規則遊戲」。我得知消息後一人驅車走趕到影視城，果然看見烏鴉似的三五成群衣衫不整的人在我設計的影壁前遊逛，見我到了，一隻隻就像穀場上偷吃穀粒的鳥雀那般用警竦的小眼珠盯著我。我又感到那股帶血的氣往上衝，那氣就是「青春期」的餘熱。我厲聲問誰是領頭的。一隻烏鴉蹦出來嘻皮笑臉地回答他們根本沒人領頭，意

思是你能把我們怎麼樣？我冷冷地一笑：「好，沒人領頭就是
你領頭，我今天就認你一個人！要法辦就法辦你！你看我拿著
手機是幹什麼的？我打個電話下去就能叫一個武裝連來！」烏
鴉聽到「武裝連」，趕緊申明他也是身不由己，人都是「上
面」叫來的。我說，行！既然「上面」有人，你就替我給「上
面」那人帶一句話：我能讓這一帶地方繁榮起來，我也有本事
讓一家人家破人亡！今天的門票錢我不要了，賞給你們喝啤
酒，明天要是我還看見你們在這裡，你告訴你「上面」那個
人，他家裡有幾口人就準備好幾口棺材！誰都知道我勞改了二
十年，沒啥壞點子想不出來……

　　網路上可以搜索到一篇署名「牧歌」的論文：〈墮落的張賢亮〉。
這篇言辭激烈的論文根據一篇張賢亮的採訪錄考證這個片段的原
型。[12]張賢亮在這篇採訪錄中披露，他的影視城的確與當地農民發生
利益糾紛，糾紛的緣起和解決的方法均與小說中的情節大體相似。這
篇論文憤慨地指責張賢亮開始憎惡農民，「妄自尊大多於熱愛人民」。
　　我感興趣的不是事實真相以及如何裁決雙方的是非，我感興趣的
是事實的敘述。這個片段突如其來地插在溫情脈脈的回憶中，「地頭
蛇式的」、「烏鴉似的」、「三五成群衣衫不整的人」、「警辣的小眼
珠」、「嘻皮笑臉」，這些形容顯露主人公的惱怒乃至仇視，彷彿敘述
者沒有意識到他們與馬纓花是同一批人。意味深長的是，〈青春期〉
中只有這個突兀的片段涉及市場經濟啟動之後的生活。也許，人們必
須意識到一個事實：張賢亮的前半生，農民一直是他的恩人，農民的
溫暖和保護是他活下去的理由；然而，市場經濟深刻地重組了傳統的
社會關係和利益配置，企業家的張賢亮不可避免地與當地農民產生經

---

12 這篇論文末尾注明，論文首發於《大舞臺》2000 年第 5 期。

濟上的摩擦。某種程度上，他開始討厭甚至敵視這些昔日的盟友。當然，如同小說所表明的那樣，他可以輕而易舉地動用自己的智慧打發他們。這使他的討厭和敵視中包含了輕蔑——這畢竟是一個素質低下的群體。可以想像，這些複雜的情緒已經簡約地壓縮到張賢亮的無意識之內，翻湧起伏而難以明言。於是，浮出意識的僅僅是幾個特殊的比喻和形容詞。

許多跡象顯示，知識分子與大眾的關係又可能臨近一個轉折點。二十世紀五十年代之後，知識分子與大眾的關係被置於某種人為的理論對立之中。多數知識分子既沒有獨特的社會理想，也沒有獨特的經濟基礎，然而，「政治」仍然成為解釋知識分子與大眾相互對立的全部根源。張賢亮早就發現，知識分子與大眾時常跨越政治的溝塹進行祕密的情感溝通。可是，某些時候，張賢亮還是情不自禁地想像知識分子的「政治」壯舉，想像他們是另一種社會理想的殉難者，儘管這與他在牢獄中看到的事實並不吻合。現今，知識經濟的歷史時期正在賦予知識分子特殊的地位，知識具有了某種與資本相近的意義。他們與大眾的距離得到了豐富的經濟學詮釋和社會學肯定。「知本家」這個戲稱背後，某種新的社會關係正在形成。換言之，這是知識分子從大眾中脫穎而出的歷史時刻。張賢亮同樣已經察覺到這一點，並且開始身體力行；但他還不清楚如何擺脫舊日的情感經驗。這就是張賢亮《唯物論者的啟示錄》中眾多矛盾的原因，雖然張賢亮自己不一定清晰地意識到。

第三章
《受活》：怪誕及其美學譜系

一

　　《受活》如同一匹怪獸跳入，驚動了文學圈。這部小說粗礪硌人，土得掉渣，散發出一種嗆人的氣息；另一方面，這部小說又因為某種奇異的美學而被譽為「先鋒」。爭論當然存在，但是，人們共同認可這部小說的重要性。對於閻連科來說，《受活》是他的一個文學必然。既有小說所形成的慣性、個人氣質、想像力、文學資源以及身體狀況匯聚為《受活》問世的個人條件。另一方面，《受活》同時是文學史的產物。《受活》的背後隱匿了一個特殊的美學譜系，這個譜系顯示了《受活》所依存的歷史背景。人們可以說，《受活》的衝擊力交滙了個人與文學史的雙重能量。

　　《受活》扉頁上的題辭是：「現實主義——我的兄弟姐妹哦，請你離我再近些。現實主義——我的墓地哦，請你離我再遠些。」無論如何解釋這個矛盾的表述，人們至少可以發現一個耐人尋味的事實：閻連科存在某種敘事焦慮。從《受活》的後記到與李陀的對話，閻連科放肆地攻訐現實主義，甚至激進地將現實主義稱之為「垃圾桶」和「謀殺文學的元凶」。[1]這種不顧一切的姿態證明了閻連科苦惱的程度。閻連科當然明白，現實主義早就不是什麼聖物。現代主義已經成

---

[1] 李陀、閻連科：〈《受活》：超現實寫作的新嘗試〉，《讀書》2004 年 3 期。閻連科：〈尋求超越主義的現實——代後記〉，《受活》（瀋陽市：春風文藝出版社，2003 年）。

為明日黃花，後現代主義「怎樣都行」的理念廣為人知——時至二十一世紀，空有一副蔑視傳統的架勢不足以贏得喝采。所以，閻連科對於現實主義的拒絕更多地源於個人的文學經驗。他不斷地察覺某種脫節。某些人物縈繞不去，某種情緒湧動不歇，然而，他無法找到一種合適的敘事賦予形式。閻連科焦躁地踢開一連串現實主義的條例，試圖擺脫窘境。真正的作家不在乎什麼是文學的時髦，他們時刻考慮的是自己的獨特敘事，以及隱藏在這種敘事背後的迫切性。韓少功的《暗示》如此，閻連科的《受活》也是如此。

閻連科曾經有過漫長的現實主義訓練。他的小說存留了大量現實主義的印記。然而，人們可以從閻連科的許多小說之中察覺某種額外的脈動。〈年月日〉如同一個臨界點：緩緩的故事節奏背後，某種強烈的壓力呼之欲出。一個特定的時刻，這種壓力終於撐裂現實主義的軀殼——閻連科再也無法安祥地工筆描繪一連串現實細節了。他不得不啟動超現實的想像：〈日光流年〉寓含了一個神話結構，〈堅硬如水〉沉溺在誇飾的政治話語中，《受活》的奇詭更加驚人——放手一搏的時候到了。

破門而出，閻連科似乎重新在一個文學開闊地上感到了八面來風。解除敘事的成規也就是解放文學視域。這意味了重新發現，重新表現，還意味了重新清理和挑選文學資源，重新確認一度被現實主義遮蔽的另一脈文學史傳統。顯然，閻連科的激烈氣質僅僅部分地解釋了《受活》的怪誕、冷硬、「狂想式」的超現實虛構以及悲劇的喜劇形式。返回文學史的脈絡，《受活》背後的美學譜系深刻地說明了問題的另一部分。

在李陀和閻連科的對話之中，李陀將現階段的文學形容為「小人時代的文學」。李陀言下的「小人」指的是正在崛起的「中產階級和新興市民階級」。他們的願望、生活理想和價值都很「小」，一瓶香水，一管唇膏，一套西服，一輛轎車，一棟房子，如此而已。他們不

想關心現實之中的「大」問題，例如不義、壓迫、貧困等等。他們沒有興趣承擔公共知識分子的批判職能。閻連科對於這種「小」表示了不屑和鄙薄：「在這十幾年的文學裡，大家都在躲避意識型態。其實革命也好，政治也好，它已經滲透到我們日常生活裡了，它就是我們日常生活的一個部分。為什麼一定要去躲避它呢？那我覺得這樣一個角度，會給我們的寫作帶來許多新的東西，比如說對我們發展的思考、體制的思考，對於我們幾十年意識型態的思考，它會給小說帶來一種非常新的東西。」[2]閻連科坦率地聲稱，他要像二十世紀三十年代的作家那樣書寫「勞苦人的命運」，「我非常崇尚、甚至崇拜『勞苦人』這三個字。」[3]如同是對於中產階級小情調、小感覺、小精緻的有意嘲弄，《受活》的怪誕和冷硬包含了一種褻瀆、作賤的意味。

按照菲利普‧湯姆森的概括，不協調、喜劇性和恐懼性、過度和誇張、反常、離奇均是怪誕的組成因素。根據許多現代文學的事例，怪誕是「喜劇性的、無法解釋的東西同古怪的東西結合到了一起，從而產生了一種奇怪的、使人痛苦不安的感情衝突。」[4]如果說，「荒誕」多半地指存在主義者體驗之中喪失本質的現實，更多的是一種精神生活的評價，那麼，「怪誕」的不協調更多地源於感官經驗。《受活》之中，受活莊的上百個聾、啞、盲、癱的殘疾人組成「絕術團」四處巡迴演出，他們用賺來的錢在附近的魂魄山修建一座「列寧紀念堂」，並且遠赴俄羅斯購買列寧的遺體作為招徠觀眾的展品。這種匪夷所思的「經典創業」充滿了令人不安的反常。人們的莫名恐懼不僅來自古怪的情節，而且還因為殘缺身體的不當展示——正如巴赫金充

---

2 閻連科、張英、伍靜：〈閻連科：拒絕「進城」〉，《南方周末》2004 年 4 月 8 日，第27 版。

3 李陀、閻連科：〈《受活》：超現實寫作的新嘗試〉，《讀書》2004 年 3 期。

4 菲利普‧湯姆森：〈怪誕篇〉，《荒誕、怪誕、滑稽》（西安市：陝西人民出版社，1989 年），頁 155。

分研究過的那樣，奇特的身體形象時常是形成怪誕的重要道具。[5]

　　雨果在《克倫威爾》〈序言〉中指出，醜怪一方面製造畸形與可怕，另一方面製造可笑與滑稽。[6]菲利普‧湯姆森也反覆提到怪誕與喜劇因素的聯繫與混合。如果從譜系的意義上給予考慮，至少還可以提到反諷。換言之，喜劇、反諷、怪誕形成了一批階梯式的概念系列。人們可以發現，《受活》的怪誕風格包含喜劇與反諷的血緣，這組成了二十世紀八十年代以來的一個文學家族。儘管三者之間存在落差，但是，笑是它們共享的美學效果。通常，笑與被笑暗示了敘事人與被敘述對象之間的等級關係。作為一個家族的共有烙印，喜劇、反諷、怪誕三者的敘事人均高於被敘述對象——哪怕這種等級關係僅能得到短暫的維持。

　　諾思羅普‧弗萊對於虛構模式的分類顯然參考了敘事人與被敘述對象的各種等級關係，儘管他把敘事人的觀點籠統地稱之為「我們」。《批評的剖析》一開始就引用了亞里斯多德《詩學》提出的一個區分：「在一些虛構作品中，人物比我們好，在另一些作品中，人物比我們壞，還有些作品中的人物則與我們處於同一水平。」[7]弗萊認為，神遠遠高於芸芸眾生和環境，以他為主人公的故事是神話；一定程度上優越於他人和環境，主人公的事蹟是浪漫故事，他可以擁有超凡勇氣和無視自然規律，例如種種傳說、民間故事；僅僅比他人優越而無法衝破自然環境的限制，這種被稱之為「高模仿」模式的主人公通常是一位領袖人物，他們的故事是史詩或者悲劇；「低模仿」模式的主人公就是芸芸眾生之中的一員，他們的故事是喜劇和現實主義小

5　參見巴赫金著，李兆林等譯：《巴赫金全集》第 6 卷（石家莊市：河北教育出版社，1998 年），頁 351-427。

6　參見雨果：《克倫威爾》〈序言〉，收入伍蠡甫主編：《西方文論選》下卷（上海市：上海譯文出版社，1979 年）。

7　諾思羅普‧弗萊著，陳慧等譯：《批評的剖析》（天津市：百花文藝出版社，1998 年），頁 3。

說；如果主人公的能力和智力低於芸芸眾生，引起人們的輕蔑感覺，他們的故事就進入了反諷模式。在弗萊看來，過往的一千五百年期間，歐洲的文學依次順序下移──目前正逗留在反諷階段。

在弗萊的設想之中，神話寓含了總的結構原則，高高在上；剩餘的諸種文類循環不息，如同一年四季。弗萊將喜劇與春季相對，浪漫故事與夏季相對，悲劇與秋季相對，反諷與冬季相對。作為最後一個階段，反諷再度顯示了某種返回神話的跡象──例如卡夫卡或者喬依斯。[8]某種程度上，弗萊的確發現反諷與怪誕的血緣關係，神話的魔怪世界尾隨反諷模式再度幽然而現。

這種解釋傾向於結構描述。然而，回到《受活》的怪誕風格，回到圍繞《受活》的喜劇、反諷、怪誕，我更願意聯繫二十世紀歷史提供另一種解釋。我更傾向於認為，這個文學家族的形成必須追溯至二十世紀文學與革命的關係，追溯至知識分子與大眾分別擁有的歷史位置。顯然，這才是真正影響閻連科的文學環境。

對於閻連科來說，他所崇尚的「勞苦人」是耙耬山深處，面朝黃土背朝天的農民。《受活》問世之前，農民擁有的美學形象具有哪些特徵？

二

中國古典美學與農業文明的關係是一個饒有興味的話題。古典詩詞基本上由農業文明的意象體系組成。青峰，斜陽，皓月，江流，細雨潤物，落木蕭蕭，孤舟野渡，草長馬肥……，對於詩人來說，農業文明已經從生存依賴的環境轉換為精緻的美學體驗對象。耐人尋味的是，農民在農業文明的意象之中僅有極其微小的分量。除了少量詩

8　參見諾思羅普・弗萊：《批評的剖析》（天津市：百花文藝出版社，1998 年），頁 19。

句——例如，「除禾日當午，汗滴禾下土」等——之外，農民毋寧說是田園牧歌的點綴。與其將農民視為農事活動的主人，不如將農民視為一個嵌鑲在山水之間的意象。至於戴月荷鋤，寒江獨釣，深山採藥，籬下賞菊，稻花香裡說豐年，聽取蛙聲一片——這些鄉野生活的情趣不過是士大夫的閒情逸致，或者象徵他們桃花源式的生活理想罷了。中國古典美學隱藏了一種靜默、冥思和物我相悅的品格。然而，歷史的底座終於強烈地震顫起來，種種優雅的情趣被強大的現代性震得四分五裂。某種程度上可以說，農業文明意象體系的瓦解導致了中國古典美學的衰敗。儘管沈從文的「邊城」或者汪曾祺的「大淖」餘韻尚存，但是，現代性的擴張已經勢不可擋。如果說，船堅炮利常常被形容為現代性的鋼鐵性格，那麼，農民的揭竿而起同樣是改變歷史圖景的另一個重要原因。

現代文學記錄了這一切。不論農民何時大規模登錄文學史，魯迅都是一個書寫農民命運的偉大作家。阿 Q，九斤老太，祥林嫂，閏土，眾多的農民形象至今依然栩栩如生。有趣的是，喜劇因素進入魯迅的鄉村敘事——〈阿 Q 正傳〉或者〈風波〉中，詼諧、調侃或者溫和的挖苦不時令人一粲。哀其不幸，怒其不爭，這時的敘事者顯然高於主人公。這種修辭不無象徵意味。五四新文化運動拉開歷史的另一幕，知識分子以啟蒙者自居，他們信心十足地履行改造國民性的使命。這個意義上，喜劇因素的出現多少隱喻了知識分子與大眾的等級關係。

無論如何衡量二十世紀三十年代以來左翼文學的成就，人們不得不承認，這時「大眾」的涵義逐漸開始清晰。階級觀念成為想像大眾的首要範疇，勞苦人或者工農大眾因為「無產階級」的身分而被視為革命的主力軍。作家意識到，這些皮膚黝黑、滿臉皺紋、掌中結滿老繭的人才是歷史的主角——當然也是文學的主角。正如弗萊所言，英語中 "hero" 一詞既可以解為主角，又可以解為男性英雄。同時，作家，或者說小資產階級知識分子，他們在階級圖譜之中的位置遠比無

產階級低下。這一切終於改變了敘事傳統，知識分子與大眾之間的等級關係出現一個敘事學意義上的顛倒。左翼文學之後，農民逐漸以英雄的面目矗立在文學中，身軀高大，目光炯炯。他們不再低三下四地扮演插科打諢的喜劇人物了。

　　二十世紀四十年代至七十年代，農民擔任主角的小說始終是文學史之中強勁的一脈。丁玲的〈太陽照在桑乾河上〉、周立波的〈暴風驟雨〉和〈山鄉巨變〉、梁斌的〈紅旗譜〉、柳青的〈創業史〉、趙樹理的〈三里灣〉以及浩然的〈豔陽天〉前後相隨，聲勢浩大。一個意味深長的敘事現象是：無論是張裕民、趙玉林、郭全海，還是朱老忠、梁生寶、王金生以及蕭長春，這些小說的主角通常在敘事人的仰視中出場。這些農民胸懷大志，敢作敢為，把自己當成了鄉村乃至世界的主人。他們身上的銳氣常常反襯出城市的猥瑣和虛榮。人們肯定記得，〈創業史〉之中的梁生寶從來不會在城市人面前感到自卑。他坦然地在鄙視的目光之下吃最便宜的伙食，精心地儉省每一枚零錢，他的遠大志向已經足以將腰桿撐得筆直。〈我們夫婦之間〉或者〈霓虹燈下的哨兵〉理所當然地將農民的質樸道德視為抗拒城市資產階級侵蝕的精神之盾。儘管這些人物的外貌和言行仍然是標準的農民，然而，他們的形象是正劇中堂堂正正的英雄。這一批小說之中，喜劇因素已經悄悄地移到另一些次要角色身上，例如〈暴風驟雨〉中的老孫頭，〈創業史〉中的梁三老漢，趙樹理筆下的三仙姑、糊塗塗、常有理、惹不起等等。當然，這些患得患失與弄巧成拙的倒霉傢伙只能是主角的陪襯。他們是一批無法轉化為英雄的下角料，僅僅負責提供製造氣氛的花絮。

　　二十世紀八十年代的文學轉折並未摧毀這種正劇模式。梁生寶或者朱老忠的性格和氣質仍然延續到周克芹、路遙或者張一弓筆下。儘管如此，回憶這個時期文學史上的農民，沒有人會遺忘陳奐生。這個憨厚的農民活躍在高曉聲的一連串短篇小說中，令人捧腹，同時又令

人心酸。分析這個人物形象時，許多批評家意識到陳奐生與阿 Q「精
神勝利法」之間的淵源關係。然而，在我看來，同樣重要的另一點
是，高曉聲恢復了魯迅賦予阿 Q 們的喜劇因素。笑聲——即使是含淚
的笑——再度表明，敘事人的高度又一次躍居陳奐生之上。當然，大
半個世紀之後重新出現的笑聲包含了更多的內容。這種笑聲意味著知
識分子與大眾關係的迴轉，這也是八十年代被稱為「新啟蒙」的原
因。另一方面，陳奐生顯然是從老孫頭或者梁三老漢之間走出來的。
他們擔當文學主角包含了作家的重新認識：這些次要的角色並非無關
緊要，他們才是鄉村令人關注的大多數。

　　〈陳奐生上城〉中，賣油繩、買氈帽、住旅館的陳奐生製造一連
串的笑料。令人咋舌的旅館收費和坐不癟的沙發映照出陳奐生身上不
可掩蓋的土氣。亞里士多德早就發現，如同騙子或者小丑，「鄉下人」
始終是喜劇人物的一個原型。[9]《紅樓夢》之中的劉姥姥是一個眾所
周知的著名例子。這不僅證明古今中外的城鄉差別，同時還證明了城
市對於鄉村的蔑視。令人感慨的是，大半個世紀以來，左翼文學、
〈在延安文藝座談會上的講話〉以及從丁玲到浩然的一大批作家並沒
有徹底鏟除城鄉差別的意識型態。一旦溫度合適，城市對於鄉村的蔑
視立即故態復萌。這遠遠不是一種行將就木的傳統觀念。事實上，愈
演愈烈的城鄉二元結構有力地支持這種意識型態源源不斷地生產。

　　喜劇因素顯然是這種意識型態的美學代理。當然，「喜劇」這個
美學範疇背後存在種種分歧的涵義和不同的展開。從史鐵生的〈我的
遙遠的清平灣〉、楊爭光的〈老旦是一棵樹〉、余華的〈活著〉到張藝
謀的〈秋菊打官司〉、〈一個都不能少〉，隱藏在笑聲之後的人生況味並
不一致。然而，更多時候，農民的喜劇淪為沒有人生況味的滑稽——
尤其是在大眾傳媒上。電視節目的黃金時段，古裝的皇帝和格格們進

9　參見諾思羅普・弗萊：《批評的剖析》（天津市：百花文藝出版社，1998 年），頁
　　205。

行了盛大演出之後，警察和商人開始搶灘。如果農民企圖躋身攝像機關照的圈子，競爭的資本唯有博得人們開顏一笑。電視劇《劉老根》的成功得益於趙本山這位喜劇天才，〈超生游擊隊〉式的小品幾乎構成了農民的固定形象。對於文學來說，農民彷彿是一個枯竭的礦藏。從「新新人類」、「小資」、「個人化寫作」到「下半身」，種種稀奇的口號都有可能進入文學靈光一閃。然而，農民形象似乎喪失了文學號召力。一些作家仍然在頑強地堅守，但是，這一部分文學無法有效地集聚大眾的目光，掀動一個新的潮汐。這與社會學形成了強烈的反差。從「三農問題」、農村義務教育到催討農民工工資，城鄉二元結構再度成為眾多理論非議的焦點；相對地說，文學的聲音相當微弱。網路上流傳甚廣的段子顯示的仍然是俏皮和機智：「……俺們剛剛吃上肉你們又吃菜了；俺們剛剛娶上媳婦你們又獨身了；俺們剛剛吃上糖你們又糖尿了；俺們剛剛拿白紙擦屁股你們又用它擦嘴了……」。

　　這就是閻連科面對的文學帳本。閻連科承認，「離開鄉土我是無法寫小說的」[10]，可是，閻連科不想重複現實主義的正劇模式。前所未有的經驗把他推入一個文學的絕境：「一切現有的傳統文學手段，在勞苦大眾面前，都顯得簡單、概念、教條，甚至庸俗。今天，我們的一切寫作經驗，都沒有生活本身更豐富、更深刻、更令人不可思議。一切寫實都無法表達生活的內涵，無法概括『受苦人的絕境』。」[11]閻連科對於現實主義的非議擁有多少普遍意義，這並不重要；重要的是派生出來的另一個事實：閻連科轉身續上喜劇這個譜系。也許，閻連科不得不承認令人痛心的現狀——城鄉之間的等級差異。「鄉下人」的高度的確低於平均水平，敘事人的確有理由在俯視中發出譏笑。這個意義上，喜劇形式是一個歷史的必然。然而，閻連科還想繼續證

10　參見閻連科、張英、伍靜：〈閻連科：拒絕「進城」〉，《南方周末》2004 年 4 月 8 日，
　　第 27 版。

11　李陀、閻連科：〈《受活》：超現實寫作的新嘗試〉，《讀書》2004 年 3 期。

明，這並非歡樂的笑聲，必須在笑聲背後感到不可釋懷之痛。換言之，閻連科接受喜劇形式的同時又力圖突破笑聲可能產生的遮蔽。這就是閻連科將喜劇拓展為怪誕的依據，他不惜以超現實的誇張實現怪誕的美學效果：「這既是一種全新的方式，也是一種更真實地接近某一種社會的真實。」[12]從喜劇到怪誕，在笑聲中兌入不安和恐懼，令人強烈地感到某個地方不對勁，甚至整個世界發生了某種畸變——開始注視農民的時候，這就是閻連科迫使人們承受的特殊體驗。

三

之所以從敘事人與被敘述對象的相對位置分析喜劇問題，因為涉及農民形象在普遍認識中的沉浮起伏。回到知識分子與大眾的關係，農民形象的喜劇風格同時顯示了另一個重要跡象：知識分子的行情重新上漲。

相傳，形容枯槁的屈原在江邊遇到漁父。漁父問他「何故至於斯？」屈原認為，「舉世皆濁我獨清，眾人皆醉我獨醒」，這是他苦惱不已的理由。於是，漁父一笑而歌：「滄浪之水清兮，可以濯吾纓，滄浪之水濁兮，可以濯吾足。」相對於〈離騷〉的固執和痛惜之情，〈滄浪之歌〉表現的是村夫野老的通脫和達觀。無論這是不是知識分子與大眾的第一次文學相遇，二者之間的差異立即形成一個對比性結構。在大眾的心目中，知識分子是迂呆的腐儒還是高風亮節的殉道者？事實上，不同的歷史時期決定哪一種知識分子的形象原型佔據上風。二十世紀八十年代初期，知識分子在慷慨悲歌中復出。這時，屈原的形象以及「路漫漫其修遠兮，吾將上下而求索」得到頻繁的援

---

12 參見閻連科、張英、伍靜：〈閻連科：拒絕「進城」〉，《南方周末》2004 年 4 月 8 日，第 27 版。

引。王蒙、諶容、叢維熙、張潔等一批作家提供了一批性格各異的知識分子形象。宗璞的〈泥沼中的頭顱〉中，那個在泥濘中旋轉的頭顱無疑是知識分子的象徵。「知其不可而為之」，頭顱嘴裡冒出的這句話是知識分子性格的深刻註解。

殉道者形象的破碎是二十世紀八十年代中期的事情。劉索拉的〈你別無選擇〉與徐星的〈無主題變奏〉可以視為這個事件的顯目標誌。兩部小說發表之後，一些人興高采烈地宣稱：這才是真正的現代主義。產生這種感覺的主要原因是，一種新的美學因素大模大樣地進入了小說──反諷。的確，反諷所包含的自貶、玩世不恭、調侃以及無奈均是現代主義的慣常格調。然而，現今看來，〈你別無選擇〉與〈無主題變奏〉隱含的另一個事實未曾得到足夠的重視：這兩部小說的反諷對象均是知識分子。形成了文學對於知識分子的一次美學攻擊。

反諷，言此而意彼，話語的表面涵義與真正的所指形成一個巧妙的顛倒。佯裝的讚美、頌揚與否定的潛臺詞距離愈遠，反諷的張力愈大，效果愈顯著。通常，與喜劇的敘事人相似，反諷者擁有智力的優勢。一些自作聰明的角色懵然無知地被反諷者繞進一個圈套，遭受取笑、捉弄、奚落、譏刺，甚至始終無法自知。令人驚奇的是，這種角色現在輪到知識分子了。在劉索拉那裡，音樂學院的一批瘋瘋癲癲的教授和學生絲毫沒有顯示出「天將降大任於斯人」的氣息，聖化知識分子的傾向遭到了狙擊；徐星刻薄地嘲笑知識圈種種矯揉造作的習氣，揭露出清高的外表背後存在的利欲之心。劉索拉和徐星並非義正辭嚴地積聚足夠的憤慨，反諷提供的是挖苦和嘲弄──這種機智的修辭不時會漾起會心一笑。〈你別無選擇〉和〈無主題變奏〉中，一批知識分子活動在敘事者居高臨下的目光中，渺小、猥瑣、可笑。

劉索拉與徐星之後，王朔是公然鄙視知識分子的另一個作家。他甚至因為自己不得不成為知識分子而懊惱。在他看來，許多知識分子

熱衷於將「知識變成了恃強淩弱的資本」[13]。知識分子的狹隘和自以
為是令人討厭，王朔的一批小說和文章始終將矛頭對準他們。反諷是
王朔的拿手好戲，這種語言風格甚至使王朔得到了「痞子文學」的綽
號。王朔的反諷擅長玩弄政治辭令。他時常大詞小用，在大字眼、大
口號與小人物、小動作的不協調之間形成反諷。這種反諷有效地瓦解
了人們對於政治辭令的敬畏。誰是這些大字眼、大口號的愛好者？他
們是王朔所厭惡的「導師型」的人物。〈頑主〉充滿了眾多對導師訓
誡的戲仿。這些人多半是知識分子。他們口若懸河，不斷地生產種種
漂亮的言辭，但是，他們的內心隱藏了各種不可告人的動機，虛偽而
卑劣。王朔甚至不願意給作家──文學知識分子──開一扇後門。
〈一點正經沒有〉之中，一個人物用深思熟慮的口吻宣佈結論：如果
一個人既無能又無廉恥之心，那麼，當一個作家可能是最好的選擇。

　　如同農民形象的喜劇因素隱含了特殊的涵義，知識分子形象與反
諷的頻繁聯繫同樣預示了某種危機。殉道者形象的光圈開始黯淡，
「偉大」以及「神聖」之類的形容詞成了一種不實的粉飾。「導師」
的形象如此可笑，知識分子還能勝任大眾啟蒙者的職責嗎？顯然，王
朔的道德譴責僅僅是危機的一角。更為嚴重的危機是內心的匱乏。殉
道者打算為真理而犧牲。但是，尼采宣稱要重估一切價值之後，什麼
是真理？種種形而上學體系陸續崩潰，真理問題成為一個典型的後現
代主義困惑。許多知識分子在後現代主義氣氛中不知所措。理查德·
羅蒂就是在這個意義上解釋反諷。在他看來，不存在形而上學真理。
外部世界或者所謂的「人性」以及「自我的最深處」都沒有形而上學
的基礎。人們所信奉的核心信念取決於社會和歷史環境的臨時機緣。
如何選擇各種語言或隱喻描述世界？世界根本無法提供一個超越語

---

13 王朔：〈不是我一個跳蚤在跳〉，《無知者無畏》（瀋陽市：春風文藝出版社，2000
　　年），頁 107。

言——例如「事實」或者「實在」——的標準作為依據；人們只能在
不同的語言或隱喻之間比較權衡。因此，終極語彙同樣不存在，使用
另一套語言從事再描述是尋常可見的事情。再描述可能質疑既有的價
值觀念，使神聖轉為可笑，肅穆化作滑稽。這即是羅蒂所謂的反諷：
拿一套新語彙對抗舊語彙。羅蒂認為，「反諷主義者……始終意識到
他們自我描述所使用的詞語是可以改變的，也始終意識到他們的終極
語彙以及他們的自我是偶然的，纖弱易逝的，所以他們永遠無法把自
己看得很認真。」[14]

　　顯然，反諷首先表明一套傳統價值觀念的解體。作家伸出語言的
觸角探索另一個世界——他們試圖以另一套價值觀念嘲弄現狀。羅蒂
意義上的反諷意味著終極價值的匱乏，人們不斷地使用另一套語言試
探新的價值觀念是否成立。儘管羅蒂以一種哲學家的睿智論證反諷的
必然出現，但是，許多人還是對終極價值的匱乏深感焦慮。如果考慮
到近期的一個例子，「人文精神」的倡導和辯論即是焦慮的表徵。歷
史的劇烈轉折與知識分子邊緣化——王朔意識到的問題，「人文精
神」的倡導者也意識到了。他們之間的差異僅僅在於，前者亮出的是
反智主義的反諷鋒刃，後者渴望的是重樹「人文精神」的旗幟。某種
程度上，後者仍然保存了公共知識分子面向世界宣諭真理的姿態。

　　不少人覺得，後者這種傳統的姿態遠不像反諷那麼富有魅力。反
諷提供的機智、俏皮、調侃、幽默——這一切都比一本正經的號召和
宣講有趣。那些表情深刻、自以為是的知識分子缺乏的是辛辣的嘲
笑。然而，反諷的魅力時常掩蓋了一個問題：不少作家的反諷僅僅是
暫時性的表述遊戲，僅僅是一種侷限於句子範圍的機智顛覆。他們並
沒有從羅蒂的意義上將反諷與終極價值的匱乏聯繫起來，因此，他們

---

14 參見理查德・羅蒂著，徐文瑞譯：《偶然、反諷與團結》（北京市：商務印書館，
　　2003 年），頁 6、33、106。

的鋒利言辭更像是局部手術而無法撼動整體結構。戲謔、尖刻、某些句子猶如馬蜂似地一蜇，或許產生一個小小的腫塊，僅此而已。世界依然，主宰生活的整體結構可能在戲謔和尖刻之中被置入括號懸擱起來。某些時候，作家甚至被戲謔和尖刻附帶的祕密快感攫住。他們熱衷於在同一個平面上大量繁殖反諷修辭，從而將解構的能量揮霍殆盡。王朔的〈千萬別把我當人〉即是如此。作家將所有的冷嘲熱諷不顧一切地傾入小說，以至於王朔也承認這部小說把自己「都寫噁心了」。[15]如果油腔滑調一番揚長而去，根本不在乎世界是否有所改變，那麼，這是不是另一種犬儒主義？

　　與王朔不無相近的是，王小波筆下一大批知識分子享受的隆重待遇也是反諷。王小波的敘事人視域──通常也就是那個王二──具有明顯的知識分子特徵，因此，他的反諷常常是一種自嘲。他在〈文明與反諷〉一文中認為，反諷的功能是抵制無趣。知識分子開始呆板地重複某種程序時，反諷的一蜇有助於他們從瞌睡中驚醒。王小波的反諷不時遊弋於性的主題。對於種種性禁忌故作無知是王小波得心應手的反諷策略，這時常使性禁忌崩塌在哈哈一笑之中，例如〈我的陰陽兩界〉。然而，奇怪的是，這個策略對於〈革命時期的愛情〉並不奏效。王二的反諷並未改變他與海鷹之間的權力結構，相反，一種古怪的性愛氣氛悄悄地躍動在反諷背後。王二將反諷作為一種精神反抗，一種自我解脫的方式，然而，兩個人的交往顯示出意想不到的另一面：反諷的刺人鋒芒漸漸淹沒在一種奇異的受虐快感中。我不想涉入虐戀、施虐、受虐與性快感之間的複雜情結，我僅僅用這個例子證明反諷可能產生的侷限：簡單的反諷僅僅是小規模的批判，它無力撼動整體結構，這就像銳利的匕首刺不倒一堵牆壁一樣。這個意義上，反諷可能使文學犀利，也可能使文學狹小。

---

15 參見王朔：《我是王朔》（北京市：國際文化出版公司，1992 年），頁 31、34。

　　一個反諷盛行的時代，知識分子何為？閻連科無法躲避這種漩渦。公共知識分子是一種命名，也是一種由來已久的知識分子職責。然而，既有的知識體系連同知識分子的道德姿態正在反諷的襲擊中千瘡百孔。他們胸中的理想屢屢落空，腳下找不到一個高於公眾的講壇。反諷似乎將知識分子逼入窘境——他們還有資格對歷史說三道四嗎？儘管如此，作為作家，作為一個文學知識分子，閻連科仍然強烈地感覺到身後歷史的巨大壓力：「《受活》對我個人來說，一是表達了勞苦人和現實社會之間緊張的關係，二是表達了作家在現代化的進程中那種焦灼不安、無所適從的內心。」的確，歷史現狀令人困惑，反諷的懷疑精神沒有理由赦免閻連科。無論如何崇尚勞苦人，閻連科再也寫不出他們的朱老忠或者梁生寶了。朱老忠或者梁生寶的故事正在漸漸進入另一種相反的解釋。但是，閻連科不願意因為反諷的逼視而退卻，背對歷史，並且在機智巧妙的自嘲中黯然地打發自己。閻連科的氣質不允許他輕易地撤離——不允許輕易放棄公共知識分子的職責：「我覺得中國當代作家缺乏一種『血性』。當代長篇小說中，有『血性』的長篇不多。不是說長篇有『血性』就好，沒有就不好。而是說，我個人偏愛有『血性』、有痛苦、有激情的小說。」[16]這種氣質支持閻連科一如既往地書寫歷史，書寫勞苦人。然而，令人驚奇的是，閻連科並沒有繞開反諷；相反，他長驅直入地將反諷擴大至更大的範圍——反諷的對象不僅是知識分子，而是歷史。換言之，潛臺詞對於表面涵義的顛覆不僅是一個語句結構，而且擴大為整個故事的結構——如此眾多的人物不斷地自掘陷阱。無論人們如何解釋「總體反諷」這個概念，《受活》將反諷推向一個極端。這就是反諷與怪誕的彙合。

---

16 李陀、閻連科：〈《受活》：超現實寫作的新嘗試〉，《讀書》2004 年 3 期。

四

在前蘇聯解體的時候，《參考消息》登了一個一百字左右的小消息，有幾個政黨覺得應該把列寧的遺體火化掉，而共產黨覺得應該把他保留下來。當時的政府說沒有保存他的經費。這樣的一個問題如果發生在普通人身上，我覺得是非常正常的，但是在列寧遺體上，就不正常了。我看到了這個短新聞，心靈受到了非常大的震撼和衝擊，因為是列寧的十月革命的炮聲給中國帶來了希望。一位革命鼻祖式的人物生前死後的命運，會令你想到很多問題。

另外一個事是五十年代長江發大水的時候，武漢人扛著沙包去抗洪搶險，沙包裡全是沙子和石灰，石灰見水突然蒸發的煙霧，會把人的眼睛蒸瞎。有一大批因為這個原因而導致雙眼失明的人被當地政府安置在一個村莊裡，蓋了兩棟樓，叫盲人村。

就是這麼一百字的報導和盲人村，加上我長時間的思考和對社會的觀察，一年的時間裡，我完成了《受活》。[17]

　　這是閻連科公佈的《受活》原材料。然而，我的主要興趣在於，閻連科的奇特想像如何賦予這些原材料怪誕的風格？喜劇因素和反諷的機智、俏皮如何在怪誕風格中產生出毛骨悚然的陰森性質？

　　《受活》的故事隱含了許多荒誕不經的成分：在一個自負的縣長組織之下，「受活莊」裡上百個聾、啞、盲、瘸的殘疾人組成「絕術團」巡迴演出，賺了一大筆錢。這位縣長在附近的魂魄山修建了一座「列寧紀念堂」，並且打算到遙遠的俄羅斯購買列寧的遺體作為招徠

---

17 閻連科、張英、伍靜：〈閻連科：拒絕「進城」〉，《南方周末》2004 年 4 月 8 日，第27 版。

觀眾的展品。這就是一批農民的致富狂想。當然，這一場幻夢最終以破滅告終。

　　想像力──這個詞常常與藝術或者科學高雅地聯繫在一起。可是，《受活》中農民的想像力卻顯示出另一種品格：狂放，同時又土氣；別出心裁，同時又粗陋低劣。這就是「絕術團」的特徵，不倫不類的混合即是喜劇因素的源頭。六十一歲的拐子與弟弟倆扮成了爺爺與孫子。他得到一本新的身分證，號稱已有一百二十一歲高壽，哄得城裡人驚詫連連；九個侏儒化裝成九胞女，統一了戶口簿，謊稱她們的母親整整生了三天三夜。簡單質樸的騙術大行其道，居然瞞過了精明的城市人，這種情節隱含了豐富的喜劇契機。

　　「絕術團」的成功包含了農民對於經濟學的理解。納克達斯、高新技術、世界銀行、IT 行業──一大批經濟學家還在喋喋地念叨這些術語，「受活莊」的「絕術團」側翼殺出，大有斬獲。電子結算系統如此普遍的今天，這些農民還是將錢縫在短褲、帽子和枕頭裡。然而，就是他們的票房收入撐起的一個縣的財政，並且贏得了修建紀念堂的經費。一群土包子的運氣擋也擋不住，這不是喜劇又是什麼？

　　然而，如果考察「絕術團」以及縣長的致富設想，人們開始嗅到了怪誕的氣味。受活莊的氣候十分惡劣，家徒四壁的農民沒有任何參與現代經濟的資本──他們的唯一手段是出賣身體。〈日光流年〉中，耙耬山深處的農民為了籌集鑿山修渠的資金，眾多的年輕女性遠赴城市賣淫──她們的壯舉猶如英雄前仆後繼。到了《受活》，「絕術團」出賣的是殘疾人的畸形。斷腿賽跑，聾子放炮，獨眼紉針，癱媳婦刺繡，盲人聽物，麻痺症的娃兒將瓶子套在殘腳上當鞋子──這一切無不投合了城市人的獵奇和窺視心理。現代文明業已形成一個基本觀念：身體的尊嚴無價；另一方面，鄉村的保守文化時常導致嚴格的身體禁忌。可是，受活莊的農民放棄這一條底線，強勁的市場擊潰了禁忌。貧困壓垮了農民的精神，致富可以不擇手段。只要有買主，他

們毫不介意將身體作為商品。在縣長的心目中，遠在俄國的列寧遺體同樣標價出售。一個終身與剝削階級搏鬥的革命導師，他的遺體成為耙耬山農民覬覦的發財資本，這的確包含了一種令人駭異的怪誕。

閻連科坦率地承認，輪迴的觀念在他的意識中縈繞不去。《受活》的各卷標題從「毛鬚」、「根」、「幹」、「枝」到「葉」、「花兒」、「果實」、「種子」，這即是一個完整的輪迴。[18]輪迴的觀念潛入了閻連科的反諷，《受活》之中許多人物的命運往往是一個徒勞的圈子——奔波一生又回到起點。

茅枝婆顯然是一個典型。某種程度上，她就是耙耬山的朱老忠和梁生寶。她是烈士的女兒，曾經當過紅軍；流落受活莊之後，她在一次趕集的中途發現互助組和合作社。茅枝婆興奮得如同發現新大陸。她到縣裡反覆交涉，終於如願地讓受活莊加入了合作社。然而，入社之後的幾十年歷史坎坷連連，以至於受活莊的農民後悔不已，並且遷怒於茅枝婆。茅枝婆後半輩子的心願就是，親手將受活莊從人民公社的重軛之下解脫出來。她甚至因此忍辱負重地與縣長妥協——目的僅僅是拿到一份受活莊退社的文件。臨死之前，她完成了自己的許諾；或者說，完成許諾就是她的死因。茅枝婆安詳地走了，彷彿不再有什麼遺憾。然而，她的一生不就是一個最大的遺憾嗎？

如果說，茅枝婆的輪迴用了一輩子，那麼，縣長柳鷹雀這一圈僅僅繞了半輩子。出人頭地的權力欲主宰了他的全部心思，狂想式的致富計畫是他實現慾望的臺階。輝煌似乎指日可待，然而，一切煙消雲散，而且僅僅在一夜之間。柳鷹雀一瞬間看破紅塵。他把自己的雙腳伸入車輪之下，心安理得地做一個殘疾人，決意下半輩子定居於受活莊。與其說閻連科仇視柳鷹雀，不如說閻連科發現命運的詭異。來自鄉村的土地，又從權力的幻覺返回鄉村的土地，這種反諷植根於人生

---

18 參見鳳凰網二〇〇四年三月二十九日刊登的閻連科採訪錄：〈我的自由之夢在《受活》裡〉。

無常的恐懼。

　　巴赫金在拉伯雷的巨大身體意象之中看到的是狂歡、樂觀、洋洋自得，相對而言，受活莊的殘疾人更多地淵源於《莊子》之中的畸人系列。或許，受活莊的原型不無莊子理想的痕跡。良田數十畝，水源充足，「位於耙耬山脈間的這條峽谷深溝，就叫了受活溝。聽說一個啞巴、一個盲人、一個癱子在這兒三人合戶，把日子過得宛若天堂之後，四鄰八村，乃至鄰郡、鄰縣的殘疾人便都湧了過來。瞎子、瘸子、聾子、缺胳膊短腿、斷腿的殘人們，在這兒都從老啞婦手裡得到了田地、銀兩，又都過得自得其樂，成親繁衍，成了村莊。」然而，時至二十世紀末，世界正在風起雲湧，誘人的財富終於叫醒了殘疾人心中壓抑多時的慾望。他們匆匆決定走出受活莊，加入「圓全人」的世界分一杯羹。短短的時間內，財富如此輕易地積聚起來，繼而又如此輕易地消失；他們如此輕易地得到「圓全人」的青睞，隨後又如此輕易地遭受「圓全人」的暗算，一切如同南柯一夢。回家，回到受活莊，這是眾多殘疾人挫折之餘的頓悟。雖然這一場變故僅僅持續數月，但是，變故背後的寓意積存的是歷史性的反諷。

　　這就是《受活》為一個美學譜系續上的內容。相對於喜劇或者反諷，怪誕的辛辣遠為強烈。這個意義上，怪誕近於悲憤而遠於體察——許多時候，閻連科已遏制不住誇張的激情。然而，正如閻連科自己意識到的那樣，誇張的代價是放棄複雜性。[19]對於《受活》說來，怪誕的巨大效果塗蓋了細膩的辨析。這不僅指文學的描寫密度或者人物的內心幽微曲折，同時還指多種歷史可能——包括潛在的可能——的洞察。文學的深刻性往往意味了強烈與細膩的二者平衡。必須承認，《受活》充分地展現了「受苦人的絕境」，撕心裂肺；然而，即使是相近的故事和人物，歷史是否存在別的可能——衝出絕境？

---

19 參見鳳凰網二○○四年三月二十九日刊登的閻連科採訪錄：〈小說，疼痛感至關重要〉。

第四章
先鋒的皈依

一

　　為了表述人類的生存境況，人們彷彿正在為這個時代徵集恰當的定語。什麼是這個時代的典型標記？進入二十世紀九十年代之後，「技術主義的時代」或者「消費主義的時代」成為不少人常用的概括。很大程度上，這是八十年代新啟蒙的必然延續。新啟蒙具有的解放意義已經得到了全面關注；同時，另一些歷史問題陸續浮出地表。新啟蒙揭開了高調的革命話語形成的特殊遮蔽。然而，現在看來，「技術主義」與「消費主義」很可能正在形成另一種遮蔽。這個意義上，人們有理由認為，九十年代兩個最為重要的話題──「人文精神」與「後現代主義」──乃是一批人文知識分子對於這個時代的回應。圍繞這兩個話題而出示的精神向度，知識分子之間出現不同的群落。這兩個話題之外，人們周圍是否還存在其他精神向度？這個時候可以看到，宗教同樣向技術和消費的壓迫表示頑強的抵抗。提到宗教，某些作家就會不可避免地出現在人們視野的中心，例如張承志、何士光、史鐵生，還有北村。

　　這樣，人們開始面對北村的一批小說。

　　我已不止一次地談論過北村的小說。我不想隱瞞我對北村小說的基本判斷──重要。我曾經在另外的場合分辨過重要的作家與好作家。重要的作家往往在他們的時代十分顯目。這些作家未必擁有大師

的精湛和成熟，他們的意義首先體現為——劈頭與這個時代一批最為重要的問題相遇。他們的作品常常能牽動這一批問題，使之得到一個環繞的核心，或者有機會浮出地表。換言之，人們可以通過他們的作品談論一個時代。

必須坦率地承認，北村晚近的一批小說超出我的意料。大約在一九九二年前後，北村的小說驟然出現了一次大幅度的急速轉彎。我曾經在〈北村小說的圖式〉一文——發表於一九九一年——分析過北村此前的一批小說。從〈黑馬群〉、〈諧振〉到〈陳守存冗長的一天〉和一批以「者說」為題的小說，北村曾經竭盡全力與小說傳統遺留的種種基本規則搏鬥：「這種不懈的努力使他的小說保持了一個倔強的藝術姿態。」[1]人們時常在這批小說之中察覺到某種生機勃勃的衝力。同時，我還提到北村對於「終極價值」的持久興趣。至少在當時，北村的「終極價值」還很難用哲學語彙清晰地表述：「這可能是一種關係，一個模糊的意會，甚至可能是一個幻影。總之，這是一個誘使北村不懈追擊的不明之物。」[2]然而，北村晚近的小說表明，這個「終極價值」的謎底已經揭曉，他終於找到了他所皈依的神。這理所當然地引致一連串相應的變化。北村的小說依然存在了那種衝力，但他已喪失了琢磨小說基本規則的興致，喪失了博爾赫斯式從容而又巧妙的敘事。他將那種衝力全神貫注地導向了拯救的主題。這一切讓人得到了一個奇怪的矛盾印象：北村還是北村，北村變了。

企圖再度解釋北村小說的時候，人們首先會想到北村這一代作家的歷史境遇。北村曾經在他的小說集〈瑪卓的愛情〉扉頁上公佈了一則至為簡約的個人檔案：

　　北村，原名康洪，一九六五年九月十六日出生於福建長汀縣，

1　南帆：〈北村小說的圖式〉，《長城》1991 年 2 期。

2　南帆：〈北村小說的圖式〉，《長城》1991 年 2 期。

　　一九八五年七月畢業於廈門大學中文系，在福建省文聯《福建
　　文學》任編輯。一九八三年開始發表作品，迄今發表中短篇小
　　說數十萬字，長篇小說〈施洗的河〉和〈大風〉。一九九二年
　　三月十日皈依基督。

　　當然，由於我與北村的稔熟程度，我可以為這一則檔案補充許多
細節。例如，那一所海濱大學的奇特風光，《福建文學》編輯部辦公
室的忙亂景象，或者他皈依基督的個人誘因。可是，這裡我僅僅想說
明，這一則檔案多少從社會學意義上暗示兩個問題的答案：北村為什
麼會從敘事革命開始？為什麼崇拜心理並未引起他的警覺和反感？

二

　　一九八一年的秋季，北村在他父親護送之下跨入廈門大學中文
系。這就是他文學生涯的開端。

　　可以從許多作家的回憶之中看到，他們與文學的相遇往往具有宿
命一般的緣分。相形之下，北村在這方面並沒有多少出人意料的情
節。提到這個開端在於論證一個事實：文學本身的誘惑致使北村投身
於小說。大學裡面文學書籍的閱讀和文學史的傳授觸動了北村的某一
根隱秘的心弦，於是，文學寫作開始了。這是一種純粹的文學興趣；
在這裡，文學的寫作與研究時常交替出現。換句話說，北村這一代作
家不像他們的前輩，他不是因為積壓了過多苦難的故事而迫不及待地
握住一管筆。他一開始就指向了文學自身，而不是將文學作為一種工
具。這個事實的意義後面還會反覆提到。

　　於是，這樣的情況就不難解釋：北村這一代作家更樂於從敘事技
術切入小說。文學範疇之內，敘事技術成了一個首要問題。這不僅來
自二十世紀一批現代小說大師的啟迪，同時還由於語言在二十世紀文

學理論中獲得的至高位置。這種氣氛中，北村迅速地向一批稱之為「先鋒」的作家靠攏，敘事革命成為他們的共同追求。他們的企圖是破壞、瓦解和重建小說的表意系統。

誠然，如同許多作家一樣，北村並不是一開始就出手不凡。從〈黑馬群〉到〈諧振〉，人們可以從一連串小說之中指出種種生澀之處。可是，到了一九八九年——到了〈陳守存冗長的一天〉發表，北村彷彿突然之間成熟了。從〈陳守存冗長的一天〉到〈逃亡者說〉、〈歸鄉者說〉、〈劫持者說〉、〈披甲者說〉、〈聒噪者說〉，北村敘事的個人風格愈來愈強烈。在余華、蘇童、格非、孫甘露或者葉兆言這批作家之間，北村的敘事實驗走得最遠——他的足跡時常超出人們目力所及的範圍。

〈北村小說的圖式〉一文曾經從北村的敘事中提取出三個特徵。迄今為止，我仍然願意維持這些結論：

第一，表象語言。北村力圖解除故事編碼賦予表象的種種「深度」。表象不再是故事之鏈的符號單元，它們強烈地顯出了獨立的、物的意義。可以從上述小說之中找到許多例子證明，北村的精細描寫致使物質堅硬地塞滿人們的視野。無論是一處風景、一件物體或者是一個人，北村往往不厭其煩地說明方位、先後秩序、幾何形狀、輪廓、光線和陰影、聲響、氣味、物的觸感，等等。他的描寫盡可能避開情緒化的形容詞，竭力使語言純淨、透明、精確、有力，從而使表象顯得堅實而富有質感。這將使小說中的許多局部清晰、分明。

第二，隱約的寓意。北村在解除故事編碼的約定「深度」時，又對「深度」本身抱有某種迷戀。他的〈黑馬群〉力圖用象徵作為「深度」的表述。隨後，上述這批小說淘汰了象徵，北村竭力使種種寓意保持一個若有若無、若即若離的分寸。北村的某些句式、某些描寫似乎閃爍出一種暗示，然而，這種暗示在通向固定涵義成為象徵之前，通道及時地關閉了。北村總是將種種寓意掐斷在人們即將明確之際，

致使人們在心念一動之後失去了繼續追究的線索。

　　第三，鏡像結構的復映。人們可以從上述的小說中發現，每隔一定間距，前面曾經見過的東西就會再度映現，悄然重提正在淡隱的印象。這些東西可能是一個動作、一個聲響、一個物體、一個空間環境，或者一句話。當然，這種復映不是純粹的重複，每次復映都有些許走樣和變異。這使小說出現種種奇怪的迴環轉折，人物位置和空間環境產生似是而非的對稱性位移。這種鏡像結構的復映讓人想到了一個人的左右手互搏——這恰是北村曾經喜愛的一個意象。

　　也許，今天看得更為清楚：無論表象語言、隱約的寓意還是鏡像結構的復映，這些無不體現出北村對於「真實」的懷疑。現實主義的真實依賴於傳統哲學、常識體系和小說文類成規三者的共同支持。一旦三者遇到全面挑戰，真實就會成為無從把握的空洞概念。北村小說中的表象語言僅僅訴諸感官經驗，而隱約的寓意卻表明了超出感官範圍之後的某種猶豫——北村對於諸種表象所擁有的文化涵義躊躇難決。他不願意先驗地接受某種文化涵義，同時又不能斷然否認文化涵義的存在。這導致他徘徊於若有若無的耐人尋味中。如果說這兩個方面僅僅消蝕了局部景象的穩固，那麼，鏡像結構的復映則搖撼了真實的基礎。這種敘事將人們一步一步地誘入飄浮與晃動，復映將使前後出現的兩個景象同時喪失了實在性質。它們互為幻象，互相解構。穿越這樣的世界，又有什麼能夠支撐精神與感覺，讓人繼續保持心明眼亮的狀態？

　　這種懷疑的致命之處在於，小說的表意系統不再是真實的天然保證。從語詞、語法到文類成規，每一個層面都包含著意識型態和文化觀念的約定；人們所出示的真實業已經過意識型態和文化觀念的修改。北村——乃至大批先鋒作家——的敘事實驗表明，他們試圖拆除敘事中種種隱蔽的預設約定，從而讓真實獲得另一種顯現的形式。這時，再現現實的敘事必然性遭遇阻遏，這種必然性被分解成多種敘事

可能，從而決定了真實不再唯一。在我看來，這是先鋒作家反叛經典所產生的重要意義，即使這種反叛最終無力晉升為新的經典。

上述敘事革命必然把文本推向前臺，文本成為塑造歷史的決定性材料。然而，北村甚至在更為激進的意義上表示一種憂慮——語言，或者說文本可否負擔如此沉重的期望？他的〈聒噪者說〉即是一個這樣的故事。這部小說中，「我」作為一個偵探調查一椿命案。但是，調查過程所得的各種材料不過是一堆空洞的聒噪。小說之中許多片段意味深長：現場勘探徒勞無益，大火將焚毀昔日的一切，連篇累牘的材料和教授的神學著作一樣均為話語毫無意義的自我繁殖，種種視點致使事件過程的敘述成為一團自相矛盾的亂麻，書蛀蟲有可能啃光一切歷史資料，而那本印錯的〈啞語手冊〉暗示了溝通的徹底無望。顯然，北村在這裡將語言或者文本視為一種脆弱同時又不可捉摸的器具。人們有什麼理由如此信賴語言？反之，人們又有什麼能夠代替語言？

這一場敘事革命不僅形成一批先鋒小說，同時還鑄就了解構的理論鋒刃，不論北村本人是否意識到這一點。

三

一場以敘事革命為綱領的先鋒文學基本上已經偃旗息鼓。如果說先鋒文學仍然是一個振作人心的口號，那麼，「先鋒」的涵義已經不體現為敘事革命。

敘事成規的固定和瓦解是一個永恆的交替。革命的力比多將是後進作家生氣勃勃的象徵。這個意義上，敘事革命永無止境，即使這種革命僅僅留下一批又一批的犧牲者。於是，這就形成一個耐人尋味的問題：這一批稱之為「先鋒」的作家為什麼中途離席而去？他們是因為功成名就而金盆洗手，還是沒有勇氣正視解構所預示的邏輯前景？或者，許多作家本來就不準備承受多久先鋒的寂寞和清貧？

然而，對於北村說來，首要的原因可能在於：無法忍受終極意義的匱乏。找不到意義的日子如同無底之淵。北村坦白地說：「無法想像人沒有任何神聖的依靠而活下去，這是不可能的。」[3]在他看來，無望的作家只能自殺或者發瘋。

不過，北村顯然不是從敘事的搏鬥光滑地過渡到晚近的小說。在他人看來，北村猶如扭頭撤離昔日的語言方陣，這個過程的決絕甚至讓人感到了生硬。目前為止，北村對於敘事革命所留下的一批小說——當然包括他自己的小說——並沒有多少好感。他有時似乎在反問自己：我那時怎麼寫出了這樣的東西呢？北村將那些小說形容為「技術主義」。在北村的理解中，「技術主義」是徒有其表的空心之物。

北村的轉折可以追溯到一段明顯的私人經歷。一九九二年前後，他的家庭危機誘發了深刻的精神危機。孤苦無依之際，他皈依基督，從此為內心找到一個棲居之所。然而，對於一個作家來說，這個過程並非一個私人事件。精神之光的映照讓北村重新認識一切。他發現這個時代的種種苦難，同時為這些苦難的人們指示出一個拯救之途。

轉而談論北村晚近小說之前，我想闡明我的一個立場。儘管北村並不掩飾「悔其少作」的心情，可是，在我眼裡，這一批敘事革命的產物並未因為北村的放棄而喪失了意義。「技術主義」背後隱藏了超出技術的內涵，語言的嬉戲不僅僅止於嬉戲。這批小說對於表意系統的震撼，種種敘事實驗引申出的解構鋒芒迄今依然咄咄逼人。潘朵拉的盒子一旦打開就不會再自動關閉。即使北村晚近的小說也不得不接受來自這批小說的理論質疑。北村有權改變自己的文學路線，但既存的小說卻不會降低已有的高度。

北村可能告訴人們一個重要的區分：晚近小說的改變可以追溯到切膚的個人體驗，而躋身於敘事革命更多的是當初文學形勢的裹挾。

3　北村：〈活著與寫作〉，《大家》1995 年 1 期。

即使如此，這仍然僅僅說明了北村的個人文學史，而不是文學的價值
鑒定尺度。這裡，可以重申「新批評」以來的一個基本觀念：作家的
意圖和經歷並不是衡量作品的首要依據。

四

　　如果要用一句話來概括，那麼，北村晚近的小說只有一個主題：
注視人類的精神困境和出路，追問存在的意義。北村的小說同樣容涵
了許多塵世的意象和片段，諸如逼仄的居室、嘈雜的醫院和骯髒的病
房、出版社的編輯分配草紙、上漲的肉價、嬰兒的吵鬧、性愛、卡拉
OK、審訊的場面，如此等等。但是，北村絕不肯像一些新寫實作家
那樣，允許他的人物自得其樂地徜徉在這些塵世景象中；北村所設置
的故事情節終究要將人物逼上絕境，迫使他們明確地回答：為什麼活
著？

　　北村的小說首先廢除了一種可能：人們可以投入塵世的「事
業」，從而迴避精神的拷問。〈消失的人類〉之中的孔丘是一個成功的
企業家，但他無法從公司的種種業務之中獲得精神動力。事實上，自
從得到了成功，孔丘就再也沒有新的精神動力了。金錢、名譽、地位
以及書法、遊戲機均無法安慰他。精神的空虛讓他最後在一個簡單的
問題上觸礁：吃飯「這樣上牙打下牙是啥意思呢？」他的自殺遲早要
發生。更為致命的是，這種塵世的「事業」擋不了人性深處的黑暗。
〈運動〉即是一個例子：一旦金牌對於主人公失去了誘惑，一旦愛情
消逝，那麼，艱苦的短跑訓練就會成為一種難忍的酷刑。一個晴朗的
下午，主人公性格之中蟄伏的瘋狂驟然沖決了理性的自制，他用接力
棒劈死了他的教練──也是他的父親。

　　的確，北村對於人性之中的惡深懷恐懼──原罪。他的不少主人
公總會在特定的時刻向他人承認：你不知道我多麼壞。〈施洗的河〉

之中，劉浪是一個殘暴和乖戾的暴君。他無緣無故地射殺無辜的女人，擊斃珍愛無比的獵犬，讓弟弟死於嘍囉的槍口之下，或者逼迫手下的人在火車駛過時臥在鐵軌上飽嘗驚嚇。令人恐怖的是，這些惡念不是工於心計的結果，折磨與殺人的願望可能在頃刻之間噴湧而出，無可抗拒地左右了他的所作所為。什麼能夠抑制人性之惡的發作呢？

於是，人們想到了愛。只有愛才能阻止人們之間的仇殺和虐待。然而，愛卻那麼難於尋求。〈傷逝〉之中的超塵僅僅需要親人之愛支持生活，但她卻一次又一次地絕望。她的周圍充滿了庸俗的喧囂，唯獨沒有愛──無論是夫妻、親子還是昔日情人。〈傷逝〉是一個淒絕的故事。超塵在大好年華渴望退休，渴望遠離四周麻木的面容。她經歷了最後的精神掙扎之後割腕自盡──還有什麼樣的絕望能夠更徹底呢？

當然，存在著比超塵更為幸運的人──〈瑪卓的愛情〉中，瑪卓和劉仁相愛了。然而，怪異的是，他們在婚後終於意識到：他們不知道如何愛。他們的愛情只能寄寓於戀愛的中介物上面，例如情書、生日禮物、金錢，甚至想像之中對方癱瘓的軀體，但他們不知道如何愛相對而望的那個真實的妻子或者丈夫，不知道如何面對一個逐漸展開的人。一切愛的表示似乎總是撞上一堵無形的柵欄，直至兩個人終於從互相依戀轉成互相恐懼，直至在相會之前雙雙自盡。如果愛的能力已經喪失，那麼，人類的本質又匱乏到了何等程度了呢？

不可否認，北村對於現實的苦難有著超常的洞悟。他在種種日常景象之中察覺苦難，察覺精神的陷落和抽空，察覺人的無力和罪惡，直至這一切產生出驚心動魄的效果。也許，恰恰是這些景象的日常性質表明，苦難是一個難以逃離的巨大羅網。

人類還有沒有超度的其他途徑？這時，北村轉向了自己的雙手，轉向了雙手所創造的烏托邦──藝術。

五

　　出示了現實的苦難之後，北村讓藝術隆重登場了。人們不難察覺北村對於藝術的摯愛——他的小說中出現了那麼多的詩人和藝術家，諸如孫權、瑪卓、〈傷逝〉之中的大學生，等等。這並非偶然。藝術似乎寄寓了人們最後一點希望，人們似乎可以將苦難淹沒在美的光輝中。然而，北村的小說再次殘酷地證明了藝術的脆弱——在苦難的壓力重荷之下，藝術如同砂器一樣崩塌了。藝術的理想之光無力刺穿黑暗的帷幕。

　　〈孔成的生活〉之中的孔成是一個犧牲品。他既是一個建築藝術家，同時也是一個詩人。他用詩的語言寫作畢業論文〈無法建築的國〉，藝術幻想是孔成衝破世俗日子的動因。可是，這一切與實利主義的環境格格不入。孔成只能自囚於杜村，日益消瘦衰弱。當他別出心裁地主建的唯一樓房倒塌之後，死期也就到了。孔成的一句自述辛酸地表明藝術家在這種環境之中的尷尬：「我總是想過另一種生活，孔成的生活，我要在我建築的房子裡度過一生，可是我的軀體很重，它就像一件不合體的衣服一樣披在我身上。」

　　〈水土不服〉之中，藝術家的真誠人格與環境之間的衝突更為劇烈。康生是一個純粹的詩人，他的眼裡容不下些許瑕疵。世俗的勢利讓他難以忍受。然而，康生始終堅持的美和愛在窮困和商業主義氣氛中節節敗退，並且終於到了必須夭折的那一天。在康生眼裡，世俗的尋歡作樂成為不可饒恕的墮落，無論是他本人還是他的妻子。他在一次意外的性關係之後悔恨不已，精神和肉體同時開始乾枯。一切都明白無誤地宣判：這種人在當今時代顯然「水土不服」。於是，這只能是康生命定的結局——像一隻大鳥從高樓之上墜下，成為一具鮮血淋漓的屍體。在象徵的意義上，這同樣是詩在這個時代的結局。

　　顯然，人們很可能感到，藝術家與環境之間的衝突具有某種人為的成分。這些藝術家過於孤獨，而且患有精神潔癖，他們與環境的疏離更像某種心理畸變的後果。於是，北村描寫了幾位投合這個環境的藝術家——〈最後的藝術家〉。這部小說略為漫畫式地勾勒了一個音樂家的墮落。杜林依靠奇特的音樂天賦闖入音樂學院，畢業之後留校任教，並且贏得了一個女孩子的純真愛情。然而，杜林很快加入崎下村藝術家的行列。在他們那裡，藝術家用豬尾巴塗上顏料作畫，展覽月經帶和大便，或者用小提琴的弓摩擦琴背製造怪異的音響。這種藝術既是譁眾取寵的手段，同時又是他們怪誕內心的證明。業餘時光，這批藝術家以追逐女人為能事，杜林因此生活在欺騙妻子的謊言之中。經歷了這一切之後，這批藝術家的繼續發展不言而喻——他們非死即瘋。無論如何，瘋子和屍首不可能幫助人類恢復勇氣，堅強地面對苦難。

　　不難發現，北村的小說已經流露出這種傾向：他時常將藝術的意義與藝術家人格的質量視為二位一體。所以，他自覺不自覺地將藝術家的人格、道德和良知作為衡量藝術家的標尺。北村毫不掩飾地將道德置於美學評判之前。他如此批評許多藝術家：

> 他們沉淪於技術狂歡中而不自知，事實上美是從來不對真和善負責，更不對藝術家本人的生命負責任，反而，它像一根絞索或一條水蛇，使藝術家淪落在體驗中，這種體驗是以自我為起點和終點，以黑暗為燈，以頹廢為特徵，以烏托邦為居所，最後致使藝術家本人與真實分離達到令人無法忍受的地步，吸空了人的血液之後，留下千篇一律的結局：發瘋或者自殺。（〈活著與寫作〉）

　　這樣的觀點傳統悠久，儘管歷代作家心目中的道德內涵並不一

致。誠然，情況並不像一些批評家形容的那麼極端——藝術的自律並不意味著道德的完全隔絕；可是，在另一方面，北村肯定也將事實簡單化了。首先，藝術的意義同時還投射在藝術的內在邏輯之上。考慮到中產階級的保守，庸俗與古典趣味的呼應，種種驚世駭俗的藝術褻瀆——例如豬尾巴作畫或者展覽大便——同時含有強烈的反叛精神。雖然摹仿的反叛可能加倍庸俗，但是，解釋這一切已經遠遠超出了道德的範疇；其次，為了反抗理性的專制，藝術家的道德判斷通常更為複雜。面對藝術、人性、理性、感性之間微妙的互動關係，〈最後的藝術家〉缺乏相應的細膩。當然，我無意將北村拖入道德與藝術之間的理論糾纏，北村有理由按照自己的信仰堅持既有的觀點。但是，恰恰在同樣的意義上，下述結論與其說表現了理論的縝密，不如說來自信仰的激情：藝術無力成為一種理想，從而拯救一個時代的道德淪喪——這是北村對於藝術的評估。

六

現在，到了北村出示答案的時候。

北村的答案很簡單：投入神的懷抱。人類無法自己拯救自己，只有神的光輝才能指引人們走出苦難。所以，人必須皈依基督。皈依的表現是信仰。

〈張生的婚姻〉之中，張生臨近結婚之際突然被生活拋棄，一切幸福都離他遠去。絕望之際，神來到他的心間，他得救了。〈消滅〉之中的程天麻患了癌症。這不僅是一種痛苦的肉身折磨，同時還是莫大的精神恐懼。儘管他沒有完全地信神，但臨終之前神卻給他帶來了巨大的安慰。〈孫權的命運〉之中孫權因為誤殺朋友而被判處死刑。他在經歷了可怕的無望和自暴自棄之後，幸運地遇到了神的使者。從此，他的靈魂找到了一個歸宿，而肉體的結局已經不再重要。〈施洗

的河〉之中的劉浪自知罪孽深重，但他始終走不出罪孽的沼澤。同樣
是神拯救了他，讓他在後半生明白生存的意義。這些人是北村小說中
為數不多的幸運者。此外，像瑪卓、超塵、孔丘、杜林、康生這些人
只能永久地掙扎在茫茫的黑暗中，直至發瘋或者死亡。

　　至此為止，北村已經完成了「生存──苦難──得救」三部曲。
雖然北村還將有許多小說問世，但是，在主題的意義上，他已經把該
說的都說了。接下來輪到了人們表示贊同或提出疑問──北村首先將
遇到一些疑問。

　　或許，沒有多少人能夠否認北村所揭示的苦難。的確，如同北村
所言，這並不是電燈不亮或者豆腐太貴這一類瑣碎的問題，這些苦難
源於精神深處真正的匱乏。無論是吟詩作畫、腰纏萬貫還是身陷囹
圄，人們都不知道什麼是他們生存的最後支撐。渾渾噩噩的日子一旦
遇到一個適當的契機，這樣的匱乏就會驟然顯露，如同一個無底的深
淵橫亙在面前。事實上，人們對於北村的疑問集中在最後一部分──
如何拯救。神的存在是否真實？另一個更為細緻的問題是，北村所描
述的苦難為什麼必須導致他所說的基督──而不是佛、真主，或者種
種民間偶像？

　　在我看來，北村的小說很難負擔第二個問題。這也許必須訴諸更
為嚴密的神學論文。可是，這個問題的遭遇卻會令人意識到，北村這
批小說背後存在一個龐大的神學體系，這個體系與人們日常所遵從的
知識體系存在許多分歧。

　　這可能讓人們重新認識北村的某些小說所造成的分歧。不少人都
曾對〈施洗的河〉的結局表示異議。他們覺得，劉浪的得救與轉變都
過於離奇，以至於違背了情節必然和性格邏輯。顯然，這種判斷建立
在理性的基礎上。理性通常排斥了不可解釋的奇蹟和神論。然而，對
於北村所信奉的神學說來，理性不可置信並不是懷疑的理由。在我看
來，追問〈施洗的河〉應當是連同追問這個神學體系：如果神的確存

在，他們為什麼默許奧斯維辛集中營、南京大屠殺和廣島原子彈？神在這些殘忍的時刻公然缺席，人們還能將神作為一種安慰和依靠嗎？

但是，即使對於神的存在與否存疑，人們仍然沒有理由對於北村的努力棄置不顧。無論如何，奧斯維辛集中營、南京大屠殺和廣島原子彈都是人的過錯。這至少證明，人性並不是人類的最終依託。從弗洛伊德「死亡本能」的學說到世界大戰的歷史事實，人性的侷限和黑暗得到了充分的暴露。這個發現致使人們具有不同於十四世紀至十六世紀人文主義時期的語境。現在的語境裡面，人類的自信不斷下降；某些時候，人類甚至從萬物之靈背後察覺到孤單無助。這使一些人期求著一個更高的意義給予指引。這樣，古老的福音將帶來安慰、愛和良知。也許，神的存在與否的辨析在這個語境裡不是那麼重要，更為重要的是，哪種情況對於人類精神更有助益。換句話說，這個問題的意義已經從真的範疇轉移到善的範疇。一些人或許無法從真的範疇說服自己成為信徒，但他們仍然可能將神學作為一種重要的文化向度予以關注。

人們至少可以在這樣的意義上看待北村的答案，以及他宣諭這個答案的激情。

七

我提到了北村的激情。這樣的激情源自信仰。北村晚近小說的重要之處還在於，它迫使人們重新審定信仰及其對立面懷疑主義，審定兩者在這個時代的根據。

信仰是宗教的一個顯著特徵。信仰是一種虔誠，一種維持，一種奉獻，一種建構，一種如癡如醉的激情。信仰者如今已經頗為罕見了。信仰者時常遇到的問題是，如何保證他們所信奉的教義正確無瑕？如何對待信仰上的異見，避免思想乃至行為的專制、獨斷？

信仰者眼裡，懷疑主義如同一個冷漠的幽靈。但懷疑主義的氣氛正在四處瀰漫。懷疑主義者時常表現出不信、疑心、理性、解構；懷疑主義者並不缺少機智和智慧，他們缺的是奮不顧身的衝動。信仰者經常不解地抱怨懷疑主義者：他們為什麼還在猶豫不決？信仰者甚至覺得，懷疑主義者是為了逃避時代的責任而不肯正面表態──他們因此對懷疑主義者的人格表示懷疑。

然而，在我看來，懷疑主義至少是這個時代的一筆重要文化財富。如同北村的皈依來自一場切膚的體驗一樣，懷疑主義同樣來自兩三代人的血肉教訓。從二十世紀五十年代到八十年代，懷疑主義的欠缺造成嚴重的後果。為什麼熟知這一段歷史的人都對崇拜有一種自覺的抵制──哪怕是對明星的崇拜？顯然，懷疑主義已經成為一代人遏止盲目崇拜的一種文化品質。我願意援引一位批評家談論張承志時所得到的結論：「在我們這個時代，懷疑主義、不信從和否定的態度絕非全是缺乏神聖感的表現。」[4]

在另一方面，二十世紀出現的一批重要思想有意無意地支持了這種文化品質──我指的是從尼采到德里達、福柯這批思想家。經過尼采的「重估」、德里達的解構和福柯的知識／權力學說，一切都變得可以追問。傳統所尊奉的種種前提都將在這種追問之中遭到劇烈的搖撼。〈最後的藝術家〉之中，有人問杜林愛不愛自己的孩子。杜林企圖從文化和知識的意義上證明親子之愛。這種言辭遭到了眾人和妻子的唾棄。然而，人們又有什麼理由阻止理性分析對於親子之愛的入侵呢？即使人們選擇了愛，這種愛也不是不可解釋的──人們的確看到了這種愛所包含的社會原因；而且，假如這種社會原因產生了畸變，親子之愛將在很大程度上喪失，例如北村的〈大風〉裡面武則天與她女兒的關係。顯而易見，這批思想家所提供的理論鋒刃犀利無比。在

4　薛毅：〈張承志論〉，《上海文學》1995 年 2 期。

他們的追問夾擊之下，聖潔、良知、公義都可能變成一些困難的概念。這些概念的確切涵義是什麼？在不同的言說者和不同的語境那裡，這些概念的涵義如何統一？面臨種種歧義，信仰者的激情很可能被導入模糊的前景之中。

北村的小說同時將他本人塑造成一個信仰者的形象。這種形象在懷疑主義的氣氛之中分外有力。然而，在另一方面，北村能否從懷疑主義那裡獲得什麼呢？

八

毫不奇怪，北村晚近小說之中的敘事革命已經中止。北村的小說恢復了樸拙的口語，並且常常通過角色的第一人稱回溯故事。這一切無不讓人想到了許多古典作家的小說。敘事革命的意義在於顛覆既存小說模式的權威，通過文本的自由書寫另塑一個語言世界。然而，皈依結束了反叛。皈依是一個全面的順從，皈依包括了語言的重新馴服。我在另一個場合曾經描述過皈依與敘事之間的因果聯繫：

> 語言本身的激烈騷動隱沒了，所有的語詞開始尊奉常規的語義訴說某種生存的真諦。彷彿聽從了神的啟迪，每個語詞都平靜地返回自己的位置，在一個權威聲音的安撫之下安詳地履行職責。能指無心繼續眩人耳目地自我表演，因為終極所指輝煌地出現了。這個終極所指如此宏偉，以至於所有的能指如同百鳥入林似地隱入它的影子。在北村那裡，這個終極所指無疑是主的旨意。他將自己奉獻出去之後，他的小說承擔起宣諭這個旨意的義務。這使他的小說恢復了深度。只要北村堅信自己的小說是福音的傳播，他就可以信賴手邊的語詞。北村無須繼續從事種種異常的敘事實驗，因為他的敘事已經附著於最為始源的

話語之中——「太初有詞」。(〈沉淪與救贖〉)

　　若干年前，北村與格非通信時曾經說，他力圖完成兩項任務：第一，避免故事內容的深度；第二，避免語言在社會語言大辭典中的深度。如今，他的看法幾乎顛倒過來：「我想，最好的語言是為了與對象達成和解（這與我數年前的觀點大相逕庭），而不是造成一種緊張關係。雖然緊張的關係會使語言有獨特的力量，但我現在覺得最樸素的語言最好，能讓讀者最容易穿透而直接感知對象是最妥當的。」北村坦率地承認，這個轉變的原因與神有關：「語言和對象緊張關係來源於人與神的緊張關係，這是需要和解的。」[5]然而，不論北村對於敘事革命持何種態度，這一點無可否認：敘事不僅意味著技術，敘事話語類型涉及到作家用什麼來為世界塑像。

　　這樣，我有理由表示，北村晚近小說的敘事話語頗為單調。這可以追溯到北村對於主題的探討程度。他的視域之中，人物僅有兩個類型：信，或者不信。前者將得到救贖，後者難逃劫數。過渡於兩者之間的眾多人物往往為北村忽略不計。對於北村的神學主題來說，兩種類型人物的結局可以將問題解釋得更為明確；然而，他的代價是放棄眾多人物所體現的矛盾心理和靈魂掙扎——而這恰恰顯示了生活與人性的複雜。此外，另一些意味深長的主題很難納入北村的視域，進入小說。如何解釋這個時代？北村毅然重返一種古老的召喚。當然，北村的小說僅僅企圖證明他的精神向度，北村不負責全面解釋生活；一些人可能狂熱地擁戴北村的理想，更多的人無法進入這個狹窄的地帶——北村的理想與他們的生活困惑之間存在相當大的距離。對於北村來說，主題的明朗和簡單的人物類型限制了敘事話語的豐富程度。在文學的意義上，這是一種明顯的缺陷——小說僅僅呈現了一個單純

5　北村：〈活著與寫作〉，《大家》1995 年 1 期。

的世界。然而，北村可能不在乎。如果北村僅僅將小說作為福音傳播的工具，那麼，明朗和簡單已經表明了傳播的成功。選擇什麼？這意味了北村對於宗教、文學以及生活的全部理解。

　　沒有人能夠做出進一步的判斷，只有北村自己。

第五章
後革命時代的詩意

　　許多跡象表明，「思想」正在韓少功的文學生涯之中佔據愈來愈大的比重。如何描述韓少功的文學風格？激烈和冷雋，衝動和分析，抒情和批判，浪漫和犀利，詩意和理性……如果援引這一套相對的美學詞彙表，韓少功贏得的多半是後者。「思想」首先表明了韓少功的理論嗜好。尼采、薩特以及福柯、德里達這些理論家的名字不時出現於他的筆下。韓少功曾經引為自豪的數學能力至少部分地轉入理論的邏輯辨析。另一方面，韓少功始終對民族、國家、社會、族群、公共空間保持不懈的注視。這使他的思想規模遠遠地超出了「內心」，「自我」，或者語言、文本和形式。當然，這些「思想」的活躍並沒有撐破文學的範疇──我並不是在談論一個理論家的韓少功。我所涉及的問題毋寧說是，韓少功的思想如何形成一種「感性的洞明」。如所周知，抵達感性末梢的思想才是文學意義上的思想。

一

　　考察思想、理性、理論與文學風格之間關係的時候，人們首先回到了韓少功的小說。

　　韓少功不存在張承志式的激動、憤怒和義無反顧的氣概。在韓少功那裡，虔誠的面容時常被懷疑的目光所破壞。一九八五年之後，也就是韓少功沉默了一段時間復出之後，人們幾乎無法在他的小說中找到正經的抒情性言辭。可以提到我發表於一九九四年的一篇論文〈詩

意的中斷〉。這篇論文曾經談到韓少功小說的某種修辭策略：

> 人們很快就會在韓少功的小說之中察覺一種特殊的口吻：一些
> 俏皮的形容詞，一種冷冷的嘲諷，幾句硌人的挖苦之辭。這種特
> 殊的口吻尤其經常出現於人物描寫之中。在我看來，這是一個意
> 味深長的修辭策略。俏皮、嘲諷或者挖苦將有效地阻止濫情的傾
> 向，阻止讀者對於這些人物產生過分的親密感和崇拜感。[1]

　　當然，這些修辭不能不追溯至韓少功的理性以及犀利的分析。同
時，這篇論文還提到了韓少功的某種令人不安的想像力。「陰險、可
疑、警覺、含糊、驚恐、慌慌——這些不懷好意的形容詞異常頻繁地
出現在韓少功的小說中。」[2]詭異的比喻、異樣氣氛的製造或者引誘
種種驚懼忐忑之情均是韓少功的拿手好戲。這種想像力顯然與某種根
深柢固的懷疑精神有關。理性總是及時地導致警覺。於是，慷慨悲
歌、氣宇軒昂的英雄形象銷聲匿跡。冷雋的洞察逐一拆穿了有意無意
的矯飾。這一切無疑敗壞了韓少功曾經擁有的不無淺薄的浪漫詩意。
　　可以看出，韓少功愈來愈多地轉向了可能容納思想表述的文學形
式。對於昆德拉《生命不能承受之輕》和佩索阿《惶然錄》的翻譯無
疑包含了這種興趣。《馬橋詞典》是一個成功的實驗。詞條的形式可
以自如地穿插種種考證、徵引、解釋、感慨以及某些理論片段。也可
以說，這個文學實驗是理性、思想對於小說形式的一個開墾。
　　儘管如此，小說形式仍然無法給韓少功的思想提供足夠的空間。
這是韓少功轉向另一種文體的主要理由——韓少功挑中了散文。韓少
功的一大批散文紛至遝來，一時甚至有喧賓奪主之勢。韓少功曾經申
明，「小說有許多邊角餘料用不上去的，就寫一些散文，而散文就需

1　南帆：〈詩意的中斷〉，《敞開與囚禁》（濟南市：山東教育出版社，1999 年），頁 238。
2　南帆：〈詩意的中斷〉，《敞開與囚禁》（濟南市：山東教育出版社，1999 年），頁 243。

要一些思想去組織它，去保護它，這就需要思想。」[3]所以，韓少功
的對策是：「想得清楚的寫散文，想不清楚的寫小說。……小說與散
文之間存在著一種對抗、緊張的關係，tension 的關係。」，「大體上
說，散文是我的思考，是理性的認識活動」。[4]無拘無束的散文應合了
韓少功的活躍思想，自由而且及時。這多少令人聯想到魯迅後期熱衷
於雜文的原因。

　　二十世紀九十年代是盛產散文的季節。然而，韓少功的散文風格
獨異。沒有明人小品式的優雅，從容；也沒有旁徵博引，談天說地，
瑣碎、閒適而且沖淡，從服裝到菜餚，從古代的皇陵到歌舞廳裡的卡
拉 OK。韓少功的散文是一種緊張的思想探索。韓少功始終意識到周
圍的一連串重大問題，並且不懈地與這些問題搏鬥。韓少功曾經如此
解釋過：「我有時候放下小說，用散文隨筆的方式談一些自己對某些
現實問題的看法，甚至偶爾打一下理論上的『遭遇戰』，是履行一個
人的文化責任，是不得已而為之。我們正在進入以市場經濟為主要特
徵的現代化進程，在這一進程中，有些舊的問題還沒有完全消失，比
如幾千年官僚政治和極權主義的問題；有些問題正在產生，比如消費
主義和技術意識型態的問題；有些問題是中國式的，比如傳統文化資
源的現代轉換和運用問題；有些問題則是全球性的，比如經濟一體化
和文化多元性的問題，等等。」[5]用韓少功自己的話說，這些散文可
以稱之為「問題追逼的文學」。[6]可以看出，韓少功的不少散文篇幅龐

3　韓少功：〈反思八十年代〉，《在小說的後臺》（濟南市：山東文藝出版社，2001 年），
　　頁 181。

4　韓少功：〈精神的白天與夜晚——與王雪瑛的對話〉，《在小說的後臺》（濟南市：山
　　東文藝出版社，2001 年），頁 149。

5　韓少功：〈超主義的追問與修養〉，《在小說的後臺》（濟南市：山東文藝出版社，2001
　　年），頁 175。

6　韓少功：〈超主義的追問與修養〉，《在小說的後臺》（濟南市：山東文藝出版社，2001
　　年），頁 178。

大，這多少暗示了上述問題內部的種種曲折。這個意義上，韓少功散文之中的理論含量遠遠超出了調侃、俏皮、幽默，或者說，調侃、俏皮、幽默的背後隱藏了一種內在的尖銳和嚴肅。韓少功以富於個性的言辭表述了他如何遭遇這些問題，親歷這些問題，或者如何從一些生動的生活片段中察覺這些問題。這有效地保持了這一批散文的文學品質──它們並非堆砌了一大批概念和理論術語的學術論文。

人們很快就察覺到韓少功的散文之中灼亮的批判鋒刃。對於韓少功而言，周圍的世界存有許多不該存在的暗影；某些時候，這些暗影甚至贏得了時尚或者意識型態的青睞。韓少功時常毫不客氣地剝開種種偽裝，他的犀利遠遠超出了表面性的義憤──而後者往往是一般的作家所擅長的。鋒芒所向，韓少功甚至比許多理論家更為尖銳透澈。這時，我想轉向問題的另一個方面：哪些信念充任韓少功思想中的第一大前提；這些信念衡量出周圍的種種匱乏，以至於成為批判所依據的標高？

二

對我來說，這是一個由來已久的問題。我想再度提到〈詩意的中斷〉這篇論文。當時，我曾經隱約地發現，韓少功的捍衛似乎不如批判強烈：

> 從種種嘲諷、懷疑、抨擊、貶抑、拒絕、攻訐之中，讀者逐漸看到了韓少功所否定的一切。許多場合，韓少功鋒芒畢露，這使他成為一個批判型作家。
> 可是，韓少功想肯定什麼？這遠不如他的否定對象明晰。當然，我指的是那種生存能夠賴以支撐的肯定。這種肯定凝聚了人們的信仰和崇拜，並且以第一大前提的名義派生一連串信

念。質言之，只有這種肯定才是抒情和詩意的最終根源。儘管
否定同時也反襯出了肯定，但反襯出來的肯定往往閃爍不定，
隱約其辭，甚至彼此矛盾。它缺少一種正面的強烈之感。第一
大前提的模糊使韓少功無法成為一個捍衛型的作家。韓少功偶
爾也喜歡「聖戰」這個字眼，但他的「聖戰」更多的是出擊，
而不是堅守。[7]

當時，我已經意識到這個問題的難度。在尼采的「上帝已死」或
者「重估一切價值」之後，在薩特的「存在先於本質」之後，特別是
在德里達們精巧地襲擊了西方的形而上學傳統之後，第一大前提的談
論常常無法甩下尾隨而來的懷疑和解構。當然，二十世紀的八十年代
中期，韓少功還是信心十足。他似乎發現文學的「根」。在〈文學的
根〉這篇引起軒然大波的短文中，韓少功慨然宣佈：「文學有『根』，
文學之『根』應深植於民族傳統文化的土壤裡，根不深，則葉難
茂。」[8]儘管「根」的重返是一種歷史的回望，但是，這種理論姿態
更像是真理在握──「根」無疑是一種強大的肯定。

然而，九十年代之後，韓少功的表述已經增添了許多限定。韓少
功意識到了「知識有效性的範圍」問題。[9]他「不許諾任何可靠的終
極結論，不設置任何停泊思維的港灣。」[10]這並不是向徹底的解構或
者徹底的相對主義撤退。相反，韓少功試圖在這些限定之中發現真理
的所在。這可能包含了歷史的辯證法。所以，韓少功開始重視「相對
來說」這種表述──「相對來說，是有真理可言的。這就是防止虛無

7　南帆：〈詩意的中斷〉，《敞開與囚禁》（濟南市：山東教育出版社，1999 年），頁 239。
8　韓少功：〈文學的「根」〉，《文學的根》（濟南市：山東教育出版社，2001 年），頁 77。
9　韓少功：〈超主義的追問與修養〉，《在小說的後臺》（濟南市：山東教育出版社，2001
　　年），頁 177。
10　韓少功：〈精神的白天與夜晚──與王雪瑛的對話〉，《在小說的後臺》（濟南市：山
　　東教育出版社，2001 年），頁 145。

主義。認為所有的模式都是有限的，這並不意味著所有的東西都沒有意義，而意義常常表現為：相對來說，這個模型比那個模型更有效。」[11]〈詩意的中斷〉這篇論文發表之後，更多的資料證實，韓少功是在一種複雜的思想結構之中抵抗「價值真空」，持續地思索第一大前提。用他自己的話說，這是「一個文化大國的靈魂之聲」。韓少功甚至因此盛讚張承志與史鐵生，儘管他與這兩位作家如此地不同。[12]的確，上帝死了。然而，薩特們還要製造出種種上帝的替代品，無論這些替代品擁有哪些哲學名稱。「人類似乎不能沒有依恃，沒有寄託。上帝之光熄滅了以後，薩特們這支口哨吹出來的小曲子，也能湊合著來給夜行者壯壯膽子。」[13]

　　這時的批判不再是一種臨時性的牢騷或者刻薄。這是有所捍衛之後的積極性批判。批判不僅依靠銳利的鋒刃，同時還凝注了斧頭的全部重量。於是，韓少功冒著不合時勢的危險重新提起了「理想」。〈完美的假定〉中，韓少功用「完美的假定」這個命題回擊人們對於「理想」的種種挑剔——特別是實利主義者正在盜用歷史的名義大規模地嘲笑「理想」的時候。的確，許多人的理想破滅了，他們發現一度信奉的理想是一個不可能實現的烏托邦。所以，他們否棄一切，不再相信所有高於生活的口號。可是，韓少功堅信，無法實現的理想仍然是必要的理想：「理想從來沒有高純度的範本。它只是一種完美的假定——有點像數學中的虛數，比如$\sqrt{-1}$。這個數沒有實際的外物可以對應，而且完全違反常理，但它常常成為運算長鏈中不可或缺的重要支撐和重要引導。它的出現，是心智對物界和實證的超越，是數學之

---

11 韓少功：〈反思八十年代〉，《在小說的後臺》（濟南市：山東文藝出版社，2001 年），頁 185。

12 韓少功：〈靈魂的聲音〉，《文學的根》（濟南市：山東文藝出版社，2001 年），頁 122。

13 韓少功：〈夜行者夢語〉，《性而上的迷失》（濟南市：山東文藝出版社，2001 年），頁 26。

鏡中一次美麗的日出。」[14]

　　理想與輕飄飄的空想具有哪些區別？空想多半是個人情趣的產物，理想感知到了歷史的重力。真正的理想總是和特定階段的歷史發生了千絲萬縷的聯繫。所以，韓少功考慮理想的同時也在考慮周圍的歷史環境。或許可以說，這種理想只能在歷史提供的平臺上起跳。這個意義上，理想並沒有使韓少功成為一個浮誇的空想主義者，相反，他比許多號稱現實主義的作家更為專注地注視歷史的動向。至少，他對於中國當代歷史的描述絕不是人云亦云的陳詞濫調：

> 我們清算革命時代的悲劇和罪惡，甚至可以反思革命手段本身，但這並不意味著可以無視當年革命的真實原因。答案不對或不全對，不意味著答案所針對的問題從來不存在。……

> ……因為人口、資源、缺乏資本和國際冷戰封鎖等嚴重問題和特定歷史處境，革命、政治以及理想道德才成為這種國家成本最低而收益最大的社會改造工具，才成為最重要的資源替代。我們沒有條件靠高薪支農，靠巨獎採油，靠專利制度搞「兩彈一星」，靠國外超額利潤來緩解國內矛盾並培養一個中產階級，所以槍桿子裡出政權，政權出生產關係和生產力，這是中國經驗和毛澤東思想中最有意義之處。如果說第三世界的小國還有可能有依附性發展，像中國這樣的大國就只可能走與歐日美不同的發展道路，而有些官僚與知識分子都無這種眼光，這是中國發展多次發生內部衝突的原因之一。革命後期尤其是文革中極權與人權的衝突構成另一方面的真相，但常常被用來掩

---

14 韓少功：〈完美的假定〉，《性而上的迷失》（濟南市：山東文藝出版社，2001 年），頁157。

蓋了前一種衝突。這兩種乃至更多種衝突才構成了歷史的豐富性和複雜性。[15]

　　這顯然是二十世紀九十年代形成的認識。這種認識中無疑包含了與自由主義意識型態或者「歷史已經終結」的爭辯。沒有全力以赴地稱頌「市場」、「資本」和「個人主義」，竟然以開脫的甚至不無贊成口吻談論上述歷史，這些都是韓少功得到「新左派」之稱的理由。韓少功沒有因為這個稱謂而氣急敗壞地四處申辯，他在〈我與〈天涯〉〉一文中詳細地陳述了思想轉折的來臨。他形象地指出二十世紀八十年代形成的歷史想像如何喪失效力。「從八十年代過來的讀書人，都比較容易把『現代』等同『西方』再等同『市場』再等同『資本主義』再等同『美國幸福生活』等等，剩下的事情似乎也很簡單，那就是把『傳統』等同『中國』再等同『國家』再等同『社會主義』再等同『文革災難』等等，所謂思想解放，所謂改革開放，無非就是把後一個等式鏈刪除乾淨，如此而已。」[16]韓少功承認，相當長的時間裡，他自己也是這種啟蒙主義公式的執行者。然而，複雜的現實經驗逐漸摧毀了診斷生活的一大批對立的概念。「在印度、越南、韓國、新加坡等周邊國家之旅，更使我的一些啟蒙公式出現了斷裂。『私有制』似乎不再自動等於『市場經濟』了，因為休克療法以後的俄國正在以實物充工資，正在各自開荒種土豆，恰恰是退向自然經濟。而『多黨制』也似乎不再自動等於『廉潔政府』了，因為在世界上最大的民主國家印度，官員索賄之普遍連我這個中國人也得瞠目結舌。」[17]無論韓少功的認識是否公允，人們至少承認，韓少功的批

---

15 韓少功：〈中國的人民的現代化〉，《在小說的後臺》（濟南市：山東文藝出版社，2001年），頁 211、206。

16 韓少功：〈我與〈天涯〉〉，《然後》（濟南市：山東文藝出版社，2001年），頁 221。

17 韓少功：〈我與〈天涯〉〉，《然後》（濟南市：山東文藝出版社，2001年），頁 222。

判、韓少功的理想是一個思想者投入歷史之後真正的激動──這比他在八十年代中期倡導的「文學的根」深刻得多，也尖銳得多。

三

　　對於韓少功來說，二十世紀八十年代至九十年代的歷史隱含一連串深刻的矛盾和衝突──他的思想似乎也遭受到「啟蒙辯證法」的衝擊。這時，無論是批判還是捍衛，一個簡單乃至誇張的理論姿態解決不了什麼問題。韓少功開始清理自己的思想，涉獵一連串重要的理論觀點，企圖發現新的精神資源。可以從大批散文之中看到，韓少功的搜索半徑甚至遠遠超出許多理論家。他以特有的文學話語表述了九十年代歷史給予的種種觸動，並且就社會體制問題、意識型態以及各種價值觀念進行了論辯性的交鋒。這是一個遴選、權衡、辯難、闡發、取捨的複雜過程。人們看到，許多學說、觀念、命題都曾經盤桓於韓少功的思想中，某種程度地成為他思考第一大前提的素材。

　　或許我還可以提一提「文學表現真實」這個通俗的口號。許多作家的理論水準僅僅到這個口號為止。他們甚至無法再跨出一小步：什麼稱作真實？感官經驗或者記憶是否確認真實的尺度？意識型態會不會製造某種真實？大眾傳播媒介正在如何改變人們認識真實的方式？不同文化圈的人究竟可能在多大程度上對於真實達成共識？如此等等。我相信韓少功不再把「真實」當成作家的深刻使命。這當然不是動員作家弄虛作假；而是必須質詢真實是在哪些條件下製作出來的。〈歸去來〉、〈謀殺者〉、〈鞋癖〉、〈夢案〉、〈很久以前〉、〈紅蘋果例外〉這些小說中均出現了似真似幻的故事。與其說這是魔幻現實主義的餘韻；不如說這是韓少功對於所謂「真實」的深刻懷疑。思念、記憶、夢、大眾傳播媒介，這一切都無不干擾了真實的認定，同時又無不組成了真實。

　　所以，韓少功寧可將「真實」縮小到更為具體的方面，例如「自然」，或者「身體」乃至「生理」。飼養寵物，侍候草坪，讚頌田園風光的詩或哲學，進入畫框或者陽臺上盆景的山水……人們多麼懷念自然。按照韓少功在〈遙遠的自然〉中的分析，人們可能在自然中找尋個異，找尋永恆，找尋萬物與我一體的闊大生命境界，找尋文明的終極價值。這是人們不斷地回望自然的原因。他在〈心想〉中表述得更為明晰：「自然是文化的重力，沒有重力的跳高毫無意義。自然是文化永隨其後的昨天，永貫其身的母血，是拉自己的頭髮怎麼也脫離不去的土地」。[18]然而，具有諷刺意義的是，自然卻在種種找尋中變得更加遙遠──特別是「找尋」正在變成另一種別開生面的消費活動之際。韓少功發現，號稱投入自然的旅遊已經成為一場悄然進行的文化征討。它將使自然遙不可及和再會無期──消失的自然還能多大程度地成為新的精神資源呢？

　　自然大面積地失真，身體──自然的一部分──卻是一個堅固的防線。韓少功相信，身體是一個值得信任的準繩：「有些西方人曾經嘲笑中國的語言，用『心』想而不是用『腦』想，不符合解剖學的常識。這當然不無道理，也曾經被我贊同。但細細一想，真正燃燒著情感和瞬間價值終決的想法，總是能激動人的血液、呼吸和心跳，關涉到大腦之外的更多體位，關涉到整個生命。」[19]這至少包含一種潛臺詞：遴選也罷，取捨也罷，熱血沸騰、心律加速至少是辨認真理的原則之一。那些冷冰冰的概念操練多半是一些偽真理，或者是一些與生存無關的智力保健操。韓少功也曾經從反面闡述了生理的界限──〈餓他三天以後〉。在他看來，餓了三天之後，形形色色的文化差異將迅速消失。「文化差異只是溫飽者的事，與饑寒者沒有多少關係。它可以被吃飽喝足了的人真實地感受、品味、思考、辯論乃至學術起

---

18 韓少功：〈心想〉，《性而上的迷失》（濟南市：山東文藝出版社，2001年），頁 85-86。
19 韓少功：〈心想〉，《性而上的迷失》（濟南市：山東文藝出版社，2001年），頁 89。

來，可以生發出車載斗量的巨著和四分五裂的流派，但一旦碰上饑餓，就不得不大打折扣。這也就是說，人吃飽了就活得很文化，餓慌了就活得很自然；吃飽了就活得很差異，餓慌了就活得很共同，是不能一概而論的。」[20]總而言之，生理激動可以相當程度地鑒定出某種文化觀念的價值。引申的意義上，設定社會秩序的「不是上帝，而是生存的需要，是肉體。」[21]天花亂墜的文化符號遠比器官、肌肉和血液更具欺騙性。一個生活在亞熱帶的人是否真正需要持有貂皮大衣，一個豐衣足食的人是否陷入經濟貧困，這些問題不必繁雜的理論——問一問生理感覺就一清二楚。

可是，韓少功有沒有可能高估生理的意義，低估文化的能耐——特別是在現今的歷史中？首先，慾望不是也能叫許多人面赤心跳嗎？高官厚祿，聲色犬馬，這些都會導致某些人的身體亢奮。另一方面，文化也可能深刻地訓練人的生理感覺。人們的舌苔、皮膚、耳朵尤其是眼睛無一不是文明歷史的產物。換言之，文化與生理之間的界限正在日益模糊。文明已經介入許多生理感覺的圖式，另一些桀驁不馴的生理感覺遭到了文明的強大壓抑。的確，正如韓少功所言，強烈的饑餓可能使人們得到最大限度的共識。但是，不得不承認，文明歷史的一個重要後果即是，被迫退到生存界限邊緣的情況愈來愈少。某些方面，生存界限也可能被文化所改寫。例如，一個貴族不得不因為某種輕微的侮辱而捨命決鬥——榮譽高於生命無疑是一種文化決定的生存界限。

令人驚奇的是，韓少功還曾經某種程度地涉入佛學，試圖從另一種洞悟中握住人生的真諦。韓少功十分輕蔑那些透出「股票味」的佛

---

20 韓少功：〈餓他三天以後〉，《性而上的迷失》（濟南市：山東文藝出版社，2001年），頁246。

21 韓少功：〈夜行者夢語〉，《性而上的迷失》（濟南市：山東文藝出版社，2001年），頁31。

學──那些信徒多半是祈求神明保佑他們的榮華富貴。耐人尋味的是，韓少功嚮往的是佛的「大我品格」。這是對於人類整體的一種關懷。顯而易見，這種嚮往與韓少功對於「個人主義」的懷疑一脈相承。佛學能否顯示人類整體與個體之間的良性關係？雖然韓少功僅僅在〈佛魔一念間〉一文之中匆匆掠過這個主題，但是，人們可以看到，韓少功短暫地駐足佛學的動機仍然是企圖找到一個思想的支撐點。〈佛魔一念間〉之中出現了許多佛學術語，論證方式別具一格。如果說，「自然」或者「生理」這些概念無法擋住解構主義的邏輯鑽頭，那麼，佛學一念之間的洞悟還包含了一種破除的意味──破除無窮的能指嬉戲所製造的理論幻象。

四

許多人從佛學中悟到的是「空」，韓少功的目光卻轉向普渡眾生的悲憫情懷，轉向了所謂的「大我品格」。所以，韓少功又在他的另一些散文裡反覆地涉入民族國家的主題，這絲毫不奇怪。無論如何，民族國家是歷史形成的一個至關重要的類別概念。這是人類組織的一個最為強大的單元。對於眾多的理論家來說，民族國家是一個脈絡複雜的問題。冷戰結束之後，這個主題正在另一種歷史氣候中分蘖出更多的枝杈。對於強勢意識型態、天真的詩人和一些譁眾取寵之徒說來，民族國家的主題幾乎被簡化為一個單純的口號或者意象。他們或者無條件的放聲讚頌，或者賭氣般地惡狠狠詛咒。然而，這個不無抽象的概念不斷地叫韓少功浮想聯翩。

〈世界〉一文記錄了韓少功的紛雜感想。韓少功並不傾向於誇張的高調──他只是期待人們對自己的民族國家給予必要的尊重。可是，他還是常常失望。一個日本的傷兵嚇跑全村的男女老少；一群作家不敢在國際交流中說中文；為了訪問的機會和些許的美元不惜編造

一些迎合西方口味的謊言——「我很不情願地明白，這個民族自清末以來一次次成為失敗者，除了缺少工業，還缺少另外一些東西。」[22]當然，韓少功同時看穿了民族國家名義下另一些慷慨激昂的言辭。一些高擎民族大旗的人真正關心的是經濟利益。不論是中國的新富階層還是美國的亨廷頓，他們都在用哲學炸彈武裝經濟戰車。韓少功多少有些迷茫：民族存在於哪裡？全球正在一體化。他常常無法從民族這個概念背後找到獨一無二的形象。那種帶有「泥土氣息的倔頭倔腦的火辣辣的方言」或許是民族「最後的指紋」。可是，人們完全可以把方言保存於錄音盒裡帶到全世界。另一方面，「民族」或者「民族主義」這個概念又可能被令人不安地濫用。雖然民族主義可以成為弱小者的精神盾牌，但是，「在我看來，這張盾牌也可以遮掩弱者的腐朽，強者的霸道，遮掩弱者還沒有得手的霸道，強者已經初露端倪的腐朽。」[23]

〈國境的這邊和那邊〉中，韓少功的疑惑更加強烈——民族國家這個概念會不會在某些時刻成為另一種遮蔽物？他痛苦地發現：「一旦跨越國界，以求生存、求發展、求昌盛為主題的民族現代化追求就常常有排它品格和霸權品格的顯影。國界那一邊的啟蒙和解放（如歐洲的自由主義體制），常常同時成為對國界這一邊的歧視和壓迫（如當年歐洲的殖民主義擴張），這就是民族國家曾經扮演過的雙重角色」。[24]例如，近現代一些精英人物——梁啟超、胡適、梁漱溟、孫中山——表述他們強國夢的時候，眼裡通常沒有同樣落後甚至更加落後的亞洲鄰國。如今，這種視覺盲區恰恰被東南亞地區鄰國的另一些精英人物所察覺。他們積極呼籲中國必須與這些國家共同意識到「東

---

22 韓少功：〈世界〉，《性而上的迷失》（濟南市：山東文藝出版社，2001年），頁 92。

23 韓少功：〈世界〉，《性而上的迷失》（濟南市：山東文藝出版社，2001年），頁 104。

24 韓少功：〈國境的這邊和那邊〉，《性而上的迷失》（濟南市：山東文藝出版社，2001年），頁 265。

亞」或者「亞洲」的身分——這篇散文即是韓少功參加一個名為「尋找東亞身分」學術會議之後的感想。然而，既然國界可能是一個引起質變的分水嶺，韓少功就不會中止他的懷疑：「東亞」或者「亞洲」為什麼不會成為另一個排他的共同體呢？正是在這種疑惑中，韓少功的矛頭指向了自由主義的核心觀念——「個人利益最大化」：「如果這一現代經典信條已不可動搖，那麼接下去，『本國利益優先』或『本洲利益優先』的配套邏輯只能順理成章。在這種情況下，我們憑什麼來防止各種政治構架（無論是國家的、地區的還是全球的）不再成為利己傷人之器？」[25]

所以，韓少功寧願從民族國家的宏大敘事返回一個遠為樸素的觀念：「你是否同情人，是否熱愛土地——當然包括遠方的土地，首先要包括了腳下的土地。……這裡到處隱伏和流動著你的母語，你的心靈之血，如果你曾經用這種語言說過最動情的心事，最歡樂和最辛酸的體驗，最聰明和最荒唐的見解，你就再也不可能與它分離。」[26]也許，這些文學語言無法負擔民族國家問題的全部內涵——也許，這僅僅是韓少功想像民族國家的個人方式，但是，可以肯定，韓少功已經不會簡單地將這個組織單元視為一切論斷的唯一起點。

五

民族國家是一個高高在上的抽象概念。人們可以用種種不同的意象和細節復活這個概念，補充這個概念，例如國旗、不同膚色的人群、領袖的身姿、名山大川等等。韓少功的視域中，胼手胝足地勞作於泥土中的民眾佔據了很大的篇幅。這是民族國家的實體。從〈月

25　韓少功：〈國境的這邊和那邊〉，《性而上的迷失》（濟南市：山東文藝出版社，2001年），頁 272。

26　韓少功：〈世界〉，《性而上的迷失》（濟南市：山東文藝出版社，2001年），頁 116。

蘭〉、〈爸爸爸〉到《馬橋詞典》，這些土頭土腦的小人物始終是韓少功的主角。的確，韓少功的小說幾乎沒有給那些西裝革履的紳士以及偽紳士提供表演的舞臺。

這並非偶然。韓少功對於二十世紀九十年代開始興盛的名流美女拼湊出來的「成功者」神話深惡痛絕，同時對於那些推波助瀾地幫腔的批評家嗤之以鼻：

> 曾經被兩個多世紀以來作家們牽掛、敬重並從中發現生命之美的貧賤者，似乎已經淡出文學，即便出場也只能充當不光彩的降級生，常常需要向救世的某一投資商叩謝主恩。在這個時候，當有些作家在中國大地上堅持尋訪最底層的人性和文明的時候，竟然有些時髦的批評家們斥之為「民粹主義」，斥之為「迴避現實」，「拒絕世俗」。這裡的邏輯顯然是：人民既然不應該被神化，那就應該刪除。黑壓壓的底層生命已經被這些批評家理所當然地排除在「現實」和「世俗」之外，只有那些朱門應酬、大腕謀略、名車迎送以及由這些圖景暗示的社會等級體制，才是他們心目中一個民主和人道主義時代的堂皇全景。[27]

作為一種回應，韓少功不無激烈地宣稱——他願意要的是「中國的（不是一廂情願照搬歐美日的）人民的（不是屬於少數巨富和官僚的）現代化。」[28]這個意義上，韓少功發現，許多擁戴「個人主義」的自由主義者並沒有考慮到這些小人物也是一個個活生生的「個人」：

27　韓少功：〈感覺跟著什麼走〉，《文學的根》（濟南市：山東文藝出版社，2001年），頁201。

28　韓少功：〈中國的人民的現代化〉，《在小說的後臺》（濟南市：山東文藝出版社，2001年），頁207。

H先生在指責革命時激動地說：每一個人都是很寶貴的。這很
對。問題是為何很多個人被資本擴張進程拋進饑寒、屈辱、疾
病、絕望乃至傷亡之時，這些個人就不寶貴了？就變成了「落
後了就該挨打」的垃圾？就被H先生們視而不見了呢？這是什
麼樣的「個人主義」？很顯然，如果提倡這種冷血邏輯，就會
為斯大林主義提供隱形的辯護，就可能抹去中國「兩彈一星」
後面的冤獄和貧困。因為你玩得「代價」，我也玩得「代價」。
資本擴張犧牲部分個人如果是合理的，那麼革命鬥爭犧牲部分
個人也就無可指責了。很多自由主義者就是在這一點上成了斯
大林主義最好的革命接班人。[29]

可是，韓少功不僅沒有自詡為小人物隊伍中的一員；而且，他也
不願意聖化小人物。韓少功並沒有不假思索地續上二十世紀二、三十
年代以來革命文學的傳統，狂熱地將底層大眾作為不可冒犯的符號。
他清醒地意識到，聖化小人物與關注小人物貌合神離。聖化將製造一
個空洞的偶像──底層大眾的真正疾苦將消失於這個偶像背後。許多
時候，不負責任地稱頌底層大眾更像是某些反叛貴族的知識分子道德
自救──十八、十九世紀歐洲的文學大師時常從貧民區得到靈感：
「小說家們因此也一直頂著社會良知的桂冠。」[30]，「那是一種根植於
錦衣玉食、深宅大院裡的道德自省的精神反叛，是貴族逆子們在平民
土壤裡的新生。對於這一些不安的靈魂來說，大眾是他們自救的導向
和目標，並且在他們的深切的同情和殷切的嚮往中，閃耀出神聖的光
芒。『勞工神聖』、『大眾化』、『到民間去』等等觀念也就是在這個時

---

29 韓少功：〈中國的人民的現代化〉，《在小說的後臺》（濟南市：山東文藝出版社，2001
　　年），頁236。

30 韓少功：〈說小人物〉，《在小說的後臺》（濟南市：山東文藝出版社，2001年），頁40。

候成為了知識界的潮流，並且長遠地影響了後來的歷史。」[31]這時，底層大眾是知識分子設立的一個「他者」形象。這種「他者」形象有助於攪動知識分子日漸枯澀的思想，破除疊床架屋的繁瑣理論，反省能言善辯掩蓋的自私，並且在叛逆之中產生某種道德上的聖潔感。儘管如此，這種「他者」形象很大程度上仍然是知識分子的想像物，在知識分子的思想框架內部得到建構。這時，真正的底層大眾並未到場。

韓少功清楚地看到，真正的底層大眾並沒有一個偉岸壯烈的形象。他的多數小說之中，底層大眾多半是質樸、寬厚與猥瑣、呆滯、可笑而又固執的混雜；某些時候，韓少功也曾經親歷底層大眾的出賣和陷害。[32]雖然底層大眾曾經製造出某些難忘的閃光時刻，然而，更多的時候，他們的性格和言辭並沒有顯示出領路人的高風亮節或者高瞻遠矚。深入涉足民間的知識分子常常會感到尷尬——就是要把靈魂寄寓給他們嗎？韓少功的〈爸爸爸〉和〈女女女〉甚至產生了某種難堪——雞頭寨的丙崽、仁寶還是仲裁縫算得上毛澤東稱讚的「真正的英雄」？東方禮教把么姑訓練為一個善良而克己的婦女。可是，中風致癱之後，她心中的怨恨肆無忌憚地傾瀉出來，輕而易舉地摧毀了周圍的同情心，迫使人們報以厭惡和同等的怨恨。這時，罩在底層大眾頭頂上的政治光環徹底消失了。

更為有趣的是，韓少功發現大眾正在發生歷史性的變化，以至於不得不追問一句——哪一種「大眾」？〈哪一種「大眾」？〉開宗明義地說：「說到『大眾』，很容易把它抽象化。其實，再大再眾也沒有自我神化和逃避具體解析的特權。……在不同的時間與空間，與不同的政治、經濟、文化等條件相聯繫，所謂大眾可以顯現出不同的形態、品質以及性能。單是著眼於人口統計中的多數，並不能給大眾賦

---

31 韓少功：〈哪一種「大眾」？〉，《文學的根》（濟南市：山東文藝出版社，2001年），頁 132。

32 韓少功：〈鳥的傳人〉，《在小說的後臺》（濟南市：山東文藝出版社，2001年），頁 116。

予多少意義。」[33]例如，現今的大眾似乎與貧困——大眾革命性的主要依據——逐漸脫離了聯繫。白領階層的社會面積不斷擴大。相形之下，人文學科的知識分子反而顯出了寒酸味。另一方面，發達的大眾傳播媒介正在將大眾訓練為他們的忠實擁戴者——現在輪到他們為知識分子啟蒙了：「任何一個願意保護自己精神個性的哲學家、作家、藝術家，都可能比一個最普通的餐館女招待，更缺乏有關流行歌星和新款家具的知識。他們是一群落伍者，一些差不多有自閉症嫌疑的人，對很多社會風向茫然無知。」[34]這時，精英與大眾的對立範疇是否依然有效？這些對立範疇的歷史意義是否依然如故？至少，韓少功再也不會輕易地將消費時代的大眾與革命混為一談。他深刻地意識到了現今知識分子進退維谷的處境：「他們是拒絕他們一直心神嚮往的大眾呢，還是應該在大眾那裡停止他們一直矢志不移的反叛？」[35]

六

　　韓少功的思想搜索扇形地展開。然而，令人驚奇的是，他時常自覺不自覺地返回圓心——人性的質量。我想用一個生造的概念表述我的論斷：「好人主義」正在愈來愈明晰地充當了韓少功的首席問題。人們對於這個問題的視而不見甚至引起了韓少功的非議：

　　　　每一次社會變革的潮汐沖刷過去，總有一些對人性的詰問沉澱
　　　下來，像零零星星的海貝，在寂寞沙灘的暗夜裡閃光。一位作

33　韓少功：〈哪一種「大眾」？〉，《文學的根》（濟南市：山東文藝出版社，2001年），
　　頁131。

34　韓少功：〈哪一種「大眾」？〉，《文學的根》（濟南市：山東文藝出版社，2001年），
　　頁135。

35　韓少功：〈哪一種「大眾」？〉，《文學的根》（濟南市：山東文藝出版社，2001年），
　　頁136。

家說過，他更願意關注人的性情，在他看來，一個剛愎自用的
共產主義者，最容易成為一個剛愎自用的反共產主義者。這種
政見易改而本性難移的感想，也許就是很多人文觀察者不願意
輕易許諾和輕易歡呼的原因。當然，必定是出於這同一個原
因，一切急功近利的社會變革者，便更願意用「階級」、「民
族」等等群類概念來描述人，更願意談一談好制度和好主義的
問題，而不願意談好人的問題，力圖把人的「性情」一類東西
當作無謂小節給隨意打發掉。翻翻手邊各種詞典、教材以及百
科全書，無論其編撰者是中國的黨史專家還是英國牛津的教
授，他們給歷史人物詞條的注釋大多是這樣一些話：叛徒，總
統，公爵，福特公司的首創者，第八屆中央委員，一九六四年
普利策獎得主，指揮過北非戰役，著名的工聯主義活動家，如
此等等。在這樣的歷史文本裡，人只是政治和經濟的符號，偉
業的工具，他或者她是否「剛愎自用」的問題，幾乎就像一個
人是否牙痛和便秘的閒話，必須被「歷史」視而不見。[36]

　　依韓少功看來，此起彼伏的左翼文化或者右翼文化，輪流登場的
這個主義或者那個主義，它們似乎並不關心人的性情或者良知。「政
治、革命不能解決人性問題。」[37]狄更斯、雨果、托爾斯泰、魯迅、
薩特、佩索阿等「眾多人文觀察者總是在維新、造反、政變以及革命
中看到骯髒和暗影」。[38]所以，韓少功反覆主張「主義向人的還原」。[39]

---

36 韓少功：〈熟悉的陌生人〉，《性而上的迷失》（濟南市：山東文藝出版社，2001年），
　　頁226。

37 韓少功：〈鳥的傳人〉，《在小說的後臺》（濟南市：山東文藝出版社，2001年），頁
　　120。

38 韓少功：〈熟悉的陌生人〉，《性而上的迷失》（濟南市：山東文藝出版社，2001年），
　　頁234。

39 韓少功：〈主義向人的還原〉，《性而上的迷失》（濟南市：山東文藝出版社，2001年），
　　頁173。

「把一個個主義投入檢疫和消毒的流水線，是重要而必要的。」韓少功在〈完美的假定〉中說，「但任何主義都是人的主義，辨析主義座標下的人生狀態，辨析思想賴以發育和生長的精神基質和智慧含量，常常是更重要的批判，也是更有現實性的批判，是理論返回生命和世界的入口。」[40]

　　韓少功無疑將自己置身於上述人文觀察者之列。他耐心地考察眾多人物的為人處世，興趣愛好，同情心或者責任感，對待權貴者的面容或者面向失意者的神情。他終於發現人們可能在相異的意識型態背後擁有共同的情懷。激進主義、保守主義、權威主義、民主主義、暴力主義、和平主義、悲觀主義、樂觀主義——這些勢不兩立的範疇可能擁有血質相同的擁戴者。囂張的左派和囂張的右派都是囂張，正直的保守與正直的激進都是正直；景仰優美的敵手，厭惡平庸的同道，把人性的質量視為第一要素——這顯然是文學家而不是政治家的目光。的確，韓少功直言不諱：他所堅持的是「美的選擇。」[41]他對「左」如格瓦拉和「右」如吉拉斯這些前輩抱有同等的欽佩。他深知中國的文化大革命所包含的全部荒謬，然而，他無法嘲笑一個美國姑娘對於文化大革命的遙遠嚮往：「任何深夜寒風中哆嗦著的理想，大概都是不應該嘲笑的——即便它們太值得嘲笑。」[42]他更願意因為某種人性而不是某種「主義」而動情。這種文學癖好甚至可以延伸到一個更大範圍劃分——「就是把人分成詩人與非詩人。」這當然不是斤斤計較地計算一個人出版了幾部詩集，這裡的詩意味了「一種精神方向」，「一種生存的方式和態度」[43]。可以說，這種目光即是韓少功凝

40　韓少功：〈完美的假定〉，《性而上的迷失》（濟南市：山東文藝出版社，2001年），頁155。

41　韓少功：〈完美的假定〉，《性而上的迷失》（濟南市：山東文藝出版社，2001年），頁155。

42　韓少功：〈仍有人仰望星空〉，《然後》（濟南市：山東文藝出版社，2001年），頁47。

43　韓少功：〈我為什麼還要寫作〉，《在小說的後臺》（濟南市：山東文藝出版社，2001年），頁62-63。

聚思想的前提。

　　當然，並非所有的人都讚許文學家的目光。根據韓少功的回憶，汪暉就有所保留。[44]的確，人物的品鑒無法代替歷史、社會的判斷。韓少功的小說〈西望茅草地〉之中的張種田即是一個例子。這是一個讓人受不了的「好人」。不少時候，恰恰是某些「好人」給另一些「好人」製造了巨大的災難。進入現代社會，種種複雜的社會體制可能把無數善良的願望收集起來，製作成另一些「主義」，爾後產生種種意想不到的效果。這種機制中，個人性格的意義相當有限。毫無疑問，韓少功洞悉這種機制的運作程序——他期待的是，感性、熱血、激動人心的一念盡可能削弱這種機制中的非人性成分。制度和主義的意義不可抗拒，但是，人性質量的考察亦不可或缺。韓少功對於「有些理論越來越多文字的空轉和語言的迷宮」——這是某些學術體制必然的副產品——深感厭倦。[45]他在〈公因數、臨時建築以及兔子〉一文之中舉了一個例子：一個智者認為兔子永遠追不上烏龜，即使前者速度是後者速度的五倍。兔子每追上一部分路程，烏龜也會前進一點點；兔子趕到烏龜的位置上，烏龜又會前進一點。總之，兔子與烏龜的距離不論怎麼小，都不會變成無。考慮到這個小數可以無限切分，那麼，兔子只能無限接近卻不可能趕上烏龜。至少在邏輯上，這個推理無懈可擊。然而，現實中的兔子眨眼之間就超過了烏龜。「與智者技術主義的嚴密推論相反，將『無限小』化約為『零』，儘管在一般邏輯上不大說得通，但這一非理之理可以描述兔子的勝出結局，更具有知識的合法性。」韓少功總結說：「兔子的勝利，是生命實踐的勝利。」[46]一度熱衷於數學的韓少功當然明白理論、邏輯以及思辨形成

---

44 韓少功：〈我與〈天涯〉〉，《然後》（濟南市：山東文藝出版社，2001年），頁228。

45 韓少功：〈知識危機的突圍者〉，《東方》2002年5期。

46 韓少功：〈公因數、臨時建築以及兔子〉，《文學的根》（濟南市：山東文藝出版社，2001年），頁184。

的構想模式，但是，韓少功仍然認為，學術的活力來自「生命實踐」的介入。「直指人心」是韓少功十分喜愛的一個短語。他的確看不上那些「真理永遠在別人的嘴上，在流行和強勢的話語那裡」的理論家。在他看來，下一步人類思想的增長點可能出現在中國、印度、非洲這些沉默之地，而不是在案頭那些精裝的譯本裡。[47]當然，這種思想絕不是鸚鵡學舌式地引經據典，而是用自己的生命接觸歷史的體溫和脈搏。或許，韓少功的〈人情超級大國〉即是一個嘗試。相當長的時間裡，中國的人情關係已經遭到了反覆的抨擊，尤其是市場經濟正在呼籲完善的法律體系之際。然而，韓少功提出了一種可能——能否正面地將龐大的人情資源用於制度建設？「我們能否從現實出發，找到一種既避人情之短又能用人情之長的新型社會組織方案？」[48]儘管這種設想仍然語焉不詳，但是，人們顯然可以發現一抹新的思想曙光。

或許，「好人主義」仍然不是一個恰切的表述——韓少功時常不信任種種炫目的「主義」。所以，我更願意借用一個無名烈士的形象隱喻韓少功理想之中的人性質量。根據韓少功在〈熟悉的陌生人〉中的記載：這是一個有錢人，因為新派兒子的影響和社會危機的觸動，他決意向自己所屬的階級挑戰。他將所有的家產和財富分配給窮人，或者捐給革命軍，成了自己熟悉的陌生人。然而，一些造反的農民仍然把他當成地主，並且給了他一顆子彈。大革命時代，這種事故無法完全避免。令人感慨的是，他的臨終遺言還是囑咐兒子繼續站在窮人一邊。「他是一個果斷消滅自己既得利益的富翁，是一個決然背棄了另一些自我的自我，完全違反著某些社會常理和常規。……他完全擺脫了人在利益格局中的慣性和定勢，成了一個帶血的異數。他的生和

---

47 韓少功：〈知識危機的突圍者〉，《東方》2002 年 5 期。

48 韓少功：〈人情超級大國〉，《讀書》2001 年 12 期至 2002 年 1 期。

死，證明了個人的自由選擇權利。」韓少功不無曲折地從這個人物身上看出了社會的自我修復功能——這是捨棄個人而保全大局的典範。這是一個高於各種「主義」的原則。於是，「犧牲」這個字眼又開始熠熠發光。這時，韓少功難得地發出了由衷的讚歎：「在這一刻，物質生命體的低級法則瓦解了，社會這個龐然大物也真是黯然失色了——誰還能阻擋這樣的人？」[49]緊張的思想探索中，韓少功重新從歷史傳說的深處發現了這種人物——這個無名烈士意味了英雄形象的復出。對於韓少功說來，這或許同時是抒情與詩意的恢復。

　　可以相信，這種人將久久地在韓少功的思想中佔據一個至高的位置。這是韓少功一連串思想的緣起，也是他寄寓情懷的象徵。

---

49 韓少功：〈熟悉的陌生人〉，《性而上的迷失》（濟南市：山東文藝出版社，2001年），頁240。

第二部分
現代性、全球化與歷史緊張

小引

　　歷史進入另一套敘事的標誌是，革命不再是唯一的主題。一些故事逐漸成為傳統，另一些關鍵詞浮現出地平線，例如現代性、全球化。種種跡象表明，新的方向正在開啟，小康社會漸漸形成氣候。然而，令人驚訝的是，文學又一次從「現代性」或者「全球化」這些關鍵詞背後讀出壓迫、反抗與全面解放的籲求，另一輪歷史緊張正在形成。

　　階級是革命話語的核心範疇，階級是衝突之源。大規模的對抗，血與火，一個階級推翻另一個階級的暴烈行動組成重重疊疊的歷史景象。現在，這一切似乎已經過去。發展正在成為巨大的共識，經濟以及市場代表另一種追求。全球化是市場擴張的必然，發達的現代社會來自強大的經濟網路支撐。然而，撲面而來的現實打破了預期的想像。人們失望地發現，市場並沒有如願地解除等級和壓迫，相反，另一批權力關係迅速形成，並且由於市場的擴張而遍佈全球，進而在各個領域盤根錯節。即使階級這個範疇已經過時，另一些利益單元仍然接踵而來，而且交織在一起——例如民族，或者性別。很難說現今的衝突不會那麼激烈，可以肯定的是，現今的衝突更為錯綜複雜了。

　　這些聲音不斷地迴響在文學的周圍。當然，文學擁有某些擅長處理的領域，例如想像、感覺、無意識、符號和形式，如此等等，但是，文學不可能迴避這些衝突——人們無法將文本想像為一個密封的美學冷藏箱。權力與力比多的種種較量陸續地抵達文學，發展出一連串前所未有的故事。承擔種種新型的歷史主題，這是文學介入當下歷史敘事的重要標誌。

第六章

現代性、民族與文學理論

一

　　二十世紀九十年代後期，「失語症」一詞突然頻繁出現於文學理論中。某種潛伏已久的不安終於明朗——人們使用這個神經病理學概念隱喻一個嚴重的問題：中國的文學理論喑啞無言。相當長的時間裡，理論家只能嫻熟地操縱一套又一套西方文學理論概念系統，人們聽不到他們自己的語言。在他們那裡，「傳統」是一個貶義詞，中國古代文學理論成了一堆無人問津的遺產，一脈相承的民族文化嘎然而止。這無疑表明了巨大的文化危機——一個民族正在喪失內涵。這種情況還能延續下去嗎？一批理論家憂心忡忡的警告不絕於耳。[1]

　　可是，另一些理論家對於上述警告不以為然。他們覺得，這些情緒化的表述沒有多少實質的內容。東西文化之爭業已持續了一個多世紀，而且還將沒完沒了地繼續下去。每隔一段時間，一些不甘寂寞的復古主義者就會再度露面，慷慨地陳述一些大同小異的理論。由於過分的文化恐慌，「失語」云云甚至沒顧得上詳細地論證，為什麼必須對西方文學理論如此反感？——為什麼化學、醫學或者生物學沒有發生相似的敵意？文學理論怎麼啦？

　　何謂文學理論？文學理論是一種闡釋文學的知識。文學理論利用

1　較早使用「失語症」一詞的是曹順慶，參見曹順慶：〈文論失語症與文化病態〉，
　　《文藝爭鳴》1996 年 2 期。

一連串概念、範疇分析和概括文學,並且從一批具體的文本解讀中提煉出普適性的命題。通常,闡釋是文學理論的基本功能,闡釋的有效程度決定了某一個學派文學理論的意義及其價值。有趣的是,抱怨文學理論「失語症」的不少理論家奇怪地忽略這個問題。他們的苦惱是找不到文學理論的民族淵源,而不是因為闡釋的困難或者無效而抵制西方文學理論話語。這種疏漏沒有發現一個隱蔽的邏輯脫節:人們又有哪些必然的理由斷定,一個民族的文學只能與本土的文學理論互為表裡?事實上,前者隱含的問題不一定與後者的闡釋範圍完全重合;某些時候,二者甚至相距甚遠。相反,異域的理論跨越海關而在另一塊大陸大顯身手,這種現象在理論史上屢見不鮮。恐怕無法否認,相對於「現實主義」、「現代主義」或者「意識流」,王蒙、莫言、余華、張賢亮、殘雪們與中國古代文學理論——例如「道」、「氣」、「風骨」、「神韻」——的隔膜可能更大一些。分析承認,選擇或者放棄某一種文學理論,闡釋的有效與否遠比理論家的族裔重要。然而,更多的時候,人們總是有意無意地把民族淵源視為闡釋效力的前提。

　　另一個同樣重要的邏輯脫節是,本土的文學理論往往被含糊其辭地表述為中國古代文學理論。我曾經提到導致這種混淆的複雜糾葛:「古老的民族自尊心與嶄新的『後殖民』理論共同支持這樣的結論:本土的理論更適合於闡釋本土的事實;然而,人們沒有理由任意將『本土的理論』偷換為『傳統理論』——本土與異域、古代與現代兩對矛盾互相重疊的時候,這樣的偷換尤其容易發生。」[2]作為這種混淆的後果,傳統文化時常被理所當然地視為民族的象徵。然而,這並非一個無須論證的問題:診治「失語症」的秘方肯定是中國古代文學理論嗎?

　　鑒於以上理由,我一直不想輕易地附和「失語症」之說。然而,

2　南帆:〈隱蔽的成規〉(福州市:福建教育出版社,1999 年),頁 68。

　　晚近我開始意識到另一個問題:「失語症」之說產生的巨大效果表明,僅僅考察邏輯的脫節無法釋除眾多響應者的強烈情緒。理論家的民族身分產生的意義可能比預想的要大得多。這是一個不可輕視的癥結。事實表明,認可一種知識不僅意味著肯定一種觀點,同時還必須認可一種知識生產機制──理論家的族裔被當成生產機制的組成部分。人們認為,族裔不可避免地與特定的社會階層以及他們的利益聯結在一起──人們甚至不相信普適的理論存在。顯然,這個事實的發現源於一種愈來愈多人承認的觀念:知識的生產時常以複雜的方式與意識型態互動,真理的表述時常遭受利益關係的隱蔽干擾。這即是福柯揭示的知識與權力的關係。這個意義上,僅僅證明某一個文學命題的闡釋效力是不夠的。人們不得不介入文學理論背後的一連串問題:誰是這種理論的生產者?他們擁有哪一種級別的權威?這種理論使用哪一個民族的語言?這種理論以哪一種形態呈現出來──一個思辨的體系還是零散的劄記?誰負責認定理論的價值?誰是這些理論的消費者──一個嚴謹的教授,一個天才的作家,一個任性的解釋者,還是一個鸚鵡學舌的異族理論家?至少必須承認,這些問題同樣可能決定一種理論的命運。

　　當然,文學理論背後一連串問題產生的干預並非平均數。「失語症」之說表明,文學理論的民族屬性正在成為一個愈來愈重的籌碼。換言之,重要的不僅是理論家說了些什麼,而且,還要識別究竟是哪一個民族的理論家說的。某些時候,一種非理性衝動可能在理論領域佔據上風:說什麼無關緊要,關鍵是誰說的。無論是學術論文還是課堂教學,不同民族的理論家享有不同的威望。無論人們對於這種狀況產生多少感歎或者抱怨,知識形式所掩蓋的不平等難以祛除。談到民族與知識生產的關係時,薩義德犀利地指出:「西方與東方之間存在

著一種權力關係，支配關係，霸權關係」³。這時，知識生產的背後隱含了不同民族之間的抗衡，並且與地緣政治產生複雜聯繫。有霸權當然就有反抗。於是，人們開始從歷史溯源之中找回民族主義主題，並且因此期待傳統文化重新介入現今的知識生產。中國古代文學理論試圖在這個意義上重新贏得席位。一切似乎都理所當然。然而，這種文化訴求並非天然的衝動；許多人肯定記得，這種文化訴求曾經埋沒了很長的時間。相當長的歷史時期，民族是一個曖昧的問題，傳統文化扮演的是另一種相反的角色——文學理論曾經把擺脫傳統文化作為成人禮。哪些歷史因素的合謀重新抬出了「民族」的主題？傳統文化被賦予哪些前所未有的價值？這種演變的背後隱藏了哪些特殊的歷史脈絡？只有將文學理論置於現代性話語的巨大矩陣中予以考察，種種錯綜交織的關係才會清晰地浮現。

二

「現代性」是一個龐大的超級問題。一大批重量級的理論家正在圍繞這個問題大做文章。歷史分期、文化特徵、社會制度、美學、思想理念、社會財富總量、報刊雜誌、空間的重新分割、新的時間感、知識範式的轉移——現代性正在許多領域得到分門別類的考察。不言而喻，「現代性」這個概念表示了某種斷裂：彷彿由於一個基本的轉型，前現代的傳統社會一下子退到遠方。一個嶄新的歷史階段駛出了地平線。顯然，人們不可能將十六世紀或者十七世紀的某一天劃定為「現代性」的誕辰，瑣碎的日常細節看不出一個巨大的歷史跳躍。實際上，人們更多地是從歷史敘述中認識到「現代性」的分界。甚至可以說，理論家的敘述有意將「現代性」隔離出來，有意強調一種全新

3　愛德華・W・薩義德著，王宇根譯：《東方學》（北京市：三聯書店，1999 年），頁 8。

的感覺，從而與傳統社會拉開明顯的距離。一套現代觀念體系正是在這種敘述中逐漸清晰，形成了「現代性」的自覺。

　　這即是現代性話語的深刻意義。可是，考察現代性話語的構成時，有必要事先劃分兩種不同類別的現代社會發生學——「先發」的現代社會與「後發」的現代社會：「前者以英、美、法等國為典型個案。這些國家現代化早在十六、十七世紀就開始起步；現代化的最初啟動因素都源自本社會內部，是其自身歷史的綿延。後者包括德國、俄國、日本以及當今世界廣大的發展中國家。它們的現代化大多遲至十九世紀才開始起步；最初的誘因和刺激因素主要源自外部世界的生存挑戰和現代化的示範效應。」[4]中國的現代性顯然屬第二個版本。迄今為止，歐洲優越或者歐洲先行之類觀點正在遭到愈來愈多的挑戰——愈來愈多的人指出了歐洲現代化與殖民主義掠奪的關係。[5]這是西方現代性擴張的典型方式，中國的巨大版圖終於納入了大炮的射程。凶狠的挑戰驚醒了古老的帝國，辮子、裹腳和大刀、符咒無法繼續維繫人們的信心。幾經反覆，中國的知識分子意識到了現代性的強大能量。然而，他們的現代性想像、預期和規劃不得不以第一類型現代化國家為藍本。這時，流行的現代性話語多半是借來的理論。如果改變一下薩義德式透視的方向，人們可以看出，這些現代性話語也為發展中國家建構了一個所謂的「西方」。從聲光化電、奇技淫巧、船堅炮利到發達的現代化國家，西方的形象逐漸定型。駝鳥政策走到了盡頭之後，「師夷長技以制夷」是一個合理的調節。因此，現代性話語之中大量的西方概念並沒有產生嚴重的危機。正如王國維在〈論新學語之輸入〉一文中所言：「雖在閉關獨立之時代猶不得不造新名，

4　許紀霖、陳達凱主編：《中國現代化史》第一卷（上海市：上海三聯書店，1995年），頁2。

5　可參見 J. M. 布勞特著，譚榮根譯：《殖民者的世界模式》（北京市：社會科學文獻出版社，2002年）。

況西洋之學術駸駸而入中國，則言語之不足用固自然之勢也。」儘管
王國維對於嚴復的翻譯不無微辭，他還是在〈論近年之學術界〉中描
述了《天演論》出現之後的一時盛況：「侯官嚴氏（復）所譯之赫胥
黎《天演論》（赫氏原書名《進化論與倫理學》，譯義不全）出，一新
世人之耳目，比之佛典，其殆攝摩騰之四十二章經乎。嗣是以後，達
爾文、斯賓塞之名，騰於眾人之口；物競天擇之語，見於通俗之
文。」[6]到了五四新文化運動之後，理論家對於西方概念已經司空見
慣。這些概念開始從各個方面主宰人們對於中國未來的感覺、形容和
表述。[7]

　　近現代以來，文學理論開始加盟現代性話語，並且成為其中的一
個小小部落。這是中國文學理論史上一個相當徹底的遷徙。這時，文
學理論的義務不是一般地闡釋文學的內涵，而且還要發現或者論證文
學與現代性的關係。這個意義上，個人主義、自我、啟蒙、國家與革
命、意識型態、現實主義、大眾、人民性、階級、主體、民族文
化──諸如此類與現代性話語有關的概念術語湧入文學理論，相繼成
為論述文學的關鍵詞。為了容納這些概念術語，有效地與西方對話，
文學理論不得不改變傳統的表述形式，加大分析、思辨和抽象推導的
分量。理論體系逐漸成為常規形態。某種程度上也可以說，這是文學
理論進入現代性話語的標誌。也就是在這個時刻，中國古代文學理論
迅速地衰竭。

　　通常認為，中國古代文學理論擁有兩千多年的歷史；現今的不少
理論家傾向於認為，中國古代文學理論存在一個潛在體系，其中包括
宇宙、自然、社會、歷史以及文學的基本解釋。儘管用簡單的幾句話

6　王國維：《王國維文集》第三卷（北京市：中國文史出版社，1997 年），頁 41、37。
7　劉禾《跨語際實踐》一書附有七篇附錄，輯錄大量現代漢語中的外來詞彙，佔據九
　　十頁之多的篇幅。這些外來詞彙已經成為現代漢語表達不可分離的部分。劉禾著，
　　宋偉傑等譯：《跨語際實踐》（北京市：三聯書店，2002 年）。

概括這個體系相當危險，但是，人們還是可以將「詩言志」視為一個富有代表性的命題。這個開創性的命題提出之後，「志」逐漸演變成為儒家學說的一個重要範疇。「在心為志，發言為詩」。從獻詩陳志，賦詩言志到「思無邪」、「溫柔敦厚」、「發乎情，止乎禮義」，儒家經典的很大一部分即是對於「志」的規範。《毛詩序》云：「先王以是經夫婦，成孝敬，厚人倫，美教化，移風俗」。這與唐宋古文運動的「文以明道」、「文以載道」遙相呼應。當然，「詩緣情」也在這個體系中佔據一個重要位置——《文賦》曰「詩緣情而綺靡」。《滄浪詩話》斷言：「詩者，吟詠情性也。」這似乎帶有更多浪漫主義式的內心抒發。由於莊禪思想的影響，不少詩人的內心體驗玄妙難言，品味精微。意境、滋味、煉字煉句均是這個命題的派生物。然而，在許多正統的理論家看來，如果「詩緣情」不是歸屬於「詩言志」，那麼，各種佳辭妙句不過是雕蟲小技而已。文章不是遊蕩於青樓的落魄文人搬弄是非的遊戲，文章乃「經國之大業，不朽之盛事」。「詩緣情」無法企及這個偉業。因此，「詩言志」或者「文以載道」始終是中國古代文學理論的正宗，並且與宇宙、自然、社會、歷史的解釋相互闡發。

　　現代性話語的迅猛衝擊導致儒家經典的潰決。現代社會如同一個龐然大物生硬地塞入中國知識分子的視野，「志」或者「道」所依存的理論系統突然喪失闡釋能力。特別是五四新文化運動倡導的「科學」精神崛起之後，新的宇宙觀、社會觀赫然登場。儒家經典無法繼續對現實的重大問題發言，也無法給文學定位。這是中國古代文學理論衰落的主要原因。洋槍洋炮面前，平平仄仄的工穩對仗又有什麼用？蒸汽機、鐵道和遠洋輪船正在架設一個新的空間，「文以氣為主」或者「羚羊掛角，無跡可求」又證明了什麼？大機器生產驅走了諸如枯藤、落葉、斜峰夕陽、孤舟野渡這些農業文明的意象，空靈悠遠的小令和一唱三歎的古風嵌不進鋼鐵世界。文學還能做些什麼？新

文學在崛起嗎？——這時，文學理論不能不感到惶惑。中國古代文學理論以詩學、詞學、文章學為主體，這些知識處理不了現代性話語中隱含的一連串複雜內涵。

　　理論的無能甚至引起了更為嚴厲的質疑：文學理論是否有必要存在？戰亂頻仍，危機四伏，國恨家愁，廣袤的大地甚至已經擱不下一張平靜的書桌；然而，一些人還在那裡研究吟風弄月、模山範水的文字，這究竟有什麼用？[8]釋除這種質疑的唯一辦法是，重新證明文學理論具有不可代替的分量。換言之，文學理論的意義是重新發現文學與民族國家的關係；更為具體地說，發現文學對於大眾覺悟所具有的意義。梁啟超的〈論小說與群治之關係〉即是在這個時刻應聲而出。梁啟超指出，「小說有不可思議之力支配人道」。他描述小說的「薰、浸、刺、提」四種撼動人們意志的力量，得出了「可愛哉小說！可畏哉小說」的結論。因此，「今日欲改良群治，必自小說界革命始；欲新民，必自新小說始。」[9]這不僅是孔子「興、觀、群、怨」之說的復活，同時，這是文學理論的歷史性新生。梁啟超證明，文學提供的悲歡不是一己之情，文學產生的美感可以成為強大的社會動員。文學是一柄雙刃劍，可能是封閉社會的保守意識型態，也可能是改革社會的利器。因此，文學理論的使命即是，把文學改造成現代社會的吶喊者。梁啟超視「小說為文學之最上乘」，這同時表明文學理論向敘事文類的轉移。

　　梁啟超推崇小說，無疑是以西方文學的社會聲望為藍本。他在〈譯印政治小說序〉中告訴人們：「在昔歐洲各國變革之始，其魁儒碩學，仁人志士，往往以其身之所經歷，及胸中所懷，政治之議論，

8　參見錢競、王飆：《中國二十世紀文藝學學術史》第一部（上海市：上海文藝出版社，2001 年），頁 356-357。

9　陳平原、夏曉虹編：《二十世紀中國小說理論資料》（北京市：北京大學出版社，1997 年），頁 50、52、54。

一寄之於小說。……往往每一書出，而全國之議論為之一變。」[10]當時，這是一種相當普遍的論證方式。毋庸置疑，西方已經成為現代性的成功範例。西方中心主義是地緣政治運作的產物，西方的引路人形象本身就是現代性話語的內在前提。酒井直樹清晰地揭示了現代性話語的「主要組織裝置」：「從歷史的角度看，『現代性』基本上是與它的歷史先行者對立而言的；從地緣政治的角度看，它與非現代，或者更具體地說，與非西方相對照。」「它排除了前現代西方與現代的非西方的同時共存之可能性」。[11]這種排除的後果是壓抑各個民族的獨立精神創造，從而將西方價值觀念確立為各民族普遍遵從的標準——當然包括文學理論。然而，至少在當時，以維新為使命的理論家並未意識到這是一個問題。可以從《新文學大系——建設理論集》中看到，五四新文學運動的許多著名論文均毫無芥蒂地追隨西方。這些知識分子已經形成共識：追隨西方即是民族自強的當務之急。西方的意義甚至無須論證。在胡適、陳獨秀、劉半農、周作人、蔡元培、錢玄同等人那裡，這已經成為論述中自然而然的修辭。

當然，並非沒有人為本土的民族傳統文化而擔憂。從「中學為體，西學為用」、「學衡派」到「新儒家」、「尋根文學」，頑強地維護本土的民族傳統文化始終是一脈不絕的聲音。然而，現代性話語的聲勢如此強大，以至於傳統文化的守護者同樣懼怕被現代性所拋棄。他們的發言常常流露出矛盾的心情，他們不得不把對傳統文化的摯愛壓縮為一個曲折的主題：這些傳統文化是現代性的可貴資源，可以巧妙地「轉換」為有用的素材。儒家文化對於亞洲經濟的貢獻是不少人津津樂道的著名例證。可是，正如馬泰・卡林內斯庫在《現代性的五副

10 陳平原、夏曉虹編：《二十世紀中國小說理論資料》（北京市：北京大學出版社，1997年），頁37-38。

11 酒井直樹：〈現代性與其批判：普遍主義和特殊主義的問題〉，收入張京媛主編：《後殖民理論與文化批評》（北京市：北京大學出版社，1999年），頁384。

面孔》中指出的那樣：「區分古代和現代似乎總隱含有一種論辯意味，或者是一種衝突原則」；現代性話語的「最深層的使命」是「追隨其與身俱來的通過斷裂與危機來創造的意識」。[12]現代性話語強調的是前現代社會與現代性之間的非連續性。因此，更多的時候，現代性話語製造的典型姿態常常占了上風：拋棄傳統的輜重而義無反顧地投身於現代生活——這種「現代生活」通常已經暗中得到西方文化的示範。的確，薩義德曾經對這種「高高在上的西方意識」表示了憤怒：「歐洲文化的核心正是那種使這一文化在歐洲內和歐洲外都獲得霸權地位的東西——認為歐洲民族和文化優越於所有非歐洲的民族和文化。」[13]然而，必須看到的是，這種「西方意識」已經不再依賴刺刀的強制推行，甚至不再是一種誘騙的圈套，而是「東方」業已自願接收和承認的現代性想像。這時，薩義德對於西方的憤怒有些焦點模糊——因為這才是民族的傳統文化喪失基礎的真正原因。

三

　　用「斷裂」形容中國文學理論的現代轉向並非誇張其辭。無論是知識的形態還是概念、範疇、命題，《毛詩序》、《文賦》、《文心雕龍》、《藝概》以及一連串詩話、詞話為代表的中國古代文學理論與現今的各種「文學概論」存在很大的距離。至少可以說，中國文學理論的突變程度並不亞於現代詩或者現代小說。中國古代文學理論多半重妙悟而輕思辨。直觀體察，印象評點，有感輒錄，三言兩語，吉光片羽，一得之見，不屑長篇大論，不可與不知者道也；相反，現今的「文學概論」架構複雜，體系儼然，眾多命題背後隱藏了嚴密的邏輯

---

12 馬泰·卡林內斯庫著，顧愛彬、李瑞華譯：《現代性的五副面孔》（北京市：商務印書館，2002 年），頁 20、102。

13 愛德華·W·薩義德著，王宇根譯：《東方學》（北京市：三聯書店，1999年），頁 10。

之鏈。如此巨大的跨度為什麼可能在短時期之內迅速完成？

　　五四新文學運動同時是對於中國古代文學理論的猛烈顛覆。胡適提出「文學改良」的「八事」與陳獨秀文學革命的「三大主義」無疑是一個激烈的開端。然而，從揭竿而起的叛逆呼嘯到新的理論模式確立，新銳的勇氣只能支持一時──強大的知識後援才是穩固的理論基礎。這個意義上，現代性話語始終是中國文學理論的突變賴以完成的背景。

　　如果說，一套專業的概念術語是一個學科的重要標誌，那麼，文學理論的一大批概念術語迅速轉換顯示了現代轉向的激烈程度。中國古代文學理論的概念系統擁有悠久的歷史積累：溫柔敦厚、思無邪、意象、興象、文與質、志、道、氣、賦、比、興、風骨、韻味、滋味、象外之象、境、趣、格調、性靈、天籟、形與神、巧與拙、虛與實、情與景、自然天成、古與今、美刺、興寄、知人論世、以意逆志，如此等等。這些概念組成了先秦以來中國古代文學理論繁衍的生態。令人驚奇的是，大約二、三十年的時間，這一套概念大範圍地消失了。另一批文學理論概念全面地取而代之。時代、國民性、道德、意識型態、文學批評、思想、風格、古典主義、現實主義、浪漫主義、個性、內容、形式、題材、主題、遊戲說、勞動說、大眾、人民性、黨性、經濟基礎、上層建築、美學、典型、個性與共性、個別與一般、偶然與必然、作品、現實、文本、敘事、抒情、民族性、人道主義、人性、美感、真實性、虛構、想像、結構、無意識……儘管其中的某些概念存在了互譯的可能，但是，這並不能改變一個事實：兩套概念分別擁有各自的理論根系。自然的磨損或者少數理論家的思想探索無法解釋如此大範圍的轉換──這一切毋寧說暗示了知識範式的轉換。按照托馬斯‧庫恩的著名觀點，特定的科學共同體通常接受某一個範

式的統轄。範式「暗暗規定了一個研究領域的合理問題和方法」。[14]可以看出，文學理論的範式轉換是完成現代性話語結構的一個組成部分。如同《中國二十世紀文藝學學術史》的〈序論〉中所說的那樣：

> 由「詩文評」向現代文藝學的轉換是中國近一、二百年來整個社會由「傳統」的農業經濟社會向「現代」的工業經濟社會轉換過程的一部分，是整個中國政治、經濟、文化、思想現代化過程的一個有機組成因素。當古典文論中大力宣揚「文以載道」，大談「義理」、「考據」、「詞章」、「經濟」的關係等等時，它從哲學基礎、價值取向、思維方式、治學方法……到命題、範疇、概念、術語……，以及它所使用的一整套語碼，都屬於中國「傳統」的農業經濟社會精神文化範疇，是「古典」思想的一個組成因子。但是，到了梁啟超談「欲新民必先新小說」，王國維談《紅樓夢》的悲劇意義時，文論就開始跨進新時代的門檻了，它們逐漸變成了現代精神文化的因子了。到了後來的胡適、陳獨秀、魯迅、周作人，再後來的朱光潛、周揚、蔡儀、胡風等等，雖然理論傾向可能不同，但都是「現代」的了，他們的理論思想和做學問的學術範型，是現代精神文化的因子了。[15]

第二套概念術語絕大部分源於翻譯，這顯然源於「西方」在現代性話語中的優先地位。不僅如此，「西方」甚至提供了知識形態的楷模——例如理論「體系」問題。儘管精通西方文化的錢鍾書公然表示

---

14 托馬斯・庫恩著，金吾倫、胡新和譯：《科學革命的結構》（北京市：北京大學出版社，2003 年），頁 9。

15 杜書瀛：〈序論〉，《中國二十世紀文藝學學術史》第一部（上海市：上海文藝出版社，2001 年），頁 27-28。

不屑所謂的「體系」，[16]但是，迄今許多人依然把「體系」的龐大與完備視為西方理論家的特殊能耐。誠如錢鍾書所言，過時的「體系」遠不如精彩的思想片段；然而，「體系」依然是現今理論的內在訴求。其實，與其追溯西方理論家擅長組織「體系」的傳統，不如考察現代性話語如何維護和支持這種傳統。現代性話語包含了一套社會、歷史的解釋；文學理論被納入現代社會科學知識的整體，並且與各個學科互動。因此，文學的闡釋時常與哲學、社會學、心理學、語言學、歷史學或者倫理道德聯繫起來，相互衡量各自的位置。這即是「文學概論」不得不形成體系的重要原因。相當長的時間裡，人們並沒有將「體系」作為西方文化的產物予以抵制；很大意義上，現代性話語的威信壓抑了民族自尊的主題。

　　文學理論的知識型態很大程度上得到了大學制度的肯定——大學顯然是現代性話語的另一個產物。一九〇二年，〈欽定京師大學堂章程〉設立「文學科」，分為七門：經學、史學、理學、諸子學、掌故學、詞章學、外國語言文字學——文學知識仍為傳統的「詞章之學」；一九〇三年，修正之後的〈奏定大學堂章程〉重新公佈，「文學科」包含了九門。「文學研究法」從屬於「中國文學門科目」。根據科目略解，「文學研究法」內容龐雜。儘管其中包括文學與地理、世界考古、外交等關係，但是，音韻、訓詁、詞章、修辭、文體、文法等課程顯示，中國古代文學理論仍然充任主角。[17]到了二十世紀二十年代初，北京大學正式開設「文學概論」。大約相近的時間，梅光迪也在南京高等師範學校教授相同的課程，並直接採用溫采斯特的《文學

---

16 參見錢鍾書：〈讀拉奧孔〉，收入舒展選編：《錢鍾書論學文選》第六卷（廣州市：花城出版社，1990 年）。

17 參見舒新城編：《中國近代教育史資料》中冊（北京市：人民教育出版社，1981 年），頁 546、587-588。

評論之原理》為教材。[18]二十年代之後，各種版本的「文學概論」——其中大量譯作，或者根據譯作的改寫——紛至沓來，大約有四、五十種之多。這些「文學概論」多半充任教科書使用，它們的基本體例至今沿用。這意味著文學理論開始以一個學科的面目出現，並且逐步建立規訓（discipline）制度。一套評價、審核、獎懲的體系日益嚴密。這時，「世尊拈花，迦葉微笑」式的教學已經不合時宜。零散的感悟或者轉瞬即逝的妙想與考試、分數、學位論文格格不入。現代大學制訂一套程序規範知識的生產、傳播、交流。實證、實驗、歸納或者演繹乃是一些不可或缺的環節。無法納入這一套程序的知識將會遭受質疑乃至抵制，並且可能被貶為前科學的種種未經證實的傳聞。「科學」是現代性話語的一個核心概念，科學的論證方式以及知識生產機制正在享有愈來愈高的威望，文學研究幾乎是最後一個就範的領域。文學研究曾經自詡探索人類的靈魂、欣賞獨一無二的傑作和變化的氣質，文學研究對於科學真理或者普遍規律不感興趣。現在，這種知識逐漸成了一種令人生疑的臆斷，如同通靈者手中的巫術。如果文學研究企圖如同科學一樣贏得大眾的器重，企圖成為一種普遍的知識，那麼，它就必須遵從科學的運作規範。[19]由於這種規訓的壓力，中國古代文學理論迅速撤退，西方文學理論順利地榮任新的範本。五十年代至八十年代，即使西方文學理論的某些概念命題頻頻遭到抨擊，但是，沿襲「科學」名義的知識形態並沒有經受多少不堪的非難。

---

18 參見曠新年：《中國二十世紀文藝學學術史》第二部下卷（上海市：上海文藝出版社，2001 年），頁 68。

19 參沙姆韋、梅瑟－達維多著，黃德興譯：〈學科規訓制度導論〉，《學科・知識・權力》（北京市：三聯書店，1999 年），頁 12。

四

　　現今，人們傾向於將五十年代至七十年代末的文學理論視為一個獨立的段落。這個時期，現代性話語、西方以及民族的涵義都發生了重大或者微妙的轉變。顯然，這種轉變與另一個重大概念的介入有關——階級。階級的理論不僅是革命的指南，同時是文學的綱領。以群主編的《文學的基本原理》和蔡儀主編的《文學概論》——兩部相對權威的文學理論教科書——之中，文學的階級性均是一個重點論證的命題。階級社會之中，文學從屬於一定的階級，為特定的政治服務；無產階級革命文學是整個革命事業的一部分，必須體現無產階級階級性的最高形式：無產階級黨性。這是一個清晰的邏輯過程。儘管如此，階級並不是唯一的劃分體系。事實上，階級的介入對於「現代」、「西方」、「民族」已經制定的劃分體系產生了深刻的衝擊，並且形成了種種曲折的關係。

　　全世界無產者聯合起來——根據馬克思的號召，無產階級是一個跨民族的政治聯盟。五十年代的中國，蘇聯的文學理論曾經贏得舉足輕重的地位，這表明不同的民族文化正在形成一個強大的無產階級陣營。盧那察爾斯基、普列漢諾夫、高爾基的文學理論著作風行一時。一九五五年，畢達可夫在北京大學開設文學理論研究生班，訓練了一批文學理論教師；來自蘇聯的「社會主義現實主義」成了中國理論家的口頭禪。

　　民族概念消失了嗎？至少，民族界限的意義削弱了許多。理論家不是在全球化的背景之中考慮民族的意義——理論家僅僅在「文學發展中的繼承與革新」之中提到民族文化。革命製造了一個嶄新的歷史階段，但是，這並非徹底拋棄文化遺產的理由。這時，「民族」是存放文化遺產的巨大倉庫。只有這個概念才有資格擁有千年傳統。但

是，這並不意味了「民族」可以遮蔽「階級」，相反，「階級」仍然是一個優先的概念。以群的《文學的基本原理》和蔡儀的《文學概念》均援引了列寧兩種「民族文化」的觀點，[20]號召用階級的眼光劃分民主主義、社會主義文化成分和資產階級文化成分。按照毛澤東的概括，這即是「剔除其封建性的糟粕，吸收其民主性的精華。」「無產階級對於過去時代的文學藝術作品，也必須首先檢查它們對待人民的態度如何，在歷史上有無進步意義，而分別採取不同態度。」[21]這是「階級」對於「民族」居高臨下的再劃分。

　　五十年代之前，階級和民族的觀念共同織就一段複雜的歷史。壓迫與被壓迫階級關係的理論曾經一定程度地轉移到民族關係的考察。[22]然而，更多的時候，「階級」認同和「民族」認同相互爭奪主導權。一九三〇年，國民黨文人發表的〈民族主義文藝運動宣言〉導致「民族主義文學」的論爭；正如茅盾所言，這時的「民族」掩蓋了「階級」衝突——「被壓迫民族本身內也一定包含著至少兩個在鬥爭的階級，——統治階級與被壓迫的工農大眾。在這種狀況下，民族主義文學就往往變成了統治階級欺騙工農的手段，什麼革命意義都沒有了。」[23]一九三六年，左翼作家內部爆發「國防文學」與「民族革命戰爭的大眾文學」之爭，民族與階級的主次關係無疑是兩個口號分歧的要點。一九三八年，毛澤東在〈中國共產黨在民族戰爭中的地位〉中強調優先考慮民族的意義。毛澤東指出，馬克思主義必須與中國的

20　參見列寧：〈關於民族問題的批評意見〉，《列寧全集》卷 20（北京市：人民出版社，1958 年）。

21　毛澤東：〈新民主主義論〉，《毛澤東選集》第二卷（北京市：人民出版社，1991年），頁 707；〈在延安文藝座談會上的講話〉，《毛澤東選集》第三卷（北京市：人民出版社，1991年），頁 869。

22　參見杜贊奇著，王憲明譯：《從民族國家拯救歷史：民族主義話語與中國現代史研究》（北京市：社會科學文獻出版社，2003 年），頁 11。

23　石萌（茅盾）：〈「民族主義文藝」的現形〉，收入《中國新文學大系 1927-1937　第二集　文學理論集二》（上海市：上海文藝出版社，1987 年），頁 474。

具體特點相結合，並借助一定的民族形式實現。這即是「中國作風和中國氣派」。抗擊日本侵略者的民族戰爭中，民族利益壓倒了階級利益。長遠地說，「只有民族得到解放，才有使無產階級和勞動人民得到解放的可能。」[24]然而，民族的解放實現之後，階級的衝突再度成為主要矛盾。五十年代之後，儘管「民族」概念仍然不時露面，但是，這時的「民族」可能寓含了「階級」的涵義——民族文化抵禦的「西方文化」時常被等同為資產階級文化。「當毛澤東在新的歷史時期強調『民族形式』時，他顯然含有針對西方『資產階級』意識型態的成分。也就是說，在防衛意識型態侵蝕的意義上它是階級的，而在『習慣、感情以至語言』等形式的意義上，它是民族的。這是他堅持『民族形式』、反對『全盤西化』的真正用意。」[25]

由於階級鬥爭理論的畸形擴張，科學技術以及社會生產力遭到了嚴重的壓抑。所以，許多人認為五十年代至七十年代末的中國社會與現代性無關。然而，另一些理論家更願意認為，這種狀況必須追溯至一種「反現代性的現代性理論」。這是「一種反資本主義現代性的現代性理論。」[26]毛澤東力圖把貧窮落後、半封建半殖民地的農業大國改造成一個獨立自主的民族國家，他得到了很大的成功。但是，現代社會的一連串矛盾尾隨而來：民主、平等和官僚主義，城市和鄉村的差距，文化傳統和文化革命，西方和東方，民族的保守性和反抗大國霸權，如此等等。毛澤東試圖用無產階級徹底壓倒資產階級的政治運動覆蓋一切分歧，甚至不惜發動史無前例的「文化大革命」。這被視為解決現代性、階級、民族諸種矛盾的一攬子方案。這個前所未有的

---

24 毛澤東：〈中國共產黨在民族戰爭中的地位〉，《毛澤東選集》第二卷（北京市：人民出版社，1991年），頁 534、525、521。

25 孟繁華：《中國二十世紀文藝學學術史》第三部（上海市：上海文藝出版社，2001年），頁 74-75。

26 參見汪暉：〈當代中國的思想狀況與現代性問題〉，《死火重溫》（北京市：人民文學出版社，2000 年），頁 50。

實驗得到了什麼？歷史翻出的底牌是一齣大規模的悲劇。

即使有些偶爾的脫軌現象，五十年代至七十年代末的文學理論並未游離上述的基本歷史脈絡。八十年代打破了歷史僵局之後，現代性話語開始進入復甦期。這時，「階級」的範疇很快喪失了理論效力，「經濟」、「生產力」、「市場」、「人性」等概念紛紛取而代之。現代性話語結構中，文學理論負責恢復「個人主義」的名譽。理論家的分析中，階級的立場、文化、意識型態不再是一個堅固的結構，「個性」作為一個有效的單元從中浮現，並且不時跨越階級之間的界河，形成遠為複雜的情節。當時，許多人還來不及考慮「個性」與「理性」——或者用馬泰‧卡林內斯庫的概念區分，即「美學現代性」和「資產階級文明現代性」——的對立[27]。現代性、現代化、現代主義文學這些概念之間的「現代」作為公約數提取出來，鑄造為一個令人激動的目標。所以，文學理論對於「個性」的褒揚來自各個不同的方面。這種個性有時叫作內心，有時叫作意識流，有時叫作「大我」或者「小我」，有時叫作自我，還有許多時候叫作主體。

這個意義上，二十世紀八十年代中期「尋根文學」的出現的確有些意外。現代主義文學實驗方興未艾之際，韓少功、阿城等一批作家突然紛紛撰文，試圖為文學勘察一個新的礦藏。他們不約地指向了神奇的中國傳統文化——文化是文學之根。東方悟性、寧靜淡泊、天人和諧、易經八卦、仁義道德、自然無為——諸如此類的文化遺產開始作為一種密碼編入文學。這種文化認同的背後，「民族」出其不意地出現了。「個性」剛剛代替「階級」不久，「民族」又加入了角逐。毋庸諱言，拉美文學的巨大成功極大地啟發了「尋根文學」——拉美文學對於本土文化的依賴提供了一個令人羨慕的美學範例。當然，這時的「尋根文學」更多的是將民族文化作為擺脫西方文學藍本的動力。不可否認，這些異於西方的文化景觀被當成了佔領國際文化市場的地

27　馬泰‧卡林內斯庫：《現代性的五副面孔》（北京市：商務印書館，2002 年），頁 11。

域特產。這種美學趣味甚至迅速擴大到中國的電影——的確，這時還沒有多少人深刻地意識到民族文化在全球化語境中可能產生的尖銳反抗。若干年之後，直至後殖民理論家隆重登場，他們的種種觀點名聞遐邇，「民族」才正式在文學理論中負有更為重大的政治使命。

五

　　「失語症」的苦惱出現於二十世紀九十年代，這並非偶然。這象徵了文學理論的又一個意味深長的轉向：從個人主義轉向民族主義。啟蒙主義和現代主義的「個人」暫告一個段落，主體或者「無意識」沒有那麼時髦了。民族——一個更大的社會單位，一個政治、文化的共同體——愈來愈多地被人們重新提起。許多人都聽到了弗・詹姆遜的論斷：與第一世界文學相反，第三世界的文學是民族寓言。[28]雖然後殖民理論的提示——這個事實本身一直存在某種反諷的意味——是一個不可忽視的因素，然而，更重要的是，一連串歷史事件開啟了民族主義的主題。

　　二十世紀八十年代後期至九十年代，持續了數十年的冷戰宣告結束。令人不安的是，預想的安寧與和睦並未來臨。剛剛從美國政府中抽身而出的亨廷頓教授把硝煙引向了另一個領域，「文明衝突論」不脛而走。如果儒家文明、伊斯蘭文明是西方文明的未來敵手，那麼，另一場曠日持久的抗衡和最後的對決都是不可避免的。這個意義上，後革命時代的文化角逐早早地拉開了序幕。擁有孔子、屈原、唐詩宋詞的古老文明怎麼能被麥當勞、好萊塢、NBA 之流的美國時尚所吞併？人們意識到了問題的嚴峻。相對於國家之間的政治體制分歧，承擔文化的主體是民族。民族的輪廓開始從歷史的波濤中現身。

---

28 參見弗・詹姆遜：〈處於跨國資本主義時代中的第三世界文學〉，收入張京媛主編：《新歷史主義與文學批評》（北京市：北京大學出版社，1993 年）。

　　如果說，亨廷頓的文化挑釁是一個短暫的突發事件，那麼，「全球化」的概念無疑是一個正式的理論表述。由於互相依存的網路系統覆蓋了全球，一個地域性的局部事變可以及時地放射到全球——儘管「全球化」的內涵並不複雜，但是，許多理論家都在深謀遠慮地盤算全球化的多重後果。顯然，全球化概念與現代性話語的遭遇必將形成一個理論漩渦。按照約翰·湯姆林森所贊同的觀點，全球化即是現代性的一個後果。現代性話語中的西方文化霸權會不會因為全球化而得到進一步的放大？湯姆林森不以為然。在他看來，「全球現代性的到位」與西方某些民族國家的文化主導之間不存在必然的聯繫。他甚至不憚於提倡某種「寬厚的普遍主義」：「我這裡所說的『寬厚的普遍主義』，是指這樣一種意識：可能存在著某種共同的、潛在的存在狀況，它對這個星球上的所有人類都適用，而無暇顧及文化的特殊性；可能還存在著某種共同的、潛在的存在狀況，它對這個星球上的所有人類都適用，而無暇顧及文化的特殊性；可能還存在著某種同感的（consensual）價值觀，它是在這個公共的基礎上建構起來的。」[29]

　　這並非無稽之談。這代表了一批西方理論家考察這個歷史事變的基調：善意和樂觀是他們進入全球化和現代性話語的常見表情。這顯然與他們置身的強勢文化密切相關。他們體驗不到「後發」現代性國家深入骨髓的危機感和莫名焦慮。全球化並不是對所有的民族國家普降甘霖。一些弱小的民族國家必須以後來者的身分竭力開拓出自己的可憐位置。這些民族國家的知識分子對於種種「普遍主義」的名義充滿戒意，而且往往首選抵抗的策略。從普遍性中提取特殊性的獨異，或者，在特殊性中發現普遍性的因素，這永遠是同一個問題的兩面。至少在目前，弱小的民族國家更為重視問題的第一個面。許多時候，「普遍主義」的口號相當誘人；在抽象的意義上，這些口號時常閃爍

29　約翰·湯姆林森著，郭英劍譯：《全球化與文化》（南京市：南京大學出版社，2002年），頁 138、98。

出理想的光芒。可是，追溯它們的歷史形成以及具體內容，這些口號往往以強勢文化為主體，並且不知不覺地吞噬種種異質文化，或者貶之為愚昧的低級文明。

　　文學理論時常複製這個模式。某種意義上，文學理論的闡釋最終涉及到一個民族想像領導權的控制；因此，西方文學理論的統治令人反感。耐人尋味的是，中國的文學理論並不是一開始就拒絕普遍主義的誘惑。許多人援引錢鍾書《談藝錄》〈序〉的一句話擁戴普遍主義的文學研究視野：「東海西海，心理攸同，南學北學，道術未裂。」[30]不少理論家期待出現一部理想的文學理論讀本，這裡全面匯聚了各個民族文學理論的精華。中國的古代文學理論將會貢獻出一些原創性的範疇和命題，從而在這一幅巨大的理論拼圖中留下不可磨滅的痕跡。這是最容易想像的普遍主義圖案。然而，這種文化大同迄今沒有出現。相反，人們更多地察覺到民族差異導致的文化不平等。並不是所有的民族都能發出聲音。強大的民族利用文化資本等一連串手段有效地操縱學術資源、出版機構、教學體制、傳媒、翻譯、引薦、褒揚和擴展自己的理論，並且有意無意地擠垮或者封殺競爭者。更為深刻的是，西方的文學理論甚至設定了不可逾越的思想囚牢，生硬地拘禁了弱小民族的理論活力——劉若愚的《中國的文學理論》可以清楚地看到這種損害。《中國的文學理論》賦予中國古代文學理論一個明晰的結構，眾多範疇和命題力圖在一個體系中顯示出理論的完整。然而，由於作者過多地模仿艾布拉姆斯的理論模式，以至於許多中國古代文學理論的概念、範疇分崩離析，互相牴牾。[31]西方文學理論的隱蔽主宰暗示了普遍主義隱藏的危險。

　　反抗西方文學理論的隱蔽主宰意味了反抗西方的文化霸權。這種反抗似曾相識——只不過反抗的主題已經從帝國主義的政治壓迫、經

---

30 錢鍾書：〈序〉，《談藝錄》（北京市：中華書局，1984 年）。

31 參見黨聖元：〈中國古代文論的範疇和體系〉，《文學評論》1997 年 1 期。

濟壓迫和軍事壓迫改變為文化符號的壓迫。這個意義上，民族文化認
同替代了階級認同。然而，文化認同的內涵是什麼？

　　本尼迪克・安德森把民族說成「想像的共同體」，這已經是眾所
周知的論斷了。文化是民族成員想像的依據。他們共享某種文化，生
活於這種文化形成的疆界之內，並且為之自豪。文化凝聚一個民族，
在民族成員中製造強烈的榮譽感。任何一種文化都有存在的意義和獨
特價值；全球化時代，這是維持民族文化的基本信條。

　　然而，許多時候，這個「想像的共同體」也是一個鬆散的利益共
同體。厄內斯特・蓋爾納論述了民族主義興起與工業時代的關係。在
他看來，農業社會的組織十分不利於民族主義原則，農民置身於自己
的文化猶如呼吸空氣一樣天經地義──他們沒有必要額外地以民族的
名義提倡文化認同。農業社會的文化和政治並未結合。工業社會來臨
之後，知識傳授需要的標準語言，大多數人員流動背後隱藏的認同要
求和溝通要求，這些文化訴求均是民族主義的催化劑。「等到勞工遷
移和雇傭官僚成為他們的社會地平線上的主要內容時，他們很快懂得
了與一個理解和同情他們的文化的同族人打交道，同一個對他們的文
化持敵對態度的人打交道之間有什麼不同。這種切身體驗使他們意識
到自己的文化，學會了熱愛它」。於是，「文化單位似乎成了政治合法
性的自然源泉。」[32]即使在跨國資本頻繁流動的全球化時代，民族仍
然時常作為衡量或者庇護人們利益的一個有效單位。用安東尼・D.史
密斯的話說：「大量證據表明，各種領域與各種產品中的文化與經濟
一致性正在增加」。[33]經濟生活之中的民族優越感或者民族歧視並未完
全絕跡──尤其是文化資本或者象徵資本產生主要作用的時候。

----

32 厄內斯特・蓋爾納著，韓紅譯：《民族與民族主義》第二章、第三章（北京市：中
　　央編譯出版社，2002年），頁81、73。
33 安東尼・D.史密斯著，龔維斌、良警宇譯：《全球化時代的民族與民族主義》（北京
　　市：中央編譯出版社，2002年），頁23。

　　文化認同哪怕是曲折地隱含了利益的衡量，那麼，人們就不得不考慮問題的另一面——民族文化的權威至少必須接受兩方面的挑戰。

　　第一，某種文化並不是如同某種天然的血統指認一個固定的「想像的共同體」；如果某種文化開始損害這個共同體的利益，或者成為一個沉重的枷鎖，那麼，它就有可能被拋棄。這時，反叛傳統文化的運動就會發生，異族文化可能適時登陸。其實，這即是五四新文化運動的歷史原因。一批激進的知識分子拍案而起，掀翻魯迅所形容的「鐵屋子」，大膽地向異族文化伸出手來——「拿來主義」。這成了中國現代史的第一幕。這的確製造了文化認同的危機，但是，人們沒有理由因為「民族」的名義無視民族內部的真實衝動。

　　第二，安德森發現，儘管民族內部普遍存在不平等與剝削，可是，民族總是被設想為一種深刻的、平等的同志之愛。任何階級的民族成員都可以為之犧牲。[34]儘管如此，「民族」並不是利益衡量的唯一單位。許多時候，性別或者階級可能是利益衡量的更為有效的單位。必須常常權衡民族、性別和階級之間的複雜互動，考察它們的共謀、相斥、互惠或者對抗。因為「民族」的名義而遮蔽性別壓迫或者階級壓迫的例子不時可見——即使在著名的理論家那裡。這個意義上，艾賈茲・阿赫默德對於弗・詹姆遜的批評是意味深長的。阿赫默德指出，詹姆遜把第三世界的文本一律視為異於西方文學的「民族寓言」時，他忘了第三世界內部存在的資本主義文化和社會主義文化之間的劇烈衝突，而這種衝突同樣與文本生產息息相關。[35]對於一個馬克思主義理論家說來，這顯然是一個刺眼的疏忽。

　　重新納入民族國家的表述時，文學理論不得不捲入民族主義和現

---

34 參見本尼迪克・安德森著，吳叡人譯：《想像的共同體》（上海市：上海世紀出版集團，2003 年），頁 7、170。

35 參見艾賈茲・阿赫默德著，孟登迎譯：〈詹姆遜的他性修辭和「民族寓言」〉，《後殖民主義文化理論》（北京市：中國社會科學出版社，1999 年）。

代性話語派生的多重關係，成為後殖民文化的一個複雜案例。清理這些關係的時候，我想提到如下幾個重要的原則——

六

　　首先必須肯定的是，文學理論企圖加入談論現代性的對話——儘管是中國式的現代性。換言之，種種爭辯或者論證必須在現代性話語的平臺上展開。如果放棄這個主題，回到「半部《論語》治天下」的時代，那麼，上述的種種複雜關係將蕩然無存。現代性是困難所在，也是意義所在。倡導「中國傳統的創造性轉化」時，林毓生贊同選擇性地改造。[36]顯然，這是以現代性為依據的選擇；另一方面，種種源於西方文化的觀念也將接受相同的甄別。操持後殖民理論的射手沒有理由一律將後者列為打擊目標。某種程度上，正如徐賁所言，致力於批判西方現代性的後殖民理論即是這種現代觀念的受惠者——公民社會的平等觀念已經到了允許討論少數族裔的文化和權益問題的水平。[37]

　　登上現代性話語的平臺，打破西方對於現代性話語的壟斷權，中國才能避免歷史局外人的角色。酒井直樹指出：「在西方不斷地辯證式地重新肯定和重新中心化的過程中，東方作為失敗的自我意識，而西方則作為一種自信的自我意識而存在；東方也是西方在構成有識主體（knowing subject）的過程中所需要的對象。因此，東方被要求提供無窮無盡的一系列奇怪異常的東西。通過這些東西，我們的東西的熟悉性被含蓄地確認了。關於東方事物的知識，是依照西方與他體－客體（other-object）之間存在的權力關係而形成的。」[38]不再扮演

---

36 林毓生：《中國傳統的創造性轉化》（北京市：三聯書店，1988 年），頁 291。

37 徐賁：〈後現代、後殖民批判理論和民主政治〉，《文化批評往何處去》（香港：天地圖書公司，1998 年），頁 269-270。

38 酒井直樹：〈現代性與其批判：普遍主義和特殊主義的問題〉，收入張京媛主編：《後殖民理論與文化批評》（北京市：北京大學出版社，1999 年），頁 406。

「被看」，不再扮演異域風情的提供者，這僅僅退出西方設定的邏輯；積極發展獨特的現代性主題，這才是作為對話的主角重新進入的基本條件。

　　第二，「本土」的確是文學理論的追求之一。文學理論必須恢復民族的自我敘述能力。但是，人們沒有理由先驗地把中國古代文學理論指定為「本土」的唯一代表。這種指定的背後顯然存在——如同福柯所指出的那樣——起源神話的蠱惑。起源神話認為，事物的精確本質、不變的形式或者純粹的同一性存在於它的源頭，存在於創業的第一天，存在於剛剛脫離造物主之手的時刻。[39]因此，本土或者民族總是指向古代，指向文化傳統。只有一個連續的、純粹的、始終如一的民族主體才可能和西方文化抗衡，文化源流的考證時常被作為最為有效的手段。這種想像有效地甩下了二十世紀之後遭受西方騷擾的文學理論，然而，哪些古人有資格擔當偶像？考慮到佛教的影響，魏晉、唐宋的文學理論業已喪失了「本土」的純潔[40]；如果按照起源神話的邏輯，至少必須追溯到甲骨文文獻。這當然是歷史，可是，這是「本土」文學理論的範本嗎？

　　法儂曾經指出，為了抵抗西方文化的吞噬，本土知識分子迫切地回溯輝煌的民族文化，這是向殖民謊言開戰的需要——殖民主義者往往宣稱，一旦他們離開，土著人立刻就會跌回野蠻的境地；但是，法儂同時指出，「本土知識分子遲早會意識到，民族的存在不是通過民族的文化來證明的，相反，人民反抗侵略者的戰鬥實實在在地證明了民

39　參見福柯：〈尼采，譜系學，歷史學〉，《學術思想評論》第四輯（瀋陽市：遼寧大學出版社，1998年）。

40　杜贊奇在《從民族國家拯救歷史：民族主義話語與中國現代史研究》第一章中，分析傅斯年、雷海宗、顧頡剛的歷史觀，他指出這幾個歷史學家均認為魏晉之前的漢人保有種族的純潔性。

族的存在。」[41]也許，這涉及人們對於民族文化的解釋。「文化」是一個有名的含混概念。儘管如此，人們仍然可以發現，這個概念保持了兩種基本向度：一種指向過去，這種文化的內容由傳統的經典構成；一種指向當下或者未來，存在於社會制度與日常行為之中——後者是雷蒙・威廉斯以及其他伯明翰學派理論家的理解，也是他們的研究對象[42]。如果後者不僅是一個更有活力的領域，而且是「本土」的真實寫照，那麼，為什麼不能是文學理論代表民族文化發言的基礎呢？

　　第三，現在，可以簡單地將這個領域命名為「中國經驗」。這是一個真實存在的文化空間和心理空間，並且從晚清以來延續了一個多世紀。這個空間已經內在地包含了傳統的維度。傳統從許多方面植入中國經驗，形成種種文化神經。從漢語、風俗禮儀、倫理道德到建築風格、飲食習慣，傳統從來沒有也不可能徹底消失。儒家思想已經無法充當現今的知識範式，這並不意味著一連串有效的傳統命題同時枯竭。例如，談論文學理論的時候，為情造文、傳神寫意、渾然天成、不平則鳴、文變染乎世情、惟陳言之務去之類命題從來沒有過時。有價值的歷史記憶始終活在中國經驗中。必須指出的是，所謂的傳統無疑包括五四新文學運動之後近一個世紀的文學理論。以魯迅為首的一批理論家迄今還有力地左右人們的文學判斷。這同樣是一種不滅的烙印。

　　由於中國經驗的堅固存在，西方文學理論僅僅是一種闡釋而不能越俎代庖成為敘事的主宰者。「現實主義」或者「浪漫主義」這些強勢概念曾經導致理論家削足適履地改寫中國文學史。只有中國經驗的獨特結構才能抗拒西方文學理論的強制性複製，擾亂知識與權力的既

---

41 弗朗茲・法農著，馬海良、吳成年譯：〈論民族文化〉，《後殖民主義文化理論》（北京市：中國社會科學出版社，1999 年），頁 278、283。

42 參見迪克－海伯第支著，何鯉譯：〈從文化到霸權〉，《是明燈還是幻象》（昆明市：雲南人民出版社，2003 年），頁 22-23。

定關係，打破普遍主義的幻覺。這常常使中國經驗與西方文學理論的遭遇成為一種戲劇性的彼此改造。各種挪用、引申、誤讀或者曲解之下，西方文學理論出現了變種或者混雜，從而喪失原有的一致性和理論權威，出現所謂的「雜質化」。這時，中國經驗可能在多種闡釋體系的交織中顯現，並且與眾多經典論述相距甚遠——然而，這恰恰與本土血肉相聯。

中國經驗是一個內涵豐富的稱謂。這個領域可以承受多維的解釋。傳統或者西方僅僅是一個維面的剖析，正像文化與自然、無產階級與資產階級、精英與大眾、集體主義與個人主義、改革與保守、文化領域與經濟領域、前現代與現代、東部與西部也可能構成另一些剖析維面一樣。必須看到，這些剖析相互交叉，相互糾纏，一種剖析所得到的結論可能以某種形式進入另一種剖析，並且觸動、修改、轉移或者影響後者。這個意義上，中國經驗無疑是複雜的多面體；它不是某種理論的現成案例，因此，它是自足的。

當然，一切都沒有靜止。「本土」或者中國經驗始終處於建構中，拒絕某種本質主義的固定解釋。誕生於這塊土地上的獨特內容持續地挑戰現成的理論，迫使理論自新。中國經驗是文學的不竭內容，也是文學理論闡釋文學與現代性關係的依據。這是中國版現代性話語的組成部分。如果說現代性是複數，中國版的現代性必須提交異於西方的方案。如果中國經驗存在，人們一定有話可說；而且，借用霍米－巴巴所言，「我們一定不僅僅要改變我們歷史的敘事，而且要轉換我們生存與我們之所成為我們的意義。」[43]

---

43 霍米－巴巴著，楊乃喬譯：〈「種族」、時間與現代性的修訂〉，《後殖民批評》（北京市：北京大學出版社，2001 年）。

第七章
全球化與想像的可能

一

　　二十世紀的歷史上演到最後一幕，全球化終於成為現實——甚至是不可抗拒的現實。訊息、技術、商品、人員——尤其是貨幣資本正在全球範圍空前頻繁地往來，市場的開拓與擴張有力地突破國家、民族、文化風俗以及意識型態劃出的傳統疆域。從跨國公司、衛星電視、互聯網路到麥當勞、賓士汽車、卡通片，這些異國他鄉的文化正在穿越巨大的空間距離和森嚴的國境線，愈來愈密集地植入本土。人們所棲身的空間已經與世界聯為一體。東京的股市或者歐洲足球聯賽並非一個區域性的事件，這些事件的衝擊波迅速地傳遍地球的各個角落。「地球村」是歷史為人類提供的下一個驛站。

　　不論是國際關係、政治利益、社會財富分配方式、文化霸權還是日常生活，全球化無不顯示了深刻的後果。全球化提出的問題全面地涉及經濟學、社會學、倫理學、政治學和經濟地理學，人們開始提交種種視域廣泛的描述。這不僅是對於一個前所未有的歷史景象予以考察；同時，這些描述背後迥然相異的理論姿態還隱蔽地表明，眾多利益群體必將在全球化的圖景中重新認定自己的方位。

　　如同人們預料的那樣，現代性話語是描述全球化的一個強大的理論體系。啟蒙主義、工業主義、歷史目的論、理性、主體自由、進步主義等均是現代性話語的內在分支。現代性話語對於市場以及開拓精

神的肯定已經隱含對於全球化的期待，用阿里夫‧德里克的話說，全球化「在過去的十年裡作為一種變化的範式——同時也是一種社會想像——已經取代了現代化。」現代性話語中，全球／本土、現代／傳統是一些褒貶分明的二元對立。正如德里克所發現的那樣，「本土」或者「傳統」這些概念時常被視為「保守」、「落後」的同義語，它們代表了蒙昧的、未開化的一隅。[1]相反，全球化意味的是文明的現代世界。對於第三世界國家說來，真正地全面觸摸全球化的現實還有待時日；但是，「全球化」這個概念已經在話語空間內承擔某些重大的理論涵義，例如先進、發達、開放和文明社會。這個意義上，匯入全球化浪潮如同領取一張加盟現代世界的入場券。屈辱的近代史證明，現代世界曾經屢屢拒絕了中國。閉關鎖國的策略、「東亞病夫」的形象以及意識型態的對抗都是中國游離於世界舞臺的重要原因。現今，世界的大門自動地敞開，全球化的現實製造了一個巨大的機遇——中國的經濟與社會發展必將極大地受惠於全球化所提供的種種嶄新的可能。許多人的心目中，發達國家、現代性話語、全球化三者之間的關係即是民族理想、設計方案以及實現的環境三者之間的關係。

迄今為止，日新月異的科學技術為全球化的實現提供了必要的條件。科學技術不僅製造信用卡、大型噴汽式客機、越洋電話、國際互聯網、電子傳播媒介系統，同時，科學技術還極大地支持人們對於全球化圖景的想像。科學技術已經允許人們將全球視為一個可以控制的整體。必要的時候，科學技術可以任意地將人們遣送至地球上的任何一個空間。科學技術的神奇性必將縱容人們的進一步期待，人們無形地將科學技術視為解決一切問題的靈丹妙藥。不論全球化的圖景遇到什麼挑戰，進步神速的科學技術終將化險為夷。這時，科學技術業已

1　參見阿里夫‧德里克：〈全球性的形成與激進政見〉，《後革命氛圍》（北京市：中國社會科學出版社，1999年），頁 3、11；〈全球主義與地域政治〉，中國海南「生態與文學」國際研討會發言摘要。

轉換為一種意識型態，一種構思未來世界的主宰觀念。雖然哈貝馬斯
重新分析了科學技術的巨大歷史意義，並且對於馬爾庫塞的悲觀結論
表示異議，然而，這種分析無法否認，科學技術業已充任一個分量沉
重的籌碼介入了世界政治的想像。[2]這個意義上，科學技術話語與啟
蒙主義等一連串基本觀念共同構成了現代性話語的組成部分。如果
說，一些理論家已經察覺到現代性話語內部隱藏的內在矛盾，[3]那
麼，另一些理論家時常樂觀地許諾：未來的科學技術可能是緩和乃至
解除這種矛盾的救星。

　　事實上，即使是一批對於全球化持有異議的人也無法否認全球化
的必然性。但是，他們更多地注視種種樂觀的許諾可能遮掩的問題。
「誰的現代性？」——如同這句對於現代性話語的簡潔質問一樣，[4]
人們同樣有理由追溯「誰的全球化」。多數人傾向於認為，現今的全
球化是以貿易聯繫的密切程度為標誌。資本的快速流動與跨國市場體
系的形成是全球化的首要層面。這個意義上，全球化肯定不是一個浪
漫的大同世界。資本與市場運作所遵循的遊戲規則得到全球意義的擴
張。換言之，全球化是在一個巨大的範圍之內複製資本與市場所具有
的權力關係。這裡，支配與被支配、主宰與被主宰以及種種激烈的角
逐、爭奪、反抗並未止歇，相反，一切都正在更大規模地展開。無可
否認，市場原則是對於封建主義人身依附的解放，市場給予個人更多
的自由；但是，市場並非一個完全平等的空間。資本的數額時常是市
場中等級制度的基礎。如果市場的自由損害了遊戲規則制訂者的利
益，平等的原則即會遭到權力部門的干涉。全球化極大地延伸了市場

2　參見高亮華：〈人文主義視野中的技術〉（北京市：中國社會科學出版社，1996
　　年）；哈貝馬斯：《作為「意識型態」的技術與科學》（上海市：學林出版社，1999
　　年）。

3　參見汪暉：〈韋伯與中國的現代性問題〉，《汪暉自選集》（桂林市：廣西師範大學出
　　版社，1997年）；〈當代中國的思想狀況與現代性問題〉，《天涯》1997年5期。

4　汪暉：《韋伯與中國的現代性問題》第一節的標題即是「誰的現代性？」

的半徑，眾多國家共同加入世界性的資本大循環；相對而言，海關對於人們活動範圍的限制削弱了。然而，人們並不能將全球化想像為真正的個人自由。正像韓少功指出的那樣，西方發達國家要求資本自由化和貿易自由化，但絕對不能容忍移民──即國際勞動力市場──自由化。為了避免失業的震盪，發達國家通常嚴厲地禁止第三世界國家廉價勞動力的湧入。[5]這時，人們可以清晰地察覺全球化背後既定的權力框架。

全球化為文化帶來了什麼？諸多文化體系的交滙是一個不可避免的後果。文化的國際性「接軌」讓人興高采烈。種種跨國的文化盛會彷彿象徵全球化時代的文化秩序。但是，即使沒有「後殖民」理論的武裝，人們仍然可以發現這些文化體系之間的不平衡：好萊塢、迪斯尼或者可口可樂的入侵面積遠遠超出京劇、太極拳與茶文化的出口，國際互聯網上的英語占據絕對的優勢，比較文學研究之中的歐洲中心主義是一個揮之不去的頑症，西裝領帶全面地征服了傳統的長袍馬褂……這些文化體系並非和睦地同舟共濟；相反，強勢文化對於弱勢文化的壓迫、吞併與經濟上的激烈競爭如出一轍，或者說，全球化時代的經濟與文化時常形成親密的共謀，利潤、民族國家、文明水平、價值信仰這些核心概念均是二者所共享的。對於某些幕僚出生的知識分子來說，與其溫情脈脈地幻想全球文化的大聯合，不如老謀深算地考慮這些文化體系之間水火不容的前景。這是一個被人再三重複的例子：亨廷頓在他的《文明的衝突與世界秩序的重建》之中坦率地宣稱：未來世界的衝突將是源於西方文明、伊斯蘭文明與儒家文明之間的根本分歧。

全球化似乎是一個前所未有的開放。人們可以跨出國門，在一個遠為宏大的舞臺表演。然而，全球化仍然不可能給出一個無限的空間。全球範圍內，資源是有限的，生態環境的承受程度是有限的，市

5　韓少功：〈國境的這邊和那邊〉，《天涯》1999 年 6 期。

場也是有限的，這導致先發現代化國家與後發現代化國家之間不可調
和的對抗。後發現代化國家並非推遲一步進入富裕的社會；許多時
候，它們將因為推遲一步而永遠喪失了機會。例如，如果中國的汽車
普及率試圖達到美國的現有水平，全世界的石油都將耗盡。這終將迫
使人們意識到一個嚴峻的問題：如果全球化是一個巨大的歷史事件，
那麼，是不是所有的人都有資格平均地享受這個事件？會不會出現這
種情況──某些群體在這個事件之中最大限度地獲益，而這個事件的
所有代價卻不由分說地傾倒在另一些群體頭上？

　　這個意義上，閻連科的〈日光流年〉如同一個可怕的寓言。這部
小說將人們拋出現代世界，拋到了耙耬山脈深處的一個小村落：三姓
村。三姓村從未參與政治勢力的角逐與軍事集團的對抗，也從未參與
錯綜的現代經濟競爭──三姓村從來沒有得罪外部世界。然而，死神
突然光臨，而且駐紮下來不走了。不知何時開始，一種稱之為「喉堵
症」的不治之症潛伏於三姓村，四十歲是發作的最後期限。從天而降
的悲劇扼住了所有人的喉嚨。這迫使三姓村開始了反抗死亡的歷史，
掙脫死亡成為人們最為強烈的衝動──這是全村的凝聚，也是全村的
負重。如果說，追逐財富是隱藏於現代社會背後巨大的經濟衝動；如
果說，這種衝動甚至是現代社會的基本動力之一，那麼，三姓村農業
文化的自然形態卻是被強烈的求生渴望擊穿了。四任村長率領村民前
仆後繼：傾盡全力地種油菜、換土、鑿渠引水。命懸一線的時候，恐
懼的動力是無與倫比的。尤其是第四任村長司馬南──他在極為原始
的條件下率眾鑿渠，穿越耙耬山脈六十公里，引來靈隱河水改變三姓
村的水源。這個壯舉背後掩藏慘烈的代價：賣淫、賣皮膚、賣盡村中
棺材、樹木或者陪嫁迎娶的家當，徵用農具，強行捐款，修渠而死的
達到十八人。然而，可悲的是，沿渠而來的卻是一注臭氣衝天的污
水：發黑的汙草、泡脹的死鼠、灌滿泥漿的塑料袋和舊衣裙、舊帽
子，紅紅白白的死畜肚子──三姓村這時才意識到，思念已久的靈隱

河早已變成城市的下水道。

　　的確，三姓村這種偏遠村落迄今仍然與工業社會無緣。三姓村從未享受工業社會的科學和技術——種種現代醫療技術並沒有為三姓村提供正確的診斷；然而，工業社會的負面麻煩卻不肯放過他們，例如環境污染。三姓村始終沒有申請到進入工業社會的編制，但是，它卻如此迅速地淪為工業社會的受害者。這就是現代世界為三姓村作出的定位。事實上，人們始終無法繞過這樣的疑問：全球化的時髦敘事中，分配給第三世界國家的只能是什麼角色呢？

二

　　弗蘭西斯・福山曾經論證了歷史的終結。意識型態的對抗宣告結束，資本經濟與消費文化正在製造一個同質的社會。全球化的現實似乎提供了有力的證據：資本與市場敲開了國界的大門，全球共同受制於它們的邏輯。然而，一些堅持左翼傳統的知識分子不願意輕易地附和這種論調。他們寧可堅持銳利的批判立場——儘管這種批判因為不合時宜而持續地滑向邊緣。這些知識分子認為，全球化並沒有人們幻想的那種普遍的解放，相反，全球化毋寧說將多數人邊緣化。事實上，全球化仍然是一種西方的敘事，全球化的座標來自西方的主導範式。他們在形容全球化的時候尖銳地使用「帝國主義」的概念：「全球化不過是帝國主義的另一個名稱」；「西方的霸權指的不僅僅是全球化現象，而且還包括全球化概念本身。這一概念包含一種本質主義的帝國主義的過程，它發端於西方中心，並擴展到被主導敘事稱為邊緣的世界其他地區。」[6]

6　參見查爾斯・洛克：〈全球化是帝國主義的變種〉，歐陽楨：〈傳統未來的來臨：全球化的想像〉，均見王寧、薛曉源主編：《全球化與後殖民批評》（北京市：中央編譯出版社，1998 年）。

　　這種全球化的歷史敘事是不可抗拒的嗎？一些左翼知識分子提出的地緣政治試圖打斷全球化的敘事邏輯。相對於全球主義的語境，德里克引入了「地域」充當異己的他者。德里克意識到，人們所熟悉的文化時常成為禁錮地域的意識型態──地域時常被貶為從屬於全球的落後角落，地域只有在全球化的歷史中才能獲得普遍的意義。這個意義上，「全球化既包括地域又把它邊緣化。」在德里克的構思中，地域恰恰必須在全球化的結構之中產生離心的力量。地域可以「提供一個有利於發現全球化矛盾的批評角度」，「在任何情形中，地域概念對批判發展主義都是不可缺少的，並可作為其想像性選擇方式。」地域因素的介入可能打亂全球化的既定步驟，「因此，談論地域及地域理論指導的新型政治，也即在回答重組政治空間時對新方式的一種需要。」「地域已然成為開展新型社會、政治活動的場所。」按照德里克的考慮，地域精神之中表現出對於日常生活的關注有助於廢除資本主義的過度發展所形成的人與自然的異化。所以，地域對於全球化的抵制包括如下內涵：

> 它們涉及遍及世界的土著運動、生態運動及社會運動（主要是關於廣泛的婦女問題的）──這些運動通過為對抗發展主義而重申精神、自然及地域的意義來表達基本的生存關注，還有致力於保護周遭環境的城市運動……[7]

　　在另一個著名的左翼理論家弗・詹姆遜那裡，「地域」時常被稱之為「第三世界」──詹姆遜將第三世界想像為抵制資本主義總體制度的「飛地」。在詹姆遜那裡，第三世界指的是受到殖民主義和帝國

7　德里克：〈全球主義與地域政治〉，《後革命氛圍》（北京市：中國社會科學出版社，1999 年），頁 48、39、47、51、54、53。

主義侵略的弱小國家；相對於第三世界的陣營是資本主義的第一世界
與社會主義集團的第二世界。[8]根據謝少波的研究，詹姆遜對於第三
世界的鍾情是他對資本社會總體制度認知測繪的重要組成部分。全球
化的現實已經生產出了一種新型的權力關係。這種權力關係意味了資
本、市場、生產、銷售的重組與再分工。這個過程中，落後的經濟決
定了第三世界只能扮演出賣廉價勞動力的被壓迫者。簡言之，第一世
界與第三世界的關係猶如階級鬥爭學說中資產階級與無產階級的關
係。正像無產階級具有一種清醒的革命意識一樣，詹姆遜為晚期資本
主義社會設定一個激進的第三世界作為他者：「在全球規模重新啟用
激進的他性或第三世界主義的政治，從而在總體制度的空際內建構抵
制的飛地。」[9]

　　全球化的語境之中，什麼是第三世界的文化特徵？詹姆遜提出了
「民族寓言」這個概念予以概括。詹姆遜意識到，貿然為林林總總的
第三世界國家製造一個總體理論多少有些冒昧，他所關注的毋寧說是
第三世界文化如何抗拒第一世界文化──「民族寓言」之中包含了第
一世界文化的價值觀所忽略的內涵：「這些文化在許多顯著的地方處
於同第一世界文化帝國主義進行的生死搏鬥之中」。詹姆遜認為，第
一世界文學「在公與私之間、詩學與政治之間、性慾和潛意識與階
級、經濟、世俗政治權力的公共世界之間產生嚴重的分裂。換句話
說：弗洛伊德與馬克思與對陣。」相反，第三世界的知識分子具有一
種奇特的集體意識。這些知識分子永遠是政治知識分子。他們所表述
的個人力比多包含了豐富的政治內涵。他們的作品之中，「關於個人
命運的故事包含著第三世界的大眾文化和社會受到衝擊的寓言。」

8　參見弗・詹姆遜：〈處於跨國資本主義時代中的第三世界文學〉，收入張京媛主編：
　　《新歷史主義與文學批評》（北京市：北京大學出版社，1993 年），頁 232-233。

9　參見謝少波：《抵抗的文化政治學》第五章（北京市：中國社會科學出版社，1999
　　年），引文見頁 123。

「第三世界的民族寓言是有意識與公開的：這表明政治與力比多之間存在著一種與我們的觀念十分不相同和客觀的聯繫。」[10]對於第三世界的文化來說，個別的文本凝聚了強大的民族集體意識——這一切構成了阻止全球化蔓延的重重堅硬障礙。

　　無論是德里克的地域還是詹姆遜的第三世界，這些設想旨在資本主義的總體制度中建立某些異端的空間。然而，人們或許可以察覺，這些革命故事的敘事人背後仍然不自覺地隱藏了一個西方的立場。這些敘事不僅明顯地依附於西方學院內部的話語傳統，更為重要的是，革命故事中的主人公形象——「地域」或者「第三世界」——過於單純了。如果觀察者的目光來自遙遠的西方，如果這種觀察更多地是為龐大而驕橫的西方文化找到一個迥異的他者，那麼，地域或者第三世界就會被理所當然地視為一個整體。可是，如果進入地域或者第三世界內部，問題就會驟然地複雜起來。民族、國家、資本、市場、文化、本土、公與私、詩學與政治，這些因素並非時時刻刻溫順地臣屬於某種統一的結構。事實上，許多左翼理論家所共同關注的中國即是一個不可化約的個案。

三

　　儘管詹姆遜關於「民族寓言」的概括十分有力，但是，人們如果沒有將隱藏在這種概括背後的複雜故事——這些故事時常越出了詹姆遜的推理線索——陳述出來，第三世界在全球化結構之中的定位可能產生偏移。現代性的宏大敘事中，第三世界的民族國家、個人、跨國市場三者時常呈現出交錯的互動關係。某些歷史時期，人們看到了個

10 參見弗·詹姆遜：〈處於跨國資本主義時代中的第三世界文學〉，收入張京媛主編：《新歷史主義與文學批評》（北京市：北京大學出版社，1993 年），頁 234、235、240、245。

人如何匯集在民族的旗幟之下與第一世界的帝國主義進行「生死搏鬥」的壯觀圖景。這一切業已被歷史認定為民族的光榮。但是，另一些歷史時期，第三世界之中的個人與民族並沒有形成堅強的同盟從而將資本及其派生的文化邏輯拒之門外。現今，全球化的語境正在製造一連串新的歷史條件；這時，人們不得不重新考察：曾經在上述複雜的故事中扮演主人公的民族國家、個人、跨國市場之間出現了哪些前所未有的關係？在我看來，了解這種關係也就是考察第三世界如何作為一個真實的歷史主體活躍在全球化的語境中。

　　中國版本的現代性敘事之中，民族國家與個人之間具有某種奇異的張力。正如安東尼・吉登斯指出的那樣，民族國家是現代社會的基本標誌；[11]中國的現代民族國家意識更多的是在帝國主義列強的欺壓之下形成的。這種民族國家意識型態是現代意識中不可或缺的組成部分。另一方面，五四新文化運動的一個重要主題是個性解放。個人與自我是衝破傳統封建社會重重枷鎖的嘹亮號角。如同許多文學史著作所描述的那樣，個性解放是「現代文學」的一塊不朽的里程碑。然而，如果說民族國家不可避免地包含了限制與規訓個人的權力機制，那麼，所謂的個性解放還能走出多遠？

　　汪暉在他的中國現代思想史研究之中解構了這一對矛盾。〈個人觀念的起源與中國的現代認同〉一文認為：「中國現代思想中的個人觀念是作為所有普遍性概念——如『公理』、『國家』、『團體』，等等——的對立物來界定自己的，然而，如果我們把個人觀念置於近代中國的語境中來觀察它的起源和運用，我們會發現，這種對人的自主性、獨自性和唯一性的強調恰恰以那些普遍性觀念所要解決的問題為

---

11 參見安東尼・吉登斯：〈導論〉，《民族－國家與暴力》（北京市：三聯書店，1998年）。民族與國家並不能完全等同，這裡無法更為詳細地分辨，因而沿用常見的「民族國家」這一術語。

其目標。」[12]換言之，個人的解放乃是群體、社會和國家真正解放的
條件之一。民族國家是個人背後的更為基本的單位。所以，劉禾斷
言：「五四以來被稱之為『現代文學』的東西其實是一種民族國家文
學。」[13]五四新文學之中，民族國家的強盛之夢時常潛入；三、四十
年代，因為抗議異族的入侵，文學對於國家話語的表述空前強烈。表
面上，救亡圖存呼號遮蓋了個性解放的聲音，更為深刻的意義上，二
者是一致的。這時，啟蒙主義話語、「國家興亡，匹夫有責」的傳統
意識和被壓迫民族的屈辱與抗爭獲得了某種歷史性的統一。

　　可以預料的是，民族國家充當了最為深刻的基本單位之後，第三
世界的國家已經無法逃離現代性的敘事邏輯。為了保持維護民族國家
的國防軍事力量，某種競爭性的工業進程不可避免地開始了。吉登斯
說過：「軍事工業化是一個與民族－國家興起相伴的關鍵過程，也正
是它型構了民族－國家體系的輪廓。」[14]如果弱小的民族國家企圖保
持獨特的地域政治——即使只是企圖阻止經濟侵略，它們也必須擁有
足以與對方抗衡的實力。國際關係之中的實力原則很大程度地規約了
人們對於民族國家的想像。這個意義上，現代性話語幾乎是一個必然
的選擇——現代性話語顯然包含了國富民強的許諾。人們在這裡察覺
到一個悖論：全球化的結構中，如果「地域」或者「第三世界」有能
力表示某種地緣政治的意願，那麼，它們就不得不在某些方面遵從和
融入第一世界的發展邏輯。中國近代史上，「以夷攻夷」、「師夷長技
以制夷」的方案以及對於「船堅炮利」的嚮往無不證實這種悖論。

　　另一方面，民族國家充當了最為深刻的基本單位之後，圍繞國家

12　汪暉：〈個人觀念的起源與中國現代認同〉，《汪暉自選集》（桂林市：廣西師範大學
　　出版社，1997年），頁43。

13　劉禾：〈文本、批評與民族國家文學〉，《批評空間的開創》（上海市：東方出版中
　　心，1998年），頁295。

14　安東尼‧吉登斯：《民族－國家與暴力》（北京市：三聯書店，1998年），頁5。

機器產生的權力機構得到了名正言順的擴張——這種擴張在許多時候可能以犧牲個人權利為代價。這是一種可悲同時又常見的異化。如果說政治學或者社會學時常與民族國家保持相近的立場，那麼，文學切膚地感受到這種異化。主編《百年中國文學總系》的時候，謝冕清晰地察覺到這種異化如何日復一日地沉重。謝冕在《百年中國文學總系》〈總序〉中指出：中國近現代史上一連串喪權辱國的悲哀是中國百年文學的大背景。這決定中國文學不得不拒絕遊戲、放逐抒情而表達怒吼與哀痛。危亡時勢之中的文學充當了療救社會的藥方，「在從改造社會到改造國民性中起到直接的作用」。這帶來一個必然的後果：

> ……文學的目的在別處。這種觀念到後來演繹為「政治標準第一，藝術標準第二」就起了重大的變化。而對於文學內容的教化作用不斷強調的結果，在革命情緒高漲的年代往往就從強調「第一」轉化為「唯一」。「政治唯一」的文學主張在中國是的確存在過的，這就產生了我們認知的積極性的反面——即消極的一面。不斷強調文學為現實的政治或中心運動服務的結果，是以忽視或拋棄它的審美為代價的：文學變成了急功近利而且相當輕忽它的藝術表現的隨意行為。[15]

按照謝冕的考察，這種文學表現出三個基本特徵：「一、尊群體而斥個性；二、重功利而輕審美；三、揚理念而抑性情。」顯而易見，這不僅是文學經驗的描述，這毋寧說是意識型態的總體特徵。所有的個性都在民族國家至上的原則之下銷聲匿跡。這個意義上，二十世紀八十年代的中國文學的確重申了個性解放的主題。啟蒙話語製造

---

15 謝冕主編：〈總序〉，《百年中國文學總系》（濟南市：山東教育出版社，1998 年）。

的樂觀氣氛之中，「主體」成為一個眾人景仰的概念。如果說，文學的運行通常與社會科學製造的語境息息相關，那麼，自由經濟與市場是八十年代文學為自己設計的理想環境。至少在那時，「市場」概念背後的一連串社會關係還未真實地浮現，資本、競爭、壟斷、支配與被支配、失業、經濟危機、拜金主義——這些市場的派生物還暫時凍結在某些陳舊的理論體系之中，換言之，八十年代話語空間的「市場」概念更多地表述了「解放」的涵義：市場意味脫離權力關係的束縛，個體在市場所創造的空間自由地翱翔。許多人不是對這種自由渴慕已久了嗎？

市場神話的破滅是在市場逐漸成為日益迫近的現實之後。進入九十年代，市場不再是一張理論地圖，市場即是人們伸手可觸的社會環境。這時人們才清醒地意識到，市場並非浪漫想像的產物。首先，市場對於創造性以及堅韌、精明、實際操作能力的苛求遠遠超出人們的估計；另一方面，市場的激烈競爭製造了大批的失敗者——其中包括某個行業的失敗而導致的大幅度裁員。不論人們是否認可市場的遊戲規則，這已經是一個無可否認的事實：市場給予個性的自由十分有限。市場包含了另一種權力關係，只不過這種權力的象徵從某些機構轉向了資本。某些時候，市場的權力關係以及產生的利潤可能得到民族國家的認可與分享——前者並未形成瓦解後者的威脅。如同德里克觀察到的那樣，一些第三世界的民族國家並沒有對跨國資本表示敵意，相反，它們更樂於為全球主義的來臨提供方便。[16]這個意義上，詹姆遜的「民族寓言」已經變調；人們不得不繼續追問：第三世界內部，誰是批判理論的主體？

---

16 德里克：〈全球主義與地域政治〉，《後革命氛圍》（北京市：中國社會科學出版社，1999 年），頁 51。

四

　　不言而喻，全球化的語境中，文化認同是一個至為重要的問題。許多人心存疑慮：跨國市場的前鋒過後，接踵而來的是不是民族文化的危機──是不是所有的民族文化都要穿上統一的制服？許多時候，文化認同不可避免地與民族主義聯繫在一起。一個社會成員的日常社交僅僅數百人，他有什麼理由想像自己可能與數億從未謀面的社會成員組成一個民族共同體？這時，民族文化乃是這種想像的基礎。共同的語言、共同的宗教信仰、共同的價值觀念、共同的神話傳說和共同的風俗、服飾、飲食、建築──總之，共同的文化傳統成為一個民族的粘合劑。吉登斯認為，民族國家「這個統一體不可能純粹是行政性的，因為它所包含的協調活動預設了文化同質性的因素。」他甚至描述了某些文化與民族主義相互聯繫的基本策略：「民族主義理念都傾向於把『故土』的概念（就是說領土權的概念）與起源神話聯繫在一起，就是說，賦予那種被認為是這些理念載體的共同體以文化自主性。」[17]進入全球化時代，文化中的民族涵義日益彰顯。這無疑是對異族文化的壓力進行抵抗；更為深刻的意義上，這時常表現為國家主權的象徵性發言。

　　並不是所有的人都對這種表彰民族的文化主題表示贊同。民族主義之中的狹隘、保守以及某種危險的狂熱令人擔憂。因此，一些理論家更多地呼籲：跨越民族的邊界，奉行世界主義──例如杜威・佛克馬。佛克馬提倡的是一種「新世界主義」。在他那裡，「新世界主義」來自一個基本的假定：「在所有文化中，在所有文化成規系統中，我

---

17 安東尼・吉登斯：《民族─國家與暴力》（北京市：三聯書店，1999年），頁 264、頁 260。

們至少可以假設一種一切文化都共有的成規。」[18]——佛克馬以文學
為例論證了多民族謀求共識的可能。

的確，人們沒有理由辜負這種良苦用心——但是，棘手的問題在
於，敞開民族的文化邊界並沒有帶來和睦的文化大同。世界性的文化
拼盤之中，各個民族文化所佔有的份額十分懸殊。人們可以從這種文
化拼盤之中清晰地看到權力關係的投影，看到中心與邊緣的差距。例
如，對於比較文學來說，英語寫作所得到的重視是其他語種所無法比
擬的。一旦涉及文化市場的爭奪，權力之間的角逐更為激烈——電影
的進出口時常是文化談判與經濟談判相互交叉的一個重要項目。第一
世界的大國無疑是這種權力角逐之間的優勝者。事實上，一些理論家
已經激憤地將第一世界國家的文化擴張形容為「文化帝國主義」。[19]

然而，如果人們因此認為民族文化永恆地守護著一個民族的本
質，如果人們因此認為關閉文化的大門就能逃離全球化所帶來的種種
夾擊，那就落入了本質主義的陷阱。本質主義的基本假定是：一個民
族具有某種恒定不變的本質，例如「中華性」、「法國性」、「英國性」
等等，這種本質是堅拒異族文化的中流砥柱。這意味了將民族拋出特
定的歷史，虛構了一個抽象而懸空的「本土」。本質主義與國粹主義
往往僅有一步之遙。韓國——一個仍然承受著分裂痛苦的國家——的
理論家白樂晴是一個民族文學的積極倡導者。但是，他曾經清醒地表
示：「這種民族文學論，與將民族規定為某種永久不變的實體或至高
無上的價值作為出發點的國粹主義文學論以至文化論不同。」[20]換句
話說，如果一個民族製造了某種「民族本質」的神話掩護自己悄悄地

---

18 杜威・佛克馬：〈走向新世界主義〉，收入王寧、薛曉源主編：《全球化與後殖民批
　　評》（北京市：中央編譯出版社，1998 年），頁 252。
19 參見湯林森：《文化帝國主義》（上海市：上海人民出版社，1999 年）。
20 白樂晴：〈為了確立民族文學之概念〉，《全球化時代的文學與人》（北京市：中國文
　　學出版社，1998 年），頁 211。

撤出歷史的脈絡，那麼，這個民族肯定無法成為立足於全球化之中的民族。

　　如同許多理論家所說的那樣，民族的文化、民族的歷史是一種持續的建構。民族文化與民族歷史的特徵不是某種自我規定，這些特徵取決於這個民族與其他民族的相互關係——取決於這個民族與其他民族之間的交往、比較、對抗、競爭、排斥、吸引，這一切必須發生在具體的歷史網路中，來自多種力量的交織互動。換言之，一個民族自身歷史的建構取決於它如何參與多民族之間的歷史。《東方學》出版十六年之後，愛德華·薩義德為這部產生了廣泛影響的著作寫下一篇〈後記〉。他在〈後記〉中重申了《東方學》關於民族文化建構的基本觀點：

> 每一文化的發展和維護都需要一種與其相異質並且與其相競爭的另一個自我的存在。自我身分的建構——因為在我看來，身分，不管東方的還是西方的，法國的還是英國的，不僅顯然是獨特的集體經驗之匯集，最終都是一種建構——牽涉到與自己相反的「他者」身分的建構，而且總是牽涉到對與「我們」不同的特質的不斷闡釋和再闡釋。每一時代和社會都重新創造自己的「他者」。因此，自我身分或「他者」身分絕非靜止的東西，而在很大程度上是一種人為建構的歷史、社會、學術和政治過程，就像是一場牽涉到各個社會的不同個體和機構的競賽。[21]

　　這不啻於認為，一個民族——尤其是第三世界弱小民族——必須積極地與全球化語境所製造的種種「他者」進行對話；這些對話恰恰

---

21 愛德華·薩義德：《東方學》（北京市：三聯書店，1999年），頁 426-427。

是一個民族自我定位的參照。如今,「對話」已經是一個時髦的字眼,這個字眼表明了一種開放的姿態。但是,在我看來,民族對話的意義遠遠不止於某種溝通或者互相了解,也遠遠不止於出示某些地域性的奇風異俗招徠獵奇者。白樂晴曾經尖銳地指出:「土俗性可以是民族抵抗的最後據點。」[22]毫無疑問,種種民族性的地域文化不是拒絕現有的文明而倡導某種原始的、甚至是茹毛飲血的生活方式。首先,這些地域文化的存在是對全球化產生的某種同質的、一體化的強勢文化表示抗拒,地域文化代表了尚未被征服的個性——地域文化的不屈姿態象徵了爭回的一種權利;其次,這些地域文化表象背後隱藏的價值觀念出示了異於現代性話語的向度,它可能啟示人們從某一個角度反思現代性敘事的歷史,顯現這種敘事中的潛在裂縫,並且為理論想像另一種文化空間提供燃料。這樣,地域文化已經具有全球的意義。

現在,人們終於可以從抽象的理論跋涉回到中國文學。

八十年代中期,「尋根文學」是一個顯赫的文學事件。儘管一些人仍然沿襲「越是民族的就越是世界的」口號予以解釋——儘管這些解釋之中不可避免地隱含了對於「世界」的迎合,但是,「尋根文學」之中的一批小說——例如〈棋王〉、〈樹王〉、〈爸爸爸〉、〈老棒子酒館〉、〈最後一個漁佬兒〉等——毋寧說向西方世界開啟另一些窗口。當然,傳統的儒、道、佛僅僅是民族文化的一部分;更多的時候,人們可以從偏遠的山村發現種種獨特的文化姿態。或許,劉亮程的散文[23]是晚近的一個例證。這批散文之中浮出了一個人們久違的世界:衰老的狗、草根底下的蟲子、偷運麥穗的老鼠、滾糞球的蜣螂、颳走一切氣味的風和被大風颳回來的榆樹葉……這批散文之中只有一個人物——一個扛柄鐵鍁閒逛在田野中的人物。這批散文之中沒有複

---

22 白樂晴:〈民族文學的現階段〉,《全球化時代的文學與人》(北京市:中國文學出版社,1998 年),頁 40。

23 這裡例舉的劉亮程散文刊於海口的《天涯》,1999 年 5 期。

雜的計算，這裡的思想透明而又質樸。這個扛鐵鍬的人從容不迫地陳
述種種有趣的冥想和自然的奧秘，悠然地行走在旋風般打轉的生活之
外。這些散文無法引誘人們而重返扛一柄鐵鍬的世界，可是，人們不
得不意識到一個奇怪的現象：許多人已經擁有了遠比鐵鍬先進的轎
車、飛機和豪華住宅，為什麼他們反而陷入莫名的現代焦慮？現代歷
史的哪一部分出了問題？劉亮程的散文之中僅僅出現了一個稱之為黃
沙梁的小村落，但是，他的提問卻進入了全球化的語境。

五

「地球村」是一個令人激動的術語。對於一個長久地蜷縮在封建
帝國名義之下的民族國家來說，全球化彷彿是一個即將來臨的良辰美
景。許多人對於全球化充滿了期待：全球化似乎是奔赴經濟與文明的
盛宴，是進入發達國家的直通車。全球化甚至包含了莫大的解禁快
意——閉關鎖國的時代終於結束了。人們興致勃勃地推測：未來的
「地球村」之中，不同膚色的世界公民可以平等地共享種種高科技所
創造的眼花繚亂的偉大成果。

這些溫情脈脈的幻想可能使人們對於全球化的現實問題失去了思
想準備。至少在目前，全球化方案並沒有取消民族國家、民族文化、
各種利益階層以及各個地域之間的差異。相反，全球化是在全球空間
的範圍內對於這些單位的利益進行重新分配。全球化的語境之中，某
些新的差異可能取代舊的差異，但差異並沒有消失。這些差異並非美
學性的——全球化的意義並非讓不同的民族更為迅速地傳遞屈原和莎
士比亞，或者彼此欣賞畢卡索和張大千。全球化的意義首先是全球市
場。因此，這些差異是競爭性的，而且，經濟的競爭時常與政治競爭
密不可分——的確，迷戀差異美學遠不如談論差異政治。

這裡，提到差異美學並非偶然。人類的確有理由自問：為什麼民

族國家與民族國家之間不能在美學的意義上彼此欣賞？為什麼不能終
止民族國家之間的種種緊張關係，回到快樂原則之上？為什麼不能削
減軍費，放棄軍備競賽，利用這些資金保護生態環境和歷史文物，或
者緩和貧富分化？為什麼某些巨富已經擁有世界財富的一大部分，他
們還要在商場之上錙銖必較？為什麼不能壓縮勞動的時間和強度而寧
願捐出大筆的利潤作為慈善基金？如此等等。常識的意義上，這是一
些顯而易見的提問；然而，對於現代性敘事而言，這些提問卻如同天
方夜談。根據工業主義、資本、市場、競爭、對抗這條邏輯，這些提
問只能遭到理所當然的否定。這條邏輯如此有力，以至於任何國富民
強的願望都不得不納入它的模式。

　　對於現代性敘事、全球化語境以及福山式的結論，現今的中國有
否可能表現出某些獨特的姿態？第三世界發展中國家的身分，悠久的
民族文化傳統，一個多世紀反覆曲折的痛苦經驗，巨大的市場、眾多
的人口和有限的資源，對於發展模式的持久考慮以及對於現代性問題
的反思，極為強大而真實的渴求發展、渴求富裕的衝動，前現代、現
代、後現代諸種文化因素在同一個空間的複雜交織……這些因素的綜
合是否隱含了某些前所未有的歷史機會？全球化語境所製造的文化視
野是否同時開啟了抓住這些歷史機會的可能？某種中國式的現代化是
否可能挑戰西方版的現代性敘事？

　　這樣，我很樂意提到張旭東的論文〈後現代主義與中國現代
性〉。顯然，張旭東意識到中國歷史脈絡內部的多重糾葛，意識到中
國的「現代性」還將以不同的形式反覆地出現，但是，後現代主義式
的「反總體論」、「反大敘事」、反本質主義和價值相對主義無不包含
了某種深刻的理論指向。在張旭東那裡，這種「後現代」不是對於西
方後現代話語系統的迻譯，不是試圖同發達國家的學術話語銜接從而
積累某種符號資本，相反，張旭東所謂的「中國後現代」指的是掙脫
現代性敘事的某種理論想像：「我們對『現代』、『自我』和『他人』

的理解，我們對未來的想像，都可以放在這個新的歷史背景和思想背景上來看。這在世界史和文化史的層面上暗示後現代主義話語的潛在的解放性。」目前，中國的經濟改革、政治體制、社會形態、文化風格均突破了經典的現代性框架，處於一種奇特而又微妙的無名之境。這時，後現代理論的不穩定性、無中心、多樣化意外地顯出了巨大的理論潛力。因此，「中國後現代」的「基本問題是把當代中國不但視為世界性『後現代』歷史階段及其文化的消費者，同時也視為這種邊界和內含都不確定的歷史變動的參與者和新社會文化形態的生產者。」[24]質言之，這裡所謂的「後」是逃出現代性話語之後所贏得的一個開放性的歷史空間。

　　這些表述顯得模糊、抽象甚至空洞。可是，在另一種意義上，模糊、抽象和空洞恰恰預示了閃爍未定的歷史前景。現代性的敘事框架之內，許多方面的未來發展已經可以訴諸精確的公式和數字統計；這時，另一些向度的思辨性理論和概念突然插入，擾亂了既定的邏輯並且形成了一個進入別一種歷史空間的缺口——模糊、抽象和空洞可以視為既定邏輯中斷的症候。目前為止，人們還無法更為清晰地描述「中國後現代」這樣的命題，然而，人們至少有理由承認，這種理論想像或許隱含某些前所未有的契機。如果願意表示某種程度的樂觀，這即是樂觀的所在。

---

24 張旭東：〈後現代主義與中國現代性〉，《讀書》1999 年 12 期。

第八章
鄉村的座標

一

　　鄉村不僅是一個地理空間、生態空間，至少在文學史上，鄉村同時是一個獨特的文化空間。對於作家說來，地理學、經濟學或者社會學意義上的鄉村必須轉換為某種文化結構，某種社會關係，繼而轉換為一套生活經驗，這時，文學的鄉村才可能誕生。土質、水利、種植品種、耕地面積、土地轉讓價格、所有權、租賃或者承包，這些統計數據並非文學話題；文學關注的是這個文化空間如何決定人們的命運、性格以及體驗生命的特徵。追溯歷史，鄉村的文化版圖不存在一個固定的邊界，持續的建構隱含鄉村的複雜演變史，人們甚至積累了多種不無矛盾的想像。現今，全球化與現代性逐漸成為橫向與縱向座標之際，鄉村所佔據的位置再度產生微妙的移動和平衡。通常，鄉村是一個相對於城市的區域；但是，二者之間的差別開始納入傳統與現代的對立。人們習慣地將鄉村視為一個前現代的文本，一塊令人頭疼的現代性的絆腳石。五四新文化運動以來，文學捲入了鄉村與現代性之間複雜的歷史糾葛，捲入了二者的疏離、格格不入甚至激烈的衝突。然而，令人驚異的是，文學中的鄉村隱含了多重涵義——這個文化空間的複雜程度遠遠超出了傳統與現代的二元結構。

　　對於中國古典文學說來，鄉村與現代性之間的矛盾遠未顯露。中國古典文學顯然是農業文明的一個支脈。鄉村意象構成古典詩詞的重

要內容。農業文明的特徵之一是，人們時刻察覺到自然的壓力。體驗自然佔據了生存的很大一部分內容。落後的交通網路限制了人們的活動半徑、交往範圍和空間經驗。多數人如同植物一樣踞守在土地上，聆聽四季交替的腳步。古典文學深刻地記錄了人們對於自然的呼應、契合和感悟、冥思。「春秋代序，陰陽慘舒，物色之動，心亦搖焉。」劉勰看來，這意味了詩意的萌動。文學是作家與自然的贈答：「山沓水匝，樹雜雲合。目既往還，心亦吐納。春日遲遲，秋風颯颯。情往似贈，興來如答。」《文心雕龍》〈物色〉曾經將這種狀況形容為「江山之助」。的確，「感時花濺淚，恨別鳥驚心」，「水流心不競，雲在意俱遲」──在古典詩人那裡，主體與外部的自然甚至形成了某種奇特的情景關係。謝榛的《四溟詩話》認為：「作詩本乎情景，孤不自成，兩不相背。……景乃詩之媒，情乃詩之胚，合而為詩。」王夫之的《薑齋詩話》表示相近的觀點：「情景名為二，而實不可離。神於詩者，妙合無垠。」「不能作景語，又何能作情語耶？」對於古典詩人說來，自然景象是農業文明提供的一個最富魅力的部分。他們不必親自躬耕於田間，不必擔憂旱災或者洪澇，自然是他們品鑒和寄情的對象。這個對象如此可親，以至於可以成為他們人生的後門。古往今來，許多知識分子信奉「達則兼濟天下，窮則獨善其身」的原則。何謂「獨善其身」？遠離廟堂，隱於茅廬，放浪於山水，垂釣於江湖，總之，農業文明提供了他們精神的回歸之途。「紅顏棄軒冕，白首臥松雲。醉月頻中聖，迷花不事君」，何等的灑脫和自由。相對於庸俗的、繁雜的甚至兇險萬狀的社會交往，體驗自然無疑是一件心曠神怡的事情。許多詩人終於在自然中體會到了悠然乃至靜穆、掛冠而去，不為五斗米折腰，很大程度上是因為另一種令人心儀的田園生活正在等待他們。「田夫荷鋤至，相見語依依」；「開軒面場圃，把酒話桑麻」，親近農事是士大夫的一種大雅若俗的文化驕傲。

　　如果人們承認，詩詞而不是小說擔任了中國古典文學的正統，那

麼，可以發現一個有趣的現象：這種文類似乎與農業文明密不可分。
山林泉石，鳥啼蟲吟，古道夕陽，野渡扁舟──種種鄉村意象密集地
匯聚在詩詞中，形成了獨到的韻味和意境。詩詞難以處理現代社會複
雜的網路結構，甚至無法接受各種現代術語。人們很難想像，「車床」、
「電梯」、「坦克」或者「機器人」這些詞彙如何進入一首七律或者一
闋沁園春。顯然，這不僅是語言風格的隔閡。這些詞彙代表的是另一
套文明與感覺體系。當然，中國古典文學對於自然景象的熱衷並不能
證明，作家只會悠閒地吟誦「明月松間照，清泉石上流」或者「兩個
黃鸝鳴翠柳，一行白鷺上青天」，而察覺不到深刻的社會衝突。但耐人
尋味的是問題的另一面：面對不公、不義或者懷才不遇，轉身歸隱田
園或遊歷名山大川，不約而同地成為許多作家共有的反抗姿態。鄉村
的山水和田園成為拒絕權力的象徵。這個意義上，最為著名的烏托邦
無疑是陶淵明的〈桃花源記〉：「土地平曠，屋舍儼然，有良田、美
池、桑竹之屬。阡陌交通，雞犬相聞。其中往來種作，男女衣著，悉
如外人。黃髮垂髫，並怡然自樂。」的確，這裡沒有制度的批判或者
階級的劃分，沒有揭竿而起的號召，作家無非是虛擬出一幅安寧和睦
的田園生活反諷周圍兵荒馬亂的社會。然而，這與其稱之為逃跑主義，
不如說是農業文明造就的想像。這種想像包含了一個祕密的轉換：理
想的生活就是將不平等的社會關係轉換為人與自然的和諧關係。

　　然而，中國古典文學並沒有明確地將鄉村視為一個文化空間。長
河大漠，孤煙落日，細雨微風，春花秋月，這一切在文學之中如此自
然，以至於如同生活本身。換句話說，文學之中並未出現另一種相異
的文化空間，人們無法根據框架之外的內容察覺框架的存在。「他
者」的闕如必然導致「自我」的模糊。相對於鄉村的城市並沒有顯示
出抗衡的意義。相當長的時間內，文學並未意識到，城市從屬於另一
種文化結構、社會關係以及另一套生活經驗。文學從未賦予城市類似
於鄉村的象徵涵義。這個事實多少有些奇怪。遠在戰國時期，中國的

城市已經成型。《史記》〈貨殖列傳〉描述一連串城市在商業貿易中的樞紐作用。眾多城市曾經從各個方向侵入文學，留下種種遺跡。「長安一片月，萬戶擣衣聲」也罷，「門前冷落車馬稀，老大嫁作商人婦」也罷，「十年一覺揚州夢，贏得青樓薄幸名」也罷，「雕欄玉砌應猶在，只是朱顏改」也罷，這些詩句無不擁有一個城市的背景；至於《三言二拍》或《金瓶梅》，小說即是以市民生活作為故事的素材。儘管如此，城市仍然沒有給文學提供一種異質的文化，進而對農業文明形成壓力乃至尖銳的挑戰。對於中國古典文學說來，城市與鄉村之間的二元對立並未形成。《紅樓夢》中，劉姥姥在大觀園鬧出的笑話雄辯地證明城市與鄉村之間的巨大溝壑。但是，這一段情節的意圖是製造某種諧趣，是村野老嫗與榮華富貴之間的反差產生的喜劇效果——頂多包含一種人生無常的況味。

　　這應該解釋為文學的遲鈍，還是解釋為農業文明的強大？總之，文學的鄉村覆蓋了城市；現代性問題遠未觸動作家的神經。城市被擋在文學的視域之外，並且遵循另一種迥異的結構持續壯大。相當長的時間裡，城市不斷地積聚能量，彷彿悄悄地等待一個撼動文學的時機。二十世紀初期，現代思想的啟蒙顯然提供了城市再認識的條件。這時，文學終於意識到另一種文化的有力崛起，大門必須敞開。三十年代的某一天，當城市從〈子夜〉中迅雷不及掩耳地闖入文學時，它的強悍以及殺傷力令人大吃一驚。在久居鄉村的吳老太爺眼裡，聲光化電的上海猶如一個可怖的魔窟——他信奉幾十年的〈太上感應篇〉頃刻之間完全失靈：

　　　　汽車發瘋似的向前飛跑。吳老太爺向前看。天哪！幾百個亮著燈光的窗洞像幾百隻怪眼睛，高聳碧霄的摩天建築，排山倒海般地撲到吳老太爺眼前，忽地又沒有了；光禿禿的平地拔立的路燈杆，無窮無盡地，一杆接一杆地，向吳老太爺臉前打來，

忽地又沒有了；長蛇陣似的一串黑怪物，頭上都有一對大眼睛
放射出叫人目眩的強光，啵——啵——地吼著，閃電似的衝將
過來，准對著吳老太爺坐的小箱子衝將過來！近了！近了！吳
老太爺閉了眼睛，全身都抖了。他覺得他的頭顱彷彿是在頸脖
子上旋轉；他眼前是紅的，黃的，綠的，黑的，發光的，立方
體的，圓錐形的，——混雜的一團，在那裡跳，在那裡轉；他
耳朵裡灌滿了轟，轟，轟！軋，軋，軋！啵，啵，啵！猛烈嘈
雜的聲浪會叫人心跳出腔子似的。

　　如果說，吳老太爺的崩潰象徵了城市文化空間對於感官的擠壓和
打擊，那麼，茅盾的〈春蠶〉、葉紫的〈豐收〉、葉聖陶的〈多收了三
五斗〉開始涉及鄉村與城市的結構性衝突。這些小說嚴格地保持了農
民的狹小視角。對於農民說來，城市僅僅矗立在遙不可及的地平線
上，是另一個世界。但是，由於龐大的經濟網路聯結，城市輻射出的
魔力不可思議地操縱著農民的沉浮，這顯然是現代性歷史的組成部
分。現代社會的一個重要特徵是，城市的文化空間咄咄逼人，並且上
升為主宰。巨大的壓力之下，農業文明擁有的生活經驗四分五裂。人
們可以模仿馬克思《政治經濟學批判》〈導言〉的口吻提問：巨輪、
火車、高聳的煙囪和摩天大樓可能與「採菊東籬下，悠然見南山」並
存嗎？在銀行、股票、資本運作和大型購物中心面前，韻味、意境或
者「江流天地外，山色有無中」又在哪裡？這個意義上，城市對於鄉
村的文化清算同時包含了美學意義上的「除魅」。

　　意味深長的是，相當長的時間裡，文學仍然不願意坦然地認可城
市與現代性的聯繫。相反，城市在文學之中聲譽不佳。慾望的放縱以
及頹廢、享樂、靡爛始終被視為城市文化不可分割的組成部分。商業
習氣將一切都置於價格的天平上，社會關係成為利益的帳本。的確，
文學一直矜持地迴避城市。張愛玲的「復活」與王安憶的〈長恨歌〉

是很久以後的事情了。現代文學史上，光怪陸離的「新感覺派」遠不如沈從文的「鄉下人」風格更有魅力。「新感覺派」包含了哪些前所未有的主題？從《東方雜誌》、教科書、《良友》畫報到月份牌、《現代雜誌》，印刷文化與現代性建構形成了什麼關係？外灘的建築物、百貨大樓、咖啡館、舞廳、公園和跑馬場構成的文化空間意味了什麼？人們曾經在二十世紀三、四十年代的上海遭遇這些文化現象，然而，它們的文學史意義直至九十年代才在李歐梵的《上海摩登》中得到集中的考察。

　　李歐梵在《上海摩登》的中文版序言之中表示，這部著作關注的是現代性、現代文學與上海──都市文化的代表──之間的互動。[1]迄今為止，為什麼文學與城市的文化空間仍然是一個新穎的主題？必須承認，許多人心目中，文學對於現代性的追求是從另一個地方開始的。

二

> 說到「為什麼」做小說罷，我仍抱著十多年前的「啟蒙主義」，以為必須是「為人生」，而且要改良這人生。我深惡先前的稱小說為「閒書」，而且將「為藝術而藝術」，看作不過是「消閒」的新式的別號。所以我的取材，多采自病態社會的不幸的人們中，意思是在揭出病苦，引起療救的注意。

　　魯迅的小說被視為改造國民性的經典案例，〈我怎麼做起小說來〉之中的一段自述是人們反覆援引的證詞。魯迅在《吶喊》的〈自序〉之中感歎，愚弱的國民只能充當示眾的材料和漠然的看客，即使他們擁有一副苦壯的體格。這是魯迅棄醫從文的原因：「所以我們的

1　參見李歐梵：《上海摩登》（北京市：北京大學出版社，2001 年），頁 4。

第一要著，是在改變他們的精神，而善於改變精神的是，我那時以為當然要推文藝，於是想提倡文藝運動了。」可以在概括的意義上說，這也是文學介入「現代性」的緣起。晚清以來，一批知識分子開始以文學作為改造國民性的利器。他們看來，思想啟蒙是現代性工程的首要環節。

這批知識分子的一個重要特徵是對於西方文化的器重。他們之間的許多人均有海外留學的背景。從「問題小說」、知識分子主題到感傷的抒情風格，個性解放顯然可以視為五四新文學對於西方文化的呼應。一種新型的人物形象陸續出現在文學的畫廊上。儘管如此，鄉村和農民仍然在作家心目中擁有特殊的分量。蒙昧、保守、貧窮、狹隘，這些性格無一不是「國民性」的表徵。哀其不幸，怒其不爭，文學必須將手術刀伸向民族的痼疾。文學對於鄉村的關注很大程度上源於魯迅的表率作用——他甚至成為鄉土文學的開創者。雖然魯迅的小說「所仰仗的全在先前看過的百來篇外國作品和一點醫學上的知識」[2]，但是，對於本土問題的深刻洞察是魯迅始終保持犀利的重要原因。在魯迅的心目中，農民一直是可悲的主角，與知識分子相比，農民負有遠為沉重的枷鎖。魯迅勾畫了阿 Q、祥林嫂等一連串苦難而麻木的農民形象，這些形象的分量遠不是感時傷懷的苦悶所能比擬的。在以農業文明為主的社會，農民人口眾多——他們的精神狀態可能成為整個民族的負重。如果現代性包含多種版本，那麼，鄉村問題在中國版的現代性之中佔有特殊的分量。對於一批現代作家說來，「改造國民性」不是一個空洞的口號，廣袤的鄉村必然要進駐文學。這個時期，文學並沒有多少精力考慮城市與現代性的聯繫。茅盾甚至不無遺憾地指出，魯迅的《吶喊》——這個時期的傑作——也僅僅表

2　魯迅：〈我怎麼做起小說來〉，《魯迅全集》第四卷（北京市：人民文學出版社，1981年），頁 512。

現了「老中國的暗陬的鄉村，以及生活在這些暗陬裡的老中國的兒女
們，但是沒有都市，沒有都市中青年們的心的跳動。」[3]

　　一九二八年無產階級革命文學的倡導無疑是現代文學史的一個轉
折點。「階級」成為統轄「個人」的一個更高的範疇。這個時候，人
們對於現代社會以及現代性的想像必須納入階級關係；單純的啟蒙或
者改造國民性迅速淪為時代的落伍者。根據馬克思主義的理論，無產
階級的主體部分是產業工人，農民並未擁有最為先進的階級屬性。文
學如何判斷這一切？中國社會性質問題的大論戰或者〈子夜〉這種
「全景式」的小說無不涉及這個問題。人們沒有理由忽略的是，天才
的革命家毛澤東就是在這個時期提出了農村包圍城市的戰略設想。[4]
這種設想之中，農民是以革命主力軍的身分登場。這種設想甚至進入
毛澤東的文藝思想。在〈在延安文藝座談會上的講話〉這篇經典文獻
之中，毛澤東用很大的篇幅闡述了文藝的「工農兵方向」。的確，毛
澤東把工人放在首位：「這是領導革命的階級」；毛澤東對於農民的定
位是——「他們是革命中最廣大最堅決的同盟軍。」[5]儘管如此，毛
澤東仍然格外器重農民。〈在延安文藝座談會上的講話〉之中，毛澤
東不只一次地將上海作為貶抑的對象反襯延安文藝的生機勃勃。至少
在延安根據地，農民的文化情趣佔據正統地位。如果說，魯迅更多地
解剖了農民性格的被動、猥瑣、落後，那麼，從〈湖南農民運動考察
報告〉開始，毛澤東對於農民革命那種天不怕地不怕的造反精神表示
了一貫的讚賞。農民對於文學具有不同尋常的分量，「趙樹理方向」
是一個饒有趣味的佐證。正如人們所看到的那樣，趙樹理不屑於理會

3　茅盾：〈讀〈倪煥之〉〉，《文學週報》8 卷 20 期（1929 年 5 月 12 日）。

4　參見毛澤東：〈中國的紅色政權為什麼能夠存在？〉、〈井崗山的鬥爭〉、〈星星之
　　火，可以燎原〉諸文，《毛澤東選集》第一卷（北京市：人民出版社，1991 年）。

5　毛澤東：〈在延安文藝座談會上的講話〉，《毛澤東選集》第三卷（北京市：人民出
　　版社，1991 年），頁 855。

知識分子文縐縐的那一套，他對於章回小說或者評書的借鑒目的是造就一種農民喜聞樂見的風格。這種風格使趙樹理榮幸地當選為落實〈在延安文藝座談會上的講話〉精神的標兵，甚至當選為民族風格的代表。迄今為止，許多理論闡述已經形成一個習慣的命題：農民喜聞樂見的形式基本上等同於民族、民間文化或者傳統的形式。換言之，農民時常被無形地置換為民族、民間文化或者傳統的代表。必須承認，二十世紀四十年代文學對於農民的仰視很大程度地源於革命歷史提供的再認識：

> 在現代文學史上，趙樹理是繼魯迅之後最了解農民的作家。趙樹理深切地懂得舊中國農民的痛苦不僅僅在政治上受壓迫、經濟上受剝削，而且在於精神上的被奴役，他最懂得農民擺脫舊的文化、制度、風俗、習慣束縛的極端艱巨性。這樣，趙樹理在觀察表現中國農民社會時，就有了與魯迅大體相同的角度，即從農民的精神面貌、心理狀態以及人與人的關係的角度去進行歷史的考察。但趙樹理的時代又不同於魯迅的時代：這是一個農民在中國共產黨領導下起來摧毀農村封建殘餘勢力、走上徹底翻身道路的新時代。在魯迅那裡還是一個大問號的地方，在趙樹理的時代，生活本身已經提供了一些初步答案。因此如果說魯迅主要是揭露中國農民精神上的創傷，以喚起人們的覺醒，趙樹理則主要表現中國農民在政治、經濟翻身過程中所實現的思想上的翻身——農民精神、心理狀態的變化，人的地位及家庭內部關係（長幼關係、婚姻關係、婆媳關係等）的變化，並且從這個變化過程中，來顯示農民改造的長期性與艱巨性。[6]

6　錢理群、溫儒敏、吳福輝：《中國現代文學三十年》（北京市：北京大學出版社，2001年），頁 479。

　　一九四九年中華人民共和國的成立意味了一個現代國家的崛起。
現代性話語開啟了一個嶄新的階段。毛澤東在〈黨在過渡時期的總路
線〉一文之中指出：「從中華人民共和國成立，到社會主義改造基本
完成，這是一個過渡時期。黨在這個過渡時期的總路線和總任務，是
要在一個相當長的時期內，基本上實現國家工業化和對農業、手工
業、資本主義工商業的社會主義改造。」[7]農業合作化是這個總路線
的組成部分。這時，毛澤東對於農民的巨大期待再度被引入這個現代
性的初步方案。不少人對於農業合作化的前景憂心忡忡，他們遭到了
毛澤東的譏諷和批評。誰說雞毛不能上天？毛澤東用這句話形容農民
的巨大創造性。當然，誇張的修辭僅僅是一種論戰，毛澤東對於農業
合作化的決心和信心包含了政治經濟分析以及一連串相關數據。首
先，蘇聯的經驗顯示，社會主義工業化離不開農業合作化的支持；許
多方面，二者互相依存。其次，根據某些地區的試驗，農業合作化帶
來了糧食產量的大幅度增長，農民的生活品質開始提高。[8]不言而
喻，這種現代性方案已經充分考慮到階級角逐的形勢發展。毛澤東指
出，農業合作化將取消資產階級的農村自由市場，割斷城市資產階級
和農民的聯繫，徹底孤立他們，這是改造資本主義工商業的必要條
件。這個意義上，毛澤東的論斷成為眾所周知的名言：「對於農村的
陣地，社會主義如果不去佔領，資本主義就必然會去佔領。」[9]

　　文學理所當然地對這些理論、方針和政策做出了激動的響應。如
同鄉村曾經是革命的發源地一樣，現今的鄉村隱藏現代性的動力。許
多作家從天翻地覆的改變之中察覺到某種呼嘯而來的生機活力。這極

7　毛澤東：〈黨在過渡時期的總路線〉，《毛澤東選集》第五卷（北京市：人民出版
　　社，1977 年），頁 89。

8　參見毛澤東：〈關於農業合作化問題〉和〈《中國農村的社會主義高潮》的按語〉，
　　《毛澤東選集》第五卷（北京市：人民出版社，1977 年），頁 181、226。

9　參見毛澤東：〈農業合作化的一場辯論和當前的階級鬥爭〉、〈關於農業互助合作的兩
　　次談話〉，《毛澤東選集》第五卷（北京市：人民出版社，1977 年），頁 196-198、117。

大地觸動他們的文學神經，文學再度集聚到鄉村周圍。廣闊的鄉村成為一個碩大的題材，作家競相從各個角度切入。這時，關注農民的文學史傳統擁有了新的歷史內容，文學對於鄉村氣息的熟悉支持一連串人物、細節和對話的再現。二十世紀的五、六十年代，圍繞鄉村的文學贏得令人矚目的成就。從梁斌的〈紅旗譜〉、趙樹理的〈三里灣〉、浩然的〈豔陽天〉到柳青的〈創業史〉或者周立波的〈山鄉巨變〉，從孫犁、李準、馬烽到王汶石、康濯，這份名單匯成文學史的一個小高潮。儘管人們仍然發現了那個時期所特有的生硬、粗糙和離譜的拔高，但是，這一批作品仍然標誌了當時的高度。相對地說，文學對於「工業化」的歷史演變遠為冷淡。由於持久地依戀農業文明，沒有多少作家認為城市與鄉村的文學比例不正常。無論經濟生活之中發生了什麼，文學始終沒有意識到城市與現代性的深刻聯繫。文學接收不到城市的真實信號──二者之間存在堅固的屏閉。多少作家真心地仇視他們所生活的城市呢？這是一個隱秘的問題。人們所能看到的是，作家對於城市文化的反感始終擁有一個理直氣壯的政治形式。無論是〈我們夫婦之間〉還是〈霓虹燈下的哨兵〉，城市仍然被視為資產階級道德敗壞的淵藪。如果不是將城市作為嘲諷和批判的對象，文學恐怕早就遺棄這個賴以生存和運作的空間。

三

　　艾青深情地說：「為什麼我的眼裡常含淚水？因為我對這土地愛得深沉……」土地是許多作家頂禮膜拜的意象，這是「鄉村中國」的象徵。作家對於山川、田野、村落保持了刻骨的記憶。可是，沒有多少作家因為城市的缺席而不安。城市就矗立在眼前，林林總總，為什麼作家的感覺體系無法開啟？──為什麼城市的宏大景觀無法真正地震撼他們？

　　趙園曾經涉及知識分子的某種集體無意識。她認為，盤桓於城市
的知識分子對於鄉村可能存在一種隱秘的愧疚：「那種微妙的虧負
感，可能要一直追溯到耕、學分離，士以『學』、以求仕為事的時
期。或許在當時，『不耕而食』、居住城鎮以至高踞廟堂，在潛意識中
就彷彿遺棄。事實上，士在其自身漫長的歷史上，一直在尋求補贖：
由發願解民倒懸、救民水火，到訴諸文學的憫農、傷農。」[10]在「四
體不勤，五穀不分」的貶抑面前，知識分子始終有些抬不起頭來。農
業文明的直觀經驗造就一種「種瓜得瓜，種豆得豆」的思維，人們對
於那些玄妙的知識或者理論只能將信將疑。大工業生產的眾多環節與
現代經濟的複雜運作均是一幅抽象的理論圖景，它們無法以完整的形
象訴諸人們的感覺。期貨、股票、銀行裡的點鈔機，或者所謂的訊息
怎麼能產生如此巨大的利潤？許多人驚異不已。遠離土地的城市居然
燈紅酒綠，這太不公平。即使理論將城市表述為金融、商業或者科學
技術的中心，人們所見到的僅僅是支離破碎的生產活動和誇張的消
費。對於〈子夜〉說來，即使不論趙伯韜之流，吳蓀甫及其周圍的人
又做了些什麼？那些悠哉遊哉的公子小姐又有什麼理由錦衣玉食，然
後卿卿我我，或者勾心鬥角？這個意義上，城市的享樂具有腐朽的意
味，甚至面臨一種道德的壓力。一批作家自詡「鄉下人」，很大程度
上包含了輕蔑城市文化、鄙夷知識分子虛與委蛇的成分。「鄉下人」
是一種人格的、美學的甚至體魄的驕傲。相反，城市裡的知識分子如
同一批可憐蟲。二十世紀五、六十年代的許多小說之中，人們時常可
以發現農民與知識分子的文化性格相映成趣。前者往往樸素、大度、
慷慨、無畏、強壯；後者保守、教條、狡獪、患得患失、文弱不堪。
如果遇到階級理論大幅度升級的時期，道德與人格的分歧總是被追溯
至政治分歧。這時，知識分子的文化性格通常被詮釋為政治的軟弱。

---

10 趙園：《地之子》（北京市：十月出版社，1993 年），頁 17。

　　可是，二十世紀八十年代開始，新的現代性工程重新啟動，城市和知識分子刷新恥辱的身分隆重登場——二者在新的現代性方案之中扮演主角。另一方面，農業合作化運動已是強弩之末，某些鄉村甚至奄奄一息。家庭聯產承包責任制雖然給鄉村帶來生機，但是，這不足以形成現代性的強大動力。不久之後，鄉村經濟再度陷入困境，農業、農村、農民的綜合問題統稱為「三農」問題。一些經濟學家將這種狀況描述為二元經濟的後果。根據阿瑟‧劉易斯等經濟學家的理論，發展中國家的經濟呈現為兩大部門：一是前資本主義生產方式的傳統部門，包括農業和某些小型商業以及服務業；一是資本主義生產方式的現代部門，主要是工業生產。這即是城鄉二元經濟。傳統部門勞動生產率低下，而且存在大量的隱性失業，因而可以提供大量的勞動力。這些廉價的勞動力將進入現代部門。現代部門的工業生產產生了超額利潤，從而進行再投資與資本擴張，形成第二輪剩餘勞動力的吸收。這種循環一直持續到鄉村剩餘勞動力逐漸消失，傳統部門擺脫了剩餘勞動力的負擔而開始真正的經濟增長。這時，二元的經濟結構終於轉換為一元的現代經濟。概括地說，利用鄉村隱形失業的勞動力轉移支持現代工業部門的積累，這是二元結構下就業轉換的理論核心。這也是經濟學家考慮「三農」問題的基本思路：

　　　　「三農」發展根本的制約因素是農村勞動力就業不充分，人往哪裡去的問題沒有得到解決，收入增長的問題也就不可能從根本上解決。這個問題，實際上是帶長遠性的問題，涉及社會結構、體制、發展戰略，主要是城鄉二元經濟結構至今還沒有改變。只有解決這個問題，中華民族才能實現偉大復興。現在解決「三農」問題已提出多種必要措施，在圍繞「農」字找出路的同時，更要通過工業化、城鎮化來解決，要把閒置在農村的數以億計的勞動力逐步有序地向比較利益高的社會需要的非農

業產業轉移，向城鎮積聚，轉為市民。徹底改變二元經濟結構，
轉變為現代一元經濟，即走出二元結構，實現這樣一個深刻的
社會轉型，將是我國今後幾十年社會經濟發展的基本走向。[11]

　　文學是否接受上述的提議？鄉村經濟復甦的初期，一批作家曾經
由衷地表示歡悅。張一弓的〈黑娃照相〉、王潤滋的〈內當家〉、何士
光的〈鄉場上〉無不包含了一種樂觀精神。這時，文學與社會學家或
者經濟學家意氣相投。然而，「三農」問題與城鄉二元經濟愈來愈嚴
重的時候，壓縮、分解或者轉移鄉村的策略並沒有得到文學的認同。
許多作家拋開了勞動力轉移的經濟學理論而對鄉村表示了頑固的迷
戀。無可否認，城市早已成為吸附人們的中心；文學的保守之處在
於，始終對城市的聲色犬馬深懷戒意。二十世紀八十年代初期，路遙
的〈人生〉捲入城鄉二元結構，故事的內涵遠遠超出經濟範疇。高加
林一方面渴望城市文明，同時又依戀淳樸的鄉村道德。這些矛盾糾纏
於高加林與兩個女性的關係之中。巧珍代表了鄉村的質樸，黃亞萍隱
喻了城市的騷動。如同人們預料的一樣，高加林的結局是錯過了巧
珍，又被黃亞萍拋棄。輸光了一切的高加林只能孤獨地返回鄉村，撲
倒在黃土地上，流下痛悔的淚水。的確，城市是繁鬧、是財富、是滾
滾紅塵和無數的機遇，然而，城市同時還是狡詐、騙局和輕諾寡信。
無論怎麼說，鄉村的誠摯和純淨才是人生的真正依靠。不管情節多麼
複雜，人物多麼紛繁，這種文化的二元結構時常與二元經濟形成一個
奇怪的對稱。二十世紀九十年代，賈平凹的〈廢都〉與陳忠實的〈白
鹿原〉雙雙面世。頹廢的城市充滿了墮落的氣氛，性愛是那些知識分
子撈到的最後一根稻草。他們渾渾噩噩地飄浮在迷茫之中，不知所
終；相反，鄉村依然保持了「耕讀傳家」的傳統，無論朱先生還是白

---

11 鄧鴻勳、陸百甫主編：《走出二元結構──農民就業創業研究》（北京市：中國發展
　　出版社，2004 年），頁 2。

嘉軒，他們的正直人格是滔滔濁世的中流砥柱。不論是不是巧合，〈廢都〉與〈白鹿原〉遙遙相對再度證明了文學對於城鄉二元結構的獨特傾向。

當然，這是一個無法避免的世俗質疑：文學如此迷戀鄉村，為什麼多數作家仍然逗留在城市？一批具有知青身分的作家先後遭遇這方面的尷尬。從史鐵生、張承志、梁曉聲、鐵凝到王安憶、韓少功、阿城、孔捷生，他們逐漸完成了一場內心的轉變。返回城市之後，他們漸漸地開始懷念曾經插隊的鄉村，懷念窮困但寬厚的鄉親。一種溫情開始瀰漫，這些作家將下鄉的經歷視為不可多得的人生磨礪。對於韓少功或者張承志來說，他們的左翼思想、他們對於貧苦階層的關注無不可以追溯到這一段經歷。儘管如此，這些作家並沒有重新移居鄉村，重新體驗插隊的日子。這是不是一種口惠而實不至的偽裝？

陳村在〈藍旗〉的末尾寫道：「我沒想到，當我能抬起頭來看你時，這塊曾經被我千百次詛咒的土地，竟是這樣美麗。」現實沉入記憶之後，單調乏味的日常生活消褪了，人們僅僅記住了生動的情節或者劇烈的痛苦。必須承認，鄉村很大程度地變成了記憶所製造的話語──而不是現實本身。這一批作家不再手執鐮刀或者肩負鋤頭踏入田野，不再披星戴月，起早貪黑。鄉村已經不是泥濘的山路和冰冷的水田，不是沉甸甸的擔子和殘破的茅屋，鄉村是一個思念或者思索的美學對象，一種故事，一種抒情，甚至一種神話。然而，恰恰因為不是現實，鄉村在作家的思念或者思索之中極大地豐富起來，生動起來，以至於承擔現實所匱乏的涵義。如同一種頑強地潛伏的無意識，農業文明並未在文學史之中退席。

全球化與現代性的語境之中，文學的「鄉村」再度出現相當活躍的語義。

四

> 我站在大地中央，發現它正在生長軀體，它負載了江河和城
> 市，讓各色人種和動植物在腹背生息。令人無限感慨的是，它
> 把正中的一塊留給了我的故地。我身背行囊，朝行夜宿，有時
> 翻山越嶺，有時順河而行；走不盡的一方土，寸土寸金。有個
> 異國師長說它像郵票一般大。我走近了你、挨上了你嗎？一種
> 模模糊糊的幸運飄過心頭。[12]

　　這一段話摘自張煒的一篇奇異的散文〈融入野地〉。張煒毫不掩飾他對土地的膜拜之情。相當長的時期裡，他是一個為歷史而苦惱的作家。〈古船〉僅僅敘述了小小窪狸鎮的階級對抗和家族鬥爭，但是，歷史之謎灼得作家坐立不安。財富、苦難、貪婪的慾望孵化出的罪惡感與仇恨──張煒一直想揭示窪狸鎮故事背後的動力。隋抱樸的苦思冥想和再三閱讀〈共產黨宣言〉無一不是歷史的深刻探究。然而，〈古船〉之後的一連串長篇小說──例如〈九月寓言〉、〈柏慧〉、〈家族〉、〈外省書〉、〈能不憶蜀葵〉等──之中，社會關係或者體制分析這條線索並未加強，大地的意象卻愈來愈強烈，甚至承擔了深刻的意義。這些跡象表明，大地的意象──不論是地瓜地、葡萄園還是更為廣袤的原野──逐漸成為張煒歷史想像的歸宿。

　　「相看兩不厭，惟有敬亭山」，這是古典作家面對自然的典型狀態。主體與客體怡然相對，彼此寄託，賞心悅目，二者之間形成了一種平等的關係──「我見青山多嫵媚，料青山見我應如是」；相對地說，張煒沒有這一份從容不迫。張煒對於大地的回歸是一種激情的投

---

12 張煒：〈融入野地〉，《憂憤的歸途》（北京市：華藝出版社，1995 年），頁 21。

入——猶如嬰兒踉踉蹌蹌地撲向母親的懷抱。這的確是〈融入野地〉
的想像：生命曾經從大地之中分裂出來，現在是返回本源的時候了。
大地是萬物之母。張煒看來，訊息過剩的現代社會是一個迷途，只有
返回大地才能找到自己的根源。張煒的想像不止一次地將作家化成一
棵樹，根鬚緊緊攀住了泥土。人們離不開大地，豐饒的沃土是承受一
切苦難的後盾。〈醜行或浪漫〉之中，劉蜜蠟是一個奔跑在大地上的
奇女子。她如同山羊一樣健康質樸，生氣勃勃。暴虐的掌權者試圖迫
使她就範，她頂翻了那些大腹便便的傢伙之後匆匆出逃。田野上的蔬
菜瓜果滋養了她，茅屋裡的大爺、大娘和小伙子庇護了她。大地的血
脈使劉蜜蠟始終保存赤誠的性格，即使光怪陸離的城市也無法改造
她。對於張煒的田園詩來說，大地不是消閒遣興的所在，也不僅意味
了耕作和棲息；大地是人們精神家園的守護神。「一個知識分子的精
神源自何方？它的本源？」張煒在〈融入野地〉之中寫道，「很久以
來，一層層紙頁將這個本來淺顯的問題給覆蓋了。當然，我不會否認
漬透了心汁的書林也孕育了某種精神。可我還是發現了那種悲天的情
懷來自大自然，來自一個廣漠的世界。」[13]從財富、享樂到現代技術
製造的訊息「隕石雨」，張煒強烈地感到，現代社會已經出了問題。
作為一種批判的資源，張煒的大地、田野、河流以及繁茂的植物試圖
啟動農業文明的另一個悠久傳統。

　　另一個親近和膜拜大地的作家是張承志。他曾經以桀驁不馴的姿
態反抗乃至褻瀆現代社會的庸俗和投機。從〈北方的河〉到〈大
阪〉，小說主人公的強烈性格顯示為征服洶湧的河流與險峻的山峰。
然而，到了〈黑駿馬〉、〈黃泥小屋〉、〈胡塗亂抹〉、〈金牧場〉、〈九座
宮殿〉、〈輝煌的波馬〉、〈殘月〉、〈心靈史〉，浪漫主義式的張狂逐漸
收斂。閱讀這些小說可以發現，西北大陸的草原、戈壁灘和黃土高原

---

13 張煒：〈融入野地〉，《慢憤的歸途》（北京市：華藝出版社，1995 年），頁 29。

終於讓張承志真正地折服。他從渾厚、質樸和蒼蒼茫茫之中讀出了磅礴大氣，種種囂張的個人英雄主義時常被襯出膚淺和做作的一面。有必要指出的是，張承志對於西北大陸的感悟是與另一些認識和體驗同時產生的：例如，柔弱的母親所具有的偉大襟懷，貧瘠的西北農民身上令人敬重的堅忍和大度，當然，更重要的是西海固、哲合忍耶和宗教信仰的形成。人們再度從張承志的小說之中察覺一個事實：自然景象所帶來的心靈震撼對於作家的思想轉折產生了巨大的作用；至少在小說之中，這種作用遠遠超出了經濟學或者社會學的考察。如果說，後者是分析的、理性的、富有工業社會的特徵，那麼，前者就是情緒的、美學的、來自農業文明的深刻經驗。

如果人們從張煒或者張承志的小說之中察覺，大地崇拜以及農業文明可能被更大範圍地援引為現代性的解毒劑，那麼，文學眷戀鄉村的意義開始越出美學範疇而產生更為廣泛的意識型態功能。顯然，多數人文知識分子對於現代性的質疑並不是指向機械、自動化、速度和效率——並不是企圖返回雞犬之聲相聞，老死不相往來的小國寡民狀態；他們批判的是物質主義背後無盡的貪欲和權謀，歷史進化論以及直線式的時間觀念對於傳統的毀棄，全球化對於本土文化的吞噬，科層組織對於自由的壓抑，高科技製造的監控手段和巨大殺傷力，如此等等。然而，現代性的故事已經成功地構造了一個「歷史的必然」，一切似乎都是以西方的文化社會為終極範本；種種歷史代價均被視為不可避免的成本，相異的價值觀念無非是落後或者愚昧的表徵。這一套敘事如此堅固，以至於理論話語的批判收效甚微。相對地說，文學始終沒有被這一套敘事完全征服。從浪漫主義對於大自然的讚頌、現實主義對於資產階級市儈的譏諷到現代主義對於物質主義的抗議和指控，文學發出的異議不絕於耳。文學試圖肯定什麼？這時，鄉村以及農業文明再度成為構思的基礎。

正如周作人在〈地方與文藝〉一文之中所說的那樣，「土氣息泥

滋味」是鄉土文學的魅力所在。[14]對於無根的城市，鄉土文學之中淳樸的風土民情是一種抗衡，一種文化的庇蔭。人們似乎覺得，自己的故鄉總是在遙遠的鄉村——祖先的根系牢牢地扎入一塊恒定不變的土地。故土，熱土難移，本鄉本土——土地始終是支配人們想像的核心。因此，當全球化成為基本的語境之後，「鄉土」不知不覺地轉換為「本土」的象徵。通常，「本土」的意象不是摩天大樓或者車水馬龍，山脈、河流、田野或者村落更適合於構成本土的畫面。顯然，故鄉、大地、母親、根——這些意象之間的隱喻關係源於農業文明的修辭系統。一旦民族的文化傳統遭受侵犯，這種修辭系統將為民族認同提供響亮而獨特的符號代碼。這時，文學之中「鄉村」的語義往往會擴大為民族文化傳統。

　　在這個意義上，二十世紀八十年代「尋根文學」運動並非偶然。不願意步趨於西方現代主義文學，這是「尋根文學」的最初動機；傳統文化被指認為文學的「根」。然而，從韓少功、汪曾祺、阿城到鄭萬隆、李杭育、王安憶，一批作家想像的文學之「根」無不指向鄉村。作家的目光投向深山老林，湍急的河流，小小的村落或者煙波浩渺的水鄉，他們在這些地方發現了一批迥異於城市文化的人物性格。這些人物的剛烈、血性、自由精神以及對於財富的蔑視顯示了另一種生活方式。這種生活是非西方的，前現代的，同時又包含了某些令人嚮往的自在境界。他們的存在即是對現代社會的斤斤計較、功利、投機和猥瑣報以輕蔑的嘲笑。的確，這些人物只能徘徊在邊緣，甚至日益貧困，但是，他們拒絕被塞入某種「現代」生活的標準方格；從名利觀念、乏味單調的勞動到逼仄的居住空間，他們的倔強個性不願意投合現今的時髦。從他們的性格和生活方式之中發現抵抗現代性壓抑的某種資源，這是「尋根文學」從鄉村和農業文明之中掘出的礦藏。

---

14 周作人：《談龍集》（南昌市：江西人民出版社，1986 年）。

　　現今，文學的「鄉村」正在形成另一種特殊的語義——鄉村的生態正在納入生態問題的辯論，並且有意無意地承擔了正面的典範。農業文明時代，人類無法超越自然的限定，人類的謙恭有效地維持自然的基本秩序。工業社會、城市和科學知識強勁地打破傳統平衡，自然開始節節敗退。污染、水資源短缺、荒漠化、有害氣體排放、溫室效應、臭氧層破壞，一連串生態危機接踵而來。文學研究介入生態問題的辯論還是不久之前的事情，綠色文學正在成為一個新的口號。一些批評家意識到，文學不僅再現了社會，而且還再現了自然生態系統。文學研究有必要分析作家的生態觀點，分析山嶺、荒野、河流或者森林在文學內部承擔了何種生態意義。生態批評興起的前提是，批評家充分意識到生態問題的嚴重程度，並且試圖修復人類與自然的和諧關係。許多批評家共同認為，人類中心論轉向生態中心論是關鍵所在。人類是自然的一部分，而不是分裂出自然，凌駕於自然之上，肆意地役使和掠奪自然。葉維廉在闡釋道家美學時甚至深入地指出理性和語言體制如何成為役使自然的工具。語言使人類跳出自然，擁有一個概念的高度和框架。但是，「宇宙現象、自然萬物、人際經驗存在和演化生成的全部是無盡的，千變萬化、持續不斷地推向我們無法預知和界定的『整體性』。當我們使用語言、概念這些框限性的工具時，我們已經開始失去了和具體現象生成活動的接觸。」[15]顯然，語言的抽象、推演以及龐大的概念體系結構在工業社會和訊息社會愈演愈烈，農業文明的感性、直觀經驗以及種種人與自然的傳統交流形式——例如，列維－布留爾的《原始思維》或者列維－斯特勞斯的《野性的思維》分別作過系統的描述——逐漸成為過時的品質。這個意義上，賈平凹的〈懷念狼〉不僅是一個人類與動物互相依存的故事。〈懷念狼〉具有明顯的寓言性質：商州南部，人與狼數十年分庭抗禮，手執

---

15 葉維廉：《道家美學與西方文化》（北京市：北京大學出版社，2002 年），頁 2。

鋼槍的捕狼隊終於贏得了徹底的勝利。然而，奇怪的事情就是在這個時刻發生——狼群銷聲匿跡之後，多數捕狼的獵人因為無所事事而染上了各種古怪的疾病。他們的枯萎彷彿證明，緊張對抗所製造的旺盛生命力已經隨之而去。〈懷念狼〉一如既往地保存了賈平凹喜愛的民間傳奇風格。種種魑魅魍魎的片段再現了一個萬物有靈的世界。由於現代社會的「祛魅」，人們距離這種觀念已經很遠了：有沒有必要承認萬物的生命？的確，〈懷念狼〉再度把人們推到這個問題面前：對於自然的敬畏之情是不是接受生態中心論的一個前提？

　　人們可以有許多理由蔑視鄉村——鄉村不過是全球化與現代性座標體系之中一個有待格式化的區域。鄉村經濟只能是城市經濟的依附，只能適應城市經濟的規模，並且在城市經濟的輻射之下存活；鄉村的社會組織不得不模仿城市建制——人與自然的關係不再是社會組織解決的重點問題，社會關係的協調與改善才是首屈一指的主題。雖然鄉村的土地面積遠遠超過城市，但是，由於城市的巨大生產力，鄉村在社會生活之中的比重遠遠不如城市。儘管如此，文學似乎沒有撤換鄉村的主角身分。正如人們所看到的那樣，農業文明仍然是文學的強大資源。文學意識到，人們的感覺和無意識很大程度上是農業文明的產物。悠久的農業社會逐步設定了身體和感官的密碼，農業文明不可能如此迅速地徹底撤離。更為重要的是，農業文明的許多觀念重新產生重大的啟示——尤其是在工業社會的後期，在愈來愈多的人開始總結現代社會的時候。如果說，經濟學或者社會學的鄉村是一個苦惱的難題，那麼，文學的鄉村隱含另一些出人意料的豐富內容。

第九章
文學、革命與性

一

　　文學、革命和性三者構成了奇怪的三角關係。文學對於革命和性都流露出異乎尋常的興趣。文學的愛好之一是充當歷史的講解員。解說歷史的時候，革命是匯聚往事的適當形式。革命製造種種戲劇性事件和有聲有色的暴力場面，個人的生活或者國家命運可能因為革命而出現一連串令人嗟歎的轉折，這些都是文學嚮往的素材。另一方面，文學對於性表示了持久的關注。「青年男子誰個不善鍾情？妙齡女人誰個不善懷春？」既然如此，哪一個人情練達的作家不善於抒寫性愛的美妙和動人？許多時候，文學甚至將愛情——圍繞性愛而產生的感情事件——形容為「永恆的主題」。眾多的文學經典因為描寫愛情而贏得了不朽。儘管人們對於這兩種文學傳統已經司空見慣，但是，兩者之間的匯合似乎是不久以前的事情。什麼時候開始，文學將性的問題納入了革命問題？這樣，一個不安分的生理器官開始同暴風驟雨式的革命銜接了起來——荷爾蒙顯現獨特的政治功能。

　　迄今為止，性仍然是一個危機四伏的話題。多數公共場合，放肆地談論性無異於引火燒身。文學曾經不斷捲入性所製造的危險糾紛，遭遇種種麻煩。從書報檢查制度、電影的審查和分級到刪節本、禁止出版、法庭訴訟，「淫穢」、「有傷風化」或者「不道德」的惡名固執地追逐在某些作家的身後。儘管如此，文學總是堅定地站在解放的立

場，甚至不惜冒險向道德綱紀挑戰。不論是《西廂記》、《金瓶梅》、《肉蒲團》、《三言二拍》還是《十日談》、《查泰萊夫人的情人》、《南回歸線》、《洛莉塔》，一批長長的書單曾經驚世駭俗，令人側目。雖然許多作品一度遭受封鎖和囚禁，但是，它們最終還是衝出了觀念的桎梏，廢除禁忌，讓性愈來愈充分地暴露在光天化日之下。

　　性的巨大能量讓文學意識到，性的持續暴動隱藏了不可忽視的政治意義。弗洛伊德的精神分析學證實了這一點。性並非僅僅是臥室裡面的故事；性壓抑或者性苦悶並非僅僅缺乏某種私密的肉體享樂。在弗洛伊德描述的複雜圖景中，性的壓抑與反叛廣泛地涉及文明制度的基礎。精神分析學詳細地闡述了——有時難免是虛構了——家庭、部落以及整個社會如何圍繞性重新分配權力。這樣的描述無疑包含強大的政治意識。這甚至使精神分析學的某些重要概念——例如無意識——頻繁地為反抗性的政治理論所援引。稍後，女權主義坦率地承認，女權主義理論是性別政治的產物；性別差異派生的文化差異是革命的焦點。根據性別路線，女權主義認為女性是男權文化壓迫之下的弱勢群體。這個意義上，性別的歸宿也就是革命陣營的劃分。

　　革命的主題之下，性不再是單純的繁殖，性慾不再是某種必須克制的生理騷動；性是一個寓含了內在緊張的社會事件。儘管生物結構是性的基礎，儘管生物學可以考察某些細胞的異常活動解釋愛情，然而，無可否認的是，性時常製造了強烈的社會震撼。作家至少是第一批正視這種震撼的人——正是他們察覺到，性的不竭能量隱藏巨大的革命資源。人們已經習慣地將經濟壓迫描述為政治革命的原因，階級是革命團體的基本單位；相形之下，人們對於性壓抑的爆炸性後果視而不見——性的話語通常不可能進入談論社會事務的公共領域。但是，精神分析學派和女權主義理論至少表明，性同樣具有挑戰社會秩序的政治資格，性別以及性愛傾向同樣是革命團體的組織依據。某些人粗鄙地將性形容為被窩裡的革命，儘管如此，人們至少可以看到，

某些經濟壓迫無法解釋的革命可以在性壓抑中得到解釋。文學甚至可能發現，即使在公共領域相對平靜的時期，性所製造的衝動依然不減。市儈哲學如此盛行的現實中，不是只有性的激情才能某種程度地保持浪漫的風姿嗎？

革命，再革命——革命是二十世紀歷史中極為耀眼的劇目。革命逐漸擁有一套完整的話語體系，革命文學無疑是革命話語的一個組成部分。這種詭譎的歷史語境中，性的話語如何進入文學，並且發出了特殊的革命吶喊？

二

福柯曾經說過：「在任何一個社會裡，人體都受到極其嚴厲的權力的控制。那些權力強加給它各種壓力、限制或義務。」這時，權力機制利用既定的知識形式「操練肉體」——「一種強制人體的政策，一種對人體的各種因素、姿勢和行為的精心操縱。人體正在進入一種探究它、打碎它和重新編排它的權力機制。一種『政治解剖學』，也是一種『權力力學』正在誕生。」[1]漫長的封建社會，人體的控制業已形成一套極為嚴密的規定。如果說，福柯發現軍隊、學校和醫院是訓練人體的重要場所，那麼，日常的禮儀、舉止以及服飾無疑是一張無所不在的網路。人們可以從儒家的經典著作《禮記》中發現，儒家學說對於人體的規範訓練幾乎面面俱到；這種訓練顯然從屬於「親親、尊尊、長長、男女有別」的封建意識型態。對於統治機構說來，人體不是某種單純的物理存在，人體必須充當意識型態的物質基礎。

不言而喻，性是身體訓練和控制的重點部位。性的危險源於性所製造的巨大快感。不論是生理衝動還是美學的佔有，性的快感具有如

1　福柯著，劉北成、楊遠嬰譯：《規訓與懲罰》（北京市：三聯書店，1999 年），頁 155、156。

癡如醉的效果。人們可能瘋狂地追逐這種快感，甚至不惜冒犯既定的社會秩序。這樣，性慾可能對封建社會的三綱五常產生巨大的威脅。性快感是潛伏在身體內部的危險因素，身體立即演變為道德與慾望相互爭奪的空間——「存天理，滅人欲」的道德理想最終必須迫使身體就範。這個意義上，限制性快感的誘惑是身體控制的戰略目標。

　　這裡，人們同樣可以引用福柯的觀點證明，封建意識型態的身體控制並不是徹底閹割性的存在。權力機制不僅在某些方面壓制和禁止性的活躍；同時，權力機制還可能在另一些方面表彰和闡發性的存在。[2]除了維持性的生殖功能，封建社會同時允許性在某些範疇浮現。文學史告訴人們，性曾經在因果報應的主題中充當一個重要道具，例如《金瓶梅》；在一個更為深刻的意義上，性甚至證明了「色空」的觀念，例如《紅樓夢》；某些古人的筆記著作之中，性還協助解釋了房中術和養生之道。儘管性快感和性享樂不可遏制地從作家的筆墨之間閃露出來，但是，多數作家必須承諾，封建意識型態終將贏得觀念的制高點——即使製造這樣的結局勉為其難。這個意義上，人們可以進一步發現，〈長恨歌〉或者《紅樓夢》之所以被譽為經典，恰恰因為它們痛苦地表現了性快感與封建意識型態之間相持不下的搏鬥。後者對於前者的封鎖，也就是社會秩序對於叛亂因素的封鎖。如果說，在封建意識型態的強大控制之下，文學不得不委屈地約束性快感所隱含的衝力，那麼，二十世紀的革命開始聚集各種力量之際，文學解放了什麼？

　　發軔於二十世紀之初的五四新文化運動已經得到全面的肯定。可以毫無誇張地說，五四新文化運動的革命奠定了二十世紀的文化歷史。封建社會已經奄奄一息，這場聲勢浩大的革命試圖對於封建意識型態進行徹底的清算。人們激烈指控噬人的三綱五常，性的問題無疑是一

2　參見福柯：〈西方和性的真相〉，《福柯集》（上海市：上海遠東出版社，1998 年）。

個焦點。「我是我自己的」[3]──這樣的宣言表明，叛逆的一代強烈地渴求性的自主權。對於文學說來，生殖、因果報應、色空、房中術或者養生之道這些指定的範疇已經遠遠不夠。性有權利在一些新的範疇得到表現，例如自由戀愛或者個性。這樣的籲求無疑包含了顛覆封建意識型態的尖銳挑戰，身體逃離禮教的枷鎖而恢復自由的天性。這時，性的種種故事理所當然地成為革命的組成部分。革命的名義讓一連串苦悶、憂愁、煩惱和悲傷贏得了嶄新的美學意義。這時，丁玲的〈莎菲女士的日記〉明目張膽地抒寫女性的性渴望，作家再也不願意利用封建士大夫的憐憫而含蓄地傾訴某種閨怨或者思春之情；魯迅的〈傷逝〉毀棄「始亂終棄」的模式，人們不得不結合個性、自由、經濟獨立等一連串前所未有的概念解釋主人公的悲劇。對於性的暴露程度，巴金的〈家〉或者曹禺的〈雷雨〉遠遠不如《金瓶梅》，不如《紅樓夢》，但是，〈家〉和〈雷雨〉中性的涵義遠為激烈地顯示出對於封建家族勢力的憎恨。性不僅是一種祕而不宣的生理行為，性同時是革命，是政治，甚至寓托了民族或者國家的命運。郁達夫的〈沉淪〉使用大量的篇幅描繪一個異鄉遊子的頹廢的性苦悶。他在最後的自沉之際發出了絕望的呼籲：「祖國呀祖國！我的死是你害我的！你快富起來！強起來罷！你還有許多兒女在那裡受苦呢！」許多人已經察覺這種設計的生硬之處──主人公的性苦悶並未有機地嵌入民族或者國家的形象；但是，至少在當時，讓性充當民族或者國家的晴雨錶並非偶然。

　　考察文學、革命和性的三角關係時，黃子平的論文〈革命·性·長篇小說〉是一篇富於啟示的參考文獻。[4]黃子平首先回溯晚清的「言情小說」。雖然所謂的「言情小說」曾經蔚為大觀，然而，「誨淫」的恐懼致使這批小說的性描寫十分節制：「相對於『五四』小說家如郁達夫、張資平、郭沫若輩在『性』描寫方面的大膽直露驚世駭

3　此為魯迅小說〈傷逝〉之中子君的宣言。

4　黃子平：〈革命·性·長篇小說〉，《文藝理論研究》1996 年 3 期。

俗，他們的前輩可以說是自愧不如。」在黃子平看來，茅盾的長篇小說已經嫻熟地將「革命」與「性」的互相纏繞置於視域的核心：「茅盾發現，『時代女性』的幻滅、動搖和追求，是穿梭織就這全景的最有利的經緯線。女性的身體符號，再次成為揭出一時代心理衝突的敘事焦點。在別人只看到『革命加戀愛』的地方，茅盾看到『革命』與『性』的光怪陸離的糾葛。」的確，黃子平引用的〈幻滅〉形象地表述二者的內在聯繫：「『要戀愛』成了流行病，人們瘋狂地尋覓肉的享樂，新奇的性慾的刺激；……在沉靜的空氣中，煩悶的反映是頹喪消極；在緊張的空氣中，是追尋感官的刺激。所謂『戀愛』，遂成了神聖的解嘲。」「單身的女子若不和人戀愛，幾乎罪同反革命——至少也是封建思想的餘孽。」〈虹〉、〈幻滅〉、〈動搖〉這些小說中，激烈的革命與縱欲氣息的混合形成奇特的景觀。

　　性快感已經不再是齷齪的嗎？性的能量的確可以被偉大的革命所徵引嗎？或者用弗・詹姆遜的話說，「是否把這種顛覆性的力量作為一種革命的『要求』」？詹姆遜還是習慣地在「寓言」的意義上肯定快感——這種快感意義不僅是局部的，自足的；同時，它還必須如同一個寓言暗示出更為宏大的總體烏托邦和社會體系的革命。「辯證法在本質上就具有創造一些途徑將此時此地的直接情境與全球的整體邏輯或烏托邦結合起來的雙重責任。」如果說，一個既定的經濟要求不是淪為經濟主義，那麼，它就會包含了更大的設想——快感亦是如此。「總之，一個具體的快感，一個肉體潛在的具體的享受——如果要繼續存在，如果要真正具有政治性，如果要避免自鳴得意的享樂主義——它有權必須以這種或那種方式並且能夠作為整個社會關係轉變的一種形象。」[5]

5　弗・詹姆遜著，王逢振譯：〈快感：一個政治問題〉，《快感：文化與政治》（北京市：中國社會科學出版社，1998 年），頁 150。

　　按照這樣的觀點，性的意義將被置於一個複雜的網路上給予解釋。革命是一個巨型的歷史震撼；革命的背後隱藏了一個巨大的歷史結構，革命力量的積聚必須追溯至一連串交錯的政治利益、經濟利益、文化背景以及種種社會關係的起伏。性可能積極地投入這樣的網路，但是，性的能量不得不與政治、經濟、階級、階層等各種元素互相權衡。這種能量可能得到接納，也可能遭受某些方面的抵制或者改造。總之，性僅僅是革命中一個擁有某種爆發力的主動因素。如果將性的衝動形容為革命原動力，這更像是一種修辭意義上的誇張。但是，對於某些文學派別——例如「垮掉的一代」——說來，革命的全部範圍幾乎就是性。這肯定包含了某種美學的原因。性所隱含的心理壓力掀開了衛道士設置的重重路障，這種反抗姿態的確類似革命；無論是踐踏秩序、蔑視權威還是放縱自由、為所欲為，革命的狂歡與性的狂歡具有某種氣勢上的美學對稱。這導致了二者的相互象徵。七十年代的某些「嬉皮士」甚至將他們心目中的革命收縮到性的範疇之內：讓正統社會難堪，反社會的性行為即是革命。毒品、搖滾樂是煽動反常性行為的最佳致幻劑。複雜的政治說教沒有必要，深刻的思想意識也沒有必要，性的自我沉醉已經足夠。他們的設想簡明扼要：如果性的範疇保持了自由和開放，世界必將會更加美好。這時，所謂的世界革命還有什麼必要呢？[6]

三

　　考察文學、革命和性的三角關係，革命與禁慾主義的聯繫是另一個無可迴避的問題。或許，縱欲和禁慾的矛盾恰恰是描述革命的雙重

6　詹姆士・克利夫德著，李二仕、梅峰譯：《從嬉皮到雅皮》（西安市：陝西師範大學出版社，1999 年），頁 64、65、87。

焦點。二者如何在革命的理論框架之內並存？的確，革命開端所帶來
的解放是激動人心的。摧枯拉朽、勢不可擋的氣概撕開了傳統的緊身
衣，一種自由的氣氛開始瀰漫。縱欲即是對於這種自由氣氛的響應。
可是，暴風驟雨式的革命漸漸進入縱深之後，一個奇異的轉變不知不
覺地出現了：什麼時候開始，性重新成為一個禁忌的對象？所以，黃
子平不無迷惘地問道：「革命的成功使人們『翻了身』，也許翻過來了
的身體應是『無性的身體』？革命的成功也許極大地擴展了人們的視
野，在新的社會全景中『性』所佔的比例縮小到近乎無有？革命的成
功也許強制人們集中注意力到更迫切的目標，使『性』悄然沒入文學
創作的盲區？也許革命的成功要求重寫一個更適宜青少年閱讀的歷史
教材，擔負起將革命先輩聖賢化的使命？」[7]

　　顯然，禁慾主義迅速地讓人們聯想到宗教——多數宗教派別在禁
慾方面出奇地一致。不論是個人的道德品質還是集體的組織制度，二
十世紀的革命是不是從古老的宗教中得到某種啟示？弗・詹姆遜對於
這個問題表示出一種猶豫：「左派是否具有清教徒的歷史淵源，甚至
是否存在著某種真正的革命精神即永遠注定保持一種清教徒的姿態，
這些問題對於我們的論題是很重要的，但憑經驗又是完全不可能回答
的。」[8]儘管如此，人們至少可以參考宗教的某些特徵描述革命的另
一個階段。

　　按照馬克斯・韋伯的著名考察，禁慾主義是清教徒的嚴苛戒律。
在清教徒那裡，一切和肉體有關的享樂都是墮落。清教徒對於文化和
宗教中所有涉及感官和情感的內容一概保持徹底的否定。他們的修行
生活是為了讓肉體不再依賴自然從而皈依上帝的天國。[9]換言之，禁

7　黃子平：〈革命・性・長篇小說〉，《文藝理論研究》1996 年 3 期。

8　弗・詹姆遜：〈快感：一個政治問題〉，《快感：文化與政治》（北京市：中國社會科
　　學出版社，1998 年），頁 150。

9　參見馬克斯・韋伯：《新教倫理與資本主義精神》下篇（北京市：三聯書店，1987
　　年）。

慾主義時常意味了肉體享樂之上的理想出現。革命縱深的標誌同樣
是，革命理想高懸於個人慾望之上。這時，革命初期的狂熱、激烈、
褻瀆與放縱已經過去，革命開始顯現為一個有組織、有綱領、有目的
的嚴密過程。種種享樂慾望所包含的衝擊力已經在摧毀傳統體制中消
耗殆盡，革命設想的實現不得不依賴革命者艱苦卓絕的努力。性所煽
動的革命無法在歷史中走得很遠。性的革命隱含了渴求享樂的一面，
嬉皮士的性解放甚至以「要作愛，不要作戰」為口號。進入革命的縱
深，享樂可能成為意外的干擾。這時，只有禁慾是持續革命的保證。
革命意志否棄淫蕩，革命的艱忍必須杜絕紙醉金迷的感覺。禁慾促使
革命者放棄個人的享樂、放棄個人的趣味，甚至放棄個人的生命而參
與某種危險的事業。甩下卑微的肉體軀殼而仰望精神的宏大境界，這
意味革命理想的巨大號召力。禁慾是這種號召力的組成部分。如果革
命的理想沒有昭示出一個輝煌的前景，如果這種輝煌的前景無法徹底
地征服某些人的內心，那麼，革命者不可能拋下所有的現世利益而投
身其中。拒絕現世的、個人的、肉體的快樂而崇拜地聆聽某種遙遠
的、神聖的聲音，這種禁慾主義已經同宗教十分相像了。

　　禁慾主義與革命的關係表明，革命——尤其是大規模的政治革
命——時常隱藏了兩個階段的轉換。這樣的轉換中，個人的意義改變
了。放縱與紀律，叛逆與服從，個體與組織，肉體與精神，革命逐漸
從前者轉向後者。革命的原動力是對於個性、自由和享樂的憧憬，但
是，這樣的憧憬寄寓在理想中的時候，革命的實踐是禁慾的——這樣
的憧憬只能求助於禁慾的階段而迂迴地抵達。這個階段可能持續相當
一個時期，組織與紀律可能在這個時期體制化。這時，個人主義就會
因為自由和享樂的內涵而被視為革命的絆腳石。二十世紀的革命中，
個人主義的自由與享樂時常被定位於革命的對立面：資產階級思想。
資產階級崛起之際對於個人主義的推崇被提取出來，資產階級得到了
巨大財富之後的奢侈享樂被視為個人主義的必然後果，這樣，革命回

身向縱欲的風氣舉起批判之矛。二十世紀上半葉，文學史清晰地顯現了這種迂迴的弧線。五四時期，個人以及慾望均是啟蒙話語肯定的內容；然而，二十年代末期提出「革命文學」之後，個人主義或者自由主義迅速地成為眾矢之的。人們時常可以聽到這種抱怨：山河破碎，民不聊生，詩人還有什麼理由喋喋不休地表白那些渺小的慾望或者失戀呢？[10]多數詩人往往情不自禁地傾心於愛情的主題，但是，他們必須抽乾愛情中的個人因素，讓愛情與革命相互重疊。郭小川曾經在五十年代發表兩首著名的愛情敘事詩：〈白雪的讚歌〉和〈深深的山谷〉。〈白雪的讚歌〉之中，一對革命夫妻在戰爭中失散了。丈夫下落不明。空洞而漫長的等待生涯中，妻子對於另一個醫生產生奇異的感情。然而，詩人理所當然地將個人的感情與政治貞操相提並論——於是，妻子終於成功地克制了愛情的瞬間動搖而等到了丈夫的返回。因為這是「戰士和戰士之間的愛情」，所以「我們的感情跟雪一樣潔白」。相反，〈深深的山谷〉揭開了愛情與革命之間可能產生的分裂：一對捲入革命洪流的知識分子同時捲入了愛情。「延安三個月的生活／我們過得充實而且快樂／延河邊上每個迷人的夜晚／都有我們倆的狂吻和高歌」。然而，男主人公的小資產階級個人劣根性很快暴露在嚴峻的革命形勢中。他竭力迴避前線，並且認為知識分子在烽火連天的地方無所作為。他奔赴延安的革命激情已經消耗殆盡，剩下的僅僅是一己的打算。他自己已經意識到：「我的這種利己主義的根性／怎麼能跟你們的戰鬥的集體協調？」這時，愛情與革命之間開始互相敵視——男主人公不得不選擇自殺作為他的最後結局。對於革命來說，如果愛情堅持個人、自由和慾望的意義，那麼，自殺只能是一個必然的結局。

---

10 參見《「革命文學」論爭資料選編》（上、下）（北京市：人民文學出版社，1981年）。

　　如果革命的縱深遇到愈來愈大的阻力，革命者必須凝聚為一個堅固的整體才能有所突破。這是革命組織的意義。這時，性關係所構成的聯盟——時常擁有愛情的名義——是革命集體中的一個不透明的腫塊。圍繞性所締結的情侶具有一種非凡的、甚至是無視功利的堅固聯繫，這種私人空間可能對於政治綱領的長驅直入形成障礙。於是，這時還可以說，禁慾是清理和純潔革命組織的一個有力措施。人們可以從〈青春之歌〉中發現，余永澤的溫情以及因此產生的家庭多大程度地遮蔽了革命理想對於林道靜的啟蒙，林道靜耗費了多少額外的精力才能掙脫這種性關係的糾纏而投奔革命隊伍。如果說，〈林海雪原〉或者〈鐵道游擊隊〉還保存了某些愛情的痕跡，那麼，六、七十年代的文學已經將禁慾主義視為革命者的基本標誌。人們曾經發現，〈智取威虎山〉、〈沙家濱〉、〈白毛女〉、〈紅色娘子軍〉這些特殊的現代劇一律無情地斬斷革命者的性關係。這並非偶然——這毋寧說是文學、革命與禁慾主義三者之間關係的拓本。這樣的事實終於讓人們意識到，革命不僅帶來了身體的解放；另一些時候，革命重新開始了身體的控制。

四

　　二十世紀八十年代之後的文學如何表述革命與性的關係？這時，張賢亮、王安憶以及閻連科的名字出現在郭小川、楊沫背後，形成了一個耐人尋味的對照。

　　必須再度提到張賢亮的〈綠化樹〉和〈男人的一半是女人〉——尤其是〈男人的一半是女人〉。這是張賢亮《唯物論者的啟示錄》系列之中的前兩部。這兩部小說的震撼在於，打破了持續已久的禁慾主義氣氛，坦稱肉體之軀包含了性。至少在當時，「性」還是公眾輿論之中一個諱莫如深的字眼，張賢亮充當了盜火者的角色。當然，張賢

亮並不是為某一個生理器官恢復名譽，〈綠化樹〉和〈男人的一半是女人〉力圖揭示的是性、政治、革命之間的隱蔽聯繫。在張賢亮那裡，這三者之間存在特定的呼應：「政治的激情和情欲的衝動很相似，都是體內的內分泌。它刺激起人投身進去：勇敢、堅定、進取、佔有、在獻身中獲得滿足與愉快。」或許，暴露這三者之間的呼應即是「唯物論者的啟示」之一？

〈男人的一半是女人〉中，革命的政治已經由於畸形的發展而演變為新的專制體系。這是一種嚴酷的異化。這種專制體系是對於個體生命內涵的全面封鎖——這樣的封鎖包含了精神和身體。章永璘——〈男人的一半是女人〉中的主人公——的精神還沒有完全寂滅，他至少還記得莊子與馬克思的言論。然而，這些言論僅僅是他抵禦恥辱的盾牌。身體的封鎖體現為強制的牢獄囚禁。這時，禁慾理所當然地屬於這種囚禁的一部分。對於章永璘說來，適宜於性的環境已經完全取締。若干年之後，這樣的囚禁終於顯示了生理的效果：性無能。章永璘向他的妻子解釋說，這種性無能大約源於長期的壓抑。

> 「壓抑，啥叫壓抑？」她大口大口地吸著煙，又大口大口地吐出來。
> 「壓抑，就是『憋』的意思。」
> 她發出哏哏的嘲笑：「你的詞真多。」
> 「是的。」我照著我的思路追尋下去。「在勞改隊你也知道，晚上大夥兒沒事盡說些什麼。可我憋著不去想這樣的事，想別的；在單身宿舍，也是這樣，大夥說下流話的時候，我捂著耳朵看書，想問題，憋來憋去，時間長了，這種能力就失去了。」

可是，令人驚異的是，章永璘的性功能恢復之後，他的政治激情幾乎同時甦醒了。他試圖冒險地向頭頂上那個強大的專制體系挑戰。

性的英雄必須同時是政治英雄——章永璘的所有文化修養迅速成為政治能力的一部分。洗刷了性無能的恥辱之後，國家的命運立即佔據了章永璘的視域中心——這個意義上，女性如同挑起他政治慾望的春藥。這幾句女權主義深惡痛絕的言論的確是章永璘的心聲：「啊！世界上最可愛的是女人！但是還有比女人更重要的！女人永遠得不到他所創造的男人！」儘管章永璘的離家出走無異於政治盲動，但是，人們至少可以察覺，性與政治革命之間的聯袂演出再度開始了。

　　這個意義上，〈男人的一半是女人〉暗示了性的不可遏止的衝擊能量。這是革命的驅動之一。但是，這一部小說同時暗示，性的能量還擁有另一幅世俗的構圖。黃香久的願望代表了民間的悠久傳統：「小農經濟給人最大的享受，就在於夫妻倆一塊幹活！中國古典文學對農村的全部審美內容，只不過在這樣一個基點上——『男耕女織』」。換言之，性的傳統觀念同時包含了渴求安寧、恐懼革命的保守性。〈男人的一半是女人〉後半部分展開了革命與保守之間的衝突。

　　事實上，先於〈男人的一半是女人〉發表的〈綠化樹〉更為微妙地書寫了性的保守意義。這裡的章永璘是個饑餓的獲釋犯人。農場上一個叫作馬櫻花的漂亮女工愛上了章永璘，利用種種巧妙的方式為章永璘提供糧食。〈綠化樹〉中，性交織於複雜的生存技巧。馬櫻花利用自己的曖昧身分——一個富有魅力的寡婦——贏得額外的糧食，這些糧食作為愛情的貢品呈獻給章永璘。這裡的性體現出放縱與世俗的雙重性。性的種種成規對於馬櫻花並不存在；她從來沒有為這種隱蔽的性交易感到內疚。另一方面，馬櫻花關於性的理想圖景與黃香久異曲同工：「她把有一個男人在她身邊正正經經地念書，當作由童年時印象形成的一個憧憬，一個美麗的夢，也是中國婦女的一個古老的傳統的幻想。」放縱與世俗的雙重性甚至為馬櫻花製造兩張面容。某些時候，章永璘會因為馬櫻花的率真、自由而驚歎；另一些時候，章永璘又會明顯地察覺知識分子與民間性愛傳統之間的距離。

　　〈綠化樹〉中，閱讀馬克思的《資本論》是章永璘維持生命的另一個精神源泉。這樣的閱讀無疑是知識分子的殘存標誌。儘管兩部小說並沒有正式的表白，但是，人們還是會意識到一個問題：性與政治革命之間的呼應是否僅僅源於知識分子那種不安本分的性格？儘管海喜喜——一度是章永璘的情敵——遠比章永璘強壯，但是，他心目中的性並沒有突破世俗常規的爆發力。換句話說，如果性的能量形成革命的衝動，知識是否扮演某種催化劑？投身愛情的時候，章永璘不斷地察覺他與馬櫻花、黃香久之間的距離，這是否意味了知識分子更為自覺地為性的能量隱含的衝擊力而激動？

　　王安憶的〈小城之戀〉似乎是另一個有趣的證明。〈小城之戀〉中的「他」與「她」分別擁有年輕的、碩健的身體。性如同一個魔鬼藏匿在他們的身體內部，暗暗地聚集著狂暴的能量。畸形的練功，鬥嘴，互相虐待和折磨，這一切均是性的魔鬼即將現身的前奏。性的衝動真正甦醒之後，不可阻遏的慾望呼嘯地奪門而出。這樣，無法控制的時刻到來了。「他」和「她」的心目中，性慾是深深的罪孽。他們百般自責，羞愧欲死——「她」甚至已經考慮赴死，但是，即使如此，他們的身體還是無法逃離性的魔爪。身體頑強地違背他們的意志而渴求結合，一切禮教習俗都阻擋不了洶湧的慾望。人們可以從這裡發現，性的背後潛伏了驚心動魄的衝擊力。然而，〈小城之戀〉還給人們的仍然是這樣的結局：如果沒有匯入浩浩蕩蕩的革命形勢，性的衝擊力不久就會燃成一堆灰燼。生理的渴望削弱之後，「他」迅速地沉淪為庸常之輩；「她」的命運重複了不斷再現的主題——後代的誕生與母親的身分終於讓她經過性慾的焚燒而得到了真正的淨化：

　　　「媽媽！」孩子耍賴的一疊聲的叫，在空蕩蕩的練功房裡激起
　　　了回聲。猶如來自天穹的聲音，令她感到一種博大的神聖的莊
　　　嚴，不禁肅穆起來。

　　王安憶的另一部小說〈崗上的世紀〉從肯定的意義上再度引申了性的能量。這部小說隱含了兩層的故事。表面上，這是一個性交易中欺詐、失信與殘酷復仇的情節，這樣的情節曾經在知識青年與鄉村幹部之間屢屢上演。然而，這種情節背後另外一個故事意外地誕生：性的覺醒終於讓麻木的身體擺脫沉睡而贏得真正的生命──〈崗上的世紀〉隱喻了性的創世紀意義。王安憶看來，身體的相互渴求甚至可以擊穿欺詐和仇恨所製造的堅硬的隔絕。事實上，相互重創的雙方的確在性的相互需求中重歸於好，並且握住了生命的真諦。這顯示，性所具有的力量是無可比擬的，缺少的僅僅是一個神聖的目標。

　　二十一世紀開始的時候，閻連科的長篇小說〈堅硬如水〉終於再度在革命與性之間發現共有的瘋狂節拍。二者的呼應產生了強大的共振。男主人公從部隊返回耙耬山，六十年代的大革命尾隨他的腳步湧入「二程」──程顥、程頤──的故里程崗鎮。誇張的革命言辭將「二程」的子孫拋出傳統的日子，沉寂的山村開始天翻地覆。毫無疑問，男主人公是這一場革命的擎旗人；與此同時，男主人公與女主人公驚心動魄的祕密相愛隱伏在革命風暴的中心同步展開。他們內心的力比多不僅表現為性的巨大焦渴，而且轉換為革命的激情。於是，幽會、偷情、心心相印與動員、反叛、聯手禦敵合二而一，政治野心與繾綣纏綿如出一轍。一連串僵硬古板的標語口號成了他們互訴衷腸的美妙詞彙，喇叭裡的高亢的革命歌曲可以使男主人公的性器官持久地堅硬。正如小說標題的悖謬組合，殘酷與柔情、血腥與堅貞、慘烈與歡愛、卑鄙與無私奇特地集聚在「革命」的名義之下，並且製造出一個怪誕的結局。〈堅硬如水〉採用了一種放縱的敘述，種種六十年代的革命話語毫無節制堆砌在故事中。這種敘述彷彿是一種暗示──暗示某種性的能量正在堂皇的辭句之下不歇地湧動。

　　庸庸碌碌的日子，性的無所作為恰恰是由於，多數人毫無異義地默認了習以為常的世俗目的──生殖。但是，傳統可能在某一個時刻

突然碎裂。巨大的壓力可能在每一個角落找到出口，革命不是也可以從身體開始嗎？為什麼放棄利用這種不可多得的能量？這時，理想、浪漫、革命與叛逆、褻瀆、自由精神彷彿找到了一個新的、同時又難以啟齒的寄寓之點。

五

　　很大程度上，張賢亮的〈男人的一半是女人〉成為一個性的解禁標誌。誇張的口吻，驚心動魄的語句，大段的獨白，鄭重其事的自我暴露，這些話語姿態無不刻劃出一個性解放的勇士形象。可是，這種衝擊沒有遇到太多的阻力，封鎖出其不意地迅速潰敗。九十年代出頭露面的一批作家——例如韓東、朱文、述平、刁斗以及衛慧或者棉棉——那裡，性已不再是一個犯忌的問題。相對於張賢亮式的故作矜持，他們彷彿漫不經心，甚至玩世不恭。暴露性經驗、性樂趣、性器官或者性關係，這一批作家的膽量遠遠超出他們的前輩。張賢亮們年近半百的時候才小心翼翼地提到性；相形之下，九十年代的作家可以形容為文化意義上的性早熟。

　　當然，九十年代的作家偶爾還會和某些富於道德責任感的批評家打一場遭遇戰。朱文的〈我愛美元〉曾經遇到了激烈的攻擊，批評家尖刻地稱之為「流氓」。這些作家理所當然地進行了言辭鋒利的反擊，他們的小說甚至變本加厲。如果這一切無法解釋為幼稚的意氣用事，那麼，人們不得不追問：文學試圖為性製造哪些涵義？

　　在這些九十年代作家那裡，例如，在朱文的〈關於一九九〇年的月亮〉、〈我愛美元〉或者〈大汗淋漓〉那裡，在韓東的〈障礙〉或者〈煙火〉那裡，性即是性——性恢復了肉體的快感這個基本事實。性快感的意義恰恰在於，不必額外地遭受種種特殊涵義的打擾。性正在擺脫一連串傳統的附加物。這些作家筆下的性快感首先不再為愛情負

責。企圖利用性器官的交接達到心靈的溝通，這如同一種可笑的囈語。柏拉圖式的精神戀愛早該絕跡，種種肉麻的浪漫遊戲已是古董。性僅僅是肉體的激動。如果性不得不啟動思想，那即是精心設置勾引的圈套。充當勾引者的時候，這些作家的心愛主人公詭計多端，不屈不撓；一旦離開那張大床，他們首先想到的是如何甩開對方。除了偶爾插入的小小感傷，他們絕不會可恥地為性愛而抒情。許多時候，他們的性愛僅僅集中於性器官之上；性器官的亢奮周期也就是他們對於異性產生興趣的時限。這種性愛體現出赤裸裸的利己主義。作家們甚至不願像 D.H. 勞倫斯那樣利用性的顛慄體驗生機勃勃的生命狂喜；他們主人公的嚮往僅僅是從漂亮的異性那裡得到一陣短暫的肉體快感。〈大汗淋漓〉中的那個頑強的女性追逐者將這一切表述得無比簡單：「我真想和那個女人睡上一覺啊。媽的！」

　　儘管如此，人們沒有理由將這些小說想像為性學教科書。小說展示的放蕩仍然是某種生活的組成部分。這批小說時常以某些困頓潦倒的知識分子為主人公，這並非偶然。一批富有先鋒意味的詩人或者作家入選，代表某種不馴的邊緣群體。他們拒絕主流，蔑視秩序，我行我素，個性獨異是他們無視種種傳統性道德的口實。一方面，他們將勾引異性視為自豪的成就，另一方面，他們試圖在形形色色的性愛經驗中製造深刻的經歷。〈障礙〉中的主人公對於一段興味橫生同時又頗為尷尬的性愛插曲表發了如下的感想：

　　　　我們除了愛的聖潔之體驗（所謂「沒有一絲邪念」）外，是否
　　　　也需要性的荒淫之感受？是否更需要了？是否荒淫無恥是聖潔
　　　　的物質保證呢？

　　有趣的是，這些詩人或者作家的性勾引生涯是與居無定所、借債、聚眾清談、實驗性寫作、夢遊似地閒逛這些生活方式連為一體。

人們可以發現，這些邊緣人物神情漠然地游離於九十年代的時尚之外。這批小說極少出現家族、門第以及各種勢力通過聯姻結成社會同盟這一類故事。九十年代盛行的那種經濟漩渦中的性愛故事——公司、經理、轎車、酒會、白領麗人、三角糾紛——通常不會光顧這些作家。在我看來，這些作家筆下的性愛故事毋寧說是慾望與幻想的混合體：

> 他們身後不存在政治或者經濟的重大背景。對於他們說來，性愛僅僅是個體事務。他們的性愛已經將社會關係削減至最為簡單的程度。這裡沒有種種交易，甚至也不存在家庭關係。性愛不需要資金，不需要龐大的權力網路，不需要周密的生產體系和起早貪黑的奔波。性愛的快樂只需要兩副血肉之軀，故事僅僅發生在一個小小的房間裡面。[11]

　　不言而喻，這些詩人或者作家的性愛故事與日漸強大的市場秩序格格不入。他們寧願保持某種乖戾的形象抵制世俗氣息的包圍。他們刻意堅持個人的空間；這種空間既不向市儈開放，也不接納所謂的愛情。性愛僅僅是肉體的快樂，心心相印是無稽之談。這些詩人或者作家開始某些自命不凡的思考時，他們多半不願讓剛剛還共享床笫之樂的異性逗留眼前——他們迫切地渴望個人獨處。這如同一個隱喻：他們獨守個人空間的同時已經對公共領域喪失了任何興趣。即使性關係這種親密的私人交往仍然是一種不可信賴的負累。這個意義上，他們的「個人形象」不是令人欽佩的叛逆領袖或者偉岸不群的個性；他們更像是一些不合作者，一些面目怪異的游離分子。他們不願承擔公眾事務，他們的性愛故事並不想贏得弗・詹姆遜頒發的「民族寓言」的

11　南帆：〈《九十年代文學書系（先鋒小說卷）》導言〉，《邊緣：先鋒小說的位置》（北京市：社會科學文獻出版社，1998 年）。

光榮稱號。拋棄浪漫幻覺，拋棄公共領域和集體主義，回到肉體的享樂，回到純粹的私人性——儘管他們竭力廢除性愛故事所包含的深度，可是，這種廢除本身不啻於另一種革命。〈我愛美元〉中，那一對寶貝的父子有過一段令人回味的對話：

> 「生活中除了性就沒有其他東西了嗎？我真搞不懂！」父親把那疊稿紙扔到了一邊，頻頻搖頭。他被我的性惱怒了。
> 「我倒是要問你，你怎麼從我的小說中就只看到性呢？」
> 「一個作家應該給人帶來一些積極向上的東西，理想、追求、民主、自由等等，等等。」
> 「我說爸爸，你說的這些玩藝，我的性裡都有。」

　　傳統文化秩序之中，性是一個諱莫如深的問題。這些作家突然放肆地將性快感、性樂趣、性幻想暴露在前臺，這是壓抑的解放。可是，真正的解放到來了嗎？即使坦然地正視性的問題，自由是否已經如期而至？這樣，人們轉入這個問題的另一個維面：性別之戰。

六

　　如前所述，談論革命與性的關係時，「性」是一個外表光滑的完整概念。這個概念安裝在闡述革命的話語體系中，運轉自如。然而，這個概念的普遍主義性質終於遭到了女權主義理論的質問。按照女權主義的理論，「性」的完整概念僅僅是一個抽象的幻覺——這個概念必須分解為具體的男性和女性。「性」這個概念的普遍主義性質時常藏匿或者掩蓋一個重要的事實：這個概念內部的男性和女性是不平等的。圍繞性而誕生的一連串文化秩序充滿殘酷的壓迫。這種文化秩序力圖維護恆久的男權中心，女性是倍受欺凌的弱勢群體和犧牲品。凱

特‧米利特甚至認為：「主要的社會和政治區別，其基礎竟然不是財富和地位，而是性別。」性別統治是其他等級制度統治的樣板。[12]不言而喻，持續的壓迫和欺凌必將孕育出同等激烈的反叛能量。一場聲勢浩大的社會革命不可避免。當然，這時的「性」不再是一個挑戰社會秩序的完整社會單元；革命的火焰恰恰從「性」這個概念的後院開始燃燒。只有女性扮演了革命主體之後，凱特‧米利特所形容的「性的政治」才真正開始。

進入二十世紀八十年代，中國的個性解放或者啟蒙主義開闢了一個嶄新的話語空間。這時，男性和女性和諧地匯聚於「個性」的大旗之下，共同掀開專制體系的禁錮。巨大的壓力曾經讓某些知識女性身心疲憊，於是，她們渴望將頭顱倚上一個堅強的肩膀——「尋找男子漢」的口號開始在某些女性作家圈內流傳。「尋找」的確表明了女性的某種理想，張辛欣不無迷惘地問道：「我在哪兒錯過了你？」可是，這種朦朧的理想很快被真實的男性形象撞破了。〈愛，是不能忘記的〉中，張潔對於男性保持了一種遙遠的純潔思念；〈祖母綠〉突然面對面地發現男性的種種猥瑣和鄙下。她的〈方舟〉再度推開了男性——〈方舟〉之中的三位女性已經在徹底的失望中掉頭而去。如果說，張潔更多的在蔑視男性之中體現了某種居高臨下的姿態，那麼，九十年代的陳染和林白正面地撞上男性的傲慢與狂妄。她們不約地描述女性的弱小者面對的男性壓力：陳染的〈私人生活〉與林白的〈一個人的戰爭〉均可納入「成長小說」。兩部小說中瘦弱的女主人公漸漸地發育成熟，但是，她們並沒有順利地步入社會。強大的男權文化終於將她們逼回狹小的房間，逼回自己的內心——她們是性別意義上的失敗者。

〈私人生活〉中的倪拗拗的確邁不出「私人生活」的圈子。更為

---

12 凱特‧米利特：《性的政治》（北京市：社會科學文獻出版社，1999 年），頁 96、156。

確切地說，男性的銅牆鐵壁將她幽閉在這個圈子裡。對於倪拗拗產生威脅的第一個男性是她的老師 T 先生。這種威脅不僅是精神的打擊，同時還包含了身體的入侵──除了將倪拗拗形容為「問題兒童」，T 先生還對她動手動腳。倪拗拗的母親並非女兒的保護傘，她在態度強硬的 T 先生面前謙恭地唯唯諾諾，因為 T 先生高大健壯──「他是一個男人」。另一方面，倪拗拗對於父親──另一個男人──無比失望。父親時常對家庭之中的女性濫施淫威。母親、倪拗拗、老保姆無不反覆地領教他的剛愎和自私。倪拗拗的第一次性經驗並沒有改變她對於男性的厭惡：「這個自己曾經獻身的地方，其實是一塊空地，一種幻想。」她唯一喜愛過的男性是漂亮尹楠。可是，這個羞怯的小伙子很快就搭乘國際航班消失在異國他鄉。母親和禾──一個她所依戀的寡婦──去世之後，倪拗拗終於陷入孤獨。這是一個意味深長的場面：倪拗拗在浴缸裡為自己設置一個被窩。她凝視過鏡子中自己的形象之後，進行了性的自慰。從自己身上分裂出另一個自我照顧自己，哪怕是在性的意義上。這無疑是孤獨者的寫照。

　　饒富趣味的是，房間、臥室、鏡子、性自慰這些孤獨的意象同樣出現在林白的〈一個人的戰爭〉之中。主人公多米從小就未曾得到父親的護佑。她孤獨地居住在一所黑暗而又空洞的大房子裡，依靠自己的瘦弱身軀抗拒無邊的恐懼。沒有強壯的男性胳膊阻擋淒風苦雨，這無形中取締了她向男性索取溫情的心理習慣。成年之後，一連串遭遇讓多米的異性愛情破滅了。矢村不過是徒有其表的勾引者，N 的自私讓多米格外失望。多米覺得，愛情更像一種虛構的火焰；愛情不是異性的忘我投入，人們毋寧說用這種火焰燃燒自己。這終於導致一種徹底的懷疑：為什麼必須將愛情交付給異性？於是，多米的愛戀情懷回到了自己的性別群體。從鏡子之中凝視自己，在想像之中與自己對話，這是多米逃離男性之後產生的自戀。小說的最後一段題詞聲稱：「一個人的戰爭意味著一個巴掌自己拍自己，一面牆自己擋住自己，

一朵花自己毀滅自己，一個人的戰爭意味著一個女人自己嫁給自己。」的確，這個男權中心的社會裡，多米找不到自己的位置；她只能低下頭來回到自己，這是一個無可改變的結局。

可是，某些女性還是向這種無可改變的結局發動了淒絕的衝擊——例如〈致命的飛翔〉中的北諾。林白的這篇小說出現了兩位女性。她們分別在男性的權力下面掙扎，試圖贏回某些存活的空間。李萬更多地選擇了妥協式的迴旋：「指望一場性的翻身是愚蠢的，我們沒有政黨和軍隊，要推翻男性的統治是不可能的，我們打不倒他們，所以必須利用他們」。北諾同樣願意委曲求全，但是，一次瘋狂的性虐待終於激起了不可忍受的恥辱與仇恨。這樣，纖纖素手終於握住一柄鋼刀：

> 女人拿著刀仔細看他，她在他身上找到了一個合適的地方，那就是他脖子上一側微微跳動著的那道東西，她就從那個地方割了下去。
>
> 鮮血立即以一種力量噴射出來，它們呼嘯著衝向天花板，它們像紅色的雨點打在天花板上，又像焰火般落了下來，落得滿屋都是，那個場面真是無比壯觀。

這如同一種同歸於盡的壯烈儀式。這裡包含了絕望的殘暴。然而，儘管毀滅一切的決絕暗示女性所承受的重壓，可是，這種報復不可能真正搖撼男權文化的強大基礎。這種革命更像是仇恨驅使之下的盲目暴動。事實上，女性正在更為深刻的意義上構思「性的政治」。陳染的〈破開〉宣諭了一連串女性自我拯救的主張——與其說這是一篇趣味橫生的小說，不如說更像一份寓言式的性別社會學綱領。

〈破開〉毫不掩飾地宣稱，「性溝」是未來人類的最大爭戰。小說之中的兩位女性對於男性社會無比輕蔑——「破開」意味了與男性

一刀兩斷。這是一種前所未有的性別覺悟：

> 在我活過的三十年裡其實一直在等待。早年我曾奢望這個致命的人一定是位男子，智慧、英俊而柔美。後來我放棄了性別要求，我以為做為一個女人只能或者必須期待一個男人這個觀念，無非是幾千年遺傳下來的約定俗成的帶有強制性的習慣，為了在這個充滿對抗性的世界生存下去，一個女人必須選擇一個男人，以加入「大多數」成為「正常」，這是一種別無選擇的選擇。但是，我並不以為然，我更願意把一個人的性別放在他（她）本身的質量後邊，我不再在乎男女性別，也不在乎身處「少數」，而且並不以為「異常」。我覺得人與人之間的親和力，不僅體現在男人與女人之間，它其實也是我們女人之間長久以來被荒廢了的一種生命力潛能。

這樣，女性性別在她們的社會模型之中成為首要的社會組織原則。摒棄男性也就是摒棄愛情，但是，她們堅信女性之間的「姐妹情誼一點不低於愛情的質量。」女性已經沒有什麼事情不能自己解決。「就是生孩子，我們女人只要有自己的卵巢就行了，科學發展到今天，已經足以讓每一個有卵巢的女人生育自己的孩子。」也許，女性社會的唯一空缺是，沒有男性製造的肉體滿足。這是〈破開〉猶豫地止步之處：女性有沒有權力彼此滿足性的慾望？雖然小說還沒有越過最後一個傳統觀念，但是，徹底的解放勢在必行。女權主義理論至少為女性奪回一個性別財產：身體。如何支配自己的身體，這是女性的基本權利。

〈破開〉可以視為女性革命的產物。這部小說力圖重新組織男權重軛之下的女性社會。當然，這份綱領有待於一連串政治細節和經濟細節的填充，這種填充可能極大地修改甚至顛覆既定的設想。儘管如

此，我更願意對這份綱領的指導思想之一提出異議。如果說女性革命是一個弱勢群體的抗議，那麼，這份綱領之中潛伏了某種令人不安的因素。某種程度上，這份綱領仍然推崇精英主義的強者哲學。女權主義理論曾經不無自豪地發現，生物學意義上，女性的性能量遠比男性強大；[13]許多場合，〈破開〉進一步完善了女性的性別優越觀念：女性之所以有理由形成一個群體，恰恰因為她們的智慧和精神素質超出了男性——這甚至是男性恐懼女性的原因。在陳染那裡，這種表述更像某種社會理想而不是策略性的組織口號。如果這種表述之中對於弱者的輕蔑得到了擴張的機會，新的強權與壓迫機制即將形成。輕蔑弱者得到了強權支持之後曾經在歷史上產生驚心動魄的效果，這甚至是某些種族屠殺的堂皇藉口。這時，革命就會脫離初衷而走向自己的反面——這種女性革命的結局與男權邏輯又有什麼不同呢？

七

　　性的暴動充當了革命的原動力，這並非偶然。根據弗洛伊德的學說，性與革命之間的聯繫可以追溯到身體的生物機能。革命的能量集聚在身體內部，等待一個暴烈的釋放。身體所具有的性本能是這種能量的發源地。弗洛伊德證明，性本能的衝動固執地指向了快樂，這種快樂帶有某種不顧一切的放肆。但是，文明社會無法容忍性本能的自由放縱。種種強制的規範與觀念牢籠嚴密地封鎖了性本能的湧現。對於未成年的兒童說來，這種封鎖曾經由威嚴的父親轉述；進入社會之後，父親享有的家庭權力廣泛地分布於教育機構和行政機構。這些權力的結合形成了一個堅固的現實原則，性本能的快樂渴求在現實原則那裡遭到了嚴重的挫折。弗洛伊德承認，這種挫折是文明進步的必要

---

13 凱特・米利特：《性的政治》（北京市：社會科學文獻出版社，1999 年），頁 176。

代價。文明即是對本能的壓抑。只有徹底馴服凶猛的性本能，社會的公共秩序才不會分崩離析。上述這些故事是在心理學的範疇之內重新敘述了統治權威的來歷。自我、本我與超我三者之間的關係如同社會政治中被壓迫階級與統治者之間的關係。弗洛伊德的一個洞見在於，他認為那些遭受封鎖的性本能並沒有死寂，它們不過是深藏到無意識領域，暗中窺伺再度發作的機會。無意識並非一個安寧的後院，一大批猛獸潛伏在暗處虎視眈眈。如果這些性本能沒有得到「昇華」注入偉大的文明，同時，這些性本能也沒有因為反常的壓抑形成神經症，那麼，無意識始終是文明秩序的一個重大威脅。這時，人們終於發現，身體內部隱藏了巨大的叛逆衝動。一旦這種能量衝出超我所設置的閥門，它們理所當然地投奔到革命的主題之下。

　　性本能的持續衝動與文明秩序的恒久壓抑──弗洛伊德將這一切解釋為本能與文明的搏鬥──簡潔地將壓迫與反抗的模式壓縮到心理學範疇。但是，另一些理論家試圖重新從心理學範疇跨向社會政治──他們重新在壓迫與反抗中發現了社會政治。「可以把心理學作為一門特殊的學科加以闡述和實踐，只要精神能頂住公共的勢力，只要私人性是實在的、是可以實在地期望的、並且是自我形成的；但如果個體既無能力又不可能自為存在，那麼心理學術語就成了規定精神的社會力量的術語。」的確，馬爾庫塞在《愛慾與文明》中發現了心理學的政治意義。[14]這部著作看來，文明對於快樂的剝奪是歷史的、社會的；這「僅僅是人類生存的特定歷史組織的產物」，[15]或者說，這是特定歷史階段的異化。理性代表了現實原則暴戾地征服了感性，取締感性的快樂是為了維護特定社會文明秩序的完整。事實上，現有的

14　馬爾庫塞著，黃勇、薛民譯：〈第一版序言〉，《愛慾與文明》（上海市：上海譯文出版社，1987 年），頁 12。

15　馬爾庫塞著，黃勇、薛民譯：：〈第一版序言〉，《愛慾與文明》（上海市：上海譯文出版社，1987 年），頁 19。

文明中，這種感性的快樂只能縮小到審美中予以實現——「想在審美
方面調節感性與理性的哲學努力就表現為企圖調和為被某一壓抑性的
現實原則所分裂了的人類生存的兩個方面。」[16]這同時解釋了，為什
麼文學時常與道德綱紀產生分裂——為什麼文學時常在自己製造的獨
特空間中對性愛表示不合時宜的、奇特的好感。

　　但是，馬爾庫塞認為，理性與感性、現實原則與快樂原則的分裂
已經到了結束的時刻。審美為政治提供的思想啟示是：恢復感性與快
樂的權利。這裡，馬爾庫塞已經在弗洛伊德的啟示之下對於性本能進
行了更為深刻的理論闡述——他將性慾擴展為愛慾：

> 由力比多的這種擴展導致的倒退首先表現為所有性慾區的復
> 活，因而也表現為前生殖器多形態性慾的甦醒和性器至高無上
> 性的削弱。整個身體都成了力比多貫注的對象，成了可以享受
> 的東西，成了快樂的工具。[17]

　　這是從生殖器至上的性慾改變為整個人格的愛慾化，肉體從某種
工具——包括生殖工具——的指定位置中退出，成為自由享用的源
泉。可是，這種前景的實現必須擁有特定的政治和經濟條件。馬爾庫
塞的《愛慾與文明》竭力論證的是，現代社會的經濟條件已經成
熟——現在的問題是，政治如何表態？

　　馬爾庫塞承認，弗洛伊德所描述的壓抑具有歷史的合理性。如果
人類社會試圖積累必要的物質資料，人們不得不限制愛慾的快樂而強
制自己從事某些勞動生產。可是，馬爾庫塞力圖在某一個歷史刻度上

---

16 馬爾庫塞著，黃勇、薛民譯：《愛慾與文明》（上海市：上海譯文出版社，1987
　　年），頁 131。

17 馬爾庫塞著，黃勇、薛民譯：《愛慾與文明》（上海市：上海譯文出版社，1987
　　年），頁 147。

中止弗洛伊德的推理：這種物質資料相當發達之後，人類是否有理由盡快地擺脫異化狀態而將快樂視為基本的社會目標？簡言之，馬爾庫塞斷定，文明社會所生產的大量財富已經為壓抑的解除做好了一切準備：「恰恰是這個文明的成就本身似乎使操作原則成為古董，使對本能的壓抑性利用變得過時。」[18]這個轉折點來臨之後，人們對於歷史的設計開始徹底改觀：「以前的革命導致了生產力的更大規模、更為合理的發展，但今天在過度發達的社會裡，革命將逆轉這股潮流，它將消除過度的發展，消除其壓抑的合理性。」[19]這時，勞動業已結束了非人的苦役；勞動不過是某些身體器官的消遣而已。所有的技術與財富只有一個目標：創造一個更為適合人類居住的環境，讓人類自由地享受寶貴的生命。

　　這種設想無疑包含了一種新的邏輯。儘管接踵而來的一連串問題——諸如社會管理機構、軍費開支、個人意願與集體利益，尤其是遏制隱藏於身體內部的攻擊慾望——有待於澄清，但是，這種邏輯遭遇的最大阻力毋寧說來自現有經濟的運行方式。迄今為止，大量財富的積累是與既定的生產方式和分配方式聯繫在一起的。市場體系、商業社會以及維持這種生產方式和分配方式的軍事力量無一不被解釋為這些財富的源頭。資本與市場的擴張性格不可能接受馬爾庫塞式的忠告。聚斂更為雄厚的資本、開拓更為巨大的市場空間贏得更為高額的利潤回報，這種循環已經被視為製造財富的生命線。激烈的競爭中，沒有多少人願意中止這種循環而回到一個基本的目標：快樂。那些富甲天下的公司總裁肯定明白，他們的財富與他們個人消費之間的比例猶如滄海之一粟，然而，他們仍然無法將多餘的財富散發給那些衣不

---

18 馬爾庫塞著，黃勇、薛民譯：《愛慾與文明》（上海市：上海譯文出版社，1987年），頁 128。

19 馬爾庫塞著，黃勇、薛民譯：〈1966 年政治序言〉，《愛慾與文明》（上海市：上海譯文出版社，1987 年），頁 6。

蔽體的貧民。他們的財富數額是競爭的需要，個人消費標準已經不再構成一個有效的衡量尺度。利用既有的財富孵化出更多的財富——所有的人都穿上了紅舞鞋狂奔不止的時候，馬爾庫塞的邏輯不是空中樓閣又是什麼呢？

市場體系、商業社會已經如此強大，它們不僅派生出一連串自我維護的體制和意識型態；更為奇特的是，它們甚至產生了吞噬對手的機制——馬爾庫塞的《單向度的人》深刻地揭示了這種機制。如同馬爾庫塞那樣，市場已經體察到愛慾與快樂的誘人之處，然而，市場所做的是，將愛慾與快樂輕車熟路地改造為價格不菲的商品。或許可以說，性關係從來沒有像今天這樣緊密地與市場結合為一體。無論韓東、朱文、陳染、林白，甚至馬爾庫塞堅持什麼姿態，他們都可能在更大範圍內成為市場的俘虜。市場正在許諾種種良辰美景，革命在許多人心目中聲名狼藉。這時，性與革命及時地分道揚鑣，另謀出路。遭到了愛滋病的狙擊之後，六十年代的性解放已經明智地轉向風度翩翩的雅皮士，中產階級的性享樂不會再發出危險的尖嘯。人們偶爾還會看到性的犯禁之舉，但是，這種犯禁沒有衝擊秩序的激情而更像是商品的刺激性包裝。九十年代，賈平凹的〈廢都〉是一個內涵豐富的例子。這部小說曾經因為大範圍地繪述床笫之事而聳動一時。顯然，〈廢都〉之中的性本能已經沒有桀驁不馴的鋒芒，〈廢都〉之中的頹廢氣息更多地接續古代傳奇中落魄文人寄情於風塵女子的傳統——〈廢都〉之中女性對於文人趨之若鶩不過是一種自戀性想像。有趣的是，〈廢都〉竟然虛構「此處刪去多少字」的節本形式促銷。如果說，禁書和刪書曾經是叛逆的文學與封建衛道士激烈交鋒的場所，那麼，如今這種形式已經被市場收買而成為挑逗顧客的策略。這個事例讓人聯想到，市場甚至能夠將革命的遺跡巧妙地改造為商品。

馬爾庫塞當然明白，他的設想可能與現行的社會產生多大的衝突。所以，他不無悲憤地說：「在今天，為生命而戰，為愛慾而戰，

也就是為政治而戰。」[20]在他那裡，愛慾不再是一些試管裡面的故事；愛慾已經加入政治，成為革命的內在組成部分。這個意義上，文學熱衷於革命和熱衷於性是一致的。革命不僅發生於經濟、階級、民族、社會關係這些傳統的政治學範疇，同時，革命還發生於身體內部——革命是愛慾的解放。文學早已意識到，愛慾是革命的重大資源；然而，對於二十世紀來說，這也許是知識分子力圖衝出重圍而開發的最後一個資源。

---

20 馬爾庫塞著，黃勇、薛民譯：〈1966 年政治序言〉，《愛慾與文明》（上海市：上海譯文出版社，1987 年），頁 11。

第十章
符號的角逐

一

　　新批評、俄國形式主義以及結構主義之後，文本分析成為一個眾所周知的批評策略。大批理論家共同將語言形容為文學的主角，心理、哲學思想或者主題類型的意義退居次要。文本是語言編織物，因而文本隱藏了文學的首要祕密。肌理、張力、象徵、敘事模式，還有無所不在的結構──一連串新型的理論概念進駐文本，條分縷析，剔精抉微。這些概念對於文本外部的歷史語境置若罔聞；或者說，這些概念隱含的前提即是，文本的結構與外部的歷史語境無關。對於文學說來，語言的祕密與社會歷史的祕密不可通約。

　　然而，二十世紀的後半個世紀，這種狂熱一時的理論傾向逐漸遭到遏制。文本與社會歷史的關係再度浮出水面。不考慮書面文字與口頭傳播的差異，單純的文本分析怎麼能說明古典詩詞的精粹和話本的緩慢鬆馳？解釋電視肥皂劇拖沓的修辭風格，人們必須回到早期的歷史──那時的觀眾定位為午後在廚房與客廳忙碌的家庭主婦，她們無法在操勞的間隙跟上一個緊張的故事；然而，贊助電視製作的廣告商不得不竭力討好她們，因為家庭主婦掌握大部分的採購權。總之，文本生產不僅侷限於語言作坊內部，社會歷史可能對文本的每一個細部產生壓力。這個意義上，意識型態對於文本成規以及敘事、修辭的隱蔽控制引起了理論的持續關注。如何敘事成為一個意味深長的問題。

人們逐漸意識到，愈來愈多的文本佔據了生活，並且主宰或者規約、支持種種生活的想像。很大一部分生活即是「敘事」的產物。換句話說，文本既是社會歷史的符號凝結；同時，文本又織入社會歷史的一個個角落，形成種種壓力，這些壓力循著不同的方向擴散至現行的社會歷史結構。這個意義上，文本生產不可避免地與各種權力體系產生互動。文本以及符號被動員起來，有效地維持或者破壞某種等級制度，並且由於特定集團、階層、群體的要求和使用形成獨特的風格。新批評、俄國形式主義以及結構主義曾經把文本供奉為一個孤立封閉的神祕王國，孤立、封閉、不可再分解即是文本拜物教的依據。這彷彿證明，是獨一無二的文學性而不是別的什麼決定了文本的結構。然而，現今的理論發現，文本並沒有甩下社會歷史；文本的結構隱藏了強大的歷史根源，而且，文本可能產生的社會功效遠遠超出通常的想像。

　　晚近興盛的「文化研究」有力地支持了這種觀念。文化研究的分析範圍早已突破了文本的藩籬，建築、舞蹈、海報、經濟學著作的修辭特徵、博物館陳設、電視肥皂劇、偵探小說、電子遊戲以及體育賽事無一不能裝入文化研究的百寶箱。有趣的是，文化研究時常對上述領域作出符號學的解讀。許多時候，文化研究毋寧說將世界當成了一個大型的文本——人們時常遭遇「社會文本」這個象徵性的概念。世界的大型文本內部包含了無數次級文本。電視、報紙、廣告、雜誌、廣播、互聯網等大眾傳播媒介密集地包圍了人們，後現代社會的特徵即是將主體拋入形形色色的文本之間。置身於這個世界，人們的身分、社會地位通常是被「敘事」出來的。種族、性別、階層、尊嚴、榮譽、何謂成功、何謂時尚、何謂可恥、何謂無能——諸如此類的知識精密地構成一個主體的定位。反之，如果一個主體拒絕認同社會定位，那麼，他首先可能拒絕既定的敘事。這時，一種複雜的爭奪、衝突、壓迫、反抗、解放將在符號領域展開。顯然，這裡所談論的符號

不僅是能指與所指的單純合作，不僅顯示出單純的指示功能。符號愈來愈明顯地成為一種可觀的生活資源。符號可能是某種昂貴的商品，形成龐大的產業，也可能是極富殺傷力的政治工具。因此，如何製作符號、收集符號、佔有符號，如何使用符號巧妙地敘事，這是事關重大的社會活動。許多時候，掌握符號也就是掌握權柄；深刻地解讀符號可能揭破某種祕密的圈套，也可能掘出某種革命的資源。

　　華卓斯基兄弟導演的《黑客帝國》（又譯：駭客任務 The Matrix）肯定可以成為文化研究所鍾愛的話題。這部科幻影片虛構了一個古怪的情節：未來的人們困在一個符號的世界而無法自知。這些人的日常見聞無非是一台巨大的電腦虛擬出來的世間萬象。一切幻象都是程序的產物。影片中，英雄主角的動機就是衝出符號的炫惑，逃離數字化的統治。這顯然是一個不無哲學意味的時髦主題。華卓斯基兄弟是鮑德里亞的忠實信徒。有消息說，他們甚至邀請鮑德里亞出任影片中的一個角色。不難發現，《黑客帝國》是鮑德里亞某一方面思想的通俗版本。鮑德里亞激進地聲稱，後現代社會業已被技術和傳媒嚴密控制，符號、影像和代碼充斥整個社會，真實與非真實之間的明確界限消失了。人們習慣於透過種種特殊的傳媒觀察世界、熟悉世界、掌握世界，傳媒所演示的符號結構理所當然地成了現實本身——甚至比真實還要真實。人們無限地依賴電視，依賴互聯網或者報紙，掙脫或者抨擊一種傳媒之後無非是投入另一種傳媒。只有借助傳媒的拐杖，人們才可能想像社會，進而想像自己的位置，決定怎麼說和怎麼做。這些符號體系是否代表某種真實的指代已經不太重要——它們有時甚至與真實失去了任何聯繫；重要的是，這些符號自身成了主體，互相勾結，並且作為一種商品擁有經濟交換價值。這是能指的自主化，能指成為自己的指涉物，同時傾入經濟流通領域。很大程度上，符號形式開始覆蓋了商品形式。商品的物質屬性愈來愈少，符號形式已經足以挑起人們的購買慾望。扛一袋米或者提一條豬腿的景象正在減少，許

多時候，人們消費的是符號形式。「虛擬經濟」一躍成為現今鋒頭正健的概念。期貨、股票、廣告、轉帳、信用卡，諸多交易在符號領域出沒——貨幣本身即是最為權威的符號作品。後現代社會的標誌之一即是——無遠弗屆的符號覆蓋。後現代轉向可以視為符號運作的一個歷史性後果。電子傳媒正在製造「無地方特性」的圖像地理和虛擬地理。傳統的自然地理形成的種種座標體系陸續失效，遠和近、深和淺、舊和新等一連串空間感和時間感開始動搖——這種迷惘和恐慌即是後現代的典型經驗。人們的周圍莫非符號形式，真實與幻象、文化與自然的二元論終於瓦解。這個意義上，人們只能棲身於一個沒有起源、沒有指涉點的多維空間。[1]符號之外一無所有，這就是鮑德里亞提供的一個不無詭異的理論圖像。

　　許多人覺得，鮑德里亞的理論圖像多少有些危言聳聽。相對地說，斯圖爾特・霍爾對於構成主義的闡述似乎更為中肯。霍爾不再糾纏於真實與幻象的的二元論，他的理論焦點轉向了「意義」。意義使現實成為可解的形態。無論真實與否，形形色色的「意義」是支配生活的核心：「它們組織和規範社會實踐，影響我們的行為，從而產生真實的、實際的後果。」[2]索緒爾以來的一連串理論遺產證明，語言、符號的運作——霍爾的術語稱之為「表徵」（represent）——決定了意義的生產。這再度證明了符號在社會生活中心的決定性作用。霍爾總結了人們解釋「表徵」的不同理論：「反映論的或模仿論的途徑提出詞（符號）和事物之間的一種直接和透明的模仿或反映關係。意向性的理論把表徵限制在其作者或主體的各種意向中。」[3]霍爾主張的構成

1　參見斯蒂芬・貝斯特、道格拉斯・科爾納著，陳剛等譯：〈第三章　從景觀社會到類象王國：德博爾、鮑德里亞與後現代性〉，《後現代轉向》（南京市：南京大學出版社，2002 年）。

2　斯圖爾特・霍爾著，徐亮、陸興華譯：《表徵》（北京市：商務印書館，2003 年），頁 3。

3　斯圖爾特・霍爾著，徐亮、陸興華譯：《表徵》（北京市：商務印書館，2003 年），頁 35。

主義源於社會知識的一個最為重要的轉向——話語轉向。由構成主義來看，意義不是先驗地存在於某種事物中，等待一個外部的「發現」或者垂顧，意義是在人們認識某種事物的同時被生產、被建構出來的。語言符號支持了這種生產或者建構的實踐。語言符號的成規慣例設定了事物如何呈現，同時設定了意義解讀的基本框架。這時的符號與事物之間遠遠超出了單純的指代關係，符號自身所構成的表徵系統內在地控制了人們的認識程序，組織人們的認識視野——包括認識一些抽象的甚至純粹虛構的概念，例如幸福、友誼或者天使、惡魔、地獄，如此等等。霍爾解釋說，所謂的「表徵系統」「並不是由單獨的各個概念所組成，而是由對各個概念的組織、集束、安排和分級，以及在它們之間建立複雜聯繫的各種方法所組成。」[4] 換言之，事物的意義就是在這種「複雜聯繫」中逐漸敞亮，並且成為一個嚴密的、相互呼應的系統。霍爾即是在這個意義上為福柯辯護。福柯並未否認，事物存在於話語之外，但福柯論證了「在話語以外，事物沒有任何意義。」[5]

　　「意義有助於建立起使社會生活秩序化和得以控制的各種規則、標準和慣例」——所以，霍爾同時意識到：「意義也是那些想要控制和規範他人行為和觀念的人試圖建立和形成的東西。」[6] 這也是人們將語言符號的運作納入權力運作的理由。從歷史的敘事到民族的想像共同體，從簡賅的標語口號到繁瑣的儀式，對於權力運作說來，語言符號的能量始終不亞於暴力武器。當然，並不是所有擅長使用符號的人都能意識到這一點。作家號稱語言大師，但是，許多作家對於語言

4　斯圖爾特・霍爾著，徐亮、陸興華譯：《表徵》（北京市：商務印書館，2003 年），頁 17。

5　斯圖爾特・霍爾著，徐亮、陸興華譯：《表徵》（北京市：商務印書館，2003 年），頁 45。

6　斯圖爾特・霍爾著，徐亮、陸興華譯：《表徵》（北京市：商務印書館，2003 年），頁 4。

符號的歷史使命並沒有清晰的認識——他們似乎更樂於接受這種浪漫主義式的形容：一個人的語言才賦是一種天生的感覺，這種天生的感覺驅動作家振筆疾書。語言無非是一種稱手的工具，負責滔滔不絕地演示作家的奇妙靈感。如同穿上了紅舞鞋的舞蹈家，作家不會也不可能停止寫作。目前，只有韓少功的《暗示》對於自己手裡的語言——更大範圍內，包括各種符號體系——產生了深刻的懷疑。韓少功的《暗示》流露出一種恐懼：他擔心陷入語言以及種種符號體系如同陷入某種迷魂陣，人們徘徊在一連串語詞和虛擬的影像之間，再也回不到土地、陽光、潺潺流水和風花雪月的真實世界。令人憂慮的是，符號的世界時常被有意設計為一個不平等的世界。再現什麼、遮蔽什麼、誇張什麼、塗抹什麼，《暗示》犀利地察覺到一連串符號運作隱藏的政治企圖。我曾經借助《暗示》陳述這種觀點：

> 現今，情況也許更為複雜：語言符號的佔有可能形成特定的文化資本，這將生產出另一種話語權力。無論是支配、榨取、統治、彈壓，文化資本的運作正在製造各種嶄新的形式。大眾傳播媒介如此發達、語言符號如此豐富的時代，一批人運用語言符號壓迫另一批人的條件已經完全成熟。種種語言符號體系之中，某一個階層或者某一個族群的形象可能大幅度擴張，他們的聲音迴響於整個社會；相形之下，另一些階層或者族群可能銷聲匿跡，既定的語言符號配置之中根本沒有他們的位置。儘管他們人數眾多，然而，語言符號的空間察覺不到他們蹤跡。可以說，這是繼經濟壓迫、政治壓迫之後的語言符號壓迫。在我看來，這是《暗示》之中另一個更為重要的主題。（〈文明的悖論〉，《文藝爭鳴》2003年1期）

路易・阿爾都塞對於意識型態國家機器的論述已經廣為人知。這

是與強制性國家機器相對的另一個領域。強制性國家機器呈現為暴力壓制形式，軍隊、警察、法庭、監獄、政府和行政部門均是暴力的執行機構。意識型態國家機器是一種軟性的規約或者訓誡，例如宗教的、教育的、家庭的、法律的、政治的、工會的，它們的指令往往呈現於報紙、電視、廣播、文學和藝術、體育運動，如此等等。阿爾都塞看來，意識型態負責質詢、規訓主體，告知個體如何扮演一個合格的主體。儘管阿爾都塞未曾進一步論述，意識型態國家機器的有效操作即是依賴各種符號體系，但是，人們完全可以想像符號的威力——這時，符號的功能可以與機槍、大炮、高壓水龍頭與鐵絲網相提並論，甚至產生後者所無法企及的效用。

統治階級的思想是佔統治地位的思想，統治地位的思想有力地規訓主體，維持既定的社會關係，這一切均要由龐大的符號體系運作給予保證。從宗教、哲學、法律到文學，這包含了一連串觀念的確認，也包含了種種感覺的訓練。我在《文學的維度》中指出符號、社會與主體的互相纏繞：「馬克思曾經提出了著名的結論：人是一切社會關係的總和；在話語分析的意義上，人們有理由繼續這樣的結論：主體同時還是諸多話語關係的總和。」[7]這即是符號生產所隱藏的政治意義。相對於符號的生產，符號的消費通常集中於大眾傳媒，出版物、電視以及互聯網均是出售文本的大型超級市場。所以，大眾傳媒可能大範圍地參與社會關係的組織、平衡、修復或者破壞。大眾傳媒一般掌握在擁有各種特權的人物手裡。與權力共謀，維護穩定的現狀，訓練合格的主體，大眾傳媒通常擔當了一個得力的幫手。

當然，這並不能證明，大眾傳媒是一個波瀾不驚的海域。力比多湧動不歇，主體規範不時遭遇挑戰。壓抑與反壓抑的激烈角逐形成符號與文本的激烈角逐，這一切都將在大眾傳媒刀光劍影地持續上演。

7　南帆：《文學的維度》（上海市：上海三聯書店，1998年），頁25。

種族、性別、階級、階層，各種族群或者文化共同體紛紛湧入大眾傳媒，徵用、調動各種類型的符號，竭力發出自己的聲音。懸殊的經濟地位無疑是意識型態分歧的重要基礎，但是，符號與文本的激烈角逐同時包括了大量文化因素——這甚至很大程度地削弱了經濟決定論。符號與文本的角逐擴散到日常生活的諸多角落，一點一滴地改變人們的感覺。這種狀況令人想到了福柯所說的微型政治。一個風格獨異的先鋒小說文本、一個實驗性劇本、一個別出心裁的網站或者一段古怪的街舞，這些特殊的符號都可能象徵某種叛逆，或者解構某種傳統的意識型態觀念——儘管它們對於現存經濟基礎的瓦解可能微不足道。對於許多知識分子來說，參與革命的激情與其說源於赤貧的經濟狀況，不如說源於某種符號體系的號召。這證明了符號體系的獨立意義。另一個證明可以追溯至葛蘭西的文化霸權理論。葛蘭西察覺到一種可能性：現存經濟基礎未曾發生根本改變的情況之下，統治階級可能在文化領域作出某種妥協，出讓一定的符號空間，允許被統治階級拋頭露面。這或許是一種文化意義上的退讓，或許是維護現存經濟基礎而設置的緩衝。無論如何，符號領域的壓迫和反抗顯示出比經濟領域更為紛雜的局面。

二

　　《黑客帝國》之中的英雄主角為什麼急於從虛擬的圖像中突圍？這裡肯定隱含了一個對比：符號領域遠比自然王國兇險。相對於自然萬象，符號王國隱藏了種種狡詐、陷阱、勸誘和脅迫。自然不依人的意志為轉移；無論是日月星辰還是河流山川，自然的形成不存在取悅某一些族群同時非難、壓迫另一些族群的意圖。走出神話時代之後，也就是人類分裂出自然王國之後，自然已經不可質疑。沒有人因為天上只有一個太陽或者太平洋如此浩瀚而憤慨，也沒有人猜測西伯利亞

的寒流或者毀滅性的地震源於某種不可知的陰謀。然而，符號領域是
一個人為的世界——來自某些人的設計、製作和生產，實現了某些人
的意圖，並且對於某些人產生了或者明顯或者隱蔽的效果。符號擅長
變魔術。符號可能誇大某些形象的比例，遮蔽或者盜走另一批人的生
活——符號的修飾和刪改可能形成一種虛假的意義。那麼，誰在操縱
這個領域？誰有權力、有資格操縱這個領域？這個領域的設計以及產
生的效果對哪些人有利，同時損害了哪些人？棲身於符號的世界，這
成了一些不可避免的基本追問。

　　農業文明時代，自然在人類的生存中佔據了很大的比重。土地無
疑是自然的代表。自然不僅是人類的生存環境，也是美學的對象。古
典詩詞中，飛花、落木、青峰、皓月無一不是自然意象。現代社會來
臨的標誌之一是，大規模劇增的符號淹沒了自然。科學技術、經濟、
財富所製造的歷史革命最終由一連串符號表述出來。符號成為生存必
須進入的一張巨大網路，現代生活愈來愈多地演變為符號生活。文
本、影像、斑斕的色彩和悅耳的音響，這些以表意為主的符號體系形
成了一個龐大的文化空間，歷史、藝術、形形色色的哲學觀念、數學
和物理學理論均是這個文化空間的美妙圖像；另一方面，構成日常現
實的物質世界——尤其是都市社會——通常展示為另一套符號。物質
世界不僅擁有具體的用途，例如果腹、禦寒或者遮風蔽雨，同時，它
們還表示種種複雜的象徵涵義。無論是服裝、首飾、家居設計還是街
道裝潢、旅館的異域風情、汽車的奇特造型，物質世界的確是另一種
「社會文本」。衛慧的〈上海寶貝〉中，物質的符號炫耀是一個巨大
的樂趣。敘述人喋喋地賣弄種種商品的品牌知識，從汽車、化妝品、
飲料到外套與內衣。顯而易見，這些品牌形成的符號體系無言地展示
了某種衛慧所認可的生活品質。更大範圍內，種種符號體系可能共同
敘述特定階段的歷史文化特徵。考察西方的現代性話語如何登陸上海
的時候，李歐梵的《上海摩登》涉及多種符號體系。除了刊物、教科

書、畫報、廣告、月份牌——除了對於現代性建構產生了莫大作用的印刷文化，《上海摩登》還談到了外灘眾多帶有各種殖民印記的建築物，談到了百貨大樓、咖啡館、舞廳、公園和跑馬場以及石庫門的「亭子間」。這些物質世界鑴刻種種特殊的生活觀念，「現代性」浮動在這些觀念的深處，相互呼應。解讀這些交錯的符號，也就是解讀歷史是由哪些人製造出來的。

運用符號製造歷史，這是一個巨大的、意義深遠的工程。人們必須從這個意義上解釋文化領導權的重要性。這個不可讓渡的權力是統治權力的組成部分，統治階級掌控符號生產是持續統治的前提。這個問題上，強制性國家機器必然與意識型態國家機器締結成堅固的聯盟。當然，摧毀現存的統治也是如此——異國軍隊的入侵從來沒有忘記佔領廣播電臺和電視臺。許多時候，統治階級對於符號的掌控深入到修辭、敘事以及文本結構，但是，這種掌控大部分是隱蔽的，並且盡量考慮到文類的既定特徵。這是意識型態形成的基本條件——非強制性的、甚至是富有魅力的解說和訓誡。例如，對於現代社會，新聞和歷史是至關重要的兩個敘事文類——兩個維度的敘事交滙恰如其分地劃出了人們想像社會的邏輯。通常，統治階級不會對新聞和歷史的「真實」原則表示異議——「真實」即是新聞和歷史的文類聲譽。權力的影響毋寧說發生在另一個幽暗的層面：什麼叫作「真實」？紛紜的表象歧義百出，誤讀和騙局層出不窮。這時，只有特定的目光和理念才可能識別顯現了「本質」的「真實」。權力負責指定「真實」的涵義，並且運用一連串有效的修辭和敘事再現這種「真實」，這是權力與符號之間常見的合作方式。

當然，「文類的既定特徵」並不是來自教科書幾條刻板的規定。這意味了各種符號的基本性質及其潛藏的豐富表現力。詩、音樂、繪畫、電影——作家和藝術家對於各種符號體系的運用曾經產生震撼人心的強大效果。這個意義上，現今的一大批知識分子均是擅長符號操

作的專業人員。無論維護還是破壞現存的意識型態，符號操作是他們
常規的效力方式。電子傳播媒介──例如，電影、電視、互聯網──
誕生之後，符號的製作、生產、傳播帶有更大的技術含量；從導演、
攝影、演員、主持人、播音員到影像剪輯人員、軟體編寫人員、機械
維修人員，符號生產者的隊伍持續擴大。符號的完美生產是種種意識
型態意圖充分實現的最終環節。藝術自律、純詩或者文學到語言為
止，這些響亮的口號、命題企圖將政治或者別的什麼觀念遠遠地拋出
作家或者藝術家的視域之外。浪漫的文人試圖把歷史性的分工陳述為
某種天命──只有異秉或者天才方能承擔如此玄奧的使命。然而，如
同伊格爾頓在《美學意識型態》中所分析的那樣，美學業已成為規訓
身體和感覺的意識型態之一。一些「純粹」的藝術符號熠熠發光地存
在於超歷史的文化真空，這本身就是一種意識型態的幻覺。如果人們
意識到，知識分子是意識型態生產的技術骨幹，那麼，不可替代的專
業技術將為他們在文化領導權的構成中佔據一席之地。這可能預示了
知識分子與權力的新型關係。

　　資本成為介入文化領導權的一個重要因素，這是現代社會愈來愈
普遍的情況。對於古人說來，吟詩弄賦、說書唱戲的成本十分低廉，
刊刻文集的費用略高一些。相對地說，現代出版行業的資金或者維持
電視臺正常運轉的開支幾乎是天文數字。更為重要的是，現今的文學
和藝術已經自覺地納入經濟領域，甚至形成報酬可觀的文化產業。無
論是作家、導演、演員還是投資商，各方無不期待從經濟活動中分一
杯羹。如果說，真正的作家或者藝術家還有可能因為某種激情而義無
反顧地焚燒自己，那麼，營利是投資商的唯一動機。精明的商人不會
將資金投入一個注定沒有市場的作品。資本的天命就是利潤。對於電
影或者電視劇這些成本高昂的作品說來，投資商手裡的資金主宰著它
們的命運。資金擁有的發言權越來越大，甚至君臨一切。許多導演遇
到類似的尷尬：由於投資商的威脅，他們不得不為了投合市場而放棄

個人的獨特風格。某些時候，資本直接現身符號領域──商業廣告。再也沒有哪一種符號形式比廣告更為典型地體現資本的權力。

　　強制性國家機器、知識分子的專業技術、資本──這些因素不是孤立地對符號生產發生影響，它們之間形成了複雜的歷史性互動。借用皮埃爾·布迪厄的術語表述，「場」可以成為人們考慮問題的基本概念。「場」是一個富有空間意味的概念，布迪厄運用這個概念描述多重力量的等級、位置以及形成的空間結構。在他看來，這個概念的覆蓋有助於解除「內部研究」與「外部研究」的傳統疆界。「場」所描述的空間中，這些因素既相互合作又相互抗衡，最終合力傳送到符號生產領域，鞏固或者改造了詩的結構、電視肥皂劇的情節設置或者酒吧的內部裝修風格。布迪厄充分意識到符號生產者、統治者、物質利益、象徵利益或者文化資本、經濟資本之間的紛雜頭緒，並且揭示了文學場的獨立性籲求背後所包含的祕密回報。某種意義上，那些拒絕外在指令的作家與投資商殊途同歸：

　　　　在一個極點上，純藝術的反「經濟」的經濟建立在必然承認不計利害的價值、否定「經濟」（「商業」）和（短期的）「經濟」利益的基礎上，賦予源於一種自主歷史的生產和特定的需要以特權；這種生產從長遠來看，除了自己產生的要求之外不承認別的要求，它朝積累象徵資本的方向發展。象徵資本開始不被承認，繼而得到承認、並且合法化，最後變成了真正的「經濟」資本，從長遠來看，它能夠在某些條件下提供「經濟」利益。[8]

　　這一切無不顯示了符號生產與權力、資本以及種種利益集團的聯繫，顯示了符號生產的意識型態根源。但是，意識型態的一個詭異之

8　皮埃爾·布迪厄著，劉暉譯：《藝術的法則──文學場的生成和結構》（北京市：中央編譯出版社，2001 年），頁 175。

處就在於，竭力掩蓋這種聯繫與根源。這種掩蓋的策略是，將符號形容為現實世界的一個中性的、客觀的再現。符號是透明的，純潔的，分毫不爽地將世界和盤托出——符號就是世界本身。人們使用符號如同使用水、土地那般自然，符號本身不存在什麼人為的祕密。當符號開始享受自然的待遇時，針對符號的戒意、挑剔、分析和批判隨之消散。符號生產與意識型態的關係消失在人們的視域之外。羅蘭·巴特的《寫作的零度》曾經將這種掩蓋視為資產階級的詭計。在他看來，「現實主義」的寫作策略「充滿了書寫製作術中最絢麗多姿的記號」[9]——現實主義仍然是一套高超的修飾、剪輯、刪改和塗抹技巧；但是，作家卻聲稱這是一種如實的反映。這是偽裝質樸、自然的表象——而非人為的加工——逃避批判的鋒刃。現實主義試圖形成一個印象：作家無非是記錄社會的秘書，勇敢，鐵面無私，超然獨立於各個利益集團，他們的符號生產不可能受到各種個人意圖的干擾。這個時候，符號領域成了一面公正不阿的鏡子，文本結構成了世界本身的結構。人們理所當然地覺得，他們看到的是怎麼樣，而不是「誰」、「如何使之成為這樣」。總之，符號的刻意表現被毫無戒心地當成了客觀再現時，這種表現所敘述的意義就會得到不知不覺的認可。這是符號領域迄今為止最大的成功。

三

　　一個略為誇張的觀點是，掌握符號就是佔領世界，佔有符號就是佔有生活資源。人們對於經濟領域的不平等明察秋毫，然而，很少人意識到符號領域的刺眼問題。如同少量的富人佔有全世界的絕大部分財富一樣，符號領域的貧富懸殊毫不遜色。從符號的佔用到符號的傳

9　羅蘭·巴爾特著：〈寫作的零度〉，見李幼蒸譯：《羅蘭·巴爾特文集·符號學原理》（北京市：三聯書店，1988 年）。

播，只有少數人頻頻露面，昂首闊步；沉默的大多數人僅僅作為一個
抽象的背景渺小地存在。許多時候，電視螢幕——符號領域的一個重
鎮——上的世界僅僅是一些精英人物的世界。這個世界彷彿僅僅由名
牌轎車、豪華別墅、酒吧、舞廳組成，種種手握重權的顯要分子出入
其間，慷慨發言或者舉杯調情，輕鬆地決定數億資金的流向；相對地
說，絕大多數庸常之輩一生也不可能擁有半秒在螢幕上露面的機會。
尖端技術製造的電子傳媒正在急劇地改變傳統的認同空間，民族、國
界與海關的意義正在削減，但是，電子傳媒並未有效地彌合這方面的
距離。相反，許多新型的不平等正在被新型的機器源源不斷地生產出
來。顯而易見，經濟領域與符號領域的不謀而合並非偶然。

　　無論如何，馬克思主義的政治經濟學犀利地解剖了經濟領域的剝
削和壓迫。剩餘價值學說披露了資本主義機器軸心巧妙地隱藏的祕
密。然而，符號政治經濟學批判——鮑德里亞的傑出命題——遠未得
到足夠的重視。如同資本的祕密運動產生出驚人的效果一樣，符號領
域的不平等也在多種表象的掩護之下悄悄地進行，例如堂皇的美學運
動、令人欽佩的表演技巧或者普遍實行的明星制。浪漫的詩人和落拓
不羈的藝術家往往傾心於某種超凡脫俗的氣質，符號經濟學時常隱沒
在他們的迷人風度背後。多數讀者僅僅興趣一部名著的情節概要，而
對於印數和版稅一無所知。符號生產的經濟價值無意地成為一個忽略
不計的問題。詩人或者藝術家只能偷偷地躲在某一個角落數錢——沒
有多少人意識到，他們生產的符號也可能是搶手的商品；詩人或者藝
術家可以為這些商品討價還價，他們如同企業家一樣生財有道。引進
資金，控制大眾傳媒，動用宣傳機器豪華包裝，擺足了架勢待價而
沽——符號的生產和出售複製了資本運作、企業、市場之間的眾多伎
倆。印刷文化之中，報紙發行與廣告的聯盟造就了一種新的運作模
式，廣告商成為市場的重要代理。這種模式在電子傳播媒介擴張為一
個成功的流通網路。眾多偶像明星將他們的形象製作為商品，這些商

品通過電視發射臺或者電腦互聯網輸送到每一台終端螢幕。與一般市場銷售相異的是，公眾對於這些形象的消費將由廣告商付帳。為了讓偶像明星的形象夾帶商品廣告，廣告商支付的數額令人咋舌。廣告商下在螢幕背後的賭注是，這些費用將由成功的商品銷售回收。這個循環系統如此神祕，以至於沒有人說得清一個偶像明星拍攝幾秒鐘的廣告有沒有理由收取如此之高的報酬。報導顯示，耐克公司某個年度付給麥克・喬丹的廣告費比二萬二千名亞洲工人的總工資還要多。這時，人們還有勇氣認為這是平等的嗎？[10]

　　當然，更為常見的現象是，符號的大規模佔用贏得的是布迪厄所說的象徵資本。如何把象徵資本轉變為經濟資本，現代社會提供了名與利的兌換率。一舉成名天下聞，這始終是一塊無比誘人的蛋糕。多數社會通行的法則是，社會名流高踞於默默無聞之輩的頭上。如果符號的佔用不僅限於數量，而且煉製出一種達官貴人所獨享的文本結構，那麼，符號本身就可能製造放大、抬高一批人或者壓抑、流放另一批人的功能。這種符號可能自動刪除那些下賤的身分，封鎖異端分子，並且為權貴者預訂充裕的空間。如同韋勒克和沃倫所說的那樣，古典主義時期，史詩或者悲劇是國王和貴族活動的符號區域，市民或者資產階級則屈居喜劇中，至於平民百姓只能逗留在諷刺文學和鬧劇的地界。[11]現今，各種文本結構與不同身分級別之間仍然存在不成文規定。通常，頭條新聞的主人公不會進入相聲遭受調侃，歷史著作中的領袖人物也無緣跨入逗樂的小品出醜。韓少功的《暗示》發現，各種地圖——一種表示空間結構的符號體系——隱含了迥異的價值觀念：農業時代的地圖周詳地標明河流和渠堰塘壩；工業時代的地圖熱衷於火車和汽車的交通線，星羅棋佈的礦區和廠區以及沿海的貿易港

---

10 參見〈全球化與技術聯合的背後〉，《參考消息》2000 年 9 月 7 日。

11 參見韋勒克・沃倫著，陳聖生等譯：《文學理論》（北京市：三聯書店，1988 年），頁267。

口；美洲和非洲許多國界是一條生硬的直線，這是西方殖民主義者的
傑作，他們根本沒有耐心考慮殖民地的農業、礦藏、河流、山區以及
族群分布對於劃界管理的意義；消費時代的旅遊地圖充斥高級消費場
所，星級賓館、珠寶店、首飾店、高爾夫球場、別墅、美食是這些地
圖的要點。高速公路和噴氣客機出現之後，一種新型的隱形地圖浮現
在一批人的心目中。在他們那裡，地理上的遠和近已經沒有太大的意
義，重要的是現代交通工具能否順利抵達。這個意義上，從北京到洛
杉磯可能比從北京到大興安嶺林區的某個鄉鎮還要快，近在咫尺的漁
村或者需要爬進去的小煤礦開採面可能變得遙不可及。當然，這種隱
形地圖僅僅是為某一個收入階層而繪製。高速公路或者噴氣客機對於
一個一文不名的流浪漢沒有任何意義。的確，這就是韓少功從符號體
系背後發現的生活等級，或者說，這種生活等級是由經濟、政治和符
號體系聯合產生的種種分割、封閉、確認邊界而形成的──這是一種
社會地位派生的符號學。如果近似的隱形地圖進入傳媒或者社會決策
機構，那麼，那些滿臉皺紋的農夫或者表情憂慮的失業者就會從記者
和官員的視野中徹底失蹤。

　　符號的生產包含了如此巨大的利益以及深刻的政治意圖，那麼，
符號的控制與壟斷就會成為不可遏止的衝動。某一個群體在符號領域
耀武揚威，先聲奪人；另一些群體僅僅在符號領域佔據一個不成比例
的區域，甚至銷聲匿跡──這種局面的維持需要一連串強大的符號技
術保證。這個意義上，國家機器對於符號生產的管轄與監控從來沒有
鬆懈。古老的封建社會，高下尊卑的首要形式即是嚴格的符號等級制
度。從服飾、住宅格式到墳墓的規模，從婚葬儀式、歷史著作的撰寫
到公文規範，眾多符號製造的繁文縟節一絲不苟。這是既定秩序的基
本體現，甚至可以說，符號即是秩序本身。現代社會從來沒有廢除符
號的管理，差別僅僅在於重點的轉移。例如，現今的權力部門已經將
服飾設計或者家具的款式轉交給工藝美學，它們更樂於管理的是電視

或者廣播信號的發射、政治性標語口號的擬定或者社會事業統計數據的頒佈。

　　作為另一種控制與壟斷的形式，經濟的介入通常是軟性的、隱蔽的。經濟不是強硬地標榜什麼，或者封殺什麼，經濟更多的是使某種符號體系升值，或者使另一種符號體系喪失市場。由於「文以載道」的不朽事業，詩僅僅是一種雕蟲小技；相對於詩的正統，詞又貶為「詩餘」──總之，每一種符號體系均隱然地擁有既定的座次。然而，資本與市場的聯手時常刷新歷史的記錄，重新定位。迄今為止，利潤的大小與符號體系座次成為兩條相互映襯的曲線。詩的蕭條、電視肥皂劇的興盛或者隨筆的驟然崛起無不可以追溯到經濟。當然，經濟的控制和壟斷時常遭遇到各種抵抗──這種抵抗出自文學場的判斷準則。按照布迪厄對西方文學各種文類演變的考察，經濟與文學場之間可能形成「雙重結構」。十九世紀末，各種文類的市場排名一目了然：戲劇利潤豐厚，詩窮困潦倒，小說處於中間地帶──但條件是將讀者擴大到小資產階級甚至部分有文化的工人。但是，回到文學場內部，這個名次必須加以修改：

　　　　可以從大量的跡象看到，在第二帝國統治時期，最高等級被詩
　　　　歌佔據了，詩歌尤其受到浪漫主義傳統的尊崇，保持了它的全
　　　　部威信……戲劇受到資產階級公眾、它自身的價值和陳規的直
　　　　接認可，提供了除錢以外的學士院和官方榮譽的固有尊崇。小
　　　　說位於文學空間兩極中間的中心位置，從象徵地位的觀點來
　　　　看，它表現了最大的分散性：它已經得到了貴族的認可，至少
　　　　在場的內部是這樣，甚至超出了這個範圍，這得益於斯丹達爾
　　　　和巴爾扎克、特別是福樓拜的功績；儘管如此，它仍舊擺脫不
　　　　掉一種唯利是圖的文學形象，這類文學通過連載小說與報紙聯

　　繫起來。[12]

　　相對地說，另一種抵抗控制和壟斷的能量未曾得到足夠闡述：技術的突破。否認技術決定論並不等於否認一個重要的事實：現代技術不斷地製造各種新的、更具活力的符號投入運行。從平裝書、報紙、廣播、電影、電視機到互聯網，每一種新型符號的出現都力圖擁有更大的傳播範圍，構建更為廣闊的視聽空間。這個意義上，現代技術的邏輯時常與樸素的民主傾向同聲相應。這不僅是訊息的解禁和知情權的擴大，同時還催生了種種新的符號生產方式和生產人員，例如長篇敘事和長篇小說的作者，報紙專欄和專欄作家，播音和播音員，影像和導演、演員、攝像，多媒體符號和網站主持人等等。傳統的符號生產因為持續的禁錮而日益僵化的時候，新型的符號生產對於符號領域的不平等秩序給予猛烈的衝擊。

　　當然，任何一種控制和壟斷的衝動都不會對新型的符號袖手旁觀。更大的傳播範圍不僅可以轉換成更為理想的統治性能，同時還包含更為豐富的商業可能。因此，愈有活力的符號體系就會愈為迅速地為國家機器和經濟大亨接管。這時，符號之中樸素的民主傾向很快枯竭，凝聚、集合、號令、動員、宣傳等潛力逐漸顯現，並且與龐大的行政系統或者巨額資金一拍即合，相得益彰。如果說，許多新型符號曾經給大眾提供了短暫的機會，那麼，大眾往往在繼之而來的運作中不斷撤退，直至成為無足輕重的配角。從平裝書對於僧侶階層的挑戰到風靡一時的網路文學寫作，人們都可能發現相似的演變軌跡。

---

12 皮埃爾・布迪厄著，劉暉譯：《藝術的法則——文學場的生成和結構》（北京市：中央編譯出版社，2001 年），頁 143-144。

四

　　掌握、佔有、控制、壟斷以及這一切引起的抵制和反抗，符號領域雲譎波詭。符號與符號的角逐隱喻了種種現實角逐。我曾經在《文學的維度》中指出：「人類生存於社會話語中。現代社會，社會話語的光譜將由眾多的話語系統組成。相對於為同場合、主題、事件、社會階層，人們必須分別使用政治話語、商業話語、公共關係話語、感情話語、學術話語、禮儀話語，如此等等。」[13]每一種話語系統的份額以及各種話語系統的關係亦即社會關係的回聲。政治話語覆蓋一切的時候，也就是經濟領域、學術領域或者私人生活領域壓縮到極限的時候。一個領域、一些族群、一種生活喪失了特定符號的代理，它們將退出社會的視野而成為無名的幽靈——這猶如一個無名無姓的人不可能擁有任何身分和社會權利。這個意義上，符號領域的關閉也就是社會的關閉，贏得自己的符號意味了贏得文化生存的空間。

　　大眾文化的話題就是在這個時刻再度浮出。誰是大眾？芸芸眾生，凡夫俗子，一批面目模糊的背景人物，卑微的群眾甲或者群眾乙。可以肯定，大眾不是位高權重的人，他們居於從屬地位，經常稱之為勞苦大眾或者底層民眾。大眾如何表述自己的願望、個性、歡悅和憤怒？大眾文化，一個毀譽參半的形容——這是大眾稱心如意的符號嗎？如同「大眾」一詞所表明的那樣，大眾文化的確吸附了為數眾多的接受者，但是，數量能不能證明，這就是大眾迫切需要的？

　　現今，大眾文化如此盛大，以至於理論再也不能擺出一副精英的姿態嗤之以鼻。法蘭克福學派對於大眾文化的嚴厲鞭笞已經眾所周知。膚淺，粗製濫造，批量生產的「文化工業」，毫無個性，廉價的

13　南帆：《文學的維度》（上海市：上海三聯書店，1998年），頁 25。

庸俗或者血腥的暴力，這些均是對大眾文化符號的基本形容。大眾文化的真實目標是投機市場，這裡的大眾不過充當了市場的傀儡。相對地說，伯明翰學派遠為寬容。那些英國的理論家察覺到隱藏在大眾文化深部的革命能量——這或許會打開所羅門的瓶子，召喚出大眾摧毀資本主義生產關係的力比多。然而，對於我們這個國度的許多大眾文化製造者說來，這種理論分歧奇怪地彌合了。首先，他們一如既往地肯定「大眾」，而且表明了這種肯定的理論譜系——從「革命文學」、〈在延安文藝座談會上的講話〉到「為人民服務」的著名口號；其次，他們踴躍地肯定市場——市場的成功不是雄辯地證明了大眾的意願嗎？他們所忽略的是，第一種理論譜系上的「大眾」被定位為革命主力軍，他們的歷史任務是衝垮資本主義制度，包括拋棄自由市場。現今，組成市場的「大眾」毋寧說是「消費者」。換句話說，無法充當「消費者」的「大眾」是得不到青睞的。馮小剛剛剛拍攝了一部賀歲片《手機》，據說票房達到一個相當可觀的紀錄。「大眾」的信任是他們引以為傲的最大理由。儘管如此，許多窮鄉僻壤的觀眾茫然不解——他們對於手機以及電影圈的生活一無所知。但是，這絲毫不影響馮小剛的興致。這是一批毫無價值的「大眾」——他們根本沒有能力為票房的上浮作出貢獻。

　　作為消費者的大眾進入了資本的結構，維持甚至擴大這種結構。這就是大眾文化的唯一功能嗎？這時，人們不能不提到大眾文化的另一個重要涵義：快感。接受的快感——哈哈一笑或者懸念叢生，火爆的煽情或者貌似深刻的哲理，這一切背後的快感無可替代。「快感」是約翰・費斯克持續關注的一個範疇。他將身體快感的反叛傳統追溯至羅蘭・巴特和巴赫金，而費斯克的焦點是「那些抵抗著霸權式快感的大眾式的快感」。在他看來，這種快感進入大眾的日常生活，並且成為微觀政治——相對於宏大壯觀的歷史性大搏鬥——的組成部分。「大眾文化的政治是日常生活的政治。這意味著大眾文化在微觀政治

層面，而非宏觀政治層面，進行運作，而且它是循序漸進式的，而非激進式的。它關注的是發生在家庭、切身的工作環境、教室等結構當中，日復一日與不平等權力關係所進行的協商。」[14]然而，費斯克所進駐的日常生活是一個處女地嗎？如果說，國家機器不可能搜索日常生活的所有角落——如果說，某些異端人物可能避開警察的監督而在某一個密室策劃什麼，但是市場的觸角可以伸到任何一個地方。現今，市場已經把資本結構的烙印遍佈每一個家庭的客廳、廚房和衛生間——包括那些敵視市場的理論家演說時端在手裡的飲料。的確，大眾文化包含雜燴式的節目單：一些不可控制的快感掠過日常生活，並且對於種種體制提出多方位的挑戰；但是，另一些快感已經被資本結構牢牢地攫住，恭順地成為銷售與消費之間的潤滑劑。通常的意義上，後者的分量遠遠超出了前者。《還珠格格》、《戲說乾隆》、《雍正王朝》、《射雕英雄傳》、卡拉 OK 裡的流行歌曲、春節聯歡晚會、《家庭》和《知音》雜誌、《第一次親密接觸》、《大話西遊》、《泰坦尼克》、《生死時速》、《侏羅紀公園》——不論這些駁雜的訊息製造的是哪一種形式的快感，它們無不統一在資本結構中，積極地完成資金、生產成本與利潤之間的循環。這些訊息與其說顯示多元的大眾，不如說顯示資本結構豐富的多面性；這些快感與其說表述了大眾，不如說這種快感證明資本結構的堅固。

五四新文化運動以來，大眾的表述始終是一個引人矚目的主題。大眾符號的匱乏帶來了深刻的不安。革命文學、〈在延安文藝座談會上的講話〉、革命現實主義與革命浪漫主義、革命樣板戲——這曾經是一支步步遞進的理論線索。如今，這個方面的努力已經逐漸式微。二十世紀九十年代開始，大眾文化如日中天，但是，大眾仍然缺席。

---

14 約翰·費斯克著，王曉珏、宋偉杰譯：《理解大眾文化》（北京市：中央編譯出版社，2001 年），頁 60、68-69。

　　令人驚奇的是，無論是白話文的倡導還是革命文學的主張，大眾的表述始終是知識分子的強烈渴望——知識分子竭力製造某種接近大眾的符號，甚至不惜以分裂式的自貶抬高和頌揚通俗風格。知識分子與革命、民粹主義、勞苦大眾的關係以及知識分子對於資本主義文化的反感是一個令人困惑的話題，經濟地位、壓迫和剝削、階級意識這一套概念無法窮盡這個話題內部的某些謎團。某種程度上，衣食無虞的知識分子時常是體制的受惠者——他們有什麼理由憂慮地盯住寒風中打顫的乞丐、人力車夫和貧病交加的礦工？許多人只能含混地提到了「良知」或者「同情心」。這就是知識分子跨越階級邊界的動力嗎？然而，不管這種解釋完整與否，另一種跡象愈來愈明顯：知識分子愈來愈傾向於用自己的話語方式抗議資本主義文化。他們不再附和大眾的立場，殫精竭慮地設想大眾的表述形式；知識分子意識到，自己擁有一個可以與庸俗和市儈之氣較量的獨立群落。正像馬泰・卡林內斯庫所言，知識分子以文學的現代性反抗歷史的現代性。這個意義上，現代主義文學和藝術猶如知識分子獨有的符號。從尼采到薩特，從喬依斯到卡夫卡，現代主義符號的核心是強烈的、不可化約的個人主義，而不是某些群體、階級或者更為廣泛的大眾。

　　抛開革命文學或者大眾文化的軀殼，大眾找得到自己的符號嗎？俚語、俗話、民歌、種種地域性傳說，不同的民風、民俗和民間藝術，存活在各種方言中的地方戲等等。必須承認，這一切不足以表述大眾的困境、不幸和渴念。魯迅曾經深刻地意識到大眾陷入的無言境地，他的小說出現一些寓言式的片段：

　　　　他（閏土）站住了，臉上現出歡喜和淒涼的神情；動著嘴唇，
　　　　卻沒有作聲。他的態度終於恭敬起來了，分明的叫道：
　　　　「老爺！……」
　　　　他只是搖頭；臉上雖然刻著許多皺紋，卻全然不動，彷彿石像

一般。他大約只是覺得苦，又形容不出，沉默了片時，便拿起
煙管來默默的吸煙了。(〈故鄉〉)

如果說，苦難壓迫下的閏土張口結舌，以至於放棄了言辭，那
麼，〈祝福〉中的祥林嫂只能機械地重複失敗的表達：

> 「我真傻，真的，」她說。「我單知道雪天是野獸在深山裡沒
> 有食吃，會到村裡來；我不知道春天也會有……」
> ……
> 後來全鎮的人們幾乎都能背誦她的話，一聽到就厭煩得頭痛。
> 「我真傻，真的，」她開首說。
> 「是的，你是單知道雪天野獸在深山裡沒有食吃，才會到村裡
> 來的。」他們立即打斷她的話，走開去了。
> 她張著口怔怔的站著，直著眼睛看他們，接著也就走了，自己
> 也覺得沒趣。(〈祝福〉)

大眾曾經製造出某些種種極富於表現的符號形式，例如童年魯迅
為之神往的「社戲」。迄今為止，草根一族的粗獷風格和泥土的氣息
仍然令人耳目一新。鮑爾吉·原野的〈在西瓦窯看二人轉〉生動地描
述了一個村莊裡上演的二人轉。性是二人轉的主要題材。機智同時又
妙趣橫生的表演中，民間的潑辣、放肆既開朗又粗俗嗆人：

> ……髮髻梳得宛如嫦娥的「妹妹」翹蘭花指有板有眼地唱一段
> 關於小姐在後花園盼望郎君的故事時，男演員在她身後像強盜
> 似的模擬性動作，像偷一件東西，並喃喃自語。觀眾哄堂大
> 笑，像原諒他的卑俗，同時饒有興味地傾聽那個渾然不覺的女
> 演員用唱詞對瑤台花草的文縐縐的描寫。置身這樣的情境裡，

你無法中立。假裝斯文顯得可恥。

……

這時你一邊咳嗽一邊睜大被煙熏小的眼睛，發現二人轉這麼容易征服西瓦窯人，真應該為他們高興。他們擁有自己喜愛的藝術。性的內容使一些城裡的觀眾感到了不安，也許是西瓦窯人在黃色劇情出現時的歡樂激怒了城裡的人，如同一個饕餮者的響亮的咂嘴聲驚擾了宴會的氣氛，儘管大家都在埋頭吃肉，吃被炒過醬過拌過蒸過溜過汆過的另一個物種——譬如牛——的肉。你們在性的話題前太興奮了。這是城裡人對西瓦窯觀眾的批評。這就叫粗俗。怎樣讓他們不粗俗呢？這些強壯的，抱著膀吸煙，動輒開懷大笑的不知羞恥的西瓦窯人，他們把各種稅都交齊了，家裡的牛馬貓狗都安頓好了，把電線火種檢查過了，到這裡觀看男女藝人表演半夜翻牆偷情以及被捉逃逸的故事……

　　然而，如今民間的創造力逐漸枯竭。電子傳播媒介正在覆蓋每一個區域，CCTV、足球賽事、好萊塢電影挾裹著巨大的聲勢凌空而降。電視節目正在成為主要的模仿楷模。活躍在大眾中的民間表演團體開始充當電視的傀儡。林白的〈萬物花開〉中出現了一段草臺班子深入鄉村表演脫衣舞的情節，這些演員的想像力顯然來自電視的訓練：

　　她的上身只剩下了一副奶罩，胸前撲了一些閃光的金粉。燈光暗一陣亮一陣，暗的時候滿場噓聲，燈一亮，掌聲口哨尖叫聲直震耳朵。小梅仰著臉，臉上一片傲岸，跟電視裡的時裝模特兒一樣。她的頭髮束起來高高地豎在腦後，戴著一只用硬紙糊成的皇冠，上面貼了金紙，閃閃發光。她抬著下巴繞場一周，

　　　然後她的手往胸前一按，奶罩落到地上⋯⋯

　　這種混雜拼湊的表演風格已經喪失民間的根源。演出依據的腳本顯然是電視中時裝模特表演的粗劣派生物。然而，就是這種符號開始改變鄉村觀眾的文化口味，企圖將他們規訓成為未來大眾文化的合格消費者。所有的跡象無不顯示，資本的結構業已進駐廣袤的鄉村，大量批發文化工業基地生產的符號結構。如果說，國家機器曾經收編扭秧歌和民歌等，那麼，現今資本結構的邏輯絕不遜色。大眾從這種符號體系中分配到一個什麼角色？如同經濟或者其他領域的分工一樣，大眾既不可能出任表演主角，佔用大眾傳媒的黃金時段；也不可能運籌帷幄，收取符號運作產生的利潤。他們的職責是符號的忠實消費者，協同製造利潤。由於他們黑壓壓地坐在臺下，符號運作所包含的美學系統、傳播系統和經濟循環系統終於圓滿地完成了最後一個環節的理想閉合。現行的歷史結構中，大眾沒有對自己的角色表示強烈的不滿。

　　作為勞動力或者消費者，「大多數」無非是一個數量的形容──形容充足的勞動力或者龐大的市場；然而，「大眾」的內涵不僅表明了數量。傳統意義上，大眾相對於領袖階層以及權力體系，相對於商人、董事長和知識分子。這同時顯示，無論是販夫走卒還是引車賣漿之流，「大眾」是一個結構性的群體，擁有特殊的歷史位置──例如，革命理論一度賦予這個群體的歷史任務是革命主力軍。現在，大眾正在符號領域大步撤退，音容漸遠。這迫使人們再度考慮問題的兩個方面：首先，「大眾」及其相對的既定範疇是否已經分化？例如，「大眾」可能引入了某些人文知識分子或者中下層技術人員，同時，另一些手握專利或者掌控傳媒的知識分子可能演變為經濟領域或者權力階層的佼佼者，這意味了不同群體的歷史性流動；另一方面，高與低、貧與富、壓迫與被壓迫所形成的不平等結構並未消失，甚至更為

堅固。符號領域肯定會記錄到這一切，不論記錄的意圖是維護、反抗還是隱瞞這種結構，或者製造種種合理的解釋。甚至可以說，無論多少人擁有清晰的歷史視野，歷史都將轉入符號領域，潛入攝像機、畫筆或者攤在作家面前的稿紙，改動鏡頭、圖像結構、敘事和遣詞造句。

結語
文學──不竭的挑戰

一

　　文學是一種不羈的想像，一種白日夢，是歷史的再現抑或是語言本身的盛大表演？眾說紛紜的爭辯已經夠多了。現今，是否還有必要糾纏這些問題，推敲再三，字斟句酌地寫出一個精確的文學定義？至少，我開始對這種理論企圖喪失了興趣。放棄這個問題的主要原因有兩個：第一，二十世紀理論對於「文學性」的搜索和提煉並未達到預期目的，形式主義以來的理論並沒有成功地描述出文學話語的獨特結構。相反，更多的跡象表明，文學話語是一種歷史性的存在，文學話語的結構鑲嵌在歷史演變之中，普遍的、經久不變的「文學性」僅僅是一個幻覺。第二，這個問題又有什麼價值？如果真的發現一個標準的文學藍本，如果一切激情、虛構、想像以及語言表述開始循規蹈矩，按部就班，一切出其不意的驚喜都將取締，這是幸運還是災難？

　　人們終於意識到，定義的闕如並不會影響文學的存在。古往今來，文學從來不是為了證明某種定義而繁衍不息。那麼，理論成了一些無所作為的概念廢墟嗎？當然不是──在我看來，理論正在轉向另一個更為迫切的問題：這個時代的文學承擔了什麼？這時，問題的半徑收縮到一個有限的範圍，具體、可感，而且例證豐富。但是，我們再也不能空洞地使用「時代」這個名詞。

　　具體地描述一個時代的困難在於，紛雜、瑣碎、千頭萬緒而無從下手。如何將龐大的時代塞入有限的歷史敘述，通常的策略是求助於時代的關鍵詞──總是有幾個詞彷彿給某一個時代戴上籠頭，清晰地

顯示歷史運行的大方向以及基本特徵，並且有效地標誌出一個時代與另一個時代的分界。根據這個策略，人們可以觀察到一個剛剛完成的巨大交接：大約三十年左右的時間，以「革命」為核心的一套口號陸續退役。階級，壓迫和剝削，鬥爭，無產階級專政下繼續革命，這些理念不再承擔設計一個時代的重任。經濟增長指標、GDP、國家統計局的年度報告、銀行利率和股票市場的起伏，浮現於這些數據背後的是另一個時代。文化領域也出現了轉折嗎？至少可以承認，廣告的崛起是一個深刻的標誌。或許，如今的口號數量並沒有減少，廣告繼而成為種種新穎口號的策源地。唯一不同的是，廣告所發佈的口號由商品擔當主角，革命已經撤到幕後。革命預示的是風雲激盪，甚至天翻地覆；商品意味了殷實、富足、安居樂業。「歷史的終結」是一個虛妄的論斷，但是，歷史的確不一樣了。[1]

　　新的時代訴諸哪些理論辭令？「新時期」曾經是一個普遍使用的概念。「新」表示歷史另起一個段落。當然，這個概念內涵稀薄，不如「現代」或者「現代性」指向明確。「現代」是許多理論家用以與「傳統」相對的術語。另一些理論家熱衷於使用「後」——post，「後現代」、「後革命」、「後殖民」、「後意識型態」，如此等等。儘管主詞不同，但是，「後」的修飾指出了歷史地表上的一個斷裂：裂口的那一邊是一堆幼稚甚至不堪的記憶，現在的歷史是在裂口的這一邊。總之，人們正在製作一整套新的理論藍圖規劃未來。有沒有可能將上一個時代的時髦概念與現在的歷史或者新的理論藍圖銜接起來——例如「革命的後現代」，或者「無產階級的現代性」？這肯定有些不倫不類。「寧要社會主義的草，不要資本主義的苗」——自從這個著名的表述成為一個著名的笑話之後，相似的概念結合不得不銷聲匿跡。許多人的心目中，保存了另一個時代印記的理論體系已經何其遙遠。

1　「歷史的終結」是弗蘭西斯・福山提出的一個論斷，引起很大的爭議。參見弗蘭西斯・福山：〈序論〉，《歷史的終結》（呼和浩特市：遠方出版社，1998 年）。

　　現今，斷言「經濟」是這個時代的關鍵詞肯定不至於引起多少異議。重要的是，這個歷史性的轉向是如何完成的？顯然，一個國家領導層的認識具有舉足輕重的作用。他們召開會議，形成決議，號召把復甦經濟視為首要的問題。然而，正如許多人意識到的那樣，這個歷史性的轉向如此巨大，它的分量遠不是草擬幾份文件就可以承擔的。這個歷史性的轉向必須從某種理念的空中樓閣進駐日常領域，改變和重新規訓人們的感性生活，甚至形成一種習慣、一種無意識。換言之，理論僅僅是一種邏輯的、高屋建瓴的動員；如果企圖使這種動員深入到每一個生活細節，那麼，人們必須重提一個概念：意識型態。

　　意識型態是一個複雜的概念。德·特拉西、馬克思、曼海姆、西方馬克思主義理論家以及斯拉沃熱·齊澤克分別從不同的方面闡釋意識型態的內涵。「『意識型態』可以指稱任何事物」，齊澤克寫道：「從曲解對社會現實依賴性的沉思的態度到行動取向的一整套信念，從個體賴以維繫其與社會結構之關係的不可缺少的媒介，到使得主導政治權力合法化的錯誤觀念，幾乎無所不包。」[2]儘管如此，我在這裡僅僅想再度提到路易·阿爾都塞闡述的意識型態的兩個重要特徵：第一，意識型態擁有獨特的表象、形象、觀念和概念，這一切製造出人們的體驗以及人們與社會之間的種種想像性關係；第二，意識型態將每一個個體「詢喚」──簡單一些或許可以說是精神塑造──為合格的主體。換句話說，意識型態巨細無遺地教誨人們認同什麼、鄙夷什麼、崇拜什麼、仇視什麼。意識型態的功能之一是規訓感性，防範個人的獨特體驗放縱不羈。因此，意識型態製造的大敘事往往被打扮為日常生活不言而喻的前提，種種溢出既定框架的個人經驗將被刪除，或者定位為一種可恥的觀念。如果一個政客──例如美國總統──試圖煽動一場戰爭，他所強調的肯定是國家遭受的嚴重威脅，大敵當

────────────

2　斯拉沃熱·齊澤克：〈意識型態的幽靈〉，收入斯拉沃熱·齊澤克、泰奧德·阿多爾諾等著，方杰譯：《圖繪意識型態》（南京市：南京大學出版社，2002年），頁4。

前。他不會愚蠢地在演說辭中詳細計算追加多少億軍費，告知每一個納稅人必須額外地支出多少——個人必須隱去。大概念、大敘事是意識型態削弱，乃至統一獨特體驗的基本手段。現今，民族、國家、科學、人類、正義——諸如此類的超級概念均已成為意識型態的編碼，所有的個人經驗必須接受這些概念的修剪。人們每日每時都在做出種種瑣碎的判斷和決定。然而，那些漫不經心的、無意識的甚至近於「本能」的選擇無不包含了意識型態的隱蔽「詢喚」。尤其是在現代社會，意識型態是一種必不可少的膠合劑。農業文明時代，感官可以掌握固定而狹小的生存空間，認識周圍的形象即可決定種種事務。然而，工業社會的擴張迅速地超出了感官的支配範圍。眾多的生產環節和一連串概念、範疇、理論模型的交互作用，感官的意義大幅度下降。一個巨大而遼闊的世界矗立在周圍。個人的狹小經驗成為一種可憐的摸索時，各種解釋體系的分類、引導和意義確認將會形成強大的甚至不可抗拒的先入之見。這就是意識型態佔據的高度。

那麼，感官經驗中止了嗎？不，人們的感官甚至比以往任何時候更為繁忙，只不過感官的活動區域大部分侷限於大眾傳媒。相對於古人，人們的身體遲鈍了許多，但是，人們對於世界的了解正在以幾何級數的方式遞增。顯然，大眾傳媒正在形成另一個社會，它的編碼甚至隱蔽地修改了人們的感官編碼。由於大眾傳媒的介入，意識型態的聲音放大了千百倍，感性的規訓擁有了強大的形式。可以說，現代社會的形成包含了意識型態與大眾傳媒之間前所未有的互相擴張。雙方的潛能彼此交滙，相得益彰。十九世紀或者更早一些時候，誰能夠預料電視機在「詢喚」個體方面擁有的巨大效力？

現在可以回到這個問題上了——這個時代的文學承擔了什麼？文學顯然是意識型態內部一個富有魅力的門類，並且兢兢業業地行使「詢喚」的職能。從神話、詩、戲曲到小說和電影，文學隱含的各種「詢喚」將因為獨特的美學形式而產生異乎尋常的效果。這時，文學

與意識型態各個門類──例如，道德倫理、哲學、宗教、藝術、新聞傳播等等──形成了互相呼應的共謀關係。文以載道，人們可以根據現今的意識型態特徵重新充實這個命題。

　　然而，如同歷史上的許多時期一樣，馴服地從屬於意識型態的僅僅是這個時代的一部分文學。我願意稱之為「完成式」的文學──這一部分文學的主題通常已經由意識型態所完成。相對地說，另一部分的文學游移於意識型態圈子的邊緣，散漫、紛亂，甚至古怪而激進，但是不可化約。意識型態無法輕鬆地解決或者消化它們提出的那些倔強的主題。這些主題如同狡猾的蛇，悄然地鑽出傳統的柵欄，構成了一種挑戰，一些追問，甚至難堪地暴露出意識型態的運作機制。這一切無不讓人聯想到精神分析學對於夢、無意識與意識之間關係的解釋。這一部分可以稱之為「挑戰式」的文學。如果時機成熟，如果這一部分文學集聚到相當的程度，強烈的挑戰可能導致意識型態的消蝕、失靈、瓦解乃至崩潰。於是，大變革的時刻就會來臨。歷史的另一回合開始了。的確，這也是一種使命：「挑戰式」的文學時常在意識型態轉換之際充當驍勇的先鋒──那個剛剛完成的時代交接即是如此。

　　那麼，文學的挑戰精神是從哪裡來的？

二

　　現在，可以回憶一下剛剛用過的術語：「美學形式」。這意味什麼？美學形式，這是形象，是個性和風格，是細節，是一個個生動的人物和強烈的意象──總而言之，是一種訴諸人們感性或者感官的形式。這就是祕密所在，很簡單。鮑姆嘉通的 "aesthetics" ──即「美學」一詞──就是從「現象」開始。這些現象不能還原為形而上學體系，也無法完整地與科學概念重合──物理學的描述或者生物知識說

不盡風花雪月製造的無限感慨。因為美學，現象和感性的意義終於得到了承認。這開啟了另一個方向。正如 E‧卡西勒在《啟蒙哲學》之中所言：「十八世紀哲學不僅堅持了想像力在人的認識中的地位，而且也堅持了感官和慾望在人的認識中的地位。」[3]

　　生活之樹常青，這已經是老生常談。意識型態是生活想像的限制和管束，然而，形象不時會突兀地撕開了隱蔽的羅網。就在人們被告知生活如此這般的時候，各種形象執拗地刺破了現成的解釋。生活之樹常青，時常是因為個別形象的存在。所以，人們不得不承認，形象是一種無法迴避的挑戰，種種細節和故事的演變有力地抵抗一連串強加的預設——即使作家本人也無法責令這些形象就範。福樓拜、巴爾扎克和托爾斯泰的文學生涯都曾出現這種現象：他們筆下的主人公大剌剌地擺脫作家的平庸構想，自作主張地結婚或者自殺了。形象擁有自己的個性，擁有意識型態來不及處理甚至無法處理的剩餘。某些時候，這種剩餘代表了一個更大的世界。這是形象的不可替代的價值。「挑戰式」的文學擅長覺察形象與意識型態之間的距離，並且覺察形象的生機勃勃將對意識型態產生的衝擊。所有士兵的使命就是為國王而戰，這是一個意識型態的表述；如果某一個士兵活靈活現地走出來，懷念妻子和老父親，並且開始詢問和懷疑為什麼必須為從未謀面的國王去死，形象就可能打破意識型態的既定解釋。顯然，感性就在這個時候活躍起來了。感性的內涵是力比多、震驚性的體驗，還是現實主義的良知？——總之，感性導致意識型態規訓的鬆懈。

　　形象地再現未曾解釋過的生活，這是現實主義文學觀念的樸素涵義，也是現實主義文學觀念迄今不曾過時的一面。正是因為這種原因，「挑戰式」的文學時常將真正的發現授予感性。深刻的感性形成

3　E‧卡西勒著，顧偉銘等譯：《啟蒙哲學》（濟南市：山東人民出版社，1988 年），頁350。

了挑戰的動力，形而上學體系很難產生這些尖銳的發現。這個時刻，文學常常率先從傳統意識型態的王國中突圍。

　　並不是所有的人都願意寬懷大度地接納文學。相反，他們從文學的挑戰和突圍之中意識到了顛覆的危險。某些文學形象擁有意想不到的顛覆能量。於是，傳統意識型態開始不動聲色地組織反擊。如今，這種反擊不一定是絞殺那些存活在故事之中的人物，甚至上演「焚書坑儒」的暴行──如今的技巧高明多了。縫合意識型態與形象之間缺口的常規手段是，捕獲逃逸的形象，使之納入既定的解釋體系，認定形象只能擁有哪些合法的意義。文學闡釋的一個重要意圖即是，迫使形象滯留於一個令人放心的區域。闡釋不僅負責搜索形象製造的潛臺詞，而且制定某種意義規範形象。孔子說，詩三百篇的共同特徵是「思無邪」。這賦予《詩經》一個品行端莊的鑒定，同時解除了形象可能產生的一切異常的聯想。發乎情，止乎禮義，後續的各種闡釋巧妙地封鎖了這些詩句挑戰意識型態的逼人鋒芒。為什麼文學批評長盛不衰？闡釋形象，監控形象的意義，矯正文學的不軌動向，給文學拴上一副韁繩，這肯定是一個重要的原因。

　　文學批評史顯示，文學形象的闡釋模式相當豐富。有的批評家關注詩的韻味和境界，追慕「不著一字，盡得風流」，縱論「元輕白俗，郊寒島瘦」；有的批評家熱衷於鍛字鍊句，考究音韻節奏；有的批評家擅長分析心理內涵，從悲劇的憐憫、恐懼到無意識和力比多；有的批評家感興趣的是文學形象的歷史原型，縱向考據是他們的基本手段。考察文學人物的時候，福斯特所分辨的「扁形人物」和「圓形人物」力圖說明的是性格的豐富性。相異的闡釋模式表明形象可能產生的不同意義，表明了文學構成的多種維面。人們沒有必要認為，批評家始終在關心文學形象的普遍意義，關心一個人物如何顯現千百個人物。事實上，「文小而指大」或者「以小總多」僅僅是文學的闡釋模式之一。只有這種闡釋模式負責解釋形象可能具有的共性，解釋個

別所喻指的普遍和一般。但是，自從一個理論術語奇怪地成為唯一的正統之後，這種闡釋模式突然贏得了超常的分量，甚至排擠另一些闡釋模式。當然，我指的是「典型」。

典型，在希臘文中意為樣板或者模型。許多古典作家曾經表示，他們的主人公——例如，一個車夫、一個銀行家、一個小偷——是從幾十個同類人物身上提煉出來的。因此，他們的主人公代表了一個類型。這個意義上，一個車夫的故事不是他個人的遭遇，而是一大批人的共同命運。他是熟悉的陌生人，身上存有許多人的影子。一旦「典型」主宰了文學批評的運作，文學的闡釋紛紛聚集到這個方面：個別形象如何引申為某種共性——這亦即形象背後的個性與共性，個別與一般，偶然與必然，現象與本質，如此等等。

可是，共性、一般、必然和本質的概括時常附帶一個事實：形象的簡化、收縮甚至割裂，以至於不得不放棄形象本身的豐富和完整性。「杯子是白色的」——任何一個概括性陳述都必將拋開對象的另一些品質，例如杯子由什麼材料製成、杯子的幾何形狀等等。文學的「典型」也是如此。勇猛的張飛？猶豫不決的林沖？多愁善感的林黛玉？作為民族資本家的吳蓀甫？談論這一切的時候，衡量形象的另一些指標體系只能棄置不顧：張飛幾天洗一次澡？林沖的脖子後面有沒有一個胎記？林黛玉穿幾碼的鞋？吳蓀甫是否喝綠茶？……概括是一種積極的簡化。概括意味了刪除眾多繁雜和偶然的枝節，清晰地顯現特定的局部或者深藏不露的內核，使之贏得正面的表述和解釋。

這必然導致複雜的權衡：顯現什麼？解釋什麼？同時放棄什麼？——簡言之，什麼共性？杯子的共性在於它的材料、幾何形狀還是在於它的顏色？形形色色的意識型態就是在這個時刻插入，隱蔽地誘導人們注視某些問題，同時省略另一些問題。哪些問題更有價值，世界的本質在哪裡，這是意識型態所擅長的節目。對於自然主義的信奉者說來，生理遺傳是一個首當其衝的關鍵；馬克思主義學派的批評

家相信，階級性是決定人物命運的根本原因；女權主義和後殖民理論興盛之後，性別和種族成了人物言行的解釋前提。的確，「典型」證明了一個形象的某種「共性」。然而，意識型態已經事先發出通知，究竟是生理遺傳、階級性、性別、種族還是別的什麼才有資格充當「共性」。意識型態有效地鎖定了文學闡釋的範圍，指定活動的區域。「典型」無非在這個範圍內將形象的意義擴張至最大限度。許多時候，認定「典型」的某種共性或者本質更像是防止形象產生意想不到的危險意義。

　　現代文學史上，圍繞阿 Q 形象出現的眾多爭執是一個相當有趣的案例。這個形象的「共性」定位在哪裡？不同歷史時期的意識型態提出不同的方案。「精神勝利法」與魯迅以及眾多現代作家批判的「國民性」遙相呼應。然而，階級觀念主宰一切的時候，阿 Q 的雇農身分成了一個繞不開的麻煩。阿 Q 的好逸惡勞和流氓習氣，阿 Q 的孱弱和糊塗，這些性格特徵給雇農的階級定義製造了一連串難題。儘管不少批評家竭力強調阿 Q 身上的反抗和革命因素，但是，人們不得不承認，這個傢伙已經狡黠地逃離雇農階級的「共性」規定──這個形象的意義開始失控。這甚至暴露出一個遺留的問題：階級性與「共性」是否重合？堅持階級性即是「共性」的觀點必須接受一個階級僅有一個典型的邏輯後果。二十世紀八十年代之後，阿 Q 的意義開始隱約地同種種流行辭令發生聯繫，例如「人類的弱點」，「逃避現實、退入內心」，「尋找精神家園」，生命的價值或者個體的尊嚴，如此等等。[4]這與其說阿 Q 形象的變化，不如說意識型態擴大了詮釋阿 Q 形象的空間。某些時候，人們甚至可以發現一些更有想像力的觀點：斷言阿 Q 是標準的儒家信徒。阿 Q 臨死前安慰自己「大概人生

───────────

4　參閱張夢陽：《阿 Q 新論──阿 Q 與世界文學中的精神典型問題》（西安市：陝西人民教育出版社，1996 年）；倪邦文：〈人類尋找精神家園的艱難歷程──唐吉訶德、浮士德、阿 Q 及其他形象的詮釋〉，《河北學刊》1993 年 6 期。

天地間，有時難免要……」這是儒家對於天命的默認；阿 Q 無師自通地說：「過了二十年又是一個……」這是儒家「殺身成仁」的回音。[5]既然如此，道家當然不甘示弱。老莊的「絕聖棄智」、「知足常樂」不正是為阿 Q 精神勝利法的源頭嗎？[6]至少在目前，民族、國家、社會、階級、人民，更多地成為安置「典型」共性的基礎，個性或者形象必須在這些概念之中找到存在的意義。如果解除這些概念，阿 Q 的癩痢頭或者破氈帽也可能出現奇妙的微言大義。

　　歌德曾經號召作家專注地考察「特殊」，不必擔心「一般」的闕如。[7]這是一個偉大作家的自信：只要一個不可化約的「特殊」存在，「一般」將在不斷的闡釋中源源而來。一千個讀者有一千個哈姆雷特，哈姆雷特將在持續的闡釋中永生──或者反過來說，哈姆雷特的永生將持續地製造闡釋。不盡的闡釋瓦解了「典型」的共性及其防範功能，拋開意識型態的種種預定結論，無限地開放了意義的闡釋領域。德里達放縱「能指的嬉戲」，福柯主張廢棄「作者」的束縛而容許形象的「意義膨脹」，羅蘭‧巴特推崇無限的闡釋，這一批瘋狂的理論家根本地動搖了西方形而上學的基礎，驚世駭俗。然而，這不就是美學形式賦予的嗎？

三

　　這時，「純文學」這個概念可以再度出場了。無論這個概念擁有多少複雜的內涵，它在時代交接中承擔的一個重要功能是，擺脫傳統意識型態的強大控制。相當長的時期，革命口號以及派生出的階級圖譜主宰了一切文化生產模式，文學被指定為階級鬥爭的工具。「純文

5　參閱高杰：〈阿 Q 精神的哲學根系探源〉，《魯迅研究月刊》1990 年 9 期。

6　參閱劉玉凱：〈阿 Q 正傳：哲學的詩化〉，《河北大學學報》1995 年 2 期。

7　參閱《歌德談話錄》（北京市：人民文學出版社，1978 年），頁 10、89。

學」概念力圖回收文學的權利：文學就是文學，文學沒有必要負擔種種附加的使命。純文學拒絕工具論，甚至對「文以載道」的傳統表示反感。當然，二十世紀八十年代的語境中，「純文學」同時隱約地召回了文學的浪漫精神以及曾經有過的驕傲──正是因此，詩人和作家不會因為權勢的俯視而低下高貴的頭顱。

　　可是，何謂「純文學」？這是一個曖昧的術語。我曾經將「純文學」稱為「空洞的理念」：「沒有必要固執地為『純文學』設計種種完美的定義──這個概念只能在一系列理論術語的交叉網路之中產生某些不無游移的內涵。儘管如此，這個空洞的理念仍然是理論之軸上面的一個重要刻度。如同數學上的『零』一樣，這個刻度存在的意義是使另一批相鄰的或者相對的概念找到了自己的位置，改變彼此之間的關係，甚至製造出另一些命題。」[8]二十世紀八十年代，「純文學」被視為甩開傳統意識型態──例如民族、國家、社會、階級──的出口，個人主義話語理所當然填入這個概念。自我、主體均是一些炙手可熱的詞語，純粹的文學彷彿與純粹的自我互為表裡。這被隱約地納入了「現代」的範疇。人們的模糊想像中，現實主義、社會、歷史、人物性格均是「傳統」文學，個人、內心、無意識、現代主義才是「現代」的產物。從「我是我自己的」到存在主義式的「存在先於本質」，個人自由成為現代社會令人心儀的口號。文學顯然是這種口號的擁戴者。於是，傳統的歷史再現業已過時，現在已經到了打開內心圖像的時候──「純文學」也就是在這個時刻派上了用場。

　　相對於動盪不息的歷史，可憐的內心又有多少內容？這曾經是一句嚴厲的詰問。人們之所以敢於正視這個問題，很大程度上依賴西方文化提供的一整套新型理論。根據查爾斯‧泰勒對於「自我」觀念史的考察，內心／歷史的關係並不是理所當然地進入內在／外在的模

8　南帆：〈空洞的理念〉，《文本生產與意識型態》（廣州市：暨南大學出版社，2002年），頁41。

式。「內在深度」的形成包含了眾多思想家的持久思辨，例如柏拉圖，奧古斯丁，笛卡爾，洛克，蒙田，浪漫主義，現代主義的轉折，如此等等。終於，「二十世紀已經變得更加內向，已經趨向於探索甚至讚美主觀性；它已經探索情感的新的深處，它以意識流為中心，產生了可以恰如其分地稱作『表現主義』的藝術流派。」[9]這時，人們不再將內心形容為一面鏡子，不再將這一面鏡子視為現實的單純映像；相反，內心是一所層層疊疊的迷宮，「深度心理學」是弗洛伊德精神分析學重新繪製的內心地圖。意識、無意識、本我、自我、超我、力比多，各種因素形成了一個複雜的結構。按照弗洛伊德的觀點，這種結構已經足以導演一個又一個傳奇故事。作家開始習慣一種想像：人們的內心隱藏無限的財富等待開掘，各種精彩的劇目可以在內心上演，外部歷史可能僅僅是一種多餘的裝飾。文學必須進入這個奇異的領地。弗吉尼亞・伍爾芙認為，「生活是與我們的意識相始終的、包圍著我們的一個半透明的封套」，內心堆積了無數瑣屑的或者奇異的印象，作家的真正職責是「揭示內心火焰的閃光」。[10]

　　對於「內聖外王」的儒家文化傳統說來，這些觀點相當陌生。但是，到了二十世紀八十年代，名噪一時的「主體」理論開始加入這種想像。如今已經十分清楚，主體理論成為重組八十年代文化空間的座標。以革命和階級為核心的理論體系耗盡了闡釋社會的能量，經濟改革與市場啟動仍然是一種海市蜃樓式的遠景，這時，主體理論適時地出現於二者的中途。至少在當時，主體理論混雜了理性、啟蒙、個性解放、天賦人權以及身體慾望等多方面論述。儘管「主體」的內涵遠非談論文學人物的內心深度，但是，文學始終被視為主體理論的主要

9　查爾斯・泰勒著，韓震等譯：《自我的根源：現代認同的形成》（南京市：譯林出版社，2001 年），頁 712。

10　弗吉尼亞・伍爾芙著，瞿世鏡譯：〈論現代小說〉，《論小說與小說家》（上海市：上海譯文出版社，1986 年），頁 8、9。

例證。理論家肯定地說，主體內部存在一個「內宇宙」，「內宇宙」的種種祕密組合決定了人物性格的表徵。不存在「內宇宙」的人似乎沒有資格擔任主體，至少沒有資格成為文學的焦點。對於殘雪──一個宣稱忠實於「純文學」的作家──說來，這種「深層自我」才是文學的天堂：「文學不再同外部的世俗生活有任何直接的聯繫，她拔地而起，成了浮在半空中令人目眩的、精巧而又虛幻的建築。」借助卡爾維諾的《寒冬夜行人》，殘雪描述了一個「純文學」的範例：

> 一位作家，如果他不滿足於描繪「外部」世界（表層自我），並借助這種描繪來透露出心靈（深層自我）的存在；如果他的渴望導致了最狂妄的野心──要創造出一個獨立不倚、完全透明，如同萬花筒一樣變幻的魔法王國，他的追求就必然促使他走上卡爾維諾這條絕路。即，放棄一切理性思考，讓肉體徹底幽靈化，進入那凌空顯現，邊界模糊的陌生領域。能否絕處逢生，是每一位純文學作家的試金石。[11]

個人主義話語的「自我」、「主體」之外，語言問題是「純文學」演示的另一個方面。一批作家專注地實驗種種敘述的可能，他們的文學試管裡不斷地誕生稀奇古怪的語言晶體。人們懷疑這種文學喪失了現實基礎，這些作家振振有辭地申辯──這是「純文學」。文學性的祕密就在語言中。這彷彿是一種必然跟進：作家必須為幽深的內心世界重鑄敘述語言，例如意識流。英美的新批評、俄國形式主義、法國的結構主義以及接踵而至的解構主義，這些著名的批評學派無一不是將「語言轉向」視為首要問題。很久以後人們才意識到，結構主義與存在主義之間的衝突意味深長。結構主義將語言以及諸種符號視為一

---

11 殘雪：〈與自我相逢的奇迹〉，《中華讀書報》第 7 版，2004 年 5 月 19 日。

個強大的結構，主體或者自我不過是結構中的一個成分。與人們的通常經驗相反，語言符號並不是主體或者自我的表現工具；語言符號規定了主體的形成。主體或者自我只能在「結構」提供的狹小空間活動，它們的自由是有限的。考慮到主體與符號的關係，考慮到後者對於前者的約束，存在主義式的自由毋寧說是一種幻覺。這時，主體或者自我喪失了神祕的內核，它們不再被想像為獨立於所有社會關係的超然實體。語言符號及其附帶的意識型態密集地編織到主體的形成中，成為主體的內在組成部分，甚至設定了感覺的密碼。這時，所謂的內心仍然是語言符號的產物。從女權主義批評、意識型態批評到文化研究、話語分析，這些批評學派的一個共識是，通過一連串語言符號的解讀闡釋主體的特徵——個體如何被「詢喚」為主體，進而被妥貼地安置在特定的社會結構中。這一切的確超出了「純文學」的理論認識，甚至顛覆了這個概念。

　　現在，我傾向於這種解釋：「純文學」不是一個令人驚歎的理論發現，這是一個功能性的概念。二十世紀八十年代的時候，雖然結構主義以及解構主義瓦解了這個概念的基礎，但是，這並沒有阻止它的流行。「純文學」至少在文學區域製造出一種氣氛：個人主義話語之上的緊箍咒已經解除。個人，尤其是幽深、顫動、自由的個人，內心突破了壓抑浮上文學話語，它們的意義遠遠超出了革命集體主義傳統範疇——例如民族、國家、階級或者抽象的人民——的解釋和覆蓋。這就是「純文學」向傳統意識型態擺出的挑戰姿態。

　　儘管如此，「純文學」以及個人主義話語仍然時常遭受非議。闡釋文學人物的內心或者談論種種敘述實驗，「典型」這個概念無法有效地運轉——這是令許多批評家深為惱火的事實。另一些批評家難以釋懷的是，個人主義話語、自我、主體是不是以放棄社會責任為代價？那些瑣碎的慾望和纖細的顫動對於民族、國家或者轟轟烈烈的歷史事變又有多少意義？必須承認，「純文學」與個人主義話語始終是

一種文學的另類，它們的道德形象至二十世紀九十年代才得到某種改觀。二十世紀九十年代的一個重大事件是，市場經濟終於贏得了理論的正面肯定。圍繞市場和消費，另一套意識型態逐漸成型。顯然，這套意識型態願意賦予個人主義話語一個合法席位。按照史蒂文‧盧克斯的觀點，經濟個人主義「是對經濟自由的一種信念。」盧克斯引用H‧M‧羅伯遜的話說：「個人主義在個人及其心理傾向中尋找社會經濟組織的必然依據，相信個人的行為就足以提供社會經濟組織的原則，力求通過個人，盡可能讓個人得到自由地自我發展的一切機會來實現社會進步。它相信，要做到這一點，有兩種制度是必不可少的：經濟自由（即企業自由）和私有財產。它相信，不同的個人有著不同的才能，應該允許每個人都在與別人的競爭中，盡最大努力來發展他們自己。」這時，個人主義不僅侷限於文學人物的幽深內心；在社會歷史的意義上，個人主義開始與市場的動力聯繫起來。換言之，批評家開始從個人主義背後發現了特定的歷史內容。盧克斯同時還指出：「經濟個人主義隱含著的一種假定是，反對來自教會或者國家的經濟控制。」[12]這顯示了市場經濟賦予個人的自由。相對於封建社會的人身依附，相對於傳統的計劃經濟，經濟個人主義提供了前所未有的自由空間。這時，「純文學」所想像的個人自由終於有了真實的歷史依據。

然而，這種樂觀仍然是意識型態的產物。如果市場或者消費的意識型態僅僅提供了一套二元的選擇──要麼封建社會或者傳統的計劃經濟，要麼市場經濟；那麼，自由可以視為市場經濟的社會關係特徵。可是，所有的人都明白，市場擁有另一套嚴格的等級制度和權力體系。資本數額是這一套等級制度的基礎，億萬富翁享有的許多特權是一個窮光蛋所無法想像的。進入現實，所謂的機會均等僅僅是一句空話。相對於馬克思所嚮往的理想──「人的全面發展」，市場提供

---

12 史蒂文‧盧克斯著，閻克文譯：《個人主義》（南京市：江蘇人民出版社，2001年），頁82-83。

的僅僅是一種低級的自由。這並沒有否認市場經濟的歷史合理性。現今看來，市場經濟猶如一個無法抗拒的必然。可是，如果意識型態將歷史合理性敘述為人類的最後理想，這肯定會引起強烈的異議。顯而易見，「純文學」或者個人主義話語所期待的自由不可能因為市場經濟而完全實現。文學終於意識到這個問題：經濟個人主義不一定等同於文化意義上的個人主義，例如倫理的或者美學的個人主義。於是，就在市場或者消費的意識型態慷慨地許諾一個美滿的前景時，文學又一次不知趣地騷動起來了。

四

　　文學不願意欣然認同市場或者消費給出的意識型態，這至少可以追溯至二十世紀八十年代中期。當時，一批集結在「尋根文學」麾下的小說曾經製造出另一種文學空間。山林、峽谷、江河和湖泊、圓木修築的小酒館或者小客棧，一些挎上獵槍或者擎著魚叉的硬漢或者一群性情剛烈潑辣的娘兒們──總之，這種生活古風猶存，人們甚至可以察覺到一種反現代性的大咧咧的勁頭。主人公靠勇猛、膽略、體魄和豪爽義氣贏得榮譽，他們對於算盤和帳本不感興趣。踏入車水馬龍的街道和摩天大樓，紙醉金迷的消費景觀只能讓他們發暈。這些人對於奢侈的城市生活充滿疑問，他們與市場、消費、錙銖必較的價格以及物質財富的佔有和揮霍格格不入。當然，至少在當時，作家僅僅在這一批主人公身上寄寓了另一種文化想像，開啟另一種生活維度。然而，二十世紀九十年代之後，情況不一樣了。一些作家和批評家在全球化、現代、市場和消費背後發現了中心與邊緣的衝突，發現了各種隱蔽的權力體系與等級制度，發現了全球資源的重新分配和不平等佔有。宗教、種族以及文化身分與經濟問題糾纏在一起，囂張的霸權與絕望的抗議甚至導致一連串形式詭異的戰爭。這些作家和批評家不僅

重新啟用「窮人」和「富人」這些久違了的概念，而且分析的範疇超出了經濟學而進入文化政治領域。韓少功、張承志、張煒、李陀和汪暉、韓毓海、曠新年、王曉明、戴錦華等均某種程度地傾心於左翼觀念；如果在寬泛意義上將同情被壓迫者的作家和批評家包括在內，這個名單還會擴大一些。的確，他們不太相信廣告、股市和大型超市共同製造的神話——他們盯住了繁華背後一些憔悴、苦惱的面容，並且試圖從他們的遭遇中發現結構性的原因。在他們那裡，文學漸漸地產生出一些硌人的稜角。

　　幸運的是，文學的挑戰得到了正面的回應。二〇〇三年坊間出現一部文集，標題是一個醒目的疑問句：「知識分子為什麼反對市場？」文集匯聚一批著名經濟學家——其中多人是諾貝爾獎得主——的對於這個問題的通俗解答。編者在後記中明確地描述了激烈的交鋒：

> 如果我們不帶偏見，則必須承認：自由市場給人類帶來了巨大的福利，人類也獲得空前的行動自由；然而另一方面，也沒有任何一種社會安排，如此集中地、持續地受到它的精英——知識分子的強烈拒斥，批判自由市場及其相關制度的聲音，在很長時間成為思想文化界的主流；當然從另一方面說，我們也得承認，沒有任何一種社會制度能像自由市場制度一樣，對這種批判保持寬容，並且根據這種批判不斷地自我調整、自我超越，從而保持相當的活力。（頁321）

　　這些經濟學家分別以通俗的口吻陳述自己的解釋。哈耶克認為，某些知識分子過於相信刻意的控制和自覺的組織管理，相信「任何按照計劃建立起來的秩序，肯定優於種種對立的力量自行均衡中產生的秩序」（頁12），這是他們痛恨市場和信任計劃的理由；弗里德曼將猶

太人對於資本主義的厭惡形容為「偽善的道德優越感」（頁51）；諾齊克的觀點多少有些奇怪：在他看來，知識分子反對市場的原因是失利產生的怨恨——社會特別是市場褒獎人們的標準與知識分子生活的校園遠為不同，這些受傷的知識分子轉而把怒氣發洩到市場體制上（頁61）；布坎南甚至覺得，那些執拗地反對市場的人具有一種無理的頑固——哪怕轉向虛無主義也不願意說市場的好話（頁91）。另一些經濟學家總結出更多的複雜原因，而且也提到了市場使經濟進步與自由的普遍增加形成了有益的循環。（頁102、103、85）[13]但是，似乎沒有人將目光集中到這種問題上：市場也可能限制個人的自由。多數經濟學家承認，一個人必須投合市場願望，滿足別人的需求。否則，他就沒有理由得到稱心的待遇。所有的價值都必須服從這個首要原則，似乎不證自明。然而，這個原則是不是與真正的自由理想——也就是一些知識分子常常用「個性」、「自我」等概念描述的那種自由理想——存在距離？

哈耶克指出，倡導市場的自由主義思想家不屑於空想社會的遠景，不屑於社會至上主義者那些烏托邦式的玄想。他們關心的是一點一滴的改良，然而，這也是他們吃虧的原因——他們得不到廣泛的社會敬重。[14]可是，如果將投合市場作為構思社會遠景的綱領，爭議在所難免。無論是考慮道德、美學、正義還是某種內心的愉悅，人們都很容易提出另一些主張。相對於歷史已經擁有的思想、智慧以及幸福觀念，這種綱領肯定會遇到眾多的競爭對手。一個現成的例子是，這些經濟學家如此賣力地為市場辯護，難道僅僅因為辯護辭的價格超過修草坪或者當廚師，而不存在某種社會理想或者知識本身製造的快樂

---

13 F. A. 哈耶克、羅伯特・諾齊克等著，秋風編：《知識分子為什麼反對市場》（長春市：吉林人民出版社，2003年），頁321、12、51、61、91、102、103、85。

14 F. A. 哈耶克、羅伯特・諾齊克等著，秋風編：《知識分子為什麼反對市場》（長春市：吉林人民出版社，2003年），頁17。

嗎？

　　至少，文學知識分子不斷地意識到這個問題。他們覺得，某些時候的市場以及主宰市場的資產階級都有可能轉化為「個性」、「自我」的壓抑。市場的自由交換背後隱藏著巨大的權力體系，這是一種控制的力量。馬克思主義理論家在這種權力體系背後發現了隱蔽同時又殘酷的經濟剝削以及維護剝削的政治壓迫。這個意義上，革命的號召在一部分文學知識分子之間產生巨大的效力。他們爭先恐後地以浪漫的風姿投身於推翻資產階級的吶喊。相對地說，另一批被形容為「現代主義」的作家缺乏登高而呼的激情。他們反抗資產階級的方式更多的是冷嘲熱諷。現代主義作家大膽褻瀆資產階級的文化趣味，放肆地打擊中產階級保守的生活觀念，現代主義的陰鬱、神祕、頹廢、激進無不顯示另一種叛逆的文化姿態。按照丹尼爾·貝爾的觀點，資產階級僅僅認可經濟個人主義，文化領域的現代主義是另一種實驗型的個人主義──後者恰恰是前者的敵手。[15]馬泰·卡林內斯庫認為，波德萊爾是將美學現代性與資產階級文明現代性對立起來的第一個作家。他察覺，這些作家身上往往有一種意味深長的頹廢感：

> 另一些人──這些人是我們的基本興趣所在──則鍾情於一種現代世界正在走向一場大災難的感覺。後一集團中的大部分人是藝術家，他們是一種美學現代性的自覺宣揚者，這種美學現代性儘管有著種種含混之處，卻從根本上對立於另一種本質上屬資產階級的現代性，以及它關於無限進步、民主、普遍享有「文明的舒適」等等的許諾。[16]

---

15 參見丹尼爾·貝爾著，趙一凡等譯：《資本主義文化矛盾》（北京市：三聯書店，1989 年），頁 64。

16 馬泰·卡林內斯庫著，顧愛彬等譯：《現代性的五副面孔》（北京市：商務印書館，2002 年），頁 11、173。

　　這是文學知識分子的神經過敏，還是某種超常的洞察力？無論是革命信奉者的昂揚還是現代主義作家的黑色幽默，眾多文學知識分子均對財富、市場、消費以及現代性表示了某種莫名的不安。必須承認，市場並不像廣告許諾的那麼完美。的確，市場意識型態具有強大的號召力，彷彿是一個難以超越的終極制度。貪婪可以解釋為強大的動力，庸俗趣味可以解釋為民主的體現。理論認定市場中機會均等，因此，貧富不均仍然合情合理。總之，多數人有理由滿意。然而，這些文學知識分子還是尖刻地從市場意識型態的縫隙看到血淚、苦難、饑餓或者罪惡。無法否認，相對於專制的封建社會，市場極大地增添了自由和活力。但是，苦難還是苦難，饑餓還是饑餓，這些難堪的現象不可化約。真正的平等仍然遙遠。

　　歡愉之辭難工，窮苦之言易好──是不是文學的感性特別擅長體驗痛苦？真正的作家從來不會無動於衷地將目光滑過人間疾苦。苦難是文學的酵母。忍辱負重的司馬遷感慨地總結說，歷史上的眾多傑作均是「聖賢發憤之所為作也」。作家所收集的社會個案中，貧賤階層承受的苦難遠遠超過權貴或者精英。所以，卑微的乞丐遠比趾高氣揚的富翁更易於打動他們，民粹主義幾乎成為一種天然的傾向。從「朱門酒肉臭，路有凍死骨」到「被侮辱與被損害的人」，從托爾斯泰到魯迅，窮人和底層時常是文學不斷光顧的領域，批判現實主義作家將這個傳統引向了高峰。相對地說，窮人和底層所得到的文學敘述遠遠超過了史學、哲學、經濟學或者其他學科。然而，文學僅僅是歷史結構內部的一種微弱的聲音。決策數千億資金的流向，控制石油運輸的戰略要衝，支持某一個派系的政治人物擔任政府首腦，敲定某一場重大戰役的登陸地點──這些重要時刻，文學對於小人物的同情之淚起不了什麼作用。某些時候，文學的浪漫和激情甚至會成為天真幼稚的標本，例如二十世紀三十年代的左翼文學，或者，五十年代文學對於中國鄉村的想像。那些遙遠的人物、故事尤其是作家不切實際的歷史

想像恰恰遭受歷史的嘲笑。文學不是歷史的對手；設計未來歷史方案的時候，文學遠不如史學、經濟學或者其他時髦的學科。這個意義上，現今的那些文學知識分子怎麼可能撼動哈耶克們的市場？簡直天方夜譚。全球範圍內，市場機制及其運作依然如日中天。齊澤克引用詹姆遜的話說，現在已經「沒有人嚴肅認真地考慮可能用什麼來取代資本主義了」。[17]一個雄辯的事實是，文學本身就繞不開市場機制運作──版權、印數、稿酬或者版稅、定價，這些都是市場派生出來的概念。

　　儘管如此，人們仍然要承認，文學知識分子的不安和質疑並沒有喪失意義。這首先證明，文學有效地捲入而不是退出這個時代的核心問題；而且，美學形式被煉製為一種有力的敘述──這種敘述可能擊穿意識型態的強大結構。市場或者消費擁有的意識型態試圖將一切解釋得理所當然的時候，文學的聲音可能揭示出問題內部隱藏的複雜維面。這就夠了。文學無力解決也無法擺脫各種難題，但是文學發現了難題的存在。在資金、利潤和權力指令的驅遣下，大眾傳媒往往按照意識型態的口徑報告社會現狀。這時，文學的虛構形象可能恰恰是意識型態遮蓋的內容。一個訊息如此豐盛的時代，文學還能如此尖銳地甚至令人憎惡地存在，這就是幸運。

---

17 斯拉沃熱・齊澤克：〈意識型態的幽靈〉，收入斯拉沃熱・齊澤克、泰奧德・阿多爾諾等著，方杰譯：《圖繪意識型態》（南京市：南京大學出版社，2002 年），頁 1。

後記

文化研究打開了什麼？

——關於文化研究的對話

A：晚近幾年，「文化研究」這個概念愈來愈頻繁地出現，爭論也愈
來愈激烈。目前為止，爭論的焦點逐漸集中到這個問題上：文學
研究是否存在固定的邊界？文化研究的實踐表明：批評家所關注
的對象正在急劇擴大。從流行歌曲、房地產廣告、酒吧間的裝潢
到服裝款式、同性戀問題、麥當勞連鎖店與後殖民文化，文化研
究彷彿無所不包。這種狀況被稱之為「文化轉向」。日常生活的
美學堂皇地提出來了。美學不再是崇高的、超越的、理想的、遠
離塵囂的；美學編織到日常生活的紋理中，大眾文化彷彿是日常
美學的集中體現。文化研究的名義下，批評家心安理得地徜徉於
滾滾紅塵，甚至樂而忘返。當然，理論的意義上，文化研究具有
強烈的批判精神。批評家的目的並不是得意地炫耀生活的精緻，
他們的意圖是揭示這些對象與市場意識型態以及權力的隱秘關
係。這種批判明顯地秉承了法蘭克福學派的傳統，具有一種精英
主義的立場。

對於文化研究的懷疑來自許多捍衛文學獨立性的批評家。他們認
為，文學研究必須以作品、作家、讀者為中心。文本是文學問題
的關鍵，作家、讀者以及社會共同構成了文學活動——這是文學
研究的場域。無論大眾文化多麼強勁，文學遠未終結。這個意義
上，文學研究的場域相對獨立，邊界清晰。沒有邊界就沒有學

科，承認邊界的存在就是承認學科的權威。

這個爭論背後涉及一連串重大的問題，例如何謂文學性、何謂經典、純文學是否存在、文學的自律與他律、文學研究的學科建制、文學場域的獨立結構，如此等等。你是否關注這些爭論？

B：的確，「文化研究」的興盛導致一連串分歧。這些分歧遠遠超出了方法論的範疇而觸及文學觀念以及文化觀念的基本內涵。首先，我願意對文化研究的興盛表示充分的贊同。我不想複述眾多理論家對於文化研究的描述，我的興趣集中在這一點：文化研究的考察以問題為中心。無論是現代性、後現代、性別歧視還是後殖民時代的文化霸權，這些問題無不分散在教育、歷史、大眾傳媒、藝術、文學等諸多方面。文化研究試圖全面地打開視野，將問題置於多重脈絡之間給予考察。這是文化研究時常「越界」的理由。

這並不意味著文學的終結。文學完全可能作為一個單獨的問題提出。然而，文化研究重申了這種觀念：文學不是某一個浪漫心靈的產物，也不是單純的語言符號化合物。心靈、語言、意識型態，它們不僅形成複雜的迴環關係，而且共同左右文學的生產和閱讀。文學始終處於一個文化網路中。這個網路與文學的演變不斷產生密切的互動。現實主義主張再現社會歷史，這僅僅是二者互動的內容之一。教育體制、印刷出版業發達與否、翻譯隊伍的組成、傳統文化的地位、稿費制度、作家的組織機構、社會公共空間的活躍程度——這一切時刻與文學發生各種程度的聯繫。新型的大眾傳媒崛起之後，文學正在出現一些意味深長的動向。至於特定的意識型態如何影響作家和文學，這又是另一個複雜的領域。純文學，如果解釋為僅僅研究給定的文本，不涉及文學的生產和消費，問題很可能不過顯露出一部分。剝離出文化網路的文學僅僅是截出問題的一個切面而放棄了問題的複雜組織。當然，

文化研究不可能面面俱到地考察這個網路，每一份研究報告都有自己的重點。但是，文化研究是以承認這個網路的存在為前提。守住文學研究的界限，這似乎是一個愈來愈迫切的呼籲。可是，這個界限在哪裡——由誰確認？這是另一個惱人的問題。文學是什麼？詩又是什麼？小說或者散文的本質呢？一個概念形成之後，維持這種概念純粹本質的衝動就會逐漸加強。這種本質主義的衝動導源於靜態的分類體系——彷彿所有的分類體系都是一鑄而定，不可更改。事實上，文學研究的界限必須得到文學生產環境的支持，例如大學體制、學術雜誌或者文學雜誌，科學共同體的交流方式，如此等等。

文化研究的出現的確影響到文學研究的學科建制。經典的權威遭受挑戰，大眾文化的研究進入學院殿堂，這都是一些必然的後果。有必要大驚小怪嗎？學科的形成本來就是歷史性的產物。可以想像，現今的歷史要求完全可能導致既定學科的擴大、收縮或者轉移焦點。重要的是必須判斷，新的歷史要求是否已經出現。至於學科建制與學院體制的關係，二者背後隱藏的知識、權力、文化資本之間的聯盟，這也是文化研究的另一個深感興趣的話題。

A：將文學置於一個文化網路中給予考察，必須意識到中心與邊緣問題。如同我們看到的那樣，如何解讀文學的案例層出不窮。文化研究彷彿從文學中解讀出愈來愈多的意義。社會和歷史、符號結構、弗洛伊德和拉康，一套又一套的概念為批評家提供了各種理論支持。可是，許多人擔心，文學將在這個網路中邊緣化。許多文化研究的報告顯示，文學似乎僅僅是個引子而非主角，文學不過是社會學、政治學或者經濟學的例證。不少解讀中，批評家的論述範圍遠遠超出了文學的「內部研究」。思想來了，歷史來了，意識型態來了，殖民主義與性別也來了。不是說這都是一些

粗鄙的「外部研究」嗎？

B： 文化研究存在兩種傾向。第一，文學被組織到某一個問題——例如經濟學或者社會學問題——的結論中，成為一種論據。在我看來，這不是文學的恥辱。相反，這恰恰證明了文學的意義，證明文學如何交織在重大的社會歷史問題中，成為社會神經的組成部分。第二，文學被置於文化研究的中心。但是，就是在考察文學的形成和結構時，文化研究往往涉及文學之外的社會歷史以及意識型態。

當然，文化研究的內容遠遠超出了傳統的社會學批評。傳統的社會學批評建立在模仿論的前提下，批評家時常將文學視為社會歷史的模型。作品與社會之間的互相參證是他們的不二法門。「生活難道是這樣的嗎？」批評家發出了理直氣壯的反詰。儘管他們心目中的「生活」圖景不過是幾本教科書的簡單描述，但是，批評家談論生活的時候從未感到膽怯。因為他們得到了許諾，教科書的描述是「生活」的「典型概括」，任何逾越教科書的生活都將作為「非本質」的現象而被拋棄。

文化研究的考察廣泛得多。批評家可能追溯到大學課程的設置與經典的形成，也可能分析意識型態對於文本結構和語言修辭的影響。文化研究並不拒絕以文學為中心。文化研究拒絕的是封閉的文學觀念——文化研究必須穿透文本的內部與外部，揭示二者之間隱秘而複雜的互動關係。

維護「內部研究」與「外部研究」之間的等級關係，捍衛前者的名譽，這似乎沒有什麼意義。重要的是文學批評的活力，與特定的歷史相互對話的能力。這些批評觸動了什麼、打開了什麼、啟迪了什麼——人們開始關注這些問題的時候，「內部研究」與「外部研究」之間的差別已經微不足道了。

A： 那麼，文化研究如何解釋文學的獨立意義？文化研究是否承認文
學的自律？

B： 四分之一世紀以來，文學的獨立意義始終是文學研究的首要問
題，許多理論家為之嘔心瀝血。首先，文學必須擺脫「工具論」
的影響──文學不再是階級鬥爭的工具，不是某種概念的傳聲
筒，文學中的人物、故事和意象擁有自己的命運和邏輯。其次，
文學獨立的觀念是文學研究學科建制的依據。這使文學研究順利
地納入大學體制。

但是，正如許多理論家所指出的那樣，「獨立」意義上的文學不
是與生俱來的。中國古代文學理論中，「文學」、「文章」等概念
具有複雜的演變史。相當長的時期，文史哲曾經渾然一體。作為
一個獨立門類的形成，「文學」得到認可是一個漫長的過程，許
多因素參與了共同運作。西方也是如此。現今意義上「獨立」的
文學概念大約只有兩百年左右的歷史。這說明，「獨立」意義上
的文學存在是有條件的。所以，即使在今天，我們也不是以一種
信徒的姿態無條件地維護文學的獨立性。在我看來，承認「獨
立」的文學依賴於以下的論證：支持文學獨立意義的大部分歷史
條件迄今仍然沒有過時。

這個意義上，我想闡述問題的兩面：首先，如果將文學的獨立意
義想像為一個天經地義的事實，那肯定是簡單化的，儘管許多作
家曾經用這種觀念抵抗道德、社會學或者意識型態的強制性干
預。另一個同樣簡單化的觀點是，完全否認文學的獨立性。現今
這個歷史階段，文學的獨立性不僅是一個事實，同時還包含了深
刻的意義。我曾經在導言中說過：「自律的藝術形式不是迴避現
實，而是打入現實，並且以抗拒現存關係的方式成為現實的『他
者』，從而開啟另一種可能的維度。」因此，我所想像的文化圖
景是：一方面，龐大的意識型態體系共同指定了文學可能擁有的

位置；另一方面，文學又在自己的位置上發出獨特的聲音。二者之間構成一種歷史性的平衡。顯然，這種狀態內部隱含了眾多複雜的關係。如果意識型態體系過於強大，文學就不得不依附於各種強勢觀念，甚至被吞沒；反之，如果文學的聲音獨特而且尖銳，它將突破意識型態的束縛，甚至對意識型態體系構成某種威脅。我想，這種文化圖景或許比封閉式的獨立性和無限的開放性更為深刻——當然也更為錯綜複雜。

A：〈空洞的理念〉一文中，你認為「純文學」已經變成一個保守的概念。另一些批評家對於這個概念做出了更為激烈的批評。但是，拋開這個概念是不是意味著，批評家再度開始無視文學的特殊性？——事實上，這種情況曾經屢屢發生。批評家強調文學介入社會歷史的同時，文學與新聞報道或者哲學論文之間的差別再度消失。如果用你前面說過的話表述，文學的聲音又有什麼「獨特」之處？

B：我在〈空洞的理念〉一文中指出，「純文學」沒有確切的涵義，但是，這個概念仍然在文化網路中產生一種指示作用——這就像數學上的「零」。至少在目前，我還沒有讀到一個公認的「純文學」定義。什麼叫做「純粹」的文學呢？後續的另一個問題是，越「純粹」的文學就越有價值嗎？

儘管這些追問得不到肯定的答覆，我仍然承認文學的特殊性。相對於新聞報道或者哲學論文，文學文本具有獨特的結構和美學功能。概括地說，文學不僅進入讀者的思想，更重要的是進入讀者的感覺系統，甚至進入讀者的無意識。沒有人能夠無視文學的巨大震撼力。場景、故事的轉折、細節、人物的表情、對話和肖像、意象，一切都攝人心魄。規訓感覺、感性、感官經驗和無意識是文學擅長的領域。文學的思想是從這裡啟動的。這是一些人

重視文學的原因，也是另一些人恐懼文學的原因。

這當然與文本有關——文學的效果源於文本的一連串敘事和修辭特徵。可以看出，文學文本的結構一部分來自形式傳統的承襲和重複，另一部分來自社會歷史的改造。文本誕生於形式傳統與社會歷史的交滙點。

這就是我感興趣的內容：文本生產與歷史文化、意識型態之間的關係，符號學與精神分析學之間的交叉地帶。這是文學的內部，也是文學的外部。文本的確是問題的核心：歷史文化、意識型態形成特定的敘事、修辭，特定的敘事、修辭對於感覺乃至無意識的控制——這顯然是主體建構的一個有機部分；另一方面，這些環節也可能顛倒過來：由於文本的中介，感覺或者無意識打入歷史文化，甚至改變意識型態結構。所以，我在一部論文集的自序中說過：「在我看來，文學研究必須堅持把文本分析視為不可或缺的發軔之處；但是，這種分析並非僅僅盤旋於紙面上，如同猜謎似地拆解字、詞、句。我所感興趣的文本分析必須縱深地考察字、詞句背後種種隱蔽的歷史衝動、權力網路或者詹姆遜所說的政治無意識。文本僅僅是一個很小的入口，然而，這個入口背後隱藏了一個巨大的空間。」我認為，這種文學研究就是文化研究的一部分。

A：許多人發現，文化研究時常津津有味地談論一些三流甚至更差的作品。是否可以認為，文化研究缺少辨析作品的能力和標準？

B：沒有證據表明，文化研究看不出三流作品與經典作品的差別，也沒有證據表明，文化研究無法處理經典作品的複雜內容。但是，文化研究的考察範圍遠遠超出了經典，這是一些三流作品榮幸入選的重要原因。在我看來，鑒定作品的等級的確不是文化研究所熱衷的主題。事實上，文化研究時常將這一類主題轉入另一種理

論視域：一流作品的標誌是什麼？哪一個時期的文學標準？由誰擬定的標準？哪一些權力機構參與鑒定？這些標準對於經典的形成產生哪些影響？同時，又有哪些作品被這些標準所排斥和壓抑？又是哪一些人強制性推行這些標準，並且將它們指認為普適性的命題？如此等等。如果說，鑒定作品的等級是一種理論敘述，那麼，文化研究更感興趣的是理論的元敘述——考察理論敘述的形成與依據。當然，任何理論視域都包含雙重性：既是一種集中，也是一種限制，既是某一方面的洞見，又是另一方面的盲區。意識到這一點，我們就不會將文化研究當成包治百病的靈丹妙藥——文化研究毋寧說是這個時代歷史文化的產物。

作者簡介

南帆

　　本名張帆，一九五七年生，福建福州人。現為福建社會科學院院長，研究員；「閩江學者」、福建師範大學特聘教授，「紫江學者」、華東師範大學特聘教授，博士生導師；中國文藝理論學會會長、福建省文聯主席。主要從事現當代中國文學和文學理論研究。已出版《文學的維度》、《無名的能量》等多部學術著作以及多部論文集和散文隨筆集，發表學術論文三百餘篇。曾獲魯迅文學獎、華語傳媒文學獎等各類獎項數十種。

本書簡介

　　持續了大半個世紀的革命話語出現了深刻的轉折。文學凝聚了這個轉折所製造的多種複雜經驗：驚訝、激動、感傷、依戀、懺悔、痛苦、猶豫，如此等等。文學始終是社會軀體之中的文化神經。宏大敘事的轉換不僅觸動了社會記憶的根系，同時還帶來了全面的文化緊張。

　　革命不再是惟一的主題。另一些關鍵詞浮現出地平線，例如現代性、全球化。然而，令人驚訝的是，文學又一次從這些關鍵詞背後讀出了壓迫、反抗與全面解放的籲求。另一輪歷史緊張正在形成。

　　這些聲音不斷地迴響在文學的周圍。文學不可能迴避這些衝突，

權力與力比多的種種較量陸續地抵達文學，發展出一系列前所未有的
故事。承擔種種新型的歷史主題，這是文學介入當下歷史敘事的重要
標誌。

福建師範大學文學院百年學術論叢·第一輯　1702A02

後革命的轉移

作　　者　南　帆
總 策 畫　鄭家建　李建華

發 行 人　陳滿銘
總 經 理　梁錦興
總 編 輯　陳滿銘
副總編輯　張晏瑞
編 輯 所　萬卷樓圖書股份有限公司
排　　版　林曉敏
印　　刷　百通科技股份有限公司

發　　行　萬卷樓圖書股份有限公司
　　　　　臺北市羅斯福路二段 41 號 6 樓之 3
　　　　　電話 (02)23216565
　　　　　傳真 (02)23218698
　　　　　電郵 SERVICE@WANJUAN.COM.TW
香港經銷　香港聯合書刊物流有限公司
　　　　　電話 (852)21502100
　　　　　傳真 (852)23560735

ISBN 978-986-478-196-6
2018 年 9 月再版
2015 年 1 月初版
定價：新臺幣 460 元

如何購買本書：

1. 劃撥購書，請透過以下郵政劃撥帳號：
　　帳號：15624015
　　戶名：萬卷樓圖書股份有限公司
2. 轉帳購書，請透過以下帳戶
　　合作金庫銀行　古亭分行
　　戶名：萬卷樓圖書股份有限公司
　　帳號：0877717092596
3. 網路購書，請透過萬卷樓網站
　　網址 WWW.WANJUAN.COM.TW
大量購書，請直接聯繫我們，將有專人為
您服務。客服：(02)23216565 分機 10

如有缺頁、破損或裝訂錯誤，請寄回更換

國家圖書館出版品預行編目資料

後革命的轉移 / 南帆著.
-- 再版. -- 臺北市 ：萬卷樓, 2018.09
面 ；公分. --（福建師範大學文學院百年學術
論叢・第一輯・第 2 冊）

ISBN 978-986-478-196-6（平裝）

1.中國文學　2.文學評論

820.8　　　　　　　　　　　107014284